벽강

전숙희

벽강
壁江

전숙희

조은 지음

한겨레출판

내가 문학을 사랑하며

문학을 위해 일하며

문학인들 속에서 살고 있다는 것

그리고 이 지상을 떠나간 후에도

내 명부는 문학이라는 울타리 속에 남으리라는 것

이것만은 후회 없는 나의 긍지요 희망이다.

— 전숙희, 〈문학은 나에게 무엇인가〉에서

작가의 말

2014년 수필집 《또또》로 '제4회 전숙희문학상'을 수상하면서 전숙희 선생에 대해 처음으로 관심을 갖게 되었다. 일찍이 소설로 등단한 뒤 수필가로 정진하면서 우리 문단에서 유례없이 큰일을 해낸 분이 바로 그분이었음을 나는 뒤늦게야 제대로 알게 된 것이다.

50년을 같은 땅에서 살면서도 만나지 못했던 전숙희 선생의 삶과 문학 세계를 아우르는 일은, 각오했지만 심리적 부담감이 큰 작업이 었다. 그러나 단언하건대 그의 삶을 꼼꼼히 더듬고, 그가 가슴속에 묻어두었던 아픔, 기쁨, 회한 등을 헤아려 짐작하고, 생략되거나 사 라져버린 그의 문학과 삶의 단서를 찾는 일은 흥미롭고 보람찼다. 특 히 그가 젊은 시절을 살아낸 시간은 우리 사회 전반이 백척간두에서 지나온 곡절 많고 설움 많은 시간이기도 했다. 역사라는 풍랑을 헤쳐 나가는 일엽편주 같은 가녀린 한 여인의 삶이 얼마나 드라마틱하던 지! 나는 그 의미에 몰입하면서 서서히 부담감을 떨쳐낼 수 있었고, 드디어 첫 문장을 쓰기 시작했다.

전숙희 선생은 우리 문학사에서 다시 찾을 수 없는 영웅적 존재이다. 대학시절 쓴 소설로 등단했던 자신의 문학이 완성되지 않았다고 느끼면서도 그는, 한국문학의 세계화와 문화 교류, 예술 교육이라는 큰 사명을 위해 온 생을 바쳤다. 그 헌신적 삶을 되짚으며 심호흡을 했던 순간이 얼마나 많았던가.

컸으나 섬세했고, 대찼으나 가냘팠고, 진중했으나 엉뚱했던 사람. 차갑고도 뜨거웠던 거인 전숙희 선생의 삶에 삼가 고개를 숙인다.

2016년 초여름

조은 (시인, '제4회 전숙희문학상' 수상자)

차례

1 문학의 자양분으로 충만하다 — 어린 시절

2 고난의 시절도 당당하게 — 성장기

3 장르를 넘나들며 글쓰기에 빠지다 — 습작기

1
어린 시절

문학의
자양분으로
충만하다

숫을대문 집 손녀

자신이 원했던 대로 문학이라는 '명부' 속에 한국 수필문학의 큰 불꽃으로 이름을 남기고 세상을 떠난 전숙희. 그는 1916년 3월 15일, 강원도 통천군에서 7남매 중 첫째로 태어났다. 담양 전씨인 아버지 전주부는 목은 이색, 포은 정몽주와 더불어 고려 3은의 한 사람인 야은 길재의 16대손으로서 일찍이 함경도에서 해운업으로 부를 이룬 사업가의 셋째 아들이었다. 어머니 계성옥은 평북 선천 계씨 집안의 고명딸이었다.

수필 〈원산 송도원〉에서 전숙희는 자신이 원산 부근에서 태어나 그곳에서 어린 시절을 보냈다고 했지만, 정확한 출생지는 외가가 있던 강원도 통천군 시골 마을이다. 그는 〈금강산 오르던 때〉라는 글에 "분명 나는 금강산 부근에서 태어났으나, 우리 가족은 곧 할아버지가 해운업을 하시던 원산으로 이사"했다고 밝힌 바 있다. 출생일 역시 1919년 3월 15일로 알려져 있었으나, 가족들의 증언을 통해 뒤늦게 바로 잡은 바에 의하면, 전숙희는 정확히 1916년 3월 15일에 태어났다. 2010년 세상을 떠났을 때 아흔넷이었으니 꽤 장수의 복을

어머니, 아버지와 함께

누린 셈이다. 결혼 뒤 그의 원적지는 신혼생활을 했던 함경북도 무산
군 동면 강선동 395번지로 바뀌었다.

전숙희의 조부 전택보는 해운업을 하면서 조정의 벼슬을 겸했다.
그의 집안은 한마디로 세도가였으며, 그가 했던 벼슬은 풍기군수와
안변군수였다. 아버지 전주부가 생애 말년에 큰딸인 전숙희에게 조
부에 관해 들려준 바로는 "나랏님이 풍기군수 전풍기 영감이라고 해
서 옥관자까지 내리셨"고, "나랏님이 특별히 나라의 풍성한 기반이
되라고 해서 풍기군수로 명하시고 난 뒤 이름도 풍기(전풍기)로 불렀
다"고 한다. 평북 선천이 고향이지만 원산에 살며 해운업을 해 크게

성공했던 전택보는 기운이 황소 같았다고 한다. 몸집도 키도 다른 사람들에 비해 월등하게 컸는데, 얼마나 풍채가 좋았는지 어디에 있든 보통 사람들보다 머리통 두 개쯤 더 솟아 보였다. 그처럼 좋은 신체 조건을 가졌던 친가와 거기에 버금갈 정도로 훤칠한 외가의 피를 이어받은 전숙희 형제들은 모두 키가 크고 인물이 훤했다.

열세 살에 장가를 든 전주부가 열다섯 살 되던 해에 아버지 전택보의 환갑잔치가 있었다. 그 잔치는 온 원산 사람들이 다 모일 정도로 성대했고, 몇 날 며칠 이어졌으며, 당대의 명창 이동백이 와서 창을 하기도 했다. 그 시절 풍류를 아는 집안의 남자들이 그랬듯이 전택보는 아들들을 데리고 기생집에도 갔다. 그러나 전숙희의 아버지 전주부만은 따라가지 않았다고 한다. 그때 이미 그리스도를 믿는 독실한 신앙인으로 살고 있었기 때문이다.

아버지 전주부는 열일곱 살에 강원도 통천군 금강산 아랫마을 온정리에 개척교회를 세우고 전도를 시작해, 마지막으로 경기도 의왕시 포일리에 개척교회인 덕장교회를 세우기까지 성직자로서 한결같은 삶을 살았다. 전주부가 일생 동안 우리나라 각지에 세운 교회는 무려 14곳이나 된다.

전택보는 예순일곱에 심장병으로 세상을 떠났다. 병와 말기에 그를 진료하기 위해 원산으로 왕진을 온 미국인 의사의 권유로 서울 세브란스병원에서 치료를 받았다고 하니, 남북 왕래가 자유롭던 그 시절과 피할 수 없는 인간의 운명에 대해 생각하게 된다.

전택보는 슬하에 네 아들과 두 딸을 두었고, 전숙희의 아버지 전주부는 그중 셋째 아들이었다. 그 일가가 살던 집은 원산 상리1동에서 제일 큰 솟을대문 집이었다. 전택보의 여섯 자녀들은 성장한 뒤 본가가 있는 원산을 중심으로 안변, 협곡, 외금강, 함흥 등지에 퍼져 살았다. 그들 중 장남이 가업을 이어받아 선박 여러 채를 소유하고 원산에서 수산업을 했는데, 그이가 전숙희의 요절한 남동생 전영순의 양아버지였다.

전숙희는 5녀 2남 중 맏이이다. 그의 두 남동생 중 한 사람이 파라다이스 그룹 창업주인 전락원 회장이며, 다른 한 사람이 전락원의 형으로 어릴 때 큰집에 양자로 갔다가 일찍 세상을 떠난 전영순이다. 가업을 돕느라 총석정 바닷가에서 밤을 새워가며 정어리 배가 들어오는 것을 감독하던 전영순은 폐병에 걸려 숨졌다.

임종을 너덧 달 앞둔 2010년 3월, 전숙희는 각별히 자녀들과 이야기를 나누는 시간을 가졌고, 그때의 대화는 녹음되었다. 거기 전숙희의 특질을 엿보게 하는 내용이 있다. 녹음된 전숙희의 육성에 의하면, 전영순은 마지막 숨을 쉬는 순간까지 낳아준 부모도 길러준 부모도 아닌 전숙희를 불렀다고 한다. "숙희 누나, 숙희 누나, 나 오렌지, 오렌지…… 숙희 누나…… 숙희 누나……" 하다 숨을 거두었다는 것이다. 전숙희는 동생이 임종하던 순간의 상세한 이야기를 장례를 치르고 온 어머니를 통해 들었는데, 어머니는 아들을 돌봤던 간호사들로부터 듣고 돌아와 가족 중 가장 의지하던 전숙희에게 전했던 것이다.

큰집에 양자로 가서 원산 바다를 터전으로 살던 어린 청년이 서울에 살고 있는 아직 이십 대인 누나를 부르며 숨졌다는 일화에서 여러 정황이 읽힌다. 그가 고열로 입이 바짝바짝 타들어갈 때 오렌지를 먹고 싶어 했다는 점도 그렇다. 많고 많은 과일 중에 그 시절엔 상당히 귀했을 오렌지를 찾았다니 여러 척의 배를 가지고 수산업을 하던 그 집안의 사업 규모를 짐작하게 한다. 신라의 부흥기에 세계 각처에서 온갖 사치품들이 배를 통해 들어왔듯, 여러 척의 배를 가지고 국내외를 아우르는 통상업을 하던 그 집안에는 먼 세계로부터 온 온갖 귀한 물건들이 있었을 터이고, 그 시절엔 매우 귀했을 오렌지 역시 접할 기회가 있었을 것이다. 애절하게 찾았던 숙희 누나는 그녀의 존재감이 그만큼 컸음을 말해준다. 전숙희가 일찍 죽은 동생의 죽음을 안타까워하며 말했듯이 "어린 마음에도 숙희 누나만은 고열로 입이 바짝바짝 타들어가는 자신에게 오렌지를 구해다 줄 수 있는 수완과 능력이 있는 유일한 사람"이었던 것이다. 스스로도 "내가 어려서부터 해결사였어"라고 말했듯이 전숙희는 남들이 쉽게 해결할 수 없는 일을 척척 해결하는 능력을 어려서부터 가지고 있었다.

금강산을 뛰놀다

전숙희는 어려서부터 혼자 있는 시간을 아주 소중히 여겼다. 명절이나 잔칫날처럼 가족과 친척들로 붐비는 날이면 그는 무리에 휩쓸리기 싫어 슬그머니 빠져나가 혼자 시간을 보내곤 했다. 양지 바른 담 모퉁이에 기대서서 지나가는 사람들을 바라보던 그에겐 이미 남다른 관찰자로서의 시선이 자라고 있었다. "혼자 양지쪽 담 모퉁이에 기대어, 어린애를 등에 지고 나무 함지박에 동태나 가자미를 함박씩 이고 장거리로 가는 아낙네들과 지게에 곡식을 지고 가는 남정네들의 구부정한 모습들을 바라다보며, 어른들은 측은하다는 생각에 잠기곤 했"(〈원산 부둣가〉)고, 측은해 보이는 그들의 모습을 의식적 무의식적으로 자주 되새김질했다.

그에겐 문학을 하는 사람이 반드시 지녀야 할 관찰자로서의 시선과 본질을 꿰뚫는 날카로운 직관은 물론 측은지심을 느낄 줄 아는 따뜻한 심성이 있었던 것이다.

소녀가 되자 노을진 부둣가에 앉아 저녁 파도 소리에 넋을 잃고 인생에 대해 무언가 어렴풋이나마 생각하기 시작했다.

— 〈파도 소리〉에서

어릴 때부터 이처럼 성숙한 성향을 보이던 전숙희 역시 또래 사촌들과 어울려 집안의 고깃배가 드나드는 부둣가를 뛰어다니며 놀았다. 그들이 뛰놀던 원산 부둣가에는 커다란 어망과 동태 꾸러미가 사방에 널려 있었고, 인심이 넉넉했다. 막 부두로 돌아온 고깃배 앞으로 아낙네들이 소쿠리를 들고 모여들면, 어부들은 그들에게 갓 잡아온 생선을 한 바가지씩 푹푹 퍼주곤 했다. 그 바다에서 생계를 해결하는 아낙네들의 인심 또한 후했다. 아낙네들은 막 삶아 김이 무럭무럭 나는 조개를 함지박에 담아 이고 다니며 팔았는데, 말만 잘하면 털게나 조개를 한두 마리씩 집어주기도 했다. "바닷가 사람들의 기질은 원래 헤픈 데가 많지만, 항구의 아낙네들은 극성스럽게 일했고 기분 내키는 대로 남에게 주기를 좋아했다"고 전숙희가 기억하는 그들의 기질은 훗날 한국문학의 세계화를 위해 회의하지 않고 일하는 그 자신에게서도 발견되는 강한 성향 중 하나이다.

어린 시절 부모를 따라 원산을 중심으로 강원도 동해안과 함경도의 아름다운 자연 속을 오가며 성장한 전숙희는 자신의 고향이 자연이라고도 했다. "내 고향은 우주이며 저 하늘, 저 바다와 저 땅이다. 나를 먹여주고 길러주고 생각하게 하는 내 고향은 바로 대자연"이라는 것이다. 자연 속에서 마음껏 뛰놀며 자란 전숙희의 어린 시절은 퍽 아름다웠다. 번창한 집안이니 만큼 많은 사촌들과 자연 속을 뛰어다니며 인간이 서로 감정을 교류하는 방법을 배웠고, 생계를 위해 열심히 일하는 주변 사람들을 통해 먹고사는 삶의 숭고함도 배웠다.

외가 마을과 금강산을 뛰어다니며 놀던 그의 추억들은 한 개인의 정체성과 민족의 정체성에 대해 생각해보도록 독자들을 이끈다. 한양에 거주하던 조선의 선비들이 가마를 타고 인왕산에 올라 풍류를 즐기며 쓴 옛글을 읽어보는 것만으로도 신선한 자극을 받는 독자거늘, 하물며 지척에 두고도 갈 수 없는 금강산을 날다람쥐처럼 뛰어다녔던 그의 생생한 글이라니. 분단된 우리 현실에 대한 자각과 더불어 극복의 의지마저 다지게 된다.

일고여덟 살 때쯤, 초등학교 일이 학년 무렵이 아닌가 한다. 그 시절 아랫마을에는 어머니의 유일한 남동생인 외삼촌네가 사과밭을 크게 하고 계셨다. 외삼촌네 산과 밭은 바로 금강산 입구였던 것 같다. 어머니가 나를 데리고 친정인 외삼촌댁으로 가시면 나는 외가 식구들에게 인사만 하곤 곧바로 집 앞길로 뻗어 있는 금강산으로 달려가곤 했다. 당시 나는 어린아이였기에 금강산이 유명한 산인 줄도 몰랐고, 왜 그 산속에 그렇게 많은 폭포와 바위와 물이 넘쳐나는지도 알 리 없었다. 어린 내가 보기에도 산은 마치 동화나라같이 아름답게만 느껴졌다. 골짜기마다 옥수 같은 물이 쏟아지고 큰 바위 사이에서는 온갖 꽃들이 피어 있었기에 그냥 걸으며 구경 다니는 게 즐겁기만 했다. 외삼촌네 과수원에서부터 뻗어 있는 금강산 길은, 그 시절엔 물론 포장 같은 건 생각도 못할 시대였건만, 누런 흙이 아니라 하얗고 단단한 흙길이었다. 보석 가루를 뿌려놓은 듯 반짝반짝 빛이 났다. (중략)

외삼촌은 새벽부터 해가 질 때까지 열심히 일하는 농부였다. 우리가 가면 외삼촌은 소쿠리에 하나 가득 떨어진 사과알을 주워담다가 주시며 실컷 먹으라고 하셨다. 노력 만큼 거둔다는 말씀처럼 외삼촌은 그 일대에서 성공한 부농이 되셨다. 그러나 1945년 해방이 되자 그분은 부농이라는 죄목으로 피땀 어린 정든 땅에서 쫓겨나 우리가 먼저 남하해 살던 서울로 오시게 되었다. 곡절 끝에 외삼촌이 겨우 후암동에 집 한 칸을 장만하여 살 만하게 되자 6·25전쟁이 터졌다. 외삼촌은 남으로 피난을 하지 못한 채 서울에 남았다가 남산으로 끌려가 반동이라는 죄목으로 인민군에게 총살당하고 말았다.

나에게 금강산에 얽힌 추억은 자연의 아름다움과 노동의 기쁨을 눈 뜨게 한 동시에, 설명할 수 없는 인간의 비극으로 지금도 내 가슴을 적신다.

— 〈금강산 오르던 때〉에서

유년기의 체험을 담은 전숙희의 글에 등장하는 사람들은 하나같이 생명력이 넘친다. 일차적으로는 글쓴이의 내면세계와 사유의 힘 때문이고, 이차적으로는 등장인물들이 겪은 일들이 갖는 무게감 때문이다. 이념의 대립으로 불행하게 죽은 친척을 비롯한 가족, 친구, 선후배, 스승 등이 그의 글 속에서는 모두가 생생하고, 절절하며, 뜨겁다.

내 고향 북한의 동해 이야기를 하자면 끝이 없다. 어려서 동네 아이들과 선창가에 나가면 명태와 가자미를 막대기에 꿰어 말리고 있는 바닷가, 그 비릿한 바닷내와 생선내가 지금도 풍겨오는 듯하다.

대소가가 많이 살고 있던 원산이나 강원도 근방을 가면 문간에 들어서자마자 거위가 먼저 꺼욱꺼욱 울며 걸어 나와 반겨주던 장면이 생각난다. 목소리에 어울리지 않게 사치스럽게 생긴 그 가축은 마치 충신처럼 집을 잘 지켜주어 고마웠다.

나는 고향의 소리 같은 거위의 쉰 목소리가 소박한 촌사람처럼 좋아 서울 집에도 흰털이 깨끗한 거위를 한 쌍 구해 문앞에 두곤 했다. 개보다 낭만적일뿐더러 낯선 사람이 얼씬해도 목청을 다해 집을 잘 지켜주기 때문이다.

— 〈원산 송도원〉에서

이따금 이북이 고향인 사람들이 집에서 거위를 기르며 고향 정취를 느끼고자 했다는 이야기를 듣곤 했는데, 그에게도 거위 울음소리는 고향의 소리이자 정서였다. 그는 집에서 기르던 거위한테 이름을 지어 부르며 향수를 달랬다고 한다. 거듭되는 이야기이지만, 지금은 갈 수 없는 땅 원산은 그의 아버지가 부모로부터 독립할 때까지 살던 곳이며, 전숙희의 결혼 전 본적지였다. 그곳에 전숙희는 정신적 뿌리를 두고 살았다.

나의 고향은 함경도 원산이다. 그러나 태어난 곳은 원산 부근 강원도 접경이라고 한다.

나는 내가 태어난 집에 대한 기억은 하나도 없다. 그 점은 단지 강원도와 함경도에 걸쳐 살고 있던 아버지의 형제들, 즉 대소가를 따라 3남인 아버지와 어머니가 큰집살이를 했기 때문이다. 그래서 내가 철들면서 내 고향이라고 익혀오고 또 추억에 남은 고장이 원산이다.

— 〈파도 소리〉에서

장차 우리나라 각지에 14개의 교회를 설립하게 될 부모를 따라 서울로 온 전숙희는 소학교 교육부터 서울에서 받았다. 그러나 그는 여름방학만 되면 회귀하는 물고기처럼 마음껏 뛰놀며 성장했던 바다가

고향을 그리며 서울 집에서도 거위 한 쌍을 길렀다.

그리워 원산으로 가곤 했다. 그곳 송도원에서 여름을 보내기도 했고, 외가가 있던 외금강과 총석정 등지를 두루 쏘다녔다. 우리나라에 해수욕장이 그다지 개발되지 않았던 그 시절, 송도원 명사십리는 사람들이 가장 선호하던 피서지였다고 한다. 웬만한 서울의 문화인이나 젊은이들은 여름만 되면 송도원을 찾았다. 구불구불한 소나무 숲을 옆에 두고 끝없이 뻗은 모래사장을 거닐면서 사람들은 일제강점기의 힘겨운 삶을 위로하는 솔향기를 맡으며 순간이나마 자유를 느낄 수 있었다. 젊은이들이 사랑과 낭만에 젖고, 생활인들이 잠시 여유를 누리던 공간, 그곳이 바로 송도원이었다. 원산에는 그때까지도 전숙희의 가까운 친척들이 많이 살고 있었고, 또래 사촌들도 많았다. 전숙희는 큰집의 어선들이 회항하는 새벽부터 사촌들과 어울려 여름 바닷가를 뛰어다녔다.

원산에서 새벽차를 타고 고저, 통천 등을 지나노라면 동해의 가없이 푸른 바다 위로 장엄하게 떠오르던 아침 햇살의 장엄함이 기억 속에 빛난다. 그 속삭이듯 흐느끼며 들려오던 고향의 바람 소리, 코에 풍겨오던 새벽 부둣가의 비린내, 그리고 언제나 눈 감으면 들려오던 아픔과도 같은 파도 소리…….

—〈파도 소리〉에서

파도 소리에서 아픔을 느낄 때 그는 불쑥 성장해 있었다.

추억의 송도원

전숙희에게 파도 소리는 죽는 날까지 고향의 소리였다. 바닷가 송도원은 전숙희의 인생에서 아주 특별한 장소이다. 유난히 곱고 깨끗했던 그 모래밭을 뛰놀며 성장했던 그는 그곳에서 가족과 함께 피서를 온 H라는 남학생을 만나 영원한 사랑을 맹세했으나 실연했고, 여름방학을 이용해 친구들과 놀러온 의대생을 만나 결혼했다. H나 후일 남편이 된 청년이 모두 의대생이었으니, 전숙희는 의사의 부인이 될 운명이었던 듯하다. 그전에 청소년 시절에도 그는 또 한 명의 의대생을 만났었다. 온 가족이 서울로 온 뒤 생활력 없는 아버지를 대신해 어머니가 하숙을 친 적이 있는데, 하숙생 중 하나가 의대생이었다. 전숙희와 그는 호감을 갖고 서로 좋아했으나, 그들의 관계는 풋사랑 이상으로 발전하지 않았다.

송도원은 전숙희가 신혼여행도 그리로 갈 만큼 애호하던 곳이지만, 외금강에 있는 총석정과 석왕사도 그의 삶에서 빼놓을 수 없는 곳이다.

고향 원산 송도원 풍경

　총석정의 아름다움은 바다보다도 그 기기묘묘한 바위의 생김새에 있다.
온갖 기이한 형상의 바위들은 마치 태고의 이야기를 안고 있듯 엄숙하고
신비롭다. 바위에 쉴 새 없이 부딪치는 흰 포말은 고요를 뚫고 천지에 메
아리친다. 나는 총석정에 내려 바위를 이리저리 건너뛰는가 하면, 바위에
우두커니 앉아 끊임없이 부딪쳐오는 파도를 바라보기 좋아했다. (중략)
　총석정을 지나 외금강을 들어가면 외가의 큰 농장이 있었다. 외삼촌은
사과밭 주인이었다. (중략) 그분은 땀의 신성함과 그 대가를 믿었다. 그래
서 열심히 일한 결과 외금강 일대에서 손꼽히는 부농이 되었다.

― 〈원산 송도원〉에서

　석왕사는 당시 원산에서 기차로 두어 시간 거리였다고 한다. 전숙

희는 특히 소학교(지금의 초등학교)에 다닐 때 할머니와 고모, 어머니를 따라 석왕사에 자주 놀러갔다. 금강산 줄기의 비경을 간직한 석왕사를 오가는 동안 호기심 많은 그는 길을 벗어나 집채만 한 검은 바위와 흰 바위 위를 맨발로 뛰어다녔다. 큰 절인 석왕사 뒤에는 검푸르게 우거진 솔숲이 있었고, 기암괴석이 그 숲을 감싸고 있었다. 곳곳에선 폭포가 흘러내렸다. 떨어진 폭포가 다시 갈래를 이루어 흐르는 골짜기마다 맑은 물이 철철 흘러넘쳤다. 식구들은 만병통치라는 석왕사 약수로 위장병을 치료하려는 할머니를 모시고, 한 번 갔다 하면 그곳에 며칠씩 머물렀다. 외지 사람들이 꽤 찾아드는 곳이지만 달리 숙박시설이 없어, 마을의 방 한 칸을 얻어 지내며 낮에는 물가와 바위 언덕에서 즐거운 시간을 보냈고, 절간에서 지내기도 하며 밥을 지어 먹었다.

어릴 때의 추억을 담은 전숙희의 수필 중에 〈설〉이 있다. 〈설〉은 고등학교 교과서에 실렸던 작품이라 그 책으로 공부했던 문단의 원로 중에는 그 글을 기억하는 사람들이 많다. 소설가 김주영도 국민학교부터 대학까지의 학창시절 동안 거의 암기하다시피 읽었던 두 편의 글이 있는데, 그중 한 편이 김동인의 소설 〈붉은 산〉이고 다른 한 편이 전숙희의 수필 〈설〉이라고 한다.

결론부터 말하자면, 이 두 편의 글이 지금의 내 인생의 문학적 여정을 결정짓는 단초를 제공했다는 것을 부인할 수 없다. 지금 와서 내용을 완벽하게 전달할 수는 없겠지만, 선생님이 쓰신 〈설〉의 내용은 우리의 옛스런 풍속을 지켜오는 전통적인 가정들이 명절인 설을 맞이하여 도타운 정경을 사실화처럼 정감 있게 그렸지만 세월이 흘러가면서 실속과 편리에만 치중되어 가는 삭막한 인심의 이반과 괴리를 일깨워주는 내용들로 쓰여져 있었다. 그러면서 글의 주제는 선생님이 경험했었던 어머니에 대한 사려 깊은 탐구였던 것으로 기억한다. (중략) 지금까지 내가 쓴 많은 소설들이 기박한 운명을 타고난 여인들의 삶과 어머니를 주제로 한 것이 많았고, 그 뿌리가 소년시절에 읽었던 선생님의 에세이 〈설〉이란 글의 모방에서부터 출발한 것임을 처음으로 고백한다.

— 김주영, 〈남에게 관대하고 스스로에게 엄격한 분〉에서

〈우리가 잃어가는 것들〉이란 제목으로 처음 발표된 〈설〉은 발표 당시의 제목처럼 한 세기 전, 따스했던 우리의 정감 어린 명절 풍경을 떠오르게 하는 동시에 물질만능주의에 물든 요즘의 세태를 거부감 없이 깨닫게 한다.

설이 가까워오면, 어머니는 가족들의 새 옷을 준비하고 정초 음식 차리기를 서두르셨다. 가으내 다듬이질을 해서 곱게 매만진 명주로 안을 받쳐 아버님의 옷을 지으시고, 색깔 고운 인조견을 떠다가는 우리들의 설빔을 지으셨다. 우리는 그 옆에서, 마름질하다 남은 헝겊 조각을 얻어 가지는 것이 또한 큰 기쁨이기도 했다. 하루 종일 살림에 지친 어머니는 그래도 밤늦게까지 가는 바늘에 명주실을 꿰어 한 땀 한 땀 새 옷을 지으셨다. 우리는 눈을 비벼가며 들여다보다 잠이 들었다. (중략)

설빔이 끝나면 음식으로 접어든다. 역시 즐거운 광경이었다.

어머니는 미리 장만해둔 엿기름가루로 엿을 고고 식혜를 만드셨다. 아궁이에는 통 장작불이 활활 타고, 쇠솥에선 커피색 엿물이 설설 끓었다.

그러면, 이제 정말 설이 오는구나 하는 실감으로 내 마음은 온통 그 아궁이의 불처럼 행복하게 타올랐다. 오래오래 달인 엿을 식혀서는 강정을 만들었다. 검은 콩은 볶고 호콩은 까고 깨도 볶아 놓았다가 둥글둥글하게 콩강정도 만들고 깨강정도 만들었다. 소쿠리에 강정이 수북이 쌓이면서 굳으면, 어머니는 독 안에다 차곡차곡 담으셨다. (중략)

나는 지금도 설날이 되면, 어머니 옆에서 설빔이 되기를 기다리던 그 초조한 기쁨, 엿을 고고 강정을 만들고 수정과를 담그고 흰떡을 치던 모습, 빈대떡 부치던 냄새, 이런 흐뭇한 기억이 되살아나 향수에 잠긴다.

— 〈설〉에서

이처럼 풍요롭던 유년기, 전숙희가 원산과 송도, 금강산을 뛰어다니며 자연에서 보고 배운 것들은 훗날 그의 수필 창작에 든든한 밑거름이 된다.

2
성장기

고난의
시절도
당당하게

일본말을 쓰지 않는 학교를 고집하다

평양 심성학교를 졸업한 전주부는 신학 공부와 전도 사업을
위해 아버지로부터 분가 자금을 받아 가족을 이끌고 서울로 내려왔
다. 많은 이야기가 있을 것으로 짐작되는 그때의 생활을 전숙희의 수
필에서는 찾아볼 수 없다. 그러나 전숙희로부터 당시의 이야기를 직
접 들은 소설가 김주영에 의하면, 전주부가 서울로 올 때 기차 한 량
가득 재산을 싣고 올 정도였다고 하니 조부 전택보가 이룬 부를 짐작
할 만하다.

전숙희는 일본말을 쓰지 않는 학교에 자식을 보내야 한다는 아버
지 전주부의 소신에 따라 기독교계인 종로소학교에 다녔고, 졸업 후
에는 4년제인 이화여자중학교에 입학했다. 〈지난 시절의 남학생들〉
은 전숙희가 남긴 중학교 시절의 체험을 담은 유일무이한 글이 아닐
까 싶다.

그때 우리 가족은 계동에 살고 있었다. 그 골목 안에는 중앙고보와 휘문
고보가 있어 이화여중에 갓 입학한 내가 자주색 교복저고리와 자주댕기

를 해서 책가방을 들고 나서면 마주치는 두 학교의 학생들이 새까맣게 많아시 미리가 어지러울 징도였다. 남학생들의 숫사에 압도당한 나는 언제나 죄지은 사람처럼 고개를 푹 숙이고 도망치다시피 달아나곤 해서, 그들의 얼굴을 자세히 쳐다볼 기회조차 없었다. 그러나 휘문고보의 검은 둥글모자 옆으로 두른 흰 줄이 유난히 인상적이었다.

나는 그들을 쳐다보지도 못하고 다녔으나 남학생들은 짓궂게 나를 눈여겨보고 때로는 놀리기도 해서 그들은 나를 잘 기억하고 있었다. 지금도 나는 가끔 사회의 저명인사들을 소개받다 보면 그분들이 "저는 전 선생을 잘 알고 있습니다. 내가 중앙고보에 다닐 때 날마다 학교 앞 골목길에서 만나 뵈었지요" 해서 함께 웃는 일이 있다.

— 〈지난 시절의 남학생들〉에서

그가 습작을 시작한 것은 이화여고 재학시절이다. 어느 날 작문 시간에 〈우리 선생님〉이라는 제목으로 즉흥 산문을 써내라는 선생님의 지시가 있었고, 평소 호감을 갖고 있던 선생님을 통해 느낀 바를 한달음에 써내려간 그의 글이 1등으로 뽑혔다. 글재주를 인정받은 그는 도서실 책임자가 되었고, 도서관에 드나드는 시간이 늘면서 독서 범위도 넓어졌다. 그때부터 그는 뭐든 글감으로 삼아 열심히 글을 쓰기 시작했다. 그는 형식에 얽매이지 않고 감상문과 편지, 일기 등을 자유롭게 썼다. 자신의 느낌이나 생각을 파고들어 더 높고 깊은 인식에 다다르는 수필의 첫 단계라 할 만한 글쓰기였다.

여고시절 끝자락에 이르러 그의 독서도 한 단계 비약했다. 숄로호프의 대하소설 《고요한 돈강》에서부터 톨스토이, 도스토옙스키, 체호프, 푸시킨 같은 러시아 작가들의 작품을 열심히 읽었다. 이화여전

시절엔 D. H. 로렌스의 《채털리 부인의 사랑》 같은 소설도 읽었다. 그가 러시아 문학에 더욱 관심을 갖게 된 데에는 계기가 있었다. 이화여전 재학시절, 그는 학교 추천으로 당시 소련총영사관 직원들에게 조선어를 강의한 적이 있었다. 일찍부터 이화학당에서 미국 선생에게 가르침을 받고, 소련영사관 직원들을 찾아가 우리말을 가르치는 등 그 시대엔 마주치기도 힘든 외국 사람들과의 빈번한 접촉은 그의 시선을 더 넓은 세상으로 향하도록 하는 중요한 역할을 했다. 점점 넓고 깊어진 독서 범위는 이미 그의 글쓰기에 여러 형태로 영향을 미치고 있었다.

서울로 온 뒤 아버지 전주부는 협성신학교와 연희전문학교 신학과를 졸업했다. 그의 노랫소리는 성악가가 되었어도 성공할 수 있을 만큼 매력적이었다. 아버지의 목소리와 음악적 재능을 물려받은 전숙희의 여동생 전승리는 훗날 성악가가 되었다.

부친 전택보의 사랑을 듬뿍 받던 전주부가 가업을 이어받으라는 권유를 뿌리치고 남하한 것은 인간의 영혼을 구원하겠다는 크고 확실한 목표가 있었기 때문이다. 평생 그 목표점을 바라보며 회의 없이 살았던 그가 가족들을 이끌고 내려와 처음 정착한 곳은 혜화동이었다.

아버지는 고향에서 가져온 돈으로 혜화동에 큰 집을 샀다. 집 안의 뒤에는 과수나무가 있고, 앞뜰에는 아름다운 정원이 딸려 있었다. 봄이면 개나리와 진달래가 숲을 이루었고, 앞마당에는 앵두나무도 많아 빨간 앵두알들이 구슬처럼 무더기로 열리곤 했다. 나는 이웃 아이들을 불러 앵두 따먹기에 입속까지 빨개지곤 했다. 뒷마당에는 아름드리 나무들이 울창했다.

아침이면 까치들이 날아와서 이리저리 활개치고 우짖으며 나무 사이로 날아다녔다.

— 〈계동 시절〉에서

혜화동에서 이태 정도 산 뒤 그의 가족은 좀 더 교통이 편리한 계동으로 이사했다. "혜화동의 그 좋은 집과 넓은 땅을 팔아 계동에 제법 큰 집을 샀"던 것이다. 전숙희의 열한 살 아래 동생, 파라다이스 그룹을 창업한 전락원이 태어난 계동 집 역시 "방이 얼마나 많은지, 아흔아홉 칸짜리 고대광실처럼 보였다"고 한다. 방이 열 개가 넘었고, 대문을 막 들어서면 있는 행랑채만 해도 어지간한 단독 주택만큼 넓었다. 행랑채에는 자식을 둔 부부가 살며 집안일을 도왔다.

계동 집은 디귿자 한옥으로 안방, 건넌방을 비롯해 뜰 아랫방, 뒷방, 그리고 행랑채와 사랑채를 합해서 방만 열 개가 넘는 큰 집이었다. 따라서 앞마당 뒷마당도 넓었거니와 안방과 건넌방 사이에 대청마루는 웬만한 홀만큼이나 널찍한 마루방이었다. 늘 노방 전도만 다니는 아버지는 대청마루에 당신의 첫 번째 개척교회를 세우셨다. 벽에는 십자가를 걸고 조그만 책상을 강대상으로 놓았다. 그리고 주일날 아침저녁과 삼일(수요일) 저녁예배를 그곳에서 인도하셨다. 교인은 우리 가족들과 행랑채 식구들, 그리고 어머니의 전도로 나오는 골목 안 이웃집 아주머니들과 할머니, 할아버지들이었고 대청마루 교회는 예배시간마다 가득 찼다.

이렇게 '계동교회'로 시작한 아버지는 그 후 창경궁 뒷골목 안 원동에 '원동교회'를 세우셨다.

— 〈계동 시절〉에서

전주부는 계동 집 대청마루에 개척교회를 세우는 한편 노방 전도에도 열심이었다. 가장으로서의 책무를 뒤로 하고 목사로서의 삶에만 전념했던 전주부는 어느 날, 서울 올 때 가지고 왔던 전 재산으로 산 계동 집을 가족과는 한마디 상의도 없이 교회에 기증해버렸다. 가족 모두가 깜짝 놀랐지만, 정작 기증한 사람은 조금도 후회하는 기색을 보이지 않았다. 어머니가 자식들을 다 길거리에 내버릴 셈이냐며 눈물로 호소했지만 아버지는 집을 잃고 울고 있는 가족들을 위로하기는커녕 하나님이 다 먹여살릴 테니 두고보라며 큰소리로 꾸짖을 뿐이었다. 그나마 현명한 어머니가 있어 일가족이 당장 길거리로 나앉지는 않았다. 어머니는 아버지가 집을 헌납한 교회의 목사를 찾아가 형편을 이야기한 끝에 부근에 있는 가회동 산동네에 방 두 개짜리 판잣집 한 칸을 얻어냈다.

처음 겪은 가난

그들은 고대광실 같은 집을 뒤로 한 채 보따리를 싸들고 산동네 판잣집으로 거처를 옮길 수밖에 없었다. 이제 가족들의 위태로운 생계는 오직 어머니가 짊어질 몫이었다. 이런 가족사를 따라가다 보면, 종교가 병이 아닐까 싶은 생각이 들기도 한다. 그러나 전주부가 영면할 때까지 병상을 지켰던 한 의사가 남긴 글에 의하면 그는 분명 이성적인 지식인이자 이상적인 목회자였다고 한다.

내가 서울아산병원 심장센터 소장으로 취임한 지 약 1년 후인 1991년 초 전주부 목사님은 노환으로 서울 아산병원에 입원하셨다. 목사님의 상태가 악화되어 중환자실로 옮겼고, 끝으로는 인공호흡기를 달고 대화가 불가능해지자 목사님과 나는 영어로 글을 써서 의사소통을 하는 이례적인 일도 있었다. 그는 이미 구십을 넘은 고령에도 불구하고 훌륭한 지식인이었으며 임종하실 때까지 명랑한 마음으로 용기와 희망을 잃지 않는 환자였다.

— 이종구, 〈꿈을 이룬 낭만의 사나이를 기리며〉에서

아산병원에 근무한 이종구는 전주부뿐 아니라 전락원의 마지막 병상도 지켜줬던 의사다. 〈꿈을 이룬 낭만의 사나이를 기리며〉는 평생 전숙희의 후원자였던 전락원이 얼마나 낭만적이고 멋있는 사나이였는지를 기린 글이다.

가회동 꼭대기의 작은 판잣집으로 이사한 날부터 집안 살림은 이루 말할 수 없이 궁핍해졌다. 한마디로 춥고 어둡고 배고픈 나날이 끝도 없이 계속되었다. 그러나 그 사단을 낸 아버지에게 후회하는 기색이라곤 보이지 않았다. 아버지는 오히려 더 열심히 거리 전도를 다니며 자신이 하는 일에 대해 회의라곤 없는 표정으로 살아갔다. 눈을 뜨자마자 청량한 음성으로 찬송가를 부르며 하루를 시작한 뒤 온종일 장안을 걸어다니며 인류의 영혼을 구원하겠다는 신념에 따라 살았던 것이다.

어느 추운 겨울날, 전숙희의 동생 전락원이 우연히 단성사 앞에서 아버지를 보았다고 한다. 전락원은 그때 교동소학교에 다니고 있었는데 당시 그의 소원은 '활동사진'을 꼭 한 번 보는 것이었다. 하지만 가난한 집안 형편상 그것은 이룰 수 없는 소원이었기에 그는 이따금 단성사에 내걸린 간판을 보는 것으로 마음을 달래곤 했다. 어느 날 그가 간판이라도 구경하려고 극장으로 갔을 때 아버지 전주부가 러시아산 검은 외투에 털모자를 쓰고 사람들 앞에 서 있는 것이 보였다. 두툼한 털외투를 입은 풍채 좋은 아버지의 얼굴이 사람들의 어깨 위로 쑥 솟아올라 있었다. 외투와 털모자는 원산의 할아버지가 사준 것인데, 러시아 상인들이 북한 땅까지 들어와 팔던 것으로 '백계 러시아 귀족의 유물'이었다. 그런데 자세히 보니 아버지는 평소처럼 노방 전도를 하고 있는 것이 아니었다.

　동생이 다가가서 보니 검은 쌈지에 든 바늘을 내보이며 말없이 서 계시는 게 아닌가. 어느 재상만큼이나 풍채 좋은 아버지가 극장 앞에서 그 값진 털외투를 입고 바늘 장사를 하고 계시는 장면을 낙원이가 목격한 것이다. 순간, 동생은 걸음아 날 살려라 하고 달려서 가회동 집까지 왔다. 아버지가 아들을 보면 얼마나 민망하실까. 남동생은 그런 생각이 들자 어린 나이에 저도 모르게 눈물이 흘러 강추위에 뺨이 얼어붙었다고 했다.

　아버지 역시 신이 아니라 사람이었다. 아내와 자식들이 고생하는 것을 보다 못해 조금이나마 생활에 보탬을 주겠다고 궁리해낸 게 기껏 바늘 장사였다. 그런데 왜 하필이면 성냥개비만도 못한 바늘이었을까. 그 큰 몸집에 어울리시지도 않게……

　그때 소학교에 다니던 낙원이 생각으로는 짐작할 수 없는 일이었다. 그러나 뒷날 생각해보면, 아버지는 혹시 밑천이 바늘 몇 쌈지 살 돈밖에 없으셨던 게 아닌가 모르겠다.

— 〈가회동 시절〉에서

　아버지의 모습에 충격을 받은 어린 아들은 단성사에서 가회동 언덕 꼭대기 집까지 한달음에 달려갔다고 한다. 전주부는 아흔셋에 세상을 떠날 때까지 맑은 정신의 소유자였다. 임종 직전까지 책상 앞에 꼿꼿이 앉아 신앙 고백과 간증을 또박또박 기록해놓을 만큼 강건한 육체 이상으로 정신력도 강했던 그에겐 미미한 치매기도 없었다고 한다. 세상을 떠날 때까지 세계정세와 지구촌 곳곳에서 일어나는 사건에도 관심을 갖고 냉철하게 사유했던 그는 그야말로 지식인이었다. 다른 지식인과 다른 점이 있다면 그리스도에 대한 확신이 누구보다도 강했다는 것이다. 그처럼 강하고 지향점이 확실했던 사람도 자식들이 고생하는 모습에는 양심이 바늘 끝에 찔렸고, 바늘 장사라도 해야겠다는 용기를 냈을 것이라고 전숙희는 그날의 아버지를 이해했다.

아버지의 바늘 장사는 어머니로 하여금 가족의 생계를 위해 더 적극적으로 움직이게 한 계기가 되었다. 그대로 주저앉아 있을 수 없다고 느낀 어머니는 한 지인의 도움을 받아 가회동 옆 소격동에 제대로 된 가게를 열었다. 과일과 채소를 파는 식품점이었는데, 유리 진열장에 고급 과자도 넣어두고 팔았다. 살기 위한 일 또한 외면할 수 없는 중대사임을 뒤늦게라도 깨달은 아버지는 그때부터 어머니가 부탁하면 새벽에 일어나 몸에 밴 종교 의식을 하고 난 뒤 자전거를 몰고 남대문 도매시장으로 가 필요한 물품들을 구해다주기도 했다. 더러 전락원도 따라다니며 심부름을 했다.

신년 명절을 앞둔 어느 추운 겨울이었다. 마침 주일이어서 아버지는 당신 일이 바쁘니 너 혼자 자전거 타고 가서 능금 한 상자를 싣고 오라고 낙원이에게 말했다. (중략)

남동생은 양손으로 자전거 핸들을 잡고 페달을 밟았지만 뒤에 실은 짐 때문인지 자전거는 중심을 못 잡아 이리저리 미끄러지며 아슬아슬하게 움직였다. 큰 길로 커브를 꺾자, 자전거는 휘청 하며 결국 빙판에 미끄러져 넘어지고 말았다. 물론 남동생도 빙판 위에 나동그라졌다. (중략) 빙판에 제 몸이 다친 것쯤은 문제가 아니었다. 쏟아져 사방으로 데굴데굴 굴러가는 능금알을 보자 동생은 그만 온몸에 맥이 빠지는 듯 털썩 땅바닥에 주저앉고 말았다. 대목 장사를 하려고 받아가던 능금을 상자째 못 쓰게 되었으니, 남동생은 눈물이 쏟아졌다. 그 능금 한 알의 의미란 그 시절 우리 가족에게는 무한한 가치요, 희망이었다.

— 〈가회동 시절〉에서

상자의 능금이 쏟아져 데굴데굴 굴러가며 흩어지는 것을 보면서 땅바닥에 주저앉았던 전락원의 그때 절망감은 훗날 그에게 어려움이 닥칠 때마다 다시 일어설 용기를 내게 만들었다고 한다. 전도에만 전념하던 목사인 아버지가 가족의 생계를 위해 단성사 앞에서 바늘 쌈지를 들고 팔던 모습 또한 전락원이 두고두고 돌이켜보던 가슴 아픈 가족사였다.

우정을 지키려다 감옥까지

전숙희만큼 친구가 많은 사람도 드물 것이다. 어려서부터 늘 왁자지껄하게 친구들과 어울려 다녔던 그는 일로 만난 사람들과도 스스럼없이 친밀감을 형성해갔다. 그것은 여느 사람들이 갖기 힘든 재주였다. 가끔 전숙희는 자신이 한껏 자랑스러워하는 친구들이 양적으로 많은 것인지 질적으로 많은 것인지 자문해보곤 했다고 한다. 결론은 늘 양적으로나 질적으로 모두 우수한 친구들이 자신의 곁에 있다는 대답을 얻었다. "여학생이 되면서부터 친구들에 대한 나의 우정은 더욱 깊어져 거의 광적이라고 할 수 있을 만큼 발전해나갔다" 하니 그가 "동무들에게 온갖 정열을 다 기울"였던 것은 당연지사였다. 친구로 인한 에피소드도 많았다. 그중에서 긴 세월이 흐른 뒤에도 얼굴에 흐릿한 흉터로 남아 있는, 여고시절에 겪었던 사건은 사람 좋아하고 거절 못하는 전숙희의 성격을 극명하게 말해준다.

이화여고 재학시절, 전숙희에게는 Y라는 친구가 있었다. 책을 엄청나게 읽어댔던 그 친구는 능변가여서 전숙희는 홀리다시피 늘 그와 붙어다녔다. Y는 이화여고 교장인 미국 선교사 쵀치와 사이가 좋지 않았다. 어느 날 Y는 교장을 비롯해 몇몇 선생을 배척하기 위한 동맹 휴학에 가담한 뒤 전숙희에게 협조해달라고 간곡히 부탁했다. 어려서부터 남의 부탁을 쉽게 거절하지 못했던 전숙희에게 친한 친구의 부탁은 잠을 이룰 수 없을 정도로 고민스러웠다. Y가 도모하려는 일에 너무도 놀라 가슴이 쉴 새 없이 두근거렸다. 전숙희는 교장의 총애를 받던 학생이었다. 교장 개인의 장학금으로 공부를 하고 있었고, 방과 후에는 그에게 따로 영어 개인지도를 받는 등 특혜도 누렸다. 자신이 학교를 졸업하면 미국으로 유학을 보내주기 위해 교장이 특별한 열정을 쏟고 있다는 사실 또한 알고 있었다. 게다가 전숙희는 반장이었고, 글재주를 인정받아 학교 도서관 관리도 맡고 있었다. 자신이 글로 썼듯이 그는 동맹 휴학의 주모가 될 아무런 이유가 없는 완벽한 모범학생이었다. 학교에 불만이 있을 리 없었다. 그래서 동맹 휴학을 반대하자 Y가 그에게 단호하게 절교를 선언하는 바람에 우정을 지키고 싶어 소극적으로 동행한 것이 그들의 비밀을 안 결과를 초래했다. 비밀을 안 이상 그들에게 동조하지 않으면 배신자가될 수밖에 없는 상황에 몰리자 그는 더 이상 앞뒤 생각하지 않고 그들이 하는 일에 가담하고 말았다.

맹휴盟休의 표면적 주동자는 Y였다. 그러나 Y의 배후에는 반미 감정으로 똘똘 뭉친 Y의 친척 오빠가 있었다. 그 사람의 계획에 따라 각 반의 반장들이 비밀리에 단결해 교장과 교사를 배척하는 사제폭탄 같은 선언문을 만들었고, 해야 할 일을 배분했고, 거사 날짜와 시간은 물론 거사 방법도 논의했다. 그렇게 정해둔 대로 한 학생이 교정에 있는 종을 다급하게 울렸다. 그것을 신호로 전교생이 일제히 하던 일을 멈추고 교정으로 몰려나갔다. 곧이어 Y가 단상으로 뛰어 올라가 당차게 교장과 교사를 배척하는 글을 낭독하며 전교 동맹 휴학을 선언했다. 그리고 3,4일의 휴학이 끝난 뒤 주동했던 학생들이 종로경찰서에 수감되었다. 당시 그 사건은 서대문경찰서장이 부내 각 경찰서장과 경찰국장, 경기도경찰부장, 경성지방법원검사장 앞으로 공문을 발송할 정도로 큰 사건이었다. 대단한 사상범이 아니었음에도 두 명의 주동자 중 하나로 지목된 전숙희는 독방에 갇혔고, 그곳에서 태어나 처음으로 겪는 공포와 외로움으로 날마다 울었다. 비 오는 날이면 더욱 암담해진 전숙희는 베를렌의 시를 암송하며 공포와 외로움을 달랬다. '거리에 비 오듯이 내 맘속에 눈물비 오네'로 시작되는 〈거리에 비 오듯이〉는 여고생 전숙희의 당시 심경을 그대로 읊조리는 듯했다. 끝나지 않을 것같이 길게 느껴졌던 40여 일의 감금 생활에서 전숙희는 두고두고 새길 많은 교훈을 얻었다.

종로경찰서 시찰계에서 일인 형사들에게 심문을 받은 나는 온갖 모욕과 욕설을 당했다. '빠가' '우소시끼' 하면서 뺨을 갈기고, 조서를 쓰던 펜촉으로 내 뺨을 긁어내려 그 상처는 아직도 내 얼굴에 남아 있다.

그 후 나는 서대문경찰서 유치장으로 옮겨져 거기서 며칠을 지냈다. 일인 형사들은 내 방에서 편지며 일기장, 내가 지은 시작 노트를 모두 압수해갔다. 심문을 할 때마다 그것을 빙자해 야유하고 모욕을 했다. 나는 감방에서 넣어주는 콩밥은 손도 안 댄 채 매일 울기만 했다. 참회와 분노, 부모님에 대한 그리움, 그리고 일경에 대한 반항심, 여러 가지가 뒤섞인 울음이었다.

― 〈감방 생활도 해보고〉에서

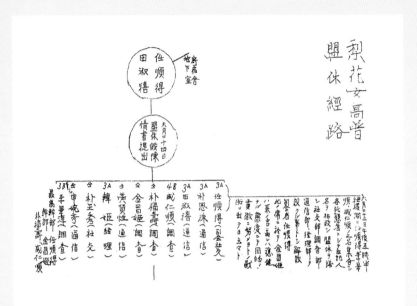

1931년 이화여고 동맹 휴학 사건과 관련하여 서대문경찰서에서 작성한 경위 조사서. 주동
자의 이름에 전숙희가 보인다(위).
서대문경찰서에 수감되었을 때의 모습(아래). 당시 나이 16세였다.(서정자 평론가 발굴. 제공)

"한 달 열흘, 40일간의 서대문에서의 생활이 내게는 10년의 유배 생활보다도 더 지루하고 외롭고 아픈 날들이었다"고 전숙희는 그때의 심정을 기록했다. 무엇보다도 그를 아프게 했던 것은 자신을 믿어준 선생님과 부모님에게 무모한 배신행위를 했다는 뒤늦은 자각이었다.

　교장은 퇴학 처분이 보류된 나를 부모님과 함께 교장실로 불렀다. 평소에 자기가 무슨 큰 잘못이 있었는지, 더구나 자신이 나에게 무슨 잘못을 샀기에 나까지 자기를 배반하게 되었냐고 교장이 물었다. 이렇게 묻는 그분의 두 눈에서는 눈물이 흐르고 있었다.
　나는 세상에 나서 그때처럼 마음 아프고 난처한 입장을 당해보지 못했다. 내 눈에서도 쉴 새 없이 눈물이 흘렀다. 교장은 눈물을 닦아주며 너는 동무를 너무 좋아하는 정과 마음 약한 것이 큰 결점이니 집에서 조용히 반성해보라고 하며 특별히 나에게만 무기정학 처분을 내렸다.

―〈우정과 배신〉에서

비록 학교 맹휴의 주동자로 감옥에 갇히는 일을 겪었으나 전숙희의 본성을 알았던 교장은 그를 너그럽게 받아주었고, 그 일이 있기 전처럼 대했다. 자신이 무엇을 잘못했는지 진심을 다해 묻는 교장 앞에서 죄책감에 짓눌려 변명조차 못하고 눈물을 흘리는 모습에서는 말보다 강한 진심이 느껴졌을 것이다. 친구로 인해 겪었던 다사다난했던 일이 있음에도 전숙희는 〈사람의 장점〉이라는 수필을 통해 긍정적인 인간성 전반에 관한 강한 메시지를 남긴다.

나에게 한 가지 자랑이 있다면 그것은 바로 많은 친구를 가졌고 그네들과 별 탈 없이 우정을 지속해가며 함께 슬퍼하고 함께 즐거워하며, 서로 의지와 방패가 되어 살아간다는 점이다.

그러고 보면 인간이란 누구나 다 사랑스런 존재이다. 이것이 바로 신이 우리를 보시는 눈이 아닌가 한다.

— 〈사람의 장점〉에서

실습용 수술대에 오르다

이화여고를 졸업한 전숙희는 뛰어난 글쓰기 능력을 인정받아 1933년 이화여전 영문과에 무시험 장학생으로 입학했다. 당시 그 일은 일간신문 한 면의 반을 차지할 만큼 큰 독사진과 함께 보도되어 세간의 관심을 끌었다. 이렇게 문학적 재능을 인정받으며 공부까지 잘하던 그에게 몇 가지 불행이 겹쳐 찾아왔다. 그중 하나가 〈우리의 아픔까지도〉에 자세히 담겨 있다.

내가 이화여전에 입학해서 아름다운 꿈을 안고 기숙사에서 친구들과 즐거운 생활을 하고 있을 때였다.

어느 날 교내 신체검사가 있어 담당 의사에게 진찰받은 결과 내 건강에 이상이 있는 것 같으니 엑스레이를 찍어야 한다고 했다. 별로 큰 자각증상도 없던 나는 '무언가 오진이겠지' 하면서도 그래도 학교의 교의가 시키는 대로 세브란스병원에 가 엑스레이를 찍었다. 그런데 결과는 뜻밖에도 결핵이었다. 내가 폐병이라니…… 정말 믿어지지 않는 사실이었다.

그 후 진단 결과에 충격을 받아서였던지, 나는 어느 날 아침, 새빨간 혈

담을 뱉고 나서야 폐에 이상이 있다는 사실을 부인할 수 없었다. 그러나 내가 당시로서는 불치의 병으로 낙인찍혔던 폐병에 걸렸다는 사실보다도 더 큰 충격이었던 것은 병 때문에 기숙사에서 나가야 된다는 의사의 명령이었다. 건강한 사람들과 함께 살 수 없고 혼자서 격리당해 치료를 받아야 한다는 냉정한 규칙이 나를 슬프게 했다.

친구들과 즐거웠던 기숙사 생활을 마치며 나는 얼마나 울었는지 모른다. 내 가슴이 아파서라기보다는, 이 세상에 나서 처음으로 남들로부터 소외된다는 쓸쓸함과 아픔이 폐부를 찌르는 듯했기 때문이다. 눈에 보이던 그 붉은 피가 주는 공포보다도 나는 사람들과 떨어져 살아야 한다는 두려움이 더 컸다.

— 〈우리의 아픔까지도〉에서

오래 끌었던 병은 부모의 극진한 간병으로 어렵사리 완치되었다. 전숙희는 그때의 아픈 체험이 "삶의 모든 진리와 아름다움을 깨닫기 위함"이었다고 믿는다. "나는 어떤 아픔이라 할지라도 사랑하며 감사하는 삶 속에서 치유해가고 싶다"는 글에는 그의 천성이 녹아 있다. 그러나 당시로선 완치가 힘들었던 결핵의 가장 큰 발병 원인이 영양 상태 불량, 곧 영양실조임을 감안하면, 그때 그 집의 살림 형편을 짐작할 만하다.

그런데 전숙희가 "집안 형편이 절망의 밑바닥"을 헤매고 있었다고 회상하는 그 시절의 모습과 생각이 녹아 있는 글에서는 글쓴이의 절박함이 아니라 느긋함이 느껴진다. 그 때문에 그의 글과 친숙해지기 위해서는 때로 약간의 노력이 필요할 때가 있다. 상식을 깨는 듯한 글의 호흡으로 인해 읽는 이에게도 호흡 조절이 필요한 것이다. 내용과는 상관없이 그의 글에서 느껴지는 이 같은 느긋함은 자신감에 찬 사람에게서 흔히 느낄 수 있는 것이다. 그리고 그의 느긋함은 지나치게 과장되지 않은 단정한 문체를 통해 평생 동안 그의 수필을 이룬 중요한 특징이 되었다. 그런 그였지만, 결핵성 임파선염으로 서울대학병원에서 무료 수술을 받았던 때의 일을 회상하며 썼던 수필 〈실습용 수술대에 누워〉에서는 그의 다른 글에서는 쉽게 찾아볼 수 없는 감정의 소용돌이가 느껴진다.

전신 마취를 해야 하는 수술이었으나 가정 형편상 입원을 할 수 없었기에 국부 마취만 하고 수술을 시작했다. 몸은 수술대에 붙들어 맨 채 얼굴을 가리우고 수술할 곳만을 내놓고 나는 죽은 듯 누워 있었다. 보호자는 어머니 한 분이 따라왔을 뿐이었다. 수술실에는 의사나 간호사 외에는 아무도 들어올 수 없어, 어머니는 수술실 앞 나무의자에 앉아 기다릴 수밖에 없었다. 나는 그나마 수술을 받을 수 있는 것만으로도 감사해 그까짓 것 아프면 얼마나 아프랴 하는 마음으로 이를 악물고 두려움을 참고 견디었다.

이윽고 마취가 끝나고 수술이 시작되었다. 그러나 내 정신은 얼굴을 가리운 거즈 밑에서 더욱 또렷하게 맑아졌다. (중략) 한 시간이 지났을까. 그 질식할 것만 같은 공포의 시간이 흐른 다음, 나는 말할 수 없는 통증을 느끼기 시작했다. 더구나 임파선이 가득 뻗쳐 있다는 신경을 건드릴 때마다 참으리라 몇 번이고 다짐했던 결심도 다 잊고 흐느끼며 소리를 지르곤 했다.

수술 시간이 지연되자 마취 기운이 깨기 시작했던 것 같다.

진료 시간이 다 끝나버린 토요일 오후, 마치 연옥과도 같이 어둡고 음산한 그 긴 복도에서 혼자 가슴 죄며 기다리시던 어머니가 내 비명에 견디다

못해 수술실 문을 두드리며 들어가게 해달라고 애원하는 소리가 들려왔다. (중략)

수술을 마치고 붕대로 상체를 감은 채 수술대에서 내려오니 타일이 깔린 수술실 바닥은 핏물로 흥건했다. 간호사가 수도 호스를 대고 내 몸에서 흐른 피를 씻어내리고 있었다. (중략)

나는 제법 명랑한 어조로 어머니를 위로했다. 어머니는 눈물을 닦고 상반신을 거의 붕대로 감고 있는 나를 부축했다. 어머니와 나는 걸어서 비원 모퉁이를 돌아 계동에 있는 집으로 왔다. (중략)

"나는 네가 죽는 줄 알고 내 뼈가 다 녹는 것 같았다."

오는 동안 내내 눈물과 침묵이시던 어머니께서 말씀하셨다.

— 〈실습용 수술대에 누워〉에서

아무런 대책 없이 모든 재산을 교회에 기증해버린 아버지로 인해 그의 가족은 하루아침에 생계가 막막한 처지가 되었고, 그는 수술비가 없어 인턴 실습용 수술을 받은 뒤 입원은커녕 차도 타지 못한 채 걸어서 집으로 돌아와야 했다. 몸통에 붕대를 친친 감은 딸이 어머니와 서로 의지하며 걸어서 집으로 돌아오자 아버지는 주님의 은총으로 다 잘될 줄 알았다며 기도해주었다. 그때의 아버지는 "심방 간 교인 집 환자를 위해 주님의 은총을 빌어주는 목사님처럼 담담했다"고 한다. 가족들이 혜화동에서 계동으로, 계동에서 가회동으로 자주 이사했기 때문에 그는 이 일이 있었던 때를 계동이라고 썼지만, 시기상으로는 가회동에서 살 때가 아닐까 추측된다. 왜냐하면 계동에 살 때만 해도 그들은 고대광실을 떠올릴 만큼 큰 집에서 행랑어멈과 행랑아범을 둔 채 먹고사는 걱정 없이 생활했기 때문이다.

그 후 한동안 날마다 계동에서 비원을 거쳐 서울대학병원까지 혼자 걸어 가 무료 치료를 받고 오곤 했다. 지금 생각해보면 그때 한없이 고마웠던 그 무료 수술은, 실은 의대를 갓 졸업한 인턴들의 실습용 수술이었다. 마치 해 부학 실험용으로 쥐를 쓰듯, 수술 실습을 하기 위한 재료로 내 몸이 제공되 었던 것이다. 그래서 수술 시간도 그렇게 오래 걸렸고 봉합 솜씨도 서툴러 수십 년이 지난 지금도 내 몸에는 그때의 흉터가 그대로 남아 있다.

— 〈실습용 수술대에 누워〉에서

그 뒤에도 그는 영양실조로 인한 폐병의 후유증으로 겨드랑이 밑 에 종창이 생기고, 임파선이 부어오르는 임파선결핵으로 두 차례의 힘든 수술을 더 받았다고 한다. 나중 두 번의 수술은 세브란스병원에 서 받았다. 두 번이나 제거 수술을 받았지만 종창은 다시 번지곤 했 다. 아버지가 약을 구하러 수없이 먼 길을 다녔고, 어머니 역시 그 병 에 좋다는 음식은 무엇이든 구해 지극정성으로 먹였다. 어머니는 고 양이 고기가 특효라는 한의사 말을 믿고 고양이를 잡아 닭고기라며 속여 그에게 먹이기도 했다.

"누나는 고양이 고기 먹었지!"
나는 가슴이 덜컥 내려앉았다. 이상한 육감이 어떤 확신처럼 떠올랐다. 그날의 초조한 듯한 엄마 얼굴도 떠올랐다. 그렇구나, 엄마는 닭 한 마리 살 돈도 없어 나에게 고양이 고기를 먹였구나. 분노와 함께 가난과 엄마의 사랑에 대한 연민의 눈물이 가슴을 메이게 했다. (중략)
지금은 오십 대 신사가 된 동생이 언젠가 말했다. "그때 내가 누이를 위 해 고양이를 죽였지. 어린 마음이었지만 울고 싶도록 싫고 괴로웠어. 지금까지도 잊혀지지 않는 사건이야."

—〈나를 다시 살게 한 사람들〉에서

　처음 겪는 가난과 감옥살이, 위험한 수술 등 무딘 사람에게도 감당하기 힘들었을 일들을 전숙희는 감수성이 가장 예민한 시기에 겪었다. 그러면서도 그때를 떠올리며 "정작 나 자신은 그 당시의 일을 조금도 괴롭거나 부끄럽게 생각하지 않는다. 그저 내게 닥친 운명이려니 하고 담담히 살아왔을 뿐"이라고 회고했다. 심지어 가난하나마 웃음과 노래가 그치지 않던 그때 그 고난의 시절을 "행복의 시절"로 느꼈다. 이를 통해 알 수 있듯 전숙희는 현재와 미래에 의미를 두고 살았던 사람이다. 뒤돌아보는 과거도 미래로 향한 그의 집념을 불태우는 데 에너지가 될지언정 멈추거나 머뭇거리게 하지 못했다.

3
습작기

辭令狀대신 "메가폰"

最初의 女性映畵監督

梨專文科制服벗은田淑禧孃

장르를

넘나들며

글쓰기에

빠지다

에피소드가 많았던 이화여전 시절

세 차례나 결핵성 임파선염 수술을 받던 이화여전 재학 2년 동안 전숙희에겐 참으로 많은 일이 있었다. 그중 실소를 머금게 하는 에피소드 하나. 그가 이화여전을 다니던 때는 정동에 있던 학교가 신촌에 건물을 신축해 갓 이사한 뒤라 교통이 불편했다. 기차로 통학하는 학생들을 제외한 대부분의 학생들이 지금은 주택들로 빼곡한 북아현동 야산을 걸어야 했다. 걷기를 좋아하는 전숙희도 그 길을 잰걸음으로 걸어다녔다.

그때 그 고갯길을 넘어다니던 학생들로는 이화여전 학생뿐 아니라 연희전문(현재의 연세대학) 학생들도 있었다. 그래서 아침 등교시간이면 그 고갯길은 남녀 학생들로 가득했다. 그중에서도 나는 지각을 잘하기로 유명해 양쪽 학교의 지각꾼들끼리 가끔 마주치기도 했다.

그날도 나는 지각을 각오하고 슬렁슬렁 산을 넘어가고 있었다. 아침 채플 시간은 빼먹을 배짱이었고 첫 시간에 있는 영문학 시험 시간에나 맞춰가자는 심산이었다. 그렇게 하려면 시간이 오히려 남는 형편이었다. 게다가 그 전날 밤에는 영화 구경을 하느라고 시험 준비도 제대로 못해 은근히 걱정이 되었다. 걸어가다 보니 길에서 조금 들어간 아늑하고 조용한 나무 그늘이 눈에 띄었다. 이왕 시간이 늦었으니 거기 앉아 시험공부나 좀 하다 가려고 나무 그늘에 두 다리를 쭉 뻗고 앉아 책을 꺼내들었다.

등교시간도 지난 때라 산속은 조용했다. 나는 혼자 산의 정적을 호젓이 즐기고 있는데 두 명의 연희전문 지각꾼 남학생들이 짓궂게 내 옆에서 조금 떨어진 나무 아래 털썩 주저앉으며, "에라 이왕 지각이니 여학생 옆에서 우리도 놀다 가자" 하고 넉살 좋게 유들거렸다.

—〈오해가 남긴 에피소드〉에서

그가 학창시절 맡아놓고 지각을 한 데에는 아등바등하지 않아도 상위권 성적을 유지할 수 있다는 자신감도 작용했을 듯하다. 한편 전숙희에게 일반적인 사고의 틀을 깨는 성향이 있었음을 말해주기도 한다. 자칫 졸업을 못할 뻔한 문제가 된 사건도 등교가 늦은 날 아침에 일어났다. 그가 등굣길의 무례한 남학생들로 인한 불쾌감을 속으로 삭이며 무심한 척 책을 들여다보고 있을 때, 하필이면 잠시 뒤 시험을 봐야 할 과목을 가르치는 영문과의 올드미스 교수가 남녀가 같이 있는 그 장면을 보고 격노한 데서 문제는 시작되었다. "아무도 없는 산속에서 남학생들과 밀회"를 하는 "너 같은 불량 학생에겐 시험 칠 자격을 줄 수 없으니 내 시간에는 들어오지 마라"는 교수에게 변명을 하다 통하지 않자 더 수그린 자세로 이해를 구하는 대신 화가 뻗친 전숙희는 절대로 놓쳐서는 안 될 그날의 시험을 정말로 보지 않았다. 그럼에도 그럭저럭 학교를 졸업하긴 했지만 그는 장학금을 잃었다. "그 고집과 편견의 올드미스 선생은 그 후 귀국해 미국에서 자기보다 열다섯 살이나 아래인 남자와 연애결혼을 해서 잘 산다는 소식을 들었다. 얼어붙은 여선생의 가슴에도 이성에 대한 향수를 지닐 수 있었다는 게 신통해 나는 라욱스 선생의 결혼 소식 하나로 아직 갖고 있던 그녀에 대한 모든 노여움과 증오가 눈 녹듯 풀렸다"고 회상했다. 그 일은 타인에게 노여움을 품지 않는 성품을 지녔다고 많은 사람들이 믿는 전숙희의 기억 속에 앙금으로 남아 있었던 것이다.

〈오해가 남긴 에피소드〉보다는 훨씬 짧게 언급했지만 그 사건은 그의 다른 글에서도 보인다. 〈함께 걸어가는 길〉이라는 작품인데, 날마다 그 길을 걸어 학교를 오가던 젊은 날에 대한 향수가 더욱 짙게 느껴지는 글이다.

이화여전이 정동에서 처음으로 신촌에 새 교사를 짓고 이사했을 때 나는 운 좋게도 당시로서는 최고로 멋있는 신축 교사의 신입생이었다. 집이 가회동에 있던 나는 북아현동 산과 고개를 넘어 걸어다녔다. 자동차도 있고 전차가 있었으나 나는 홀로 그 고갯길을 걷기 좋아했다. 봄이 되면 산에 노란 개나리와 붉은 진달래가 만발하고 가을이면 비단 물결이 출렁이듯 온 산이 갈대밭이던 그 언덕길 주위로는 푸른 소나무가 울창했다. 서대문에서 전차를 내려 북아현동 고개를 넘는 데만도 40분은 족히 걸렸다. 그것도 평탄한 길이 아닌 산고개를 넘는 길이었다. 마침 연희전문도 이웃에 먼저 교사를 지은 터라 고갯길은 아침이면 젊은 남녀들로 앞서거니 뒷서거니 줄을 이었다. 모두 기차를 타기보다는 걷기를 즐기는 젊은이들이었다.

그 고갯길을 혼자 걷기 좋아하던 나는 어쩌다 한 반 동무들과 마주쳐 같이 걸게 되면 반가웁기보다는 뭔가 혼자만 누리던 기쁨을 침해당하는 듯한 느낌이었다. 나 혼자 걸어가는 길이었지만 혼자 걷는 길이 아니었다. 현실보다 몇 배나 아름다운 꿈과 함께 걷고 있었던 것이다.

— 〈함께 걸어가는 길〉에서

친구를 누구보다도 좋아한 그였지만, 결코 침해당하지 않으려고 했던 "현실보다 몇 배나 아름다운 꿈"을 꾸던 시절이 있었다. 성장기 인간의 시간에는 수없이 많은 마디들이 있어서, 자살을 생각하는가 하면 장밋빛 꿈을 꾸는 등 변화무쌍한 모습을 보인다. 전숙희라고 다르지 않았다.

"무료 병실 시절의 고난을 되새겨보노라면 감미롭기까지 하다"고 한 전숙희였으나 그에게도 통과의례처럼 인생 전반에 대한 불신과 허무감으로 휘청대던 시기가 있었다. 그때 그의 손에는 늘 철학 서적이 들려 있었다. 한때 그는 전공을 바꿔 철학을 제대로 공부해보려고 결심하기도 했다.

그가 태어났을 때부터 우리나라는 일본의 지배 아래 있었다. 그런데 그가 마음껏 뛰어놀던 원산에서 그의 집안은 세도가였고, 그는 어렸었기 때문에 일본에게 억압당하는 민족의 현실을 제대로 느끼지 못했다. 그러다 서울에 와서 차차 보고 느끼는 침략당한 민족의 현실은 청춘인 그를 고민하게 했고, 자기혐오에 빠지게 했다. 그때 혼자 탐독하던 철학책은 더한 자기혐오와 혼란을 일으켰고, 급기야 그는 죽기로 결심했다.

한 시절의 청춘을 보내며 내가 가장 고민했던 때는 전문학교 시절이었

이화여전 재학 때 새로 지은 신촌 교사 영학관에서 열렸던 크리스마스 행사.
아랫줄 왼쪽 두 번째가 전숙희

다. 내 동포, 내 형제들이 일본 사람들의 발길에 채이며, '꼬라', '빠가' 하
는 욕지거리를 밥 먹듯이 듣고 살아야 하는 당시의 현실 속에서 나 혼자만
이 신식 숙녀로 자처하며 영어를 배우고 낭만적인 시나 소설을 읽는다는
사실이 결국은 자기혐오에 빠지게 했던 것이다.

　나는 고민 끝에 학교를 자퇴할 것을 결심하고 하루는 학교도 가지 않고
방문을 닫고 숨어 있었다. 물론 그런 지 며칠이 안 되어 부모님께 엄한 꾸
지람을 들었고, 학교에서도 선생님들이 무시로 권고차 방문해 나를 귀찮
도록 타일렀다. 결국 나는 할 수 없이 권유에 못 이겨 다시 학교에 나가지
않을 수 없었다. 그러나 나의 시대적인 고민은 더 심각해져만 갔다.

　소녀적 감상이 절정에 달하자 결국 나는 요즘도 가끔 신문 지상에서 볼

수 있는 자살을 결심했다. 나는 그 결심이 무척 장하고 위대하게 생각되었다. 철없던 나의 자살 생각에 때 묻은 속세에서 마치 꿈나라로 승화하는 듯한 아름다움과 자랑스러움조차 느꼈다. 날마다 나는 며칠 후면 죽어버린다는 생각에 도취되었고, 악착같이 살려고 허덕이는 구더기처럼 지저분한 생활을 고집하는 속세의 인간들이 우습고 불쌍해 보였다. 자살이라는 무모한 행동이 철부지 소녀에게 주는 격한 감정 속에 나는 속세의 모든 욕망과 세상사를 경멸하고 무시할 수 있음을 무척 자랑스럽게 생각했다. 날마다 자살을 면밀하게 계획하며 슬픔의 극치는 곧 아름다움의 극치라는 것을 알았다.

몸을 단정히 하고 마음을 깨끗이 한 뒤 일체의 욕망과 희로애락마저 체념해버린 감정, 그것은 즉 텅 비고 가난한 마음, 말 그대로 허虛였다. 그처럼 텅 빈 마음에는 미지의 죽음에 대한 흥분과 슬픔이 아릿한 환희처럼 출렁이는 것 같았다.

나는 자살을 결행할 날짜와 방법 등도 면밀히 계획했다. 그러나 믿을 수 없는 딸인 나를 늘 감시하는 어머니에게 들켜 모든 계획은 좌절되고 말았다.

—⟨오해가 남긴 에피소드⟩에서

⟨오해가 남긴 에피소드⟩는 자살을 계획하고 실행하려는 자의 내면 상태가 상당히 잘 묘사된 수필이다. 그러한 심리 상태를 갖고 사는 것을 모욕이자 수치로 느낀 전숙희는 어느 날 새벽 죽기 위해 스스로 혈관을 잘랐다. 훗날 그는 그 일이 "탐독하던 철학 서적을 오판한 결과"(⟨미수 인생⟩)였다고 회고했다. 그러나 온 방 안이 피범벅이 될 정도로 출혈이 심했고, 그 현장을 본 부모는 엄청난 충격으로 울부짖었

다. 의사가 집으로 달려왔고, 아버지는 몹시 분개해 "너같이 믿음 없는 마귀새끼는 죽는 것이 낫다고, 어서 죽어버리라고 소리쳤다."

전숙희가 남긴 글을 읽다 보면 그가 얼마나 정의감이 강한지 알 수 있다. 그는 자기 자신을 위한 정의감은 차분히 가라앉힐 줄 알았지만, 그것이 '우리'라는 큰 개념 안에서 일어날 때는 기어이 발현시키겠다는 집념으로 불타올랐다. 그는 모든 사람들이 불가능하다고 말하는 일을 용기 있게 시작해 반드시 뜻을 이루고야 말았다. 이런 성정의 그에게 침략자 일본의 행태는 그 자신과 우리 민족의 무능함을 진저리 나게 깨닫게 하는 결과를 초래했다. 그래서 치욕스러운 현실을 탈출하기 위한 방법은 오직 죽음뿐이라는 결론에 도달했던 것이다.

소설 창작과 등단

　수필 〈미수 인생〉에서 그는 자신이 이화여전의 문제 학생이었다고 고백한다. 그의 글에 따르면 근본적인 인생 문제를 어설프게 고민하다 두 번이나 큰 사건을 일으켰다는 것. 한 번은 일제하에 산다는 것을 모욕이자 수치라고 생각해 자살을 시도했고, 한 번은 학교에서 배울 것이 없다고 판단하여 자퇴서를 내버렸다. 그때 그의 재능을 일찍이 알아보고 자청해서 개인지도까지 해주며 정성을 쏟던 소설가 이태준은 집까지 찾아와서 자퇴를 철회할 것을 간곡히 권했다. 스승 이태준의 회유가 없었다면, 그는 다시 학교로 돌아가지 않았을 것이다.

　다시 학교로 돌아갔으나 그의 내면은 여전히 회의로 가득 차 있었다. 곳곳에서 우리 민족은 일본의 발길에 짓밟히고 있었고, 해방의 기대감은 밑불마저 꺼진 듯 민족의 앞날은 캄캄했다. 그 어둠을 더듬으며 그는 문학은 물론 연극, 영화 등 다방면에서 젊은 에너지를 발산했다.

나는 어려서부터 남달리 하고 싶은 일이 많았다. 글도 쓰고 싶고, 연구도 하고 싶고, 영화도 만들어보고 싶었을 뿐 아니라 춤도 배우고 싶고, 노래도 하고 싶었다. 그래서 재학시절부터 잡지에 글을 발표했고, 김상용 선생에게서 시를, 이태준 선생에게서 소설을, 이희승 선생에게서 문학사를 공부했다. 정규 과목 외에도 과외 과목으로 서항석 선생을 따라다니며 연극 이론을 배웠고, 실제로 동인 극단을 만들어 연극을 공연하기도 했다. 내가 영화에 미쳤던 것은 더 말할 필요가 없을 정도이다. 내 책상에는 교재보다 영화에 관한 서적이 더 많았고 시나리오를 쓴다면서 밤을 새우기 일쑤였다. 드디어 나는 한국 최초의 여자 조감독이 되어 독일에서 영화 예술을 전공하고 돌아왔던 안철영 감독과 함께 영화 제작도 해보았다.

— 〈욕망의 거리에서〉에서

전숙희가 입학했을 때 이화여전에는 당시 학계의 원로였던 국어학자 이희승이 있었다. 시인 김상용도 있었는데, 그는 전숙희에게 시적 재능이 있다며 시인이 되라고 적극적으로 권유했다. 또한 최고의 소설가로 주목받던 이태준도 학생들을 가르치고 있었다. 이태준 역시 전숙희에게 소설적 재능이 있다며 작가가 되라고 권했고, 극진히 지도해주었다. 그들의 권유로 전숙희는 입학하자마자 장르를 가리지 않고 닥치는 대로 글을 쓰기 시작했다.

동인 극단을 만들어 연극을 공연하고, 한국 최초의 여자 조감독으로서 영화 '어화漁火'의 제작에도 관여했던 이화여전 시절은 그야말로 젊음의 절정기였으리라. 그 시기에 그는 영어로 소설을 쓰기도 하는 등 젊음의 에너지로 끓어올랐다. 그가 영문학 시간에 영어로 쓴

1938년 4월 2일, 매일신보에 최초의 여성 영화감독으로 소개된 전숙희.
당시 영화 〈어화〉의 조감독을 맡았다.(서정자 평론가 발굴. 제공)

첫 단편은 〈들국화〉였다. 작은 들국화처럼 눈에 잘 띄지 않는 이름 없는 한 인간에 관한 이야기를 담았다. 두 번째로 쓴 단편소설은 〈코스모스〉였는데, 밖으로 보기에는 연약한 듯해도 사실은 올곧은 첫사랑에 관한 내용이었다.

　그는 열심히 창작한 글을 원고지가 아니라 공책에 써서 쌓아두곤 했다. 이태준이 습작한 소설을 몇 편 가지고 와보라는 말을 할 때까지 그가 쓴 글들은 그렇게 책상 서랍 속에 차곡차곡 쌓여가고 있었다. 이태준은 전숙희가 골라간 습작 중에서 〈시골로 가는 노파〉라는 작품을 졸업한 다음 해인 1939년 《여성》지에 발표하도록 추천했다. 그의 등단작은 팽팽한 긴장을 끌어가는 필력이 돋보이는 참신한 작품이었다.

1939년에 발표된 전숙희 선생의 처녀작 〈시골로 가는 노파〉와 그 이듬해의 꽁트 〈탄식하는 피주부〉는 선생의 소설적 재질을 유감없이 보여준 수작이라고 할 만하다. 이름으로만 등장하는 결핍의 외딸과 그 딸을 오매불망 헌신적으로 좋아하면서 의리를 지키는 사위와의 관계를 그리고 있는 노파 이야기는 1930년대의 가난과 그에 대응하는 소설의 한 양식을 전형화한다. 그것은 동시대의 김유정이 성공적으로 그려낸 한국적 유머의 체현이다. 눈물 나는 현실을 웃음으로 넘어서는, 웃을 수도 울 수도 없는 피폐된 현실, 그러나 결코 패배하지 않는 인간의 모습이 그 속에 있다. 소설 한 분야에 집중하였더라면 전 선생은 한국근대소설사의 귀중한 한 부분을 아름답게 축조했을 것이다.

— 김주연, 〈'시골로 가는 노파'를 읽고〉

〈시골로 가는 노파〉가 발표된 뒤 곧바로 《사상계》에서 청탁을 했을 정도로 작품의 평가가 좋았다. 늘 뭔가를 쓰고 있던 그의 머릿속에는 무수한 글감이 있었던지 그는 이미 써둔 글 중에서 한 편을 고르지 않고 다시 새 작품을 써서 보냈는데, 바로 〈탄식하는 피주부〉이다. 그러나 안타깝게도 〈시골로 가는 노파〉와 〈탄식하는 피주부〉 등

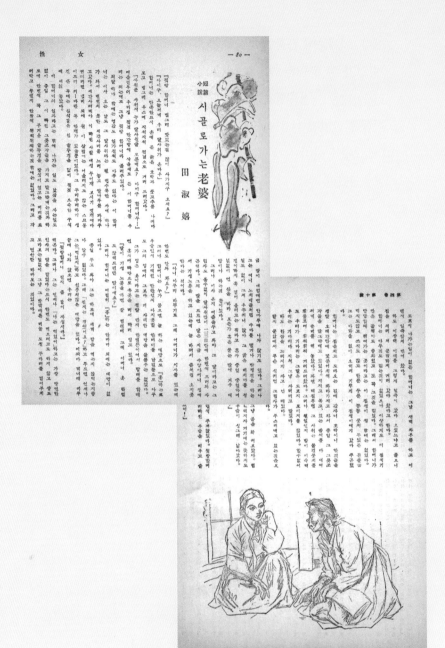

등단작인 단편 〈시골로 가는 노파〉(《여성》, 1939.10)

몇 편을 제외하고 그가 쓴 대부분의 소설은 사라져버렸다. 그의 수많은 소설이 사라져버린 이야기는 다시 하겠지만, 어쨌거나 분명한 사실은, 그가 이화여전 재학 당시 쓴 소설로 등단했다는 점이다.

사라진 1천 장의 원고

재능 있는 제자를 아끼고 사랑하는 이태준의 마음은 각별했다. 전숙희를 등단시킨 이태준은 더욱 소설 창작에 몰두하도록 관심을 기울였다. 집에도 여러 번 방문하며 정진하도록 정성을 들였던 그가 전숙희의 작품에서 지적했던 것은 "글이 너무 주관적이고 감정이 앞서며 냉정한 관찰이 부족하다"는 점이었다. 그때 전숙희는 풋풋한 청춘이었으니 당연히 지적받을 만한 점이었다. 이태준은 그렇게 작품 평가를 한 뒤 여러 번 소설을 고치게 했다. 그처럼 정성스런 이태준의 지도를 받으며 전숙희는 조선일보 신춘문예에 응모했고, 응모작은 그해의 당선작과 최종심에서 겨루다 차선으로 낙선하고 말았다. 이태준은 단 한 번에 신춘문예에 당선되기는 쉽지 않으며, 차선으로 떨어졌으니 열심히 써 다시 응모해보라고 격려했지만, 자존심이 강했던 전숙희는 다시는 소설을 쓰지 않으리라 마음먹었다. 그리고 "결과에 대한 실망과 자신에 대한 분노로 그동안 써온 1천 장이 넘는 소설 원고를 불태워버렸"다. 그는 자신의 말대로 젊은 나이에 마땅히 감당해야 할 낙선의 충격을 이기지 못했다.

지금 생각해보면 이십 대 초반의 어리석고 오만한 자존심일 뿐 작가로 탄생하기까지 겪어야 할 진정한 고뇌를 몰라 작가로서의 뿌리도 내리지 못한 채 섣불리 좌절하고 만 행위였다는 자책을 수십 년이 지난 지금에 와서도 면할 수 없습니다.

—〈습작 시절〉에서

어려서부터 주변사람들로부터 최고라는 칭찬을 많이 들었고, 이화여고 시절부터 뛰어난 글재주를 인정받아 자존감이 높았던 전숙희에게 신춘문예 낙선은 감당할 수 없는 첫 고배였을 것이다. 그때까지 그가 썼던 소설이 단편이었음을 감안하면 1천 장의 원고란 대단한 양이다. 그 글들이 대부분 습작이었음을 감안하더라도, 남아 있었다면 언젠가는 여러 차례의 개작과 보완을 통해 어떤 형식으로든 독자들과 만날 기회가 있었을 것이다. 하루아침에 사라져버린 재능 있는 젊은 작가의 작품들이 두고두고 안타까운 것은 그 때문이다.

그러나 그 시절 겪었던 일은 훗날 전숙희 수필의 정수라 할 만한 글을 탄생시키는 소재가 된다. 수필은 온기 있는 시선으로 세상과 사물을 바라보며 삶의 의미를 독자들과 함께 찾아가는 글쓰기에 속한다. 얼핏 수필 쓰기가 타 장르에 비해 쉬운 듯하지만, 그렇지만도 않다. 어떤 의미에서 수필은 고결한 장르이다. 필자의 인격이 보이지 않는 글의 골격을 이루지 못하면 부실 건축물처럼 세우기도 전에 허물어져버린다. 그러나 소설은 재능과 욕망만으로도 허구의 세계를 이루어갈 수 있으니 그가 소설로 썼던 글들은 지금 우리가 읽을 수 있는 그의 수필과는 확연히 달랐을 것이다.

4
결혼과 육아

힘겹게
인생의
전환점을
돌다

우여곡절 많았던 결혼

이화여전 재학 중 전숙희에게는 많은 일들이 있었다고 앞에서 언급했는데, 장차 남편이 될 의대생 강순구도 이때 만났다. 강순구는 죽는 날까지 전숙희의 삶에 많은 영향을 미쳤다. 전숙희의 글에 자주 등장하는 송도원, 그곳에서 처음 만난 남편과의 이야기를 쓴 글도 두세 편 눈에 띈다. 그중 한 편이 〈생명의 멜로디〉이다.

이화여전 문과 일 학년에 입학해 기숙사 생활을 하면서 나는 여름방학만 되면 대소가가 아직도 많이 살았던 원산으로 가곤 했다. 송도원의 해수욕장은 당시로서는 한국 제일의 명소였다. 수영복을 입고 큰 타월을 걸치고 바닷가로 나가노라면 지나가는 샛길 사이로 무성한 솔밭이 있고 키가 사람보다 큰 옥수수들이 길을 막다시피 푸르게 무성했다. 그 숲 사이 건너에는 여름 휴가 동안 세를 놓는 조그만 초가집들이 몇 채 있었다. 그 초가집의 열어젖힌 방에서는 내가 지나갈 때마다 기타 소리가 유정하게 흘러나왔다. 〈돌아오라 소렌토로〉, 〈오, 나의 태양〉, 〈오, 나의 사랑〉, 〈린덴밤〉이니 하는, 주로 당시 젊은이들 사이에 유행하던 독일 · 이태리 민요곡들이었다. 몇 명의 남학생들이 왔다 갔다 하는 모습도 보였다. 그들은 그 당시로서는 상당히 멋쟁이나 들고 다니는 기타를 멘, 노래를 잘하는 세브란스 의과대학생들이었다. 나는 그 멜로디에 끌려 그중의 한 사람, 강이라는 의과대학생과 사귀게 되었고 졸업도 하기 전에 결혼하게 되었다. 숲속으로부터 송도원 바닷가 파도를 따라 울려퍼지던 그 멜로디는 결국 사랑의 조율사가 되었던 것이다.

— 〈생명의 멜로디〉에서

대학시절 문제아였음을 내놓고 밝힌 〈미수 인생〉에서도 전숙희는 자신이 이화여전 재학 중에 임신했다는 사실은 암시조차 하지 않았다. 비교적 관습에 얽매이지 않고 살았고, 모든 사람들에게 '큰 사람'으로 통했던 그에게도 그 문제는 그만큼 어려웠던 것이다. 그런데다 두 사람은 남자 쪽 부모의 반대로 딸을 출산하고 나서도 1년 이상 결혼하지 못했다. 결국엔 시댁의 반대를 무릅쓰고 형식만 갖춘 결혼식을 기습적으로 올렸다.

평소 전숙희의 목소리는 약간 흔들렸는데, 그 미세한 흔들림에는 사람의 마음을 휘어잡는 묘한 힘이 있었다고 한다. 조금은 긴장한 듯한 그 목소리에서 여성적 매력이 물씬 풍겼다고도 한다. 그런 이미지를 가진 사람이 한국문학의 세계화니 문화예술을 위한 후학 양성이니 하는 큼직큼직한 일을 하고 있었으니 매력은 배가 되었을 것이다.

2010년 3월, 그가 자신의 결혼과 관계된 이야기를 할 때 목소리는 평소보다 조금 더 흔들렸다. 이미 둘 사이에 딸이 하나 있었음에도 남편과의 결혼이 쉽지 않았던 당시의 아픔이 그대로 느껴졌다.

전숙희가 첫딸 강은엽을 낳은 1938년, 그의 어머니는 막내딸을 출

1930년대 후반

산했다. 고등학교 재학 중에 국전에 입상하며 재능을 만천하에 드러냈던 첫딸 강은엽은 9월에, 전숙희의 막내동생 전성결은 11월에 태어났다. 전성결은 훗날 국제펜 대표들이 하나같이 두고두고 극찬했던 '한국에서의 아름다운 파티'를 자신의 집에서 열었던 이다. 1988년 '서울 국제펜대회' 때였다. 하지만 그것은 훨씬 세월이 흐른 뒤의 이야기이고, 전숙희는 어려운 상황에서의 순탄치 않은 출산과 집안의 가난이라는 이중의 시련에 짓눌렸다. 그러나 전숙희는 가만히 앉아 운명이 자신을 휘젓도록 방관하는 사람은 일찍부터 아니었다.

9월에 딸을 출산한 전숙희에게는 출산을 코앞에 두고 미역도 사지 못해 걱정하는 가여운 어머니가 있었다. 모녀 사이는 너무도 각별해서 두 사람이 한 몸으로 사는 듯 한 사람이 고통을 받으면 나머지 한 사람도 동시에 고통을 받았다. 그는 불쌍한 어머니를 두고 체면 따위나 생각하며 앉아 있을 수가 없었다.

"그때 내 나이가 스물한 살인가 그랬는데, 아버지는 그런 거 상관이 없었어. 우리는 기대하지도 않았어. 어떻게 하면 미역을 사오나, 엄마가 큰 걱정을 했지."

그때 알고 지내던 사람 중에 직접 희곡을 쓰기도 한 유명한 연극배우가 있었다. 전숙희는 엄마의 해산용 미역을 사기 위해 이 궁리 저 궁리를 하다가, 그 사람이 자신을 좋아하는 것을 알면서도 사정을 이야기하고 돈을 빌렸는데, 나중에 그 일 때문에 혼이 났다고 한다. 그 사람의 흑심이 짐작보다 컸기 때문이다. 빚을 빌미로 젊디젊은 여자에게 거침없이 정염을 드러내는 연상의 남자는 너무도 징그럽고 끔찍했다. 녹음테이프 속 전숙희는 그의 이름이 끝내 머릿속에서 지워지지 않는다며 몸서리를 쳤다.

일찍부터 그는 아버지를 대신해 가장 노릇을 했다. 어머니는, 이따금 심장이 멎을 정도로 큰 사고를 치는 자식이었지만, 그런 전숙희를 누구보다도 믿고 의지했다. 전숙희가 남긴 수필 속에서도 어머니를 다룬 글들이 으뜸으로 아름답다. 전숙희에게 어머니는 "언제나 젊고 아름다운 여인"인 동시에 "열 번이라도 백 번이라도 내 허물을 용서해주는 사람"이자 늘 "그 어떤 희망을 믿으셨던" 존재였기 때문에 독자를 몰입시키는 글이 탄생할 수 있었던 것이다. 전숙희의 혼전 출산 또한 어머니에게 청천하늘의 날벼락이었을 테지만, 어머니는 끝까지 딸의 정신세계를 지켜주었다.

임종하던 해 전숙희는 두 딸에게 자신의 결혼에 대해 이야기하면서 이미 아이까지 낳은 두 남녀의 결혼을 시댁에서 반대한 이유도 짧게 언급한다.

"여자가 살림을 잘해야지 대학까지 졸업한 게 무슨 소용 있느냐, 그렇게 인물이 잘난 여자와 결혼하면 너는 불행해진다, 하면서 우리의 결혼을 반대했어. 그리고 내가 살결이 희고 뺨이 빨갛다며 반대하기도 했어. 나는 화장을 안 해도 뺨이 붉었는데, 뺨이 빨간 여자는 도화살이 있어 남편을 잡아먹는다는 옛말도 했지. 그래도 내가 밤낮 찾아가서 절을 하며 잘하겠다고 했지."

전숙희는 노량진 어딘가에 문간방을 얻어서 첫아이 강은엽을 출산했다. 아기는 태어난 지 두 달 만에 전숙희의 고모가 데리고 가 키웠다. 그이는 아버지 전주부의 여동생으로 국무총리를 했던 장택상 집안에 출가했으나 출산을 못해 소박맞고 돌아왔는데, 막 태어난 종손녀를 한동안 맡아줬던 것이다. 강은엽에 의하면 아이를 낳아 길러본

적 없는 외고모할머니는 처녀나 다름없어 육아에 관한 모든 것이 서툴렀다고 한다. 어린 강은엽은 유난히 많이 울었는데, 아기를 위한다고 포대기에 너무 많이 싸서 펄펄 끓는 아랫목에 두는 바람에 늘 더위를 먹었기 때문이었다.

그는 아이와 자신의 앞날을 위해 강순구의 부모가 살던 인사동 106번지로 자주 찾아가 결혼 승낙을 받으려고 애썼다. 그때 강은엽은 혼자 살던 외고모할머니의 보살핌을 받다 인사동에 있는 강순구의 본가로 옮겨진 상태였다.

그러나 그 후에도 둘은 쉽게 결혼하지 못했다. 그렇게 세월이 흘러갔고, 강순구는 병원에 취직했다. 처음 의사로 취직한 곳은 전라도에 있던 알렉산더병원이었다. 시대도 시대였고, 전숙희는 목사의 딸이었기 때문에 결혼하지 않고 낳은 아이는 언제나 감춰야 했다. 전숙희는 집에서 키울 수 없는 딸과 떨어진 채 아기 아빠와 결혼하기만을 기다리는 고통을 감수할 수밖에 없었다. 가장 절망스러웠던 것은, 비록 짧은 순간이긴 했으나 부모의 강력한 반대에 강순구의 마음이 흔들렸던 일이다. 부모의 적극적인 권유를 못 이긴 그가 부잣집 딸과 선을 봤던 것이다.

"배신을 했어. 아버지가 선을 보고 나서 부모님 말을 따르려고 나를 피해 시골로 갔다고. 나는 그것도 모르고 병원으로 쫓아갔지. 나는 그 장면이 지금도 선해. 나를 안 만나려고 하는데, 내가 적극적인 사람이라…… 그가 2층에서 하얀 가운을 입고 특유의 활달한 걸음으로 나무 계단을 뛰어 내려오다 나와 마주쳤어. 아버지가 왜 여기까지 왔냐며 화난 표정을 짓더라고. 그전 같으며 왜 여기까지 왔냐고 반기며 어디 가 있으라고 친절하게 대했을 텐데. 그가 화난 얼굴로 퇴근해 가겠다며 어디 가서 기다리라고 하더라고. 퇴근해 와서는 부모의 뜻도 있고 나와 결혼 못하겠다고 했어. 나는 아버지한테 그때까지 애정이 있었어. 부모 말을 따르겠다는 것도 진심이었을지 모르지만, 워낙 가난한 집 아들이라 그도 부잣집 딸이 좋았던 거야. 그쪽에서 헤어지면 집도 해주고, 하는 식으로 꼬셨겠지. 일제시대에 한국 의사는 최고의 직업이었고, 그는 인물까지 잘났으니. 나는 그것도 모르고, 그때 그 사람이 얼마나 냉정하던지. 그래서 내가 왕왕 울었던 거야. 우리 아기는 어떡하고 나는 또 어떡하냐면서. 아버지가 어서 가 다시는 나타나지 말라며 휙 돌아서서 가버리는 거야. 나 혼자 울다가 기차 타고 돌아왔지."

— 2010년 3월 30일, 육성 녹음에서

'왕왕' 울었다는 표현에서 앞날이 캄캄했던 젊은 자신의 모습을 애처롭게 돌아보는 전숙희의 마음이 절절히 느껴진다. 아무튼 전숙희는 포기하지 않고 강순구를 설득했다. 그런 시간들을 거쳐 강순구가 마음을 돌리는 데 1년 이상이 걸렸다고 한다. 전숙희는 나이 스물둘에 출산을 했고, 스무서너 살에 시댁의 반대를 무릅쓴 결혼을 할 수 있었다.

"어떻게 해서 마음을 바꿨는지 모르지만, 그도 내게 애정이 없는 것이 아니었어. 그래서 부모 뜻을 거역하고 집을 뛰쳐나왔어. 가회동 꼭대기에 살고 있던 어느 날, 그가 찾아와서 잘못했다며 결혼하자고 하더라고. 아버지가 알렉산더병원에 사표를 낸 뒤 무산으로 가는 것으로 다 준비해놓고 나를 찾아왔던 거야."

— 2010년 3월 30일, 육성 녹음에서

시댁에서 끝까지 반대하는 바람에 딱히 결혼식이라 할 만한 치례도 없었고, 전숙희는 면사포도 쓰지 못했다. 그들이 조촐하게 의식을 치렀던 곳은 당시 유명했던 중국집 아서원이었다. 그들에겐 충분한 요릿값도 없었고, 결혼의 절차도 제대로 따르지 못했다.

이화여전을 졸업하자 나는 결혼을 했다. 신랑은 세브란스 의전을 나온 의사로 쾌활한 젊은이였다. 결혼식을 올리던 초여름 아침, 나는 새하얀 새틴의 긴 치마저고리를 입고 체경體鏡 앞에 섰다. 옆에서 서운한 듯 나를 바라보시던 어머니가 "우리 숙희가 정말 천사같이 예쁘구나!" 하고 중얼거리듯 말씀하셨다. 워낙 말수 적으신 어머니의 그날 아침 이 감탄사는 내게 아직도 잊혀지지 않는 추억의 하나이다.

— 〈사랑의 기쁨〉에서

결혼은 내가 우리 과에서 제일 먼저 해버렸다. 남편에게 내 손으로 스웨터를 짜서 입힌다고 당시 유행하던 수입품 털실인 자주색 '비하이부'를 사서 짜기 시작했다. 그러나 소매 한 짝을 남겨놓고 다 마치지 못해 날마다 벼르기만 하다 10년이 지나도록 완성을 못한 채 구석에 처박힌 털실보따리만 내 마음에 부담을 주었다. 그럴 때마다 우스갯소리 잘하던 남편은 "뭘 그렇게 서두르나, 50년도 못 됐는데" 하며 놀려댔다.

— 〈미수 인생〉에서

결혼하던 날 전숙희는 새로운 생을 출발한다는 의미에서 그동안 써온 일기를 불태워버렸다. 본인이 두고두고 후회했던 그 일로 인해 어딘가로 향했던 젊은 날 내면의 흔적들이 모두 사라져버렸다. 그러고 보니 그는 일생 동안 두 번이나 일기를 잃어버렸는데, 한 번은 결혼을 앞두고 자의로 없앴고, 한 번은 6·25전쟁 중에 집이 폭격당해 사라져버렸다. 그 뒤로 쓴 일기는 수필 형식으로 다듬어져 2007년 《가족과 문우들 속에서 나의 삶은 따뜻했네》(정우사)라는 제목으로 출간되었다.

혼전 임신과 출산, 어렵게 이루어진 결혼까지……. 꿈 많던 이화여전 학생이었던 그는 힘겹게 인생의 전환점을 돌고 있었다.

무산 시절의 행복

강순구와 조촐하게 식을 치른 전숙희는 무산에서 신혼생활을 시작한다. 무산으로 가기 위해 강순구는 다니던 병원에 사직서를 낸 뒤 철도병원 원장직을 수락했다. 결혼과 함께 그들이 살았던 함경북도 무산군 동면 강선동 395번지는 전숙희의 원적지가 됐고, 훗날 그가 쓴 〈무산 시절의 행복〉은 그의 대표작 중 한 편으로 남았다.

그러나 다른 글에서 전숙희는 결혼하고 첫 아이를 낳은 뒤 남편이 부임한 곳이 함경북도 나남의 도립병원이었다고 했다. 미처 집을 장만하지 못한 채 나남으로 간 그들이 임시로 거처하기 위해 찾아든 여관이 소설가 손소희의 집이었다. 아이를 몹시 예뻐했던 손소희는 눈이 노란 강은엽을 누비포대기로 싸서 업어주곤 했다. 남편이 병으로 죽어 친정에 와 있던 손소희는 서울에서 온 문과 출신 전숙희를 몹시 부러워하며 자신도 문학 공부를 하는 것이 꿈이라고 했다. 10년 뒤 그들이 서울에서 다시 만났을 때 손소희는 꿈을 이뤄 소설가가 되어 있었다. 다시 만난 그들은 뜻을 모아 문학잡지 《혜성》을 창간해 6·25전쟁 전까지 발행했고, 인연은 계속 이어져 훗날 한국펜클럽 회장 자

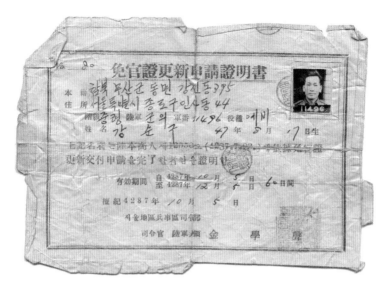

남편 강순구의 군의관 중령 예편 증명서. 결혼 후 전숙희의 본적지는 남편을 따라 함경북도 무산군 동면 강선동 395번지가 되었다. 1954년 인사동 시절의 집 주소도 적혀 있다.

리를 두고 치열하게 다투게 된다.

    손소희가 PEN에 출마한다는 선언을 한 이후, 그의 만나자는 청에 따라 오늘 오후 5시 반줄에서 만나다. 내게 일금 3천만 원을 줄 테니 회장에 나오지 말라는 요청이다. 나는 그냥 웃으며 "하는 대로 해봅시다. 이제 그만둘 수도 없지 않소!" 했다.

— 〈1984년 11월 21일 일기〉에서

    남편 강순구는 자상하고 정이 깊은 사람이었다. 강순구와 위의 두 형도 모두 의사였는데, 그들 중 강순구가 가장 따뜻한 성품을 지녔고 머리도 가장 명석했다. 건축가 강명구도 그의 형제이다. 강순구는 예술적 재능도 뛰어난 사람이었는데, 제대로 지도를 받은 적이 없지만 피아노를 잘 쳤고, 그림에도 재능이 있었다. 훗날 그의 두 딸이 조각과 회화에 재능을 나타내며 화제를 모았으니 핏줄의 힘을 실감하지 않을 수 없다. 강순구는 영어사전을 처음부터 끝까지 달달 외웠을 정도로 암기력도 대단했다. 미국에서 큰아들 강영국 부부와 살던 말년에도 독일어를 배워야겠다는 뜻을 세운 지 얼마 안 되어 독일어 사전을 통째로 외웠다고 하니 그의 두뇌가 어느 정도였는지 짐작할 만하다.

의사와 결혼한 나는 함경북도 무산의 철도병원으로 취직한 남편을 따라 정든 부모님과 집을 떠나 그곳으로 가야만 했다. 우리 철도병원 부근에는 많은 일본 사람들의 관사가 있었다. 우리 동족이라고는 무산 토박이의 가난한 사람들뿐이었다. 그들 대부분은 쌀이라고는 구경도 못해보고 감자와 좁쌀로 연명하고 있었다. 그들이 사는 집은 초가삼간이 고작이었다. 그들의 생활이란 병이 나도 사약私藥이나 쓰다 낫든가 죽든가 하는 운명을 기다릴 뿐, 돈을 가지고 양의 병원으로 가서 치료를 받아본다는 일은 생각할 수도 없었다. 그 시절 한국 농민 대부분의 생활이기도 했다. 그나마 무지와 영양부족에 시달리는 그곳 아이들은 걸핏하면 일경에 끌려가 강제노동을 하거나 이유 없이 폭행을 당하기가 일쑤였다.

도회지에서만 자란 나는 산속에 버려지다시피 사는 동포들의 참상을 보며 언제나 가슴속에 눈물과 울분이 가득 차 있었다. 그러나 슬픔과 절망 속에서 나는 우리 한민족의 의연한 기개와 끈기를 보았다. 그것은 어둠 속의 반딧불과 같아서, 나는 이미 우리가 절망만이 아닌, 소망과 장래가 있는 민족이라는 것을 확신하게 되었다. 예를 들면, 함경북도 산속에 사는 사람들은 비록 무지했지만 그들의 콧대는 여간 센 것이 아니었다. 그들의 말솜씨나 태도가 무뚝뚝하듯, 마음가짐도 그러해서 누구에게 아첨을 떨어 좀 더 잘살아보겠다거나 요행수를 바라는 일은 없었다. 그들이 바라고 믿는 것은 오직 자신들의 힘과 능력이었다.

— 〈무산 시절의 행복〉에서

가난과 일제의 만행을 용케 잘 참아내는 무산 동포에게서 전숙희는 우리 민족의 희망을 보았다고 했다. 그들이 가진 또 하나의 특성은 자신들보다 훨씬 잘사는 이웃에게도 무엇이든 가져다주기를 좋아하는 훈훈한 인정이었다. 이 점을 다시 곰곰이 생각해보면 전숙희 부부에게는 권위의식 같은 것이 없었음을 알게 된다. 아첨을 부리지도, 요행수를 바라지도 않는 콧대 센 사람들이 수시로 그 집을 드나들며 무엇이든 주고 싶어 했다는 사실이 그것을 뜻하지 않겠는가.

제철이면 팔뚝만 한 무산 찰강냉이며, 어린애 머리만 한 감자, 깊은 산속에서 따온 향기 짙은 송이와 진꿀 따위를 쉴 새 없이 가져다주곤 했다. 남에게 받기보다는 주기를 좋아하는 천성이 가난한 백성들의 뼛속에까지 스며 있는 것 같았다. 이렇게 순박하고 착한 마을 사람들 속에서 나의 결혼생활은 한껏 평화롭고 행복했다.

— 〈무산 시절의 행복〉에서

일제가 두메산골에 사는 힘없는 우리 동포까지 짓밟는 생생한 역사 속을 살면서도 전숙희는 우리 민족의 희망적 미래를 확신했다. 그 무렵 그의 남편 강순구는 아침 일찍 일어나 정원을 가꾸는, 감성이 돋보이는 젊은 남자였다. 창문을 열면 신선한 공기가 가슴속으로 스며드는 북방의 아침은 그렇게 시작되었고, 남편보다 늦게 잠에서 깬 그는 부엌으로 들어가 아침밥을 지었다.

시골이라 얼마든지 넓게 가질 수 있는 우리 정원은 겨울 한철을 빼고는 언제나 철따라 온갖 꽃이 만발하였다. 나는 향기 짙은 라일락을 좋아했다. 모교 이화동산에 봄이 되면 온 캠퍼스 안에 진동하던 그리운 냄새를 마시며 나는 떠나온 친구들을 생각하기도 했다. 진홍 장미와 연분홍 장미가 섞인 덩굴과 탐스러운 모란꽃, 무더기로 핀 다알리아, 그 옆에 벤치를 놓고 앉아 책을 펼쳐들면, 때때로 집 앞을 지나가는 남행열차의 기적소리가 내 마음을 부모형제 계신 서울로 이끌었다. 그럴 때면 나는 읽던 책으로 얼굴을 가리고 하염없이 눈물에 젖기도 했다.

— 〈무산 시절의 행복〉에서

사랑과 그리움이 교차된 아름다운 추억으로 남은 무산에서 1940년 그는 큰아들 강영국을 출산했다. 큰아들 영국은 엄동인 1월 7일 새벽에 태어났는데, 같이 잠자리에 들었던 남편이 아기를 받았다. 강순구는 아들의 탄생을 기뻐하며 자전거를 타고 온 동네를 다니며 자랑했고, 가게에 가서 산후조리에 필요한 것들을 사 날랐다.

한 해의 절반 가량이 겨울이라는 무산은 동토의 땅이었다. 11월 하순부터 기온이 영하 40도로 떨어져 두만강은 두꺼운 얼음으로 덮여버렸다. 남쪽에는 봄이 와 꽃이 필 때도 두만강 일대는 눈과 얼음이 쉬 녹지 않았다. 무산 사람들은 썰매나 지게, 리어카 등을 이용해 강 건너 북간도 땅 용정을 오가며 물물교환으로 생계를 이어갔다. 세상이 꽁꽁 얼어붙어도 젊은 그들 부부의 삶은 따뜻하고 행복하기만 했다. 인정 많은 이웃들은 무릎까지 푹푹 빠지는 눈길을 걸어와 산골에서는 귀하디귀한 미역을 주고 갔고, 나물이나 부침개 같은 먹거리도 출산 선물로 주었다.

그처럼 달콤한 신혼도 활달하고 미래지향적인 데다 일을 잘 벌이는 전숙희의 기질을 오래 잠재우지는 못했다.

나는 문득 창문을 열고 밖으로 뛰어나가고 싶은 충동에 견딜 수 없었다. 지금쯤 모교 이화동산에는 노란 개나리도 피었을 텐데 왜 나 혼자 방구석에서 추위가 두려워 문밖에도 나가지 못하고 있단 말인가 하는 생각이 들었다. 그러나 3월 하순은 아직까지 겨울이 채 물러가지 않은 북극의 겨울이었다. 나는 남편에게, 누구누구도 두만강을 건너가 북간도 땅을 구경하고 친척도 만나고 왔다는데, 나도 두만강의 얼음이 녹기 전 빙판을 건너 만주 땅을 구경하고 오겠으니 승낙해달라고 며칠을 졸라댔다. 나보다도 갓 태어난 아이 걱정에 대답을 못하던 남편이 내 어리광에 못 이겨 드디어 승낙을 했다.

찬바람이 쌩쌩 불어오는 아침, 나는 며칠을 준비해두었던 아기 솜옷과 따뜻한 솜포대기, 털실 모자, 내 옷과 미끄러지지 않을 털신, 그리고 젖병과 냄비, 약간의 먹을 것을 준비해 넣은 기저귀 가방을 들고 나섰다. 아기는 감기라도 들세라 큰 솜포대기로 싸서 업고 털실 모자와 목도리로 친친 감아, 남편의 걱정스런 눈초리를 뒤로 한 채 두만강을 향했다.

코흘리개 아이들은 신나게 썰매를 타고 놀며, 지게에 짐을 진 남정네들과 머리에 큰 보퉁이를 인 여인네들이 강을 건너고 있었다. 나도 용기를 내어 등에 업은 아기를 추스른 다음 얼어붙은 강바닥으로 올라섰다. 그 통괘함이란 경이로운 감동이었다.

─ 〈한이 서린 두만강〉에서

전숙희는 그때 그 순간이 평생 수그러들지 않을 여행벽이 처음으로 발동하던 때라 했다. 낯선 나라와 낯선 지방에 대한 관심이 바로 그 순간부터 싹텄다는 것이다. 얼어붙은 두만강의 강바닥에 올라서는 순간, 그는 불과 몇 걸음 전과는 전혀 다른 사람이 되어 있었다. 그는 삶의 고통을 견디다 못해 강 건너편에 정착한 동포들이 어떻게 살고 있는지 궁금했고, 우리 동포들이 만주 땅에 정착하여 쌀농사를 짓는 데 성공했다는 소문을 떠올려 사실 여부를 직접 확인해보고 싶었다. 또한 장백산맥을 따라가면 백두산에 닿는다는 말도 기억했고, 그 길의 시작점이 어디인지도 궁금해졌다. 그런 생각에 잠겨 열심히 강 위를 걷던 그를 일본 순사가 불러세웠다. 걱정에 겨웠던 남편의 부탁을 받고 그를 데리러온 사람이었다. 구름을 밟듯 몸과 마음이 가볍던 전숙희는 어쩔 수 없이 집을 향해 돌아섰다. "아기가 병이라도 난다면……" 하는 순사의 말에 정신이 번쩍 들었던 것이다.

전숙희의 자매들이 무산으로 와 살다시피 한 신혼 때부터 강순구는 가장 노릇을 하지 않는 장인을 대신해 처갓집의 구심점이 되고 있었다. 그는 무산에 와 있던 처제가 중병에 걸렸을 때 목숨을 구하는 등 의사로서도 탁월한 능력을 보였지만, 개성이 강한 아내를 통제하는 일은 늘 힘에 부쳤다.

1994년 전숙희는 무산에서의 추억을 글로 써 〈나의 삶, 나의 고향〉이란 제목으로 농민신문에 기고했다. 그 글에는 〈한이 서린 두만강〉

과 겹쳐지는 내용이 있다. 그러나 조금 더 감정이 담겨 있어 훨씬 생생하고 감동적이다.

〈나의 삶, 나의 고향〉은 미국에서 살던 막내딸 강은영이 귀국해서 한국에 머물던 2010년 3월, 어머니 전숙희의 글과 기록들을 정리하다가 발견했다. 항상 바쁘게 살았던 전숙희에게 그 원고는 "다 잊어버렸던 옛날의 원고"였기에 무척이나 반가웠다. 신문 지면은 1994년 '대한민국예술원상'을 받는 현장 사진도 넣어 편집되었다. 그의 약력에는 미국 콜롬비아대학 비교문학과 수료, 경향신문사 기자,《동서문학》편집인, 여류문학인회 회장, 예술원 회원, 계원학원 이사장, 국제펜클럽 런던본부 종신 부회장 등 공직을 역임한 기록과 보관문화훈장, 이화를 빛낸 상 등 수상 이력도 자세하게 실렸다.

색 바랜 그 신문을 앞에 놓고 전숙희는 밝은 목소리로 딸들에게 말한다. 그때가 "어제처럼 떠오르는 가장 그리운 시절"이라고. 해방 전, 일제강점기라는 어려운 시대를 살면서도 잃어버리지 않고 간직하고 있던 조선인의 본성을 그는 딸들에게 거듭 언급한 뒤 눈앞에 보이는 듯 생생한 기억을 떠올리며 자신의 글을 직접 소리 내 읽었다. 그 무렵 외출을 거의 하지 않고 집 안에서만 지내던 이의 생생한 감정이 육성에 실려 더욱 잘 전달되었고, 감동도 깊었다.

"글 끝에 이런 말이 있어. 나에게는 간식이었지만 그들에겐 주식인 팔뚝만 한 함경도 찰강냉이, 가마솥에 쪄서 김이 무럭무럭 나는 감자를 소쿠리째 이고 오는 아낙네도 있었다. 어린아이 머리만 한 함경도 감자는 내가 가장 좋아하는 것이기도 했다. 이렇게 정성과 사랑을 다해 가져오는 것들을 내가 사절할 때면 그들은 마치 실연이라도 당한 사람들처럼 털썩 주저

앉아 낙담을 했다. 나는 그들의 사랑을 무조건 받아야만 했는데, 그들을 행복하게 하는 것은 내가 무조건 그런 선물을 기쁘게 받는 것이었다. 나의 보답은 오직 그것뿐이었다. 우리가 줄 수 있는 것은 그들이 전염병에라도 걸리고 뱀에게 물렸을 때 치료해주는 일뿐이었다. 그 산속 마을에서 그런 일이라도 할 수 있었던 사람들은 우리뿐이었다. 물론 조수가 있었지만 덕분에 나도 응급환자가 있을 때는 주사쯤 놓아줄 줄 아는 조수가 되기도 했다. 신혼의 보금자리 나의 무산 시절은 가정의 안정과 부부의 사랑 속에 조용하고 행복한 날들이었다."

— 2010년 3월 30일, 육성 녹음에서

그는 '결혼의 떳떳함'과 한층 깊어진 부부의 사랑에 대해 말한 뒤 다시 읽기 시작했다. 그러다 또 잠시 멈춰 병원 앞으로 철로가 있었던 풍경을 설명한 뒤 다시 읽었다.

"일본 사택이었기 때문에 집이 좋았고, 철따라 마당에 온갖 꽃들이 만발했다. (중략) 무산의 깊은 산속을 울리고 지나가던 기적 소리는 어찌 그리도 구슬프던지. 지금도 바람처럼 들리는 그 소리는 내 가슴을 울려주는 것 같다. 아직은 갈 수 없는 내 북쪽 고향……."

— 2010년 3월 30일, 육성 녹음에서

읽기를 마친 그는, 에세이라는 것이 짧지만 자신의 인생과 감정을 표현할 수 있는 좋은 형식의 글임을 덧붙여 말했다. 그리고 자신이 신혼시절 이야기를 글로 쓴 것이 별로 없고, 그나마 보관하지도 않았는데, 막내딸이 용하게 찾아내었음을 기뻐한 뒤 다시 말을 이어갔다.

그때 한국 사람들은 병원에 갈 돈도 없을 정도로 가난했던 점, 왕진 제도가 있어 의사를 청했는데도 안 가면 환자를 죽인 것과 마찬가지라 의사들도 꽤 불쌍했다는 점, 자신도 남편의 조수 역할을 하며 병원 일을 거들었고 주사도 놓았다는 점 등등. 한번은 강순구가 거동을 못할 정도로 아픈 상태였는데, 산고를 치르던 집에서 왕진을 청했다고 한다. 어쩔 수 없이 전숙희가 남편을 대신해 산모가 있는 집으로 달려가 주사를 놓고 출산을 유도해 산모와 아기를 살렸다. 환자의 체온을 재고 주사를 놓는 일 정도는 틈틈이 돕고 있었지만 그처럼 큰일을 해낸 것은 그때가 처음이었다.

"그때까지도 우리 부부는 이십 대였지. 일본 사람들이 거기 철도병원을 만든 것은 저희들 병 봐달라고 그런 거야. 남편이 병을 안 봐주면 그들은 죽으니까 우리한테는 큰소리를 못 쳤어. 그 병원에선 대체로 일본 사람들을 진료했어. 나는 아버지의 아내로 행복했고, 조수 생활까지 하면서⋯⋯. 그때 무산의 젊은 애들도 다 전쟁에 나가고, 아버지도 전장터로 발령이 났는데, 군의관으로 가면 죽으러 가는 거라서 도망을 갔던 거야. 당시 나는 영진이를 임신해 만삭이었어. 아버지가 가족들을 고향에 데려다주고 발령지로 가겠다고 핑계를 대고 월남해 안강으로 도망쳤던 거야. 의사니까 믿고 우리를 보내줬던 거지. 남하해 안강에 병원을 얻어 집을 수리하다 영진이를 낳았지. 그러니 그때도 아버지가 얼마나 기뻤겠어. 그게 행복의 절정이었지. 거기서 전쟁을 피해 개인병원을 하다 해방을 맞은 거지. 그 병원에서 라디오로 일본 천황의 항복 방송을 들었지. 아버지가 빨리 나와! 하기에 갓 낳은 은영이를 업고 영진이를 손에 끌며 안채에서 병원으로 뛰어나가니 아버지가 말하지 말라고 쉿! 하더라고. 기가 막힌 순간이었지. 기대하지도 못했던 일이었어."

— 2010년 3월 30일, 육성 녹음에서

　전숙희의 삶에서 무산의 의미는 평생에 걸쳐 계속되었다. 그의 삶과 문학을 제대로 이해하기 위해서는 무산 시절을 더 응시할 필요가 있다. 무산은 그가 진정한 의미의 성인이 된 장소였으며, 부부의 정이 도타웠던 사랑의 장소이기도 했다. 그 때문에 전숙희는 늘 무산을 떠올렸고, 그때 흘렸던 눈물조차 에너지로 흡수했다.

　그런가 하면 전숙희는 그 시절 문학판에서 소외되고 싶지 않아 "아이에게 젖을 물릴 때도 마음은 늘 콩밭에 가 있었"다. 무산에서 이미 두 아이의 엄마가 된 그는 긴 인내를 필요로 하는 소설 대신 "비교적 가벼운 마음으로 솔직하게 쓸 수 있는 짧은 수필"을 쓰기 시작했다.

수필 창작으로 목마름을 채우다

가정생활은 행복했지만 나는 때때로 고독감에 시달렸고 무언가 안타까운 목마름을 느꼈다. 그럴 때면 나는 붓 가는 대로 마음의 이야기를 원고지에 옮겼다. 내가 작가가 되어보겠다고 이야기 줄거리를 짜서 쓴 소설과는 그 발상이 달랐다. 수필이란 형식을 통해 마음의 이야기를 묶어 한 권의 책으로 세상에 선보였을 때, 내 기쁨은 비할 데가 없었다. 비로소 나는 삶의 보람을 찾았다. 마음의 공허를 내가 쓴 책이 메워주었고, 나의 삶은 더욱 충실해질 수 있었다.

— 〈글을 쓴다는 일〉에서

이처럼 전숙희가 마음의 공허를 메우며 무언가를 쓰고, '나의 삶'에 충실해질 수 있었던 것은 수필을 쓰면서부터였다. 그를 차츰 삶에 충실해지도록 이끌고 기쁨을 느끼게 한 수필은 이야기의 줄거리를 짜서 쓴 소설과는 그 발상이 달랐다. 그런데 한 가지 이상한 것은, 그가 무산 시절 거의 날마다 외로움을 달래며 울었다는 점이다. 신혼이었고, 첫 아들을 얻었고, 원하던 결혼을 해서 사랑하는 사람과 남의 눈을 의식하지 않고 당당하게 같이 살던 때였다. 타고난 성향과 그가 한국문학을 위해 일했던 업적을 되돌아보면, 그가 첩첩산중에 틀어박혀 살림이나 하고 있을 사람은 아니었을 거라는 생각이 든다. 전숙희가 가정이라는 울타리 안에서 살아가는 모습을 떠올려보면, 이상하게도 기린이 연상된다. 초원의 기린을 가정집 마당 안에 가두면, 운명적으로 기린의 시선은 광활한 곳으로 향할 수밖에 없다. 그것이 내게 연상되는 무산 시절 전숙희의 이미지이다.

자녀들은 하나같이 부모가 "도저히 맞을 수 없는 극단적인 성향"을 가지고 있었고, 지향점도 성격도 달랐다고 말한다. 강순구는 다정다감하고 가정적인 데다 신중해서 때로 소심해 보일 때가 있는 남자였으며, 그림을 잘 그렸고 피아노도 잘 쳤다. 전숙희는 다소 엉뚱하고 일 벌이기 좋아하는 여자로 늘 자신감에 차 있었다. 게다가 전숙희는 요리 솜씨도 좋지 않았고, 부엌에서 음식을 만드는 일도 극히 드물었다. 큰딸 강은엽도 어머니가 부엌에서 음식 만드는 모습은 무산 시절 이후엔 보지 못했다고 했다. 그들이 젊디젊었던 그 시대를 감안해보면, 그것은 거의 파격적인 주부의 모습이라 할 만하다.

그뿐이 아니다. 그의 네 자녀의 몸에는 하나같이 어릴 때 다친 상처의 흉터가 남아 있는데, 특히 화상 자국이 많다. 어린아이들의 화상은 전적으로 어른들의 부주의 탓이라는 의사들의 말을 굳이 떠올리지 않더라도, 그 같은 사고는 엄마인 전숙희의 어떤 성향을 나타낸다. 3년 정도 살던 무산에서 그런 사고는 끊이지 않았고, 그곳에서 태어난 큰아들은 화상으로 죽을 고비를 넘겼다. 넓은 화상 흔적이 평생 등에 남을 정도로 큰 사고였다. 의사인 아버지가 바로 응급처치를 하지 않았다면, 목숨을 건질 수 없을 만큼 큰 화상을 입었는데, 아이가 다쳤다는 것을 가장 먼저 알고 소리친 사람도 그를 보살피고 있어야 할 어머니 전숙희가 아니라 어린 누나 강은엽이었다고 한다. 아들이 혼수상태였던 며칠 동안 뜬눈으로 밤을 지새우며 간호한 사람은 강순구였다. 그런 사고가 그 뒤에도 연이어 발생했다. 죽을 고비를 넘긴 것은 둘째 아들도 마찬가지였다. 높은 마루 위에 올려놓은 옹기에 들어가 앞뒤로 까딱까딱 몸을 흔들며 놀다가 마당으로 떨어지면서 옹기는 산산조각이 났고, 온몸이 피투성이가 되었다. 입가에 깊이 박힌 옹기 조각은 평생 가는 흉터를 만들었다. 엄마가 옆에서 돌봐도 아이에게 그런 일이 수시로 일어나자 급기야 강순구는 웃지 못할 방법까지 동원했다. 병원에서 마음 놓고 진료하기 위한 자구책이었다. 벽에다 대못을 박은 뒤 끈으로 아이를 묶어놓고 일을 하러 나가기에 이른 것이다. 그런데 그보다 훨씬 전, 첫 아들을 얻은 기쁨이 식기도 전부터 전숙희는 가끔 서울행을 강행했다고 한다.

"아버지는 감수성이 예민하고 예술성이 많았던 분인데 바쁜 신여성을 만나서 삶이 평탄하지 못했겠지요. 제가 놀랐던 것은, 아버지에 대한 어머니의 마음이 보통이 아니었다는 점이었어요. 글에 나타나는 것 이상이었어요. 어머니는 아버지에게 미안한 점이 많았던 것 같아요. 아무래도 부인으로서 해야 할 일을 다하지 못했다는 생각이 있었겠지요. 제 생각에는 뭔가를 참았다면 아버지가 더 참았을 거예요. 특히 그때가 1900년대 초반과 중반이었어요. 아버지는 첫아들을 낳아 기분이 좋은데 그 아들을 다른 사람에게 맡겨놓고 서울을 가시고……. 아버지가 병원 일을 하시다 미국에 와서 잠깐 쉴 때 저희 집에 와서 1년 정도 계셨어요. 그때 아버지와 나는 어머니 얘기를 전혀

하지 않았어요. 애써 어머니 이야기를 피했다고 할까요. 아버지는 굉장히 멋쟁이고, 섬세하고, 다정다감하고, 따뜻했어요. 어머니가 아버지에 대해서 나쁘게 말한 적은 한 번도 없었어요. 글에서 보는 어머니나 현실 속 어머니는 차이가 없었고, 위선이 없었어요. 늘 어머니는 순수하고 순진하다고 생각됐어요. 글과 사람이 똑같았지요. 꾸미지 못하는 것은 아버지도 마찬가지였어요. 아버지와 어머니는 젊어서 서로 멋있다고 느껴 결혼해 저희들을 낳았지만 결혼생활을 하며 막상 현실에서 보니까 서로 가치관, 인생관이 달랐던 것 같아요. 어느 쪽이 옳다 그르다 할 수는 없는 문제라고 생각합니다. 제가 미국에서 본 아버지가 어머니 글에 나타난 아버지와 다른 것만은 확실해요. 저희들 사는 것 보며 부럽다고 하셨는데, 그 말에 많은 것이 함축되어 있다고 생각합니다."

큰아들 강영국의 말대로 무산 시절 전숙희는 이화여전 선후배 사이였던 김향안(김환기 화백의 부인)이 집에 들르면, 그이에게 아이들을 맡기고 하루 반 거리인 서울로 가버렸다. 가끔은 김향안을 무산으로 불러 아이를 맡긴 뒤 서울로 가서 며칠씩 지내다 오기도 했다. 김환기 화백이 뉴욕에 있을 때 강영국이 김향안을 만나면 "야, 내가 너 젖 먹였어"라고 할 정도였다. 부부는 둘 다 자식 사랑이 끔찍했지만, 자식을 대하는 태도는 너무도 달랐다. 살림을 할 줄 모르는 데다 아이도 잘 돌보지 못하는 전숙희를 대신해 강순구는 자녀들의 양말을 꿰맸고, 음식도 만들었다. 그러다 꾹꾹 누르고 있던 불만이 폭발했을 것이다. 그런 날들이 하루하루 계속되었고, 전숙희는 점점 외로움에 젖어들며 눈물을 흘렸다.

전숙희의 평전을 쓰면서 이렇게 그의 삶을 퍼즐처럼 맞춰놓고 나서 다시 그의 글들을 읽어보았다. 그러자 그의 글에 얼마나 생략과 행간이 많은지가 보였고, 그 행간에 숨은 엄청난 인내와 사랑의 힘이 가늠되었다.

해방과 함께 달라진 삶

철도병원 원장 시절, 강순구는 남양군도의 전쟁터로 발령을 받았다. 징집 영장을 받은 그의 판단과 생각은 분명했다. 일본을 위해 죽을 것이 뻔한 전쟁터의 군의관으로는 갈 수 없다는 것. 그래서 그는 머리를 썼다. 일본의 명령에 복종한다는 자세를 보이기 위해 흔쾌히 짐을 싸서 먼저 남양군도로 보냈다. 그렇게 일본 사람들을 안심시킨 뒤 만삭인 아내를 안전한 곳으로 데려다주고 곧바로 가겠다는 승낙을 얻어 안강으로 숨어들었다. 같은 시기에 전숙희의 열일곱 살 된 동생 전락원도 곧 나올 일본군 징집 영장을 기다리고 있었다. 당시 전숙희의 나이는 스물여덟이었다.

그때 전숙희의 친정 가족도 안강으로 가 살고 있었다. 몇몇 글에 안강에 살던 가족들에 대한 묘사가 있고, 특히 〈가정의 역학〉 같은 글에서는 친정이 지척에 있었다는 구절도 보인다.

1942년경 내가 살던 경주 안강 마을에 젊은 의사 부부가 이사와 개업을 했습니다. 세브란스 의대 출신의 강순구 박사와 그분의 아내인 여류 문필가 전숙희 여사였습니다. 강순구 박사의 의술과 학식은 경주 안강 일대에 널리 퍼져 그를 중심으로 일종의 '지식인의 살롱'이랄 수 있는 독서회 같은 서클도 생겨났었습니다.

어린 나도 몸이 아프거나 또는 가친의 심부름으로 병원을 드나들곤 하였는데 방학이면 서울에서 전숙희 여사의 남동생이 찾아오곤 했습니다. 그 남동생이 바로 전락원 회장님이었던 것입니다.

— 이동건, 〈이제 우리 울음을 거둡시다〉에서

위의 글은 부방그룹 이동건 회장이 전락원 추모 1주기를 맞아 쓴 글 중 일부이다. 그들이 일찍부터 맺은 인연은 꽤 특별했다. 특히 방학을 맞아 안강에 온 전락원은 어린 이동건의 정신이 번쩍 들 만큼 새로운 인간의 분위기를 풍겼고, 세련되고 품위가 있었다. 인연은 전숙희 가족이 안강을 떠난 뒤에도 끊기지 않았다. 전숙희의 장남 강영국과 이동건은 서울고등학교를 같이 다닌 동문으로 전락원의 추모글을 쓸 정도로 두루 관계가 깊어졌다.

전숙희는 안강에서 둘째 아들 강영진을 출산한 뒤 곧장 젖을 싸매고 모유를 먹이지 않았다. 그나마 의사 집이라 귀한 우유를 구할 수 있어 부족하나마 그것을 먹었고, 모자라는 양은 옆집에 살던 일본 여자의 젖을 얻어 물렸다. 옆집에는 보야라는 젖먹이가 있었고, 건강한 엄마의 젖이 늘 짜서 버려야 할 정도로 남아돌았다. 두 가족은 서로 잘 지냈다. 저녁때가 되면 부지런한 보야 엄마가 커다란 목욕통에 더운 물을 채우는 소리가 그들의 집까지 들리곤 했다. 전숙희는 그 옆집 사람들을 임종하던 해까지 꼭 한 번 만나보고 싶어 했다. 비록 지배하는 나라와 지배받는 나라의 국민으로 만났으나 인간이 진정을 나누는 마음에는 어떤 장벽도 넘어설 힘이 있는 것이다.

옆집의 착한 일본 여자는 우리에게는 은인이었다. 체격이 크고 잘생긴 보야 엄마는 보야에게 젖을 먹이고도 남아 늘 짜버린다고 하며, 하루 세 차례씩 우리 아이를 데려오라고 해서 자기 젖을 빨려 먹였고, 친엄마처럼 아이들을 사랑해주었다.

해방을 맞은 날, 그때 나는 그 집을 지나치려는데 보채는 아이의 젖 먹일 생각이 떠올랐다. 그러나 아이가 설마 굶어죽으랴 싶었고, 어서 이 역사적인 소식을 친정 식구와 그 마을 사람들에게 알려주어야 한다는 생각뿐이었다. 나는 버둥거리는 아이를 달래가며 보야네 집 울타리를 흘깃 들여다보곤 뛰다시피 친정집 농장으로 달려갔다. 그때 내가 들여다본 옆집은 늘 마당에 나와 야채밭을 손질하던 시어머니도 보이지 않고, 뛰어다니며 놀던 보야의 모습도 눈에 띄지 않았다. 아침저녁 쇠줄을 당겨 우물물을 길어다 욕조에 물을 채우고 불을 지펴 시어머니와 남편의 목욕물을 데우던 부인의 모습도 보이지 않았다. 어쩌면 남편이 주재소 순사여서 어젯밤쯤 일본 패망 소식을 미리 알고 어디로 숨어버리거나 도망가버린 게 아닌가 생각될 정도로 집 안은 고요했다. 우리 두 아이에게 젖을 물려주던 옆집을 보자 해방으로 터질 듯한 내 마음이 잠시 혼란해졌다. 이제 약자가 된 그들이 이 땅에서 곤욕을 치르지 말고 무사히 떠나갔으면 하는 은근한 바람이 내 마음을 아프게 했다.

— 〈안강에서 맞은 해방〉에서

〈안강에서 맞은 해방〉은 전숙희의 수필 중 긴 편에 속한다. 자기의 자식에게 젖을 나눠주던 일본 여자와 사이좋게 지내며 개인과 개인의 관계가 정치적, 민족적 감정을 넘어 영원한 신뢰로 맺어지기도 하는 것임을 깨달았으니 가장 이상적인 인간 관계라 할 만하다. 보야아빠는 강순구가 일본 당국의 명령을 무시하고 안강에 와 숨어 살고 있음을 알면서도 모른 척해줬고, 자신들이 살던 집을 써도 된다는 편지에 꼭 다시 만나기를 바란다는 우정의 말을 남기고 떠났다.

〈안강에서 맞은 해방〉에는 친정집에 대해 쓴 대목도 있는데 묘사가 눈에 잡힐 듯 생생하다.

내가 어린 딸을 둘러업고 질퍽거리는 논길을 걸어 과수원에 도착했을 때는 8월의 긴 여름날도 저물어 어둠살이 깔리는 저녁 무렵이었다. 그런데 무슨 변고인가. 알지도 못했던 물난리가 있었는지 과수원은 온통 흙탕물 투성이고 부모님이 살던 세 칸 초가조차 물에 잠겨 있는 것이 멀리 건너다보였다. 부모님과 남동생, 두 여동생 모두가 비에 젖은 참새들마냥 떨며 초가지붕에 올라가 물이 빠지기를 기다리고 있었다. 내가 손으로 급한 일이 있다고 신호를 보내자, 겁이 없고 용감했던 남동생 낙원이가 나를 보고 지붕에서 뛰어내려 흙탕물을 헤엄쳐 건너왔다.

과수원 친정 식구는 며칠 전부터 물난리가 나서 우리가 살던 면소와 연락이 두절되어 있었다. 그래서 오늘 일어난 해방의 소식조차 모르고 있었다. 미군이 안강 읍내로 들어왔다는 소식은 나를 통해 가족은 물론 마을 전체가 알게 되었다.

— 〈안강에서 맞은 해방〉에서

해방을 맞은 뒤 전숙희의 삶은 하루아침에 달라졌다. 일본인을 철

수시킨 미군들은 치안을 위해 포항, 대구, 부산, 경주 등지에 주둔하고 있었다. 당시 미군들이 겪던 어려움 중 하나는 우리나라 사람들과 의사소통을 제대로 할 수 없다는 점이었다. 안강은 워낙 외진 시골이라 일본말을 할 수 있는 사람도 드물었고 영어를 할 수 있는 사람은 더더욱 드물었다. 엉터리 통역으로 미군들이 상황 판단을 잘못하는 에피소드도 수시로 발생했다. 할 수 없이 미군은 정보망을 동원해 각 지역에서 영어를 할 수 있는 사람을 찾아내기에 이르렀다. 그때 전숙희가 이화여전 영문과 출신임이 알려졌다. 그 즉시 전숙희는 포항지역 군정관인 존스의 비서가 되어 한국인 근무자들까지 관리하게 되었다. 포항에서 아침 일찍 지프가 전숙희를 데리러오면 읍내 사람들이 평소 보기 힘든 지프 뒤를 졸졸 따라다녔다. 좁은 안강 읍내에는 병원집 안주인이 출세했다는 소문이 자자하게 퍼졌다. 이렇게 사회 활동을 처음 시작한 전숙희의 삶은 이때를 기점으로 확연하게 달라지기 시작한다.

통역관으로 일하기 전에 그는 남편의 동의를 받았고, 나라 일을 돕는다는 확신으로 일했다. 하지만, 세월이 한참 지난 뒤에 그는 어린 네 남매를 하루 종일 집에 두고 밖에서 일했던 그때를 생각하면 얼굴이 화끈거리노라 했다. 네 남매 중 보야 엄마의 젖을 얻어먹었던 밑의 두 아이는 해방 이후에는 죽과 우유로 연명했다.

한 달 뒤 나는 포항 미군청의 통역관이 되어 끌려가다시피 해서 지프라는 것을 처음 타고 다녔다. 당시 포항 인근에는 영어가 통하는 사람이 없었다. 미군 당국은 내가 이화여전 영문과 출신임을 알아내고 날마다 남편을 설득해 통역관으로서의 근무 허락을 받아냈다. 남편은 젖먹이 어린애

미군정청 통역관 시절.
미군이 주최한 파티에 통역을 맡은 전숙희도 드레스를 입고 참석했다.

에게 우유를 먹이고, 나는 출퇴근하며 미군청 일을 도와야만 했다. 사람들
은 높은 군인이나 타는 줄로만 알던 지프라는 것이 포항에서 아침저녁 나
를 데리러오고 데려다주니 조그만 안강 마을뿐 아니라 당시 포항에서도
큰 벼슬이라도 한 것처럼 나를 부러워했다.

— 〈광복 42주기〉에서

안강을 떠나기 전 전숙희의 모습이다. 몇 년 뒤 육이오가 발발하
고, 집이 폭격을 당해 사라져버린 사진 중에는 이 무렵 파티가 잦았

던 그가 근사한 드레스를 입고 있는 사진이 많았다고 한다.

　미군정청의 통역관으로 일했던 경험은 훗날 전숙희의 시선이 세계로 향하는 단초가 되었다. 또한 그때 같은 일을 하던 이화여전 선배 모윤숙과의 빈번한 만남도 전숙희의 삶에 하나의 사건이라 할 만하다. 10년 선배인 모윤숙을 전숙희가 처음 만난 것은 해방 직후였다. 그때 모윤숙은 시작詩作에 전념하며 간도에서 살고 있었다. 전숙희는 한국펜클럽을 창설한 모윤숙의 권유로 펜클럽 회원이 되었고, 모윤숙을 도와 많은 일을 했으며, 모윤숙의 강력한 추천을 받아 한국펜클럽 회장을 세 번이나 연임하며 엄청난 일을 해냈다. 전숙희는 또한 모윤숙처럼 국제펜클럽 종신 부회장도 역임했다. 한국펜 역사상 유례없이 많은 일을 했던 전숙희는 일찍부터 한국문학을 세계인들에게 적극적으로 알려야 한다는 신념을 가지고 있었다.

　그는 언제나 자신이 했던 일이 한국문학을 위한 '봉사'였다고 생각했다. 더구나 그는 일제강점기에 무산과 안강에서 살았기 때문에 친일이라는 '양날의 칼과도 같은 펜'은 손에 들지도 않았다. 조선일보 신춘문예에 낙선한 뒤 남들이 보기에 펜을 놓았던 그에겐 아예 그런 일로 고민할 기회조차 없었다. 그는 의도하지 않았음에도 스스로 친일의 기회를 차단했던 것이다. 그래서 선배인 모윤숙, 노천명과 달리 그는 당당하게 나라 사랑을 말할 수 있었고, 일제강점기를 살았던 문인으로서의 이력 또한 깨끗했다.

전쟁을 딛고

'신여성'으로

거듭나다

문인 다방 '마돈나'와 문학잡지《혜성》

안강에서의 통역관 생활 2년을 청산하고 전숙희는 서울로 올라왔다. 그는 남편이 헌병사령부 의무부장으로 복무하게 되자마자 통역관 일을 끝내고 열심히 수필을 쓰며 문인들과 활발하게 교류했다. 그 즈음 손소희의 적극적인 권유로 명동에 '마돈나'라는 다방을 동업 형태로 개업했다. 그곳에서 박영준을 주간으로 손소희와 함께 잡지《혜성》을 발간하면서부터 그의 문학 활동은 더욱 왕성해졌다.

내가 졸업을 하자마자 신문사에 근무하고 있을 때 전숙희 회장은 명동에서 '마돈나'라는 커피숍을 경영하였다. 그 당시 마돈나 마담은 세 사람이었다. 전숙희 회장과 지금은 작고한 소설가 손소희 여사 그리고 유명한 성악가 유부용(나의 성악 선생) 선생 등으로 그야말로 당시 문화계를 주름잡던 기라성 같은 미인들이었다. 그들은 단순한 다방 주인들이 아니고 한편으로《혜성》이라는 잡지를 내고 있었다. 편집인은 소설가 박영준 선생이었고 나는 여기자였다. (중략) 전숙희 회장은《탕자의 변》이라는 수필집을 발간하였고 그 책으로 일약 혜성과 같이 문단에 이름을 날렸다. (중략) 우리는

《혜성》 발간 무렵. 맨 오른쪽이 전숙희, 하나 건너 노천명, 변영로

거의 형제같이 지냈다고 생각된다. 우리는 모든 것을 서로 알고 있다.

— 조경희, 〈나와 전숙희〉에서

영면한 2010년에 남긴 녹음에도 '마돈나'를 언급하는 전숙희의 목소리가 있다.

"첫 수필집 출판 전후로 소공동에 문인 다방 아카데미(마돈나)를 운영했는데, 경향신문과 가까워 직원들이 드나들며 부러워하는 한편 욕하기도 했어. 그 다방, 《탕자의 변》과 《이국의 정서》를 출간할 때도 운영하고 있었어. 4·19때도 운영했고. 그때 다방 앞에서 죽은 사람도 많았어. 그 다방 할 때 돈 안 받은 게 더 많아 거덜났지."

전숙희의 자녀들은 당시의 '마돈나'를 생생히 기억한다. 문화예술

전숙희가 편집을 맡았던 잡지 《혜성》 1~3호(혜성사, 1950)

계에 종사하는 미녀 삼총사가 공동으로 운영한다며 개업 순간부터 화제를 모았던 마돈나는 늘 손님들로 북적거렸다. 대부분 적당히 쉴 곳이 필요한 예술가들이었지만, 다방을 운영하는 유명인과 그곳을 자주 오가는 예술가들을 보기 위해 찾아오는 손님들도 많았다. '마돈나'에는 늘 담배 연기가 자욱했고, 엄마를 찾아간 아이들은 홀 뒤편 골방에서 잠시 머물다 돌아가곤 했다.

다방 '마돈나'는 바로 그 번화가에 있었다. 그러나 이 집이 유명해진 이유는 그 경영주가 세 사람의 여류 문인이며 그 가운데 한 분이 전숙희라는 아름다운 수필가라는 점은 결코 배제할 수 없었다. 그래서 웬만한 문학인들과 예술가들은 이 찻집을 자주 드나들었다. (중략) 나는 마돈나에 가끔 갔었다. 소설가 손소희도 그곳에서 보았지만 수필가 전숙희의 그 후리후리한 키와 숱이 많은 검은 머리에 흰 살결과 눈웃음칠 때의 그 가느다란 눈매에는 여성다운 아름다움이 넘쳐흘렀다. 학생인 나 따위를 그분이 알 길이 없었다. 자르르 흘러내린 뉴똥치마가 내 자리를 스쳐 지나갈 때 향수인지 지분 냄새인지 모르겠지만 결코 싫지가 않았다.

손소희와 전숙희는 당시 손잡고 문학잡지 《혜성》을 창간하기 위해 사무실 겸 이런 만남의 자리를 시작했다는 말을 나중에야 들었다.

— 차범석, 〈우리 마돈나〉에서

《혜성》은 계간지였으나 당시로서는 적지 않은 비용과 열정을 쏟아야만 발간할 수 있었다. 그 점을 감수하며 그들이 큰 의미를 두었던 《혜성》은 세 번째 호를 끝으로 더 이상 발간되지 못했다. 6·25전쟁이 발발한 것이다.

6·25전쟁과 피난시절

1950년 6월 25일 아침까지 전숙희와 가족들은 필동의 헌병 관사에서 살고 있었다. 강순구가 헌병사령부의 영관급 장교였기 때문이다. 6월 25일 긴급히 소개령이 떨어졌고, 전숙희는 4남매를 데리고 일단 노량진에 사두었던 집으로 피신했다. 얼마 지나지 않아 천지가 진동하며 한강대교가 폭파되는 소리가 들렸다. 그가 피난을 떠난 뒤 그의 집 역시 폭격을 당했고, 그 바람에 그에겐 삼십 대 이전의 사진이라곤 한 장도 없다. 그동안 써두었던 원고도 몽땅 불타버렸다. 그러고 보니 그에겐 두 번이나 원고를 몽땅 잃는 불운이 있었다. 한 번은 그 자신에 의해, 또 한 번은 민족의 대비극 6·25전쟁으로 인해.

당시 내가 4남매를 업고 끌고 머리에는 쌀자루를 인 채 한강 다리를 넘고 난 후, 서울에 하나밖에 없던 그 다리는 예고도 없이 폭파되었다. 시퍼런 섬광이 지나가고 쾅 하는 소리가 천지를 진동한 후 다리 위를 지나던 시민들은 순식간에 모두 익사하고 말았다.

— 〈고생살이〉에서

그의 앞에는 전쟁에 나간 남편을 대신해 아이들의 생사를 책임져야 하는 막중한 임무가 있었다. 한강대교가 폭파된 이튿날부터 본격적인 고난이 시작되었다. 그나마 그의 가족은 이미 한강을 건넌 상태였다는 점, 마침 친정집이 전쟁이 터질 것을 예견이나 한 듯 의왕군 포일리에 포도농장을 사서 이사한 점 등이 다행이라면 다행이었다.

새파랗게 젊은 나는 다섯 아이와 함께 산등성이를 넘어 낯선 산길을 걸어야만 했다. 처음 머리에 이어보는 쌀자루는 머리 밑이 빠지듯 무거웠고, 처음 걸어보는 산길은 험하고 멀어 발이 부르트고 장딴지에 알이 배었다. 연년생인 어린것들은 제각기 업어달라고 울부짖고 배가 고파 걷지 못하겠다며 주저앉았다.

나는 어린것들을 교대로 달래어 함께 울며 산을 넘고보니 제법 철이 나서 어린 사촌동생을 업고도 불평 없이 잘 가던 여덟 살짜리 큰아이가 보이지 않았다. 순간 눈앞이 아찔해 세 아이를 끌고, "국아! 국아!" 하고 목청이 터져라고 불러보았으나 아이는 간 곳이 없었다. 오늘날 관악산 입구는 유원지로 놀이터가 되었지만 25년 전인 그때만 해도 높고 험한 산이어서 피난민 이외에는 인적이 드물었다. 그 깊은 산골짜기에서 여덟 살짜리 아이와 등에 업었던 아이까지 잃어버렸으니 눈앞이 캄캄할 수밖에 없었다.

나는 울며 기도하며 어린것들을 끌고 산속을 헤맸다. 얼마나 쏘다녔을까, 날이 어두워왔다. 남은 세 아이들이 배고프고 다리 아프다며 우는 것을 보다못해 아이 찾기를 포기하고 산에서 내려왔다. 그랬더니 어느새 큰아이는 먼저 그 산 밑에 내려와 아기를 데리고 우리를 기다리고 있었다. 큰애는 어린 소견에도 험한 산속을 다시 올라가다 서로 길이 엇갈리면 더욱 찾기 어려울 것 같아 거기서 그렇게 종일토록 기다리고 있었다고 한다.

하마터면 생이별할 뻔했던 아이 둘을 되찾아 나는 깜깜한 어두운 길을 다시 걸어갔다. 잃었던 아들을 찾은 나는 감사한 마음에 그 아프던 머리도, 무겁던 다리도 신기할 정도로 가볍게 움직여졌다.

—〈고생살이〉에서

천신만고 끝에 부모가 있는 농장에 도착했으나 공산군이 한강 이남까지 내려와 반공분자를 색출하는 상황에서 국군 고위직의 아내인 전숙희 역시 언제 잡혀가 총살감이 될지 몰랐다. 전숙희는 자신은 물론 다른 사람들에게 닥칠 화가 두려워 거슬러 상경한 뒤 골목으로만 숨어다니며 정릉까지 걸어갔다. 그의 머릿속에 평소 자신을 따르던 한 후배 여기자가 떠올랐고, 발길이 저절로 그의 집으로 향했다. 전숙희가 운영했던 문인 다방 마돈나에는 특히 경향신문 기자들이 많이 드나들었는데, 일찍이 그가 경향신문 문화부에 적을 두었었기 때문이다. 후배 여기자는 전숙희를 반갑게 맞아주었고, 그의 어머니는 쌀에 팥까지 넣어 밥을 지어주며 정성껏 대했다. 전숙희는 그 집에서 며칠을 보낸 뒤 더 이상 신세를 질 수 없다는 생각으로 다시 길을 나서 한강에 이르렀다.

내 젊은 시절은 일제 치하의 설움과 압박 속에 제대로 꽃피워보지도 못한 채 눈물로 보냈고 제2차 세계대전이 한창이던 때 결혼했다. 얼마 뒤 나는 꿈에도 그리던 감격스런 해방을 맞이했지만 그 감격은 오래 가지도 못하고 이내 6·25전쟁이 터졌다. 상상하지도 못했던 동족상잔의 비극은 나로 하여금 엄청난 좌절과 슬픔을 맛보게 해주었다. 남편은 전장에 나가야 했고 나는 어린 자식들을 데리고 먼 피난길을 떠나야만 했다. 끊임없이 생명을 위협하는 폭격 속에서도 나는 살기 위해 이리저리 거친 들과 산을 헤매었다. 피로 물든 강물, 산처럼 쌓인 시체의 숲으로 헤매고 다닌 일은 다시 생각하기도 끔찍한 세월이었다.

— 〈잊고 싶은 일〉에서

전숙희의 글 중 유독 생생하고, 자주 길게 다루었던 글의 소재는 전쟁과 관련이 있다. 그 시대를 살았던 우리나라 수많은 문인들 역시 전쟁을 겪었고 피난지에서 힘든 삶을 살았으나, 전숙희가 남긴 글처럼 구체적인 글은 그리 많지 않다. 3년 동안의 피난살이를 통해 전숙희가 쓴 글에는 특히 전쟁을 겪어낸 문인들의 삶, 그들의 피난지 생활 등 그때를 살았던 문인들의 일상이 자세히 담겨 있어 한층 의미를 지닌다. 어떤 의미에서 전쟁은 수필가의 몫이라고 할 만큼 특수한 상황이고, 수필의 형식이 가장 잘 어울리는 비극이라 할 수 있을 것이다. 그는 현실을 극대화시키지도, 과장법을 동원하지도 않은 채 담담하게 원고지에 써내려갔다.

아무도 내일에의 희망을 가질 수 없었다. 내가 내일 살아 있으리라는 확신이 없었기에 우리 문우들은 부산 광복동 골목 안 다방에 모여들었다.

다방 안에 들어서면 이 구석 저 구석에서 반가운 얼굴이 눈에 띄었다. 김동리, 조연현, 최정희, 손소희, 한무숙, 조경희 등이 그 다방의 단골손님이었다. 그들은 가난 속에서도 그렇게 만나면 서로 안부를 묻고 생활을 걱정하며 반가워했다. 당시 우리는 젊었기에 그런 고난 속에서도 좌절하지 않았다. 그 만남에는 사랑이 있었고 우정이 샘솟았다.

— 〈고난을 이겨내며〉에서

부산 피난시절의 문인극(위). 오른쪽에서 두 번째가 전숙희
문인극 공연장에서의 노천명, 최정희, 전숙희(아래)

2년이 넘는 피난생활의 무료함 속에서 요즘 아는 이들 사이에선 관상 보기가 유행이다.

맨 처음 K선생이 우연히 대신동 막바지에 있는 어느 관상가에게 자신의 관상을 보인 결과, 과거나 현재를 꼭 맞히는 것으로 미루어 미래의 일도 맞으리라고 추측한 것이다. 관상가는 K선생의 미래를 두고, 장래가 무척 좋으며 점점 발전해나간다고 관상담을 말했다 한다.

K선생의 이런 솔깃한 이야기를 들은 사람들은 가뜩이나 따분함 가운데 살고 있는 요즘 무슨 시원한 소리라도 들을까 싶어 너도나도 앞을 다투어 그 집을 찾아가게 되었다. 그곳을 다녀온 친지들 얼굴은 대개가 화색이 돌았고 관상가의 말이 꼭 맞더라는 것이다. (중략)

벼르고 별러서 비까지 맞아가며 모처럼 갔다가 그냥 돌아온 것을 어지간히 서운하게 생각했던 K선생이, 하루는 그 관상가에게 그대로 배워온 실력으로 자기가 직접 내 관상을 봐주겠노라고 했다. (중략) 그는 내 이마에서부터 코로, 다시 턱으로 내려오며 초년, 중년, 노년의 운을 보는데, 날더러 중년 운이 좋다고 한다. 코와 뺨과 귀의 조화가 아담해 재운이 트이겠다고도 한다. 내 눈과 입은 감정의 패배를 의미하지만 이 역시 코와 뺨과 귀의 조화로 결국은 이성이 이길 것이라고 한다. 그러므로 내 일생은 풍랑이 이는 듯 늘 위태로우면서도 결국은 평탄하게 발전하리라는 것이다. 가만히 듣고 있노라니 어떻게 들으면 좋은 것도 같지만 또 어떻게 들으면 신통치 않은 말 같기도 했다. 또 어떻게 생각하면 맞는 것도 같은, 그러나 들으나 마나 한 말이기도 했다. (중략)

관상이나 사주를 보는 것이 좋은 일인지 나쁜 일인지 거기까지 언급할 자격도 나에겐 없다. 그러나 나는 구태여 관상이나 사주를 보지 않더라도 적어도 앞으로의 내 인생이 어느 모로나 발전해나가고 미래가 현재보다는 나아지리라는 것쯤은 어느 용한 관상가보다도 자신 있게 예언할 수 있다. 그 이유는 나 자신에게 꾸준히 노력하려는 의지와 앞으로 뻗어나가려는 투지가 만만하기 때문이다.

—〈관상가와 운명론〉에서

문인들의 피난살이 일상이 가감 없이 표현된 글들에서 주조음처럼 느껴지는 것은 이상하게도 권태감이다. 기다림에 지친 자들의 권태라고나 할까. 그것이 읽는 사람마저 감염시킨다. 그리하여 그런 상황에서 살아본 적 없이 독서만 할 뿐인 사람도 그 권태감으로부터 벗어나고자 하는 의지가 꿈틀대도록 만든다. "우리는 이제 똑같은 형편 똑같은 룸펜이다. 서로 질투할 필요도, 물고 뜯을 일도 없이 오직 만나면 반갑고 모이면 즐겁기만 하다"는 문장에서 느껴지는 정서는 또 어떠한가. 온갖 체념의 언어들까지도 피난지의 정서를 대변하고 있다. 전숙희가 피난시절 자주 만났던 문인 중에는 피난지 부산의 시인 김광섭, 피난지 대구의 시인 박목월도 있다. 특히 대구에서 피난살이 할 때는 박목월과 집이 가까워 골목길에서 자주 마주치곤 했다.

나는 부지런히 걸어 K다방 문 앞까지 온다. 문을 썩 밀고 들어서면 벌써 자욱한 담배 연기 속에 웅성거리는 사람들의 시선이 일제히 나를 향한다. (중략) 조금 있다 그 문으로 S와 H가 나타난다. 약속이나 한 것처럼 우리는 여기서 이 시각에 만나는 것을 당연하게 생각한다.

"서울에 곧 돌아가게 되는 모양이지?"

서울 후암동에 집이 있는 H가 감개무량한 표정으로 말한다.

"글쎄, 너희들 다 가고 나면 나는 여기서 널찍한 온돌방이나 하나 얻어 살 테야."

"서울 가면 우리 집 사랑채는 너한테 그냥 줄게." H가 하는 말이다.

"얘, 헛생색 내지 말아. 미안하지만 남산 밑의 너희 집이 여태 그대로 성할 것만 같으냐."

우리는 서로 쳐다보고 깔깔 웃는다. 실상 서울에 올라간다 해도 집도 가재도, 찾을 물건도 없는 나로서는 우리의 수도 서울을 찾았다는 감격 이외에 뭐 그리 애타게 그리울 아무것도 없었다.

— 〈기다리는 마음〉에서

그의 수필 중 〈국민방위군 사건 전후〉에는 당시 정전을 결사반대하며 삼팔선을 끊고 북으로 올라가 통일을 해야 한다고 주장하는 사람들의 시위 행렬에 대한 생각이 담겼다. 정전 회담이 일시 결렬되었다는 보도를 접한 뒤의 마음을 솔직하게 토로한 글로 묘한 울림이 있다.

정전을 결사반대하던 국민들은 결렬되었다는 소식을 듣는 순간 마땅히 시원하고 통쾌해야만 하는데, 막상 그렇게 되고 보니 마음속이 답답함은 웬일일까. 혹시 나는 정전이 되지 않아야 한다고 생각하면서도 또 마음 한 구석에서는 은근히 정전을 바랐는지도 모른다. 이런 이율배반적인 심리를 군이 나쁘게 해석하고 싶지는 않다. 오랫동안 전쟁과 불안, 피난생활이라는 불안정함 속에서 허덕였던 내가 속으로는 은근히 어찌 됐든 전쟁이 빨리 끝나고 고향으로 돌아가 안정된 생활과 따뜻한 가족애 속에 살고 싶었기 때문인지도 모른다. 그때의 내 애틋한 심정으로서는 그밖에는 더 바라는 게 없었다. 우선 질식할 것 같은 숨을 돌려 쉬고 싶었다. 한순간의 안정이나마 편안히 누리고 싶었다.

─ 〈국민 방위군 사건 이후〉에서

놀랍게도 자신이 큰 역사의 흐름도 바꿔놓을 수 있다고 믿는 부류
의 사람들이 있다. 어쩌면 인간의 역사는 그런 사람들에 의해서 바뀌
고 수정될 수 있을지 모른다. 전숙희도 어떤 관점에서 보면 그런 유
형의 사람이었다. 그런 사람이 슬픔에 빠지거나 무료함을 느낄 때는
감염 속도가 빠르다.

피난시절, 우리가 세 들어 살고 있던 집에서 삼 분 정도 걸어가면 바로
부산 송도 바다에 이르게 된다.

나는 외로워질 때면 훌쩍 바다로 나가곤 한다. 무언가 사무치게 그리워
질 때에도 나는 바다로 나갔다. 슬픔이 복받쳐오를 때도 그랬다. 시간이
새벽이건 밤중이건 나는 개의치 않았다.

바다가 보이기 시작하면 나는 심심풀이 삼아 잘강잘강 씹던 껌도 뱉어
버린다. 바다 앞에 서면 경건한 마음이 들기 때문이다. 옷깃도 단정히 매
만진다.

쌓아올린 축대 위를 걸어본다. 여기서부터는 궤짝같이 늘어선 판잣집들
도, 지저분하게 내걸린 빨래 따위의 피난민 살림살이도 보이지 않는다. 지
긋지긋하게 싸우는 소리도, 행복한 웃음소리도 들리지 않는다. 다만 해변
을 따라 끝없이 뻗어 있는 축대 아래로 크고 작은 바위들과 그 바위에 쉴
새 없이 부딪쳐 부서지는 파도가 보일 뿐이다. 한참 걷다 지치면 나는 아
무 데고 그대로 앉아본다.

가깝게 보이는 바다는 더욱 내 시야에 꽉 찬다. 등 뒤로 높은 산턱이 가

로막혔을 뿐, 앞뒤를 보아도 바다만 펼쳐져 있다. 푸른 물결이 넘실거리는 망망대해이다.

이때가 밤중인 경우에는 건너다보이는 부산 시내는 사방이 무너지고 모여 있는 등불이 졸 듯 깜박거리고 새벽에는 뽀오얀 안개에 잠긴 바다 저쪽이 사뭇 신기루인 양 아득하기만 하다. 땅끝까지 맞닿은 듯 무거운 침묵에 잠긴 바다를 바라보고 앉았노라면 내 가슴속에 쉴 새 없이 일렁이던 외로움과 그리움, 슬픔도 고요한 바다 밑에 가라앉고 만다. 근심, 걱정, 번뇌 등 세상의 온갖 때 묻은 생각들이 신기하게도 물결에 깨끗이 씻겨버린다.

이제 나의 눈에 거슬리는 것은 아무것도 없다. 귀에 거슬리는 소리 역시 없다. (중략)

내 마음 한구석, 반딧불처럼 자그마하게 남은 조그만 이성이 나를 재촉한다. 나는 발을 옮겨 다시금 어지러운 속세로 가야만 한다. 어느덧 내 눈앞에는 피난민 판잣집들과 구멍가게가 즐비하다. 악취가 코를 찌른다. 번잡스런 속세의 소리들이 시끄럽다. 때 묻은 세상에 나서자 내 가슴은 다시금 어디서 왔는지 모를 고달픔과 대상 없는 그리움으로 출렁거리기 시작한다.

나는 허전해오는 다리를 휘청거리며 내일이면 다시 돌아올 길을 하릴없이 걸어간다.

― 〈마음의 행로〉에서

〈마음의 행로〉는 피난지에서 보내는 사람의 우울함이 차분하게 표현된 아름다운 글이다. 내겐 정서적 공감이 큰 글인데, 유난히 눈길을 끄는 구절은 "대상 없는 그리움으로 출렁거리기 시작한다"이다. 마치 그가 바라보았던 모든 대상이 자신에겐 아픔이라는 듯, 그 아픔을 깨끗이 씻어내 줄 막연한 대상에 대한 그리움을 꿈꾸는 이의 절실함이 느껴지는……. 긍정적 사고의 소유자인 그가 내일을 낙관할 수 없을 때 느끼는 슬픔의 정조가 깊이 스며들어 있다. 이러한 분위기를 풍기는 그의 글들은 한결같이 읽는 이의 마음을 휘젓는다.

전숙희는 전쟁으로 인해 고생했던 기억을 떠올리며 결론적으로 말했다. "나는 어떤 순간에도 절망적인 괴로움에 빠졌던 적은 없는 것 같다. 나는 내게 닥쳐왔던 어떠한 고난도 피하지 않고 오히려 긍정적인 마음 자세로 여느 때보다 더 열심히 그 고난을 헤치며 살아왔다. 전쟁이란 민족의 비극을 겪으며 살아온 시절은 나 혼자 당한 괴로움은 아니었기에 어떤 의미에서는 좀 더 나를 단련시키고 굳건하게 만든 계기"가 되었다고. 그는 덧붙여 썼다. "내 앞에 얼마나 더 많은 고난이 닥쳐올지 알 수 없으나 산다는 것 자체가 보람 있는 일이라면 살기 위해 닥쳐오는 고락에 맞서 나는 좀 더 담대해지고 강인해질 수 있을 것 같다"고.

전쟁을 겪으며 깊어진 사회적 시선

전쟁에 관한 수필 중 정신의 힘이 강하게 전해지는 작품을 꼽으라면, 나는 망설이지 않고 전숙희의 〈눈먼 용사〉를 꼽겠다. 〈눈먼 용사〉는 진술과 묘사가 적절히 어우러진 힘 있는 문장에 사유의 힘이 더해져 여운이 깊고 오래간다.

대구에서 부산으로 향하는 기차 안은 언제나처럼 발 하나 들여놓을 틈도 없이 복잡한데 그날은 더구나 무슨 특별한 일이나 있었는지 전에 없이 상이군인들이 무척 많았다. 나는 다행히 그 복잡한 틈에 서 있게 되지 않고 한패의 상이군인들이 앉아 있는 자리 옆에 앉을 수가 있었다. 내 맞은편 의자에는 한쪽 다리를 절단해 절름발이가 된 군인이 있었고, 그 가운데 자리에는 얼굴에 화상을 입어 코, 눈, 입, 피부까지 모두 오그라진 바가지 쪽처럼 한데 붙어버린 화상 입은 군인과, 그 옆엔 창에 의지한 채 눈먼 군인이 색안경을 쓰고 앉아 있었다. 나는 그 복잡한 차 안에서도 가엾은 불구자 군인들과 한편 씩씩하게 서 있는 많은 군인들을 잠깐 번갈아보며 한 가닥의 애수가 마음에 사무치는 것을 막을 수 없었다. 원래는 다 같이 저렇게 씩씩하던 젊은이들이 오늘 이 자리에 마음대로 걷지 못하고 보지도 못하는 불구자가 되어 희망과 기쁨만이 차 있어야 할 마음에 절망과 비애가 깃들어 있다고 생각하니, 그들의 처지가 너무나 안타깝게 느껴졌다. 더구나 생명을 보존한 대가로 치러야 했던 불구의 육체, 죽음보다 더했을 고통의 과정이 잠깐 내 머릿속에 스치자, 전쟁이란 얼마나 비참하고 잔인한 것인가에 새삼 전율했다.

나는 가방에서 잡지를 꺼내들었다. 조금 후에 건너편의 다리가 절단된 군인이 캬라멜을 두 갑 샀다. 그는 한자리에 앉은 동료들에게 모조리 몇 알씩 손바닥에 쏟아주고, 나에게도 받기를 권했다. 나는 그저, "감사합니다" 하고 인사만 한 채 받지 않고 가만히 앉아 있었다. 그랬더니 이 군인은 갑자기 화를 발끈 내며, "왜, 병신이 드리는 게 싫으십니까?" 하지 않겠는가. 나는 이 뜻하지 않은 공격에 당황했다.

"아니에요, 그럼 도로 주세요" 하고 괄째로 받아 얼떨결에 한 알을 입에 넣었다. 그러자 그때까지 무표정한 채 창밖으로 얼굴을 돌리고 우두커니 앉아 있던 눈먼 군인이 입을 열었다.

"여자의 음성이군요. 정답습니다. 아름답습니다."

나는 다시 한 번 깜짝 놀랐다. 장님이 되어 살아 있는 것만 해도 지긋지긋할 텐데 아직도 무슨 흥이 남아 낯선 여자를 놀리기까지 하는가 하고 약간 불쾌한 생각으로 그의 얼굴을 곁눈질해 보았다. 콧날이 우뚝 서고 희멀끔한 얼굴이다. 금방 삼류 시인 같은 어조로 나를 놀렸다고 생각한 그의 표정은 하나도 흐트러짐이 없이 보지도 못할 창밖을 여전히 응시하고 있었다. 나는 그의 너무도 엄숙한 표정에 다시 얼굴을 돌려 고개를 수그리고 잡지만 묵묵히 들여다보고 앉아 있었다.

기차는 긴 굴을 뚫고 나와 넓은 들을 하염없이 달리고 있었다. 조금 있다 눈먼 군인은 다시 입을 열었다.

"하늘이 보이지? 김 중위."

이 말에 맞은편에 앉았던 중위 계급장을 단 군인이 그렇다고 대답을 했다. 나는 그때서야 비로소 눈먼 군인의 계급장이 소위인 것을 보았다.

"우리 고향에서 보던 똑같은 하늘이야."

"그럼, 하늘은 어디든지 있으니까……."

김 중위란 군인이 대답을 했다. 나는 고향이란 말에 그의 말투가 약간 함경도 악센트를 띤 것을 느꼈다.

"그 하늘엔 가벼운 흰구름이 떠돌고, 자, 이번엔 들이로구나. 잔디는 아직도 누렇게 기름이 져 있구나. 지금은 조그만 산 옆을 지나가지? 산엔 어린 소나무가 그래도 새파랗구나. 저건 우리들이 학교 다닐 때 해마다 식목일이면 열심히 떠다 심은 나무들이지. 그 애송이 소나무들이 내가 일선에 나가 전쟁을 하고 또 이렇게 눈이 멀 동안 저렇게 시퍼렇게 자랐어. 세상은 참 아름다운 거야!"

나는 깜짝 놀라 그의 얼굴을 다시 쳐다봤다. 그 얼굴은 아까 나에게 조롱의 말을 던졌다고 생각해 쳐다보던 그때 표정과 다름이 없이 엄숙했고 아무 티끌도 없는 밝은 얼굴이었다. 유리창을 통해 비치는 태양빛을 받아 그의 얼굴은 좀 더 빛나는 듯했다. 나는 그의 말, 그의 표정에 갑자기 가슴속이 뿌듯해지는 것을 느끼며 눈먼 그가 마치 똑똑히 사물을 보듯 말한 창밖으로 시선을 옮겼다. 거기엔 정말 맑게 개인 하늘이 보이고, 산이 보이고 그 산엔 푸른 소나무가 자라고 있었다. 맑고 신선한 풍경이다.

나는 색안경 아래로 감긴 그의 눈을 다시 곁눈질해 봤다. 두 눈은 분명히 감겨져 있었다. 그러면서 왜 눈을 감은 그도 볼 수 있고, 느낄 수 있고, 즐길 수 있는 세상을 나는 참되게 보지 못했을까? 분명히 뜨인 내 두 눈을 가리는 안개는 무엇이었을까? 나는 나 자신을 힐책했다.

— 〈눈먼 용사〉에서

〈눈먼 용사〉는 수필이 얼마나 깊은 세계를 짧은 글 속에 담을 수 있
는지를 보여주는 좋은 글이다. 그는 인간의 절망이나 고통에도 아름
다움이 곁들여진다는 사실을 우연히 만난 상이군인을 통해 확인하는
한편, 우연과 필연의 연속인 삶의 의미를 달리는 기차 안에서 긍정적
으로 깨닫는다.

영원할 것 같던 전쟁이 끝나고 1954년 봄, 전숙희도 서울로 돌아
왔다. "6·25전쟁이 터진 후 꼭 3년, 다소의 불안과 희망이 뒤섞인
채 용기를 내어 살얼음을 밟듯 조심스레 남들 오는 틈에 끼어" 부산
피난지에서 돌아온 것이다. "전차에서 내리자 한 손에 보스톤 백을
든 채 오래 별렀던 서울 거리를 걸어본다. 걷는 것만으로는 성에 차
지 않아 뛰어보고 싶고 뒹굴어보고 싶은, 곰보처럼 얽어버린 아스
팔트길이 입 맞추고 싶도록 사랑스럽다"(《다시 시작하는 마음》)던 그
는 곧 무너진 집들을 보며 피난생활을 떠올리고, 조금은 더 객관적
으로 삶을 응시하며 다시 생각한다. "허물어진 내 집이나마 고쳐
널따란 사랑채는 집 없는 K를 주고, 건넌방은 A를 주고, 아랫방은
방 한 칸 못 얻어 울고다니는 C를 주고, 어떻게든 정답게 살아보리
라' 나는 문득 기둥만 남았다는 전쟁 전 우리 큰 집을 생각하며 이런
마음을 먹어본다." 그렇다. 그는 살던 곳으로 돌아왔고, 타고난 그
의 기질이 다시 발동하기 시작했다. 그러나 인민군 숙소로 사용되
다 연합군의 폭격을 받은 그의 대방동 집은 오간 데 없고 집터만 남

아 있었다.

어쩌다 삭막한 거리에서 아는 사람들을 만난다. 그럴 때면 나는 몇 백 년 떨어졌다 만난 친구처럼 눈물겹게 반갑다. 물론 그들은 대개 부산, 대구 피난지에서 환도해온 사람들이다. 그러나 바로 어제 부산 거리에서 만났던 사람도 이 서울 거리에서 다시 만나는 감격은 각별하다. (중략)

나는 대방동에 사놓았던 허물어진 집터를 찾았다. 전쟁이 나기 전, 한번 오붓하게 살아보리라던 생각으로 장만한 집이었다. 천여 평의 아담한 정원과 겨울에도 꽃을 볼 수 있는 온실, 사면이 유리문으로 트여 장안이 아름답게 내려다보이는 거실이 있는 집을 사놓고 신접살이처럼 가슴 부풀어 새 가구를 장만했었다. 정원엔 눈에 뜨이는 대로 갖가지 재미있는 모양의 정원목도 떠다 심었다. 등나무도 넝쿨이 올라 그늘이 깊어지면 친구들을 불러 가든파티라도 하리라 마음먹었다. 그러나 6·25전쟁이 터지자 나는 모든 것을 초개와 같이 던져버리고 피난길을 떠났고, 그 후 이 집은 인민군들의 숙소가 되어 연합군 폭격의 중심이 되어버리고 말았다.

나는 전쟁 당시의 너무나도 몸서리치는 기억 때문에 피난살이에 그렇게 쪼들리면서도 이 집에 대한 미련이나 애착이라곤 조금도 갖지 않았다. 내 가족 모두 생명을 유지한 것만도 감사했다. 그러나 이제 환도를 하게 되고 남들이 허물어진 집이나마 찾아드는 것을 보니 나도 문득 그 옛집이 보고 싶어 찾아온 것이다. 그러나 이미 화려한 거실도, 아담하던 온실도 간 곳이 없다. 정원의 나무들도 쓸 만한 수목은 보이질 않는다. 다만 덩그러니 허물어진 터전에 한 귀퉁이 남은 지붕과 이제는 한결 무성하게 얼크러진 등나무넝쿨이 처량하게 보일 뿐이었다. 아침저녁 윤기를 내던 내 손때 묻은 방 세간들도, 여기저기 백화점에서 눈에 뜨이는 대로 하나씩 사 모은 부엌 세간들도 간 곳이 없다. 그토록 아끼며 입지도 않고 농 속에만 넣어 두었던 옷들도 온데간데없다. 그뿐인가. 내 생의 유일한 기록인 습작 노트들과 일기, 사진들도 하나 남지 않았다.

　사기그릇에 금 하나만 가도 그렇게 마음이 서운하던 내가, 혹 다림질을 하다 옷자락 하나만 눌어도 종일 가슴이 찡하던 내가 이렇게 살림이 비로 쓸 듯 다 없어져버렸는데도 한 점 미련이나 애착을 가지지 않음은 정말 신기한 일이기도 했다. 오히려 이렇게 허물어진 내 삶의 터전 위에서 즐거웠던 과거를 떠올리며 나는 이상한 감개에 가슴이 뿌듯하기만 했다.

— 〈서울로 돌아와서〉에서

　한때 어머니가 생계를 위해 하숙을 치던 시절 전숙희와 연정을 나누었던 하숙생 김진경을 피난지에서 극적으로 다시 만나는데, 서울로 상경한 후 김진경은 자신이 운영하던 신설동의 병원을 전숙희의 남편인 강순구가 맡도록 도와줬다. 살림집은 전쟁으로 흔적도 없이 사라진 대방동에서 종로 탑골공원 뒷골목으로 옮겼다.

　우리 집 뒷골목으로도 판잣집이 즐비하게 들어섰는데, 그 골목길에서는 당시 미군부대에서 흘러나오는 음식물로 꿀꿀이죽을 만들어 팔기도 하고 쎄레이션이라는 미군부대 물자를 상자째 헐값에 팔기도 했다. 하여튼 우리 집 앞뒤로는 허름한 잡화상들이 빽빽이 들어서 밤늦게까지 한 개라도 더 팔아 일용할 양식을 구하려는 배곯은 사람들과 지팡이를 의지한 불구자나 팔이 잘린 상이군인들이 갈쿠리 쇠손을 내두르며 행패를 일삼고 몰려다녔다.

　이러한 분위기 속에서 우리는 그래도 집 한 칸을 가지고 따뜻한 잠자리에서 가족이 함께 살고 있었다. 날마다 남편은 신설동 병원에 출퇴근하며, 저녁때면 내게 며칠 분의 생활비를 내놓곤 했다.

— 〈탑골공원〉에서

그의 글을 읽으면 전쟁이 남긴 폐허 위에 펼쳐지는 그 당시 사람들의 일상이 생생하게 눈앞을 지나간다. 그런 한편 칙칙하고 무거운 내용의 글을 통해서도 알 수 없는 생기가 느껴진다. 그것은 글을 쓴 사람이 풍기는 삶의 에너지가 작용하기 때문일 것이다. 전숙희처럼 생명의 에너지가 강하게 솟구치는 사람은 드물 터이니. 전숙희는 가족들이 고락을 함께했던 탑골공원 뒷집에서 살던 때가 행복한 시절이었다고 두고두고 말했다. 이처럼 과거를 내일을 살아갈 힘으로 비축하는 그에게 무의미한 시간이 과연 존재하기나 했던 것일까.

이번에는 국민학교 6학년이던 작은아들 영진이가 큰일이나 난 듯이 뛰어 들어오며 외쳤다. "엄마, 엄마 빨리 탑골공원에 가봐. 내가 동무들하고 학교에서 오는 길에 탑골공원에 놀러갔더니 글쎄 우리 할아버지가 미군 드럼통 위에 올라서서 큰 소리로 전도를 하고 계셔. 그 통이 너무 높아 아무래도 할아버지가 떨어져 넘어지실 것 같아. 엄마가 빨리 가서 할아버지 내려오시라고 해요!" 원래 말이 없고 조용한 아이인데 정말 위험을 느꼈던지 놀다 말고 급히 뛰어와 내게 일러준 말이었다.

나는 아들을 안심시키며 "진아, 걱정 마. 할아버지는 워낙 운동선수 못지않게 날렵하셔서 넘어지지 않으실 거야. 사람 많은 데서 전도하시는 모양이니 우리는 가만히 있으면 돼."

내 말은 맞았다. 아버지는 탑골공원 안에 굴러다니는 드럼통을 연단이

나 되는 듯 올라서서 전쟁으로 고통을 당한 많은 불우한 사람들에게 복음을 전파한 다음 만족한 얼굴로 돌아오셨다. 공원의 사람들이 심심하던 참에 설교를 열심히 들어주니 이제 날마다 탑골공원에 나가 전도를 해야겠다며 아버지는 기뻐하신다. 나는 아버지께 냉수 한 사발을 대접하며 좋은 생각이시라고 칭찬해드렸다.

— 〈탑골공원〉에서

전숙희는 쉽게 절망하여 뒷걸음질 치거나 문을 잠그고 들어앉아 버리는 유형의 사람이 결코 아니었다. 그는 과거가 아닌 오늘, 내일을 앞에 둔 지금 이 순간에 의미를 부여하며 살았던 사람이다. 그는 "폐허 위에 서서 파괴된 모든 것에 대한 공허감이 절실하면 할수록 영원한 것에 대한 감동을 가슴 뜨겁게" 느꼈던 사람이었으며, 그 삶의 의미를 '사회' 속으로 '우리'라는 공동체 속으로 확장해갔다.

그런 사람에게도 삶은 녹록하지 않았다. 힘들게 탑골공원 뒤쪽의 집 한 채를 구해서 들고 나니 지붕에서 빗물이 좍좍 샜다. 지붕, 하수도, 도배, 장판 등을 두루 손보고 나자 이번엔 그릇이 부족해 불편이 이만저만 아니었다. 집에서 가까운 동대문시장으로 그릇을 사러 나갔던 그의 눈에 땅바닥에 펼쳐놓은 널빤지나 거적때기마다 쌓여 있는 구호품들이 보였다. 분명 반반한 것도 있었을 테지만 이미 다 사라져버리고, 넝마와 다를 바 없는 잡동사니 무더기들……. 가장 많은 것은 구두였다. 구호품이 널려 있는 거리를 지나면 먹을 것을 파는 판잣집 군락이 나왔다. 그렇게 현실을 피부로 느끼며 찾아간 그릇가게 역시 손님들로 붐볐다. 그 북적거리는 가게 안에서 전숙희의 시선은 한 여성에게 멈추었다.

　가게 안은 점원인 듯한 세 사람이 정신을 못 차리도록 손님들로 붐볐다. 그 속에서 나는 키도 작고 몸도 작고 이목구비도 간지럽도록 작게만 생긴 여인을 발견했다. 서툴게 치켜올린 머리에다 어울리지 않게 치장한 유리 사탕 같은 귀고리, 알룩달룩한 원피스 따위를 보아하니 그녀는 한눈에도 틀림없는 양부인이었다. 아직 스물도 채 안 된 것 같은 앳된 얼굴이다.

　그녀는 솥에 냄비, 접시, 그릇 따위를 무엇이든지 저처럼 제일 조그만 것으로만 골라잡았다. 마지막엔 커다란 대야와 '바께쓰'를 포개놓고, 그 그릇들을 차근차근 담은 후 주인에게 대금이 얼마냐고 물었다. 주인은 한참이나 주판알을 굴리더니 모두 이천오십 환이라고 했다.

　여인은 "아유……" 하고 소리를 질렀다. "어쩜 그릇도 몇 가지 안 되는데 그렇게 비싸요. 글쎄, 오늘 돈 만 환 가지구 나와서 이럭저럭 다 쓰게 되니 이를 어째……" 여인은 연방 십 환짜리 돈을 세며 중얼거린다.

　주인은 그 말을 받아, "그릇은 이천 환어치 밖에 안 사셨는데, 뭘 하셨기에 돈 만 환을 하루에 다 썼단 말이에요?" 하고 묻는다.

　"이불집에 갔더니 비단 이불 한 채에 만 환두 더 하지 않겠어요? 그래서 인조견에다 물들여 만든 헐한 걸루 샀는데두 삼천오백 환이더군요. 화장품 몇 가지 사고 어쩌고 하니까 다 달아났지 뭐예요. 아이구, 돈 만 환 벌려면 며칠이 걸리는지 모르는데 글쎄 쓰긴 이렇게 쉽군요."

　가게 안의 사람들은 모두 그 여인을 쳐다봤다.

─ 〈폐허의 시장 풍경〉에서

미군들의 잠자리를 상대해주며 살아가는 여인이 반짝반짝 윤이 나는 새 가재도구를 사서 살림을 차릴 꿈에 들떠 있는 모습을 바라보는 전숙희의 시선. 그는 그 앳된 여인이 애보개나 가정부로 살다가 식구들을 먹여살리기 위해 그처럼 남의 멸시를 받는 일을 하며 산다고 생각한다. 휴전 뒤 어디서든 쉽게 마주칠 수 있었던 그런 부류의 여성이 태어날 때부터 그리스도교도였던 전숙희의 눈엔 유난히 튀어보였을 터였다. 그 여인을 보며 전숙희는 그 무렵 보았던 만화를 떠올린다. 아마도 신문 지면에 실린 풍자만화나 시사만화였을 것이다. "말단 부대인 걸인 부대까지 이제 환도를 마쳤으니 완전 환도가 끝났다"며 환도 풍경을 담은 만화였다. 눈앞의 여인은 "부대가 이동하면 언제나 선발대로 따라나서듯이, 환도에서도 선발대의 위치를 차지"했을 거라 그는 생각한다. 직관은 빠르나 머릿속은 복잡하고, 행동은 굼뜬 문인들은 아마도 뒤늦게 환도했을 것이다.

전숙희가 피난살이를 끝내고 서울에 와서 생사를 확인한 사람 중에는 시인 박인환도 있었다.

1953년, 3년간의 참혹한 전쟁이 끝나고 하나둘 피난지에서 서울로 모여들 무렵에 죽거나 월북, 혹은 납북되지 않은 문인들은 누구나 명동에 나타났다. (중략) 문우들의 생사도 알고 만나기 위해 오후만 되면 거의 날마다 '모나리자' 다방이 아니면 '동방싸롱'에 나가 앉아 있었다. 문우들은 사전에 아무런 약속이 없어도 한두 시간만 앉아 있으면 모두들 만날 수 있었다. 박인환도 날마다 나오는 시인 중의 한 사람이었다.

함박눈이 휘날리는 어느 겨울날, 박인환은 내가 앉아 있는 모나리자 다방의 창가로 다가왔다.

"좀 앉아도 될까요?"

그날따라 그는 기다란 외투자락을 질질 끌듯이 멋있게 걸치고 있었다.

"카츄사를 따라가는 네플류도프 백작의 외투 같군요. 앉으세요."

그는 폐병 환자 같은 하얀 얼굴에 쌍꺼풀진 커다란 두 눈이 초점을 잃은 듯, 창밖을 내다보며 외롭다고 말했다.

"카츄사는 어떻게 하구!"

그의 신혼 부인을 두고 물은 말이다.

"그래도 외로워요. 그래서 어젯밤에 시를 하나 썼어요. 읊어볼게요."

그의 표정, 그의 리듬이 더 유정할 뿐, 그 시가 정말 좋은지 어떤지 나는 느낄 수가 없었다. 그는 혼자 흥분하고 혼자 한숨짓고 혼자 눈물겨워했다. 그날 박인환은 나에게 그 나름대로의 감상적이고도 낭만적인 이야기를 많이 들려주었다. 시에 관해서, 사랑에 관해서, 그리고 죽음에 관해서.

— 〈슬픈 일도 많이 겪고〉에서

서른 살이라는 젊디젊은 나이에 요절한 박인환은 대구에서 피난살이하던 전숙희를 자주 찾아왔다. 그는 삼십 대 후반의 전숙희를 멋쟁이 누나로 생각했던 듯하다. 결혼 전에는 애인을 데려와 인사를 시키기도 해서 전숙희는 그들의 결혼식에도 참석했다. 수복되기 전에 박인환은 상선을 타고 세계 일주를 하게 되었다며 무척이나 흥분했었다. 박인환처럼 지옥과도 같은 전쟁통에서 살아남은 뒤 허무하게 세상을 떠난 문인들이 많았다. 노천명 시인도 그들 중 한 사람이다.

이화여전의 선배이신 노천명 선생은 평소 나를 아껴주시고 시를 쓰라고 격려도 많이 해주셨다. 결혼도 하지 않고 시를 쓰며 혼자 사시던 누하동 집을 나는 자주 찾아가곤 했다. 6·25전쟁이 터지자 독신인 그는 남들이다 가는 피난을 가지 못했다. 그는 서울에 남아 별 뚜렷한 이념의 주장도 없이 그저 살기 위해 작가동맹에 가입했다. 전쟁이 끝난 후, 그 일로 인해 노 선생은 고난을 많이 받았다. 소심한 그는 고통 끝에 병들어 누웠다. 그리고 백혈병이라는 불치의 병으로 세상을 떠나고야 말았다.

그의 나이 45세(1912~1957)였다. 지금 생각해보면 너무나 아까운 나이였다. 좋은 시인이었고 알뜰한 여자였다. 돌봐주는 이라고는 친언니 하나뿐이었던, 사슴처럼 외로운 시인이었다. 노 선생의 장례식은 영안실이 아닌 누하동 집에서 치렀다. 그리고 장례미사는 명동성당에서 있었다. 한옥집 마루가 좁아 마당에 천막을 치고 가마니를 깔고 앉아 막걸리를 마시며 외로운 나는 시인과의 마지막 밤을 보냈다.

— 〈슬픈 일도 많이 겪고〉에서

그가 1950년대 말까지 경향신문사에 근무하며 취재 과정에서 겪은 체험도 공동 삶의 의미를 일깨우는 역할을 했다.

포로 인수 본부에 이르자 아치 모양의 귀환 용사 환영문이 서 있고 그 앞으론 아침 햇살을 받아 번뜩이는 은빛 헬멧을 쓴 군악대원들이 악기를 들고 대기하고 있었다. 10분 후 두 명의 여자 포로를 포함한 열세 명의 국군 용사들이 넉 대의 앰뷸런스에 나누어 타고 운동장에 도착했다.

대기하고 있던 각 단체의 대표들과 군인, 보도반이 제가끔 태극기를 흔들며 환영의 손뼉을 쳤다. 첫 앰뷸런스의 문이 열리며 두 명의 여인이 남색 바지저고리의 포로복을 입고 까만 머리를 단정히 땋아 늘인 모습으로 오래 그리던 남한 땅에 내려섰다. 다음 앰뷸런스에서는 서너 명의 용사들이 국방색 팬티만을 걸치고 맨몸으로 내렸다. 그 다음, 또 그 다음 문에서도 그랬다. 이윽고 열세 명의 용사들이 다 내리자 네 대의 차는 스르르 미끄러지듯 그곳을 빠져나갔다.

— 〈포로 교환 현장에서〉에서

전쟁이 끝났다는 기쁨은 바람이 스치듯 지나갔다. 전숙희는 병든 전쟁고아들을 만났다. 울릉도의 고아원에 수용된 아이들의 실상을 자세히 알고 있는 것으로 미루어, 그가 경향신문 기자 생활을 할 때 취재차 보았던 아이들의 이야기를 기사 작성 후 다시 수필로 쓴 것이 아닐까 추측된다. 인간의 잘못된 욕망으로 인해 가장 큰 피해를 받은 병든 전쟁고아들을 보고 마음이 요동쳤던 그는 평균적인 수필 원고 세 배 분량의 글을 썼다. 그는 전쟁고아들에게 먹이고 입히는 기본적인 보살핌 외에 어버이의 사랑과도 같은 진정한 사랑을 주어야 한다고 되새긴다.

부산 초장동 쪽으로 올라가노라면 '아동자선병원'이란 고아 수용 병원이 있다. 80여 명의 중태 고아 환자가 치료를 받고 있는 네 개의 병실에는 어린 환자들이 병상에 침대 하나씩을 차지하고 누워 있다. 햇빛이 제일 잘 드는 깨끗한 방 안에는 네댓 살에서 열 살 정도의 여자 아이가 많다. 병이 나아가는 몇 아이를 빼고는 대개가 푹 꺼진 눈꺼풀을 감고 죽은 듯이 누워 있다. (중략)
큰 병실에는 수십 명의 남녀 고아들이 침대에 즐비하게 누워 있다. 입구 한구석에 송장이 다 되어가는 한 고아가 누워 있다. 나는 가까이 가서 그 아이의 얼굴을 자세히 들여다보았다. 근육은 다 위축되어버렸고 마치 소뼈다귀 같은 모습 그대로였다. 팔굽이며 무릎, 엉치에는 뼈만이 가죽에 덮여 있었다. 살아 있다는 게 기적일 정도였다. 갈빗대가 약간씩 팔딱팔딱 움직이고 있어 겨우 그가 살았음을 알려줄 뿐이었다. (중략)

아홉 살쯤 돼 보이는 귀엽게 생긴 사내아이 하나가 침대 위에 우뚝 도사리고 앉아 청승맞게도 밖을 내다보고 있었다. 얼굴에는 웃음이라든가 치기란 찾아볼 수 없는, 외로운 표정이었다. 어린애라기보다 차라리 애늙은이와 같은 얼굴이었다. 나는 몹시 열에 떠 앓는 아이나, 송장이 다 된 뼈다귀만 남은 아이를 보는 슬픔 이상으로 무릎을 도사리고 깊은 생각에 잠겨 있는 아이의 모습이 더 애처로웠다.

나는 원장 선생에게 어린애는 저렇게 앉아서 무엇을 생각할까 하고 물었다. 원장은, 그 아이는 대전 고아원에서 늑막염이 걸려 온 아이인데 여기서 근 한 달 남짓 있는 동안에 병이 다 나아 며칠 전부터 퇴원을 시키려고 하나, 그동안 이 아이가 병원에 와서 옆에 누운 동무들과 정도 들고, 병원의 대우도 좋고 하니까 도무지 퇴원하지 않으려고 울며불며 떼를 써 며칠 더 두었다고 한다. 하지만 여러 고아원에서 환자들이 밀려 이곳 병상이 비기를 고대하고 있기에 내일은 할 수 없이 내보내야 되겠다는 것이다. 그래서 저 아이는 그 사실을 눈치 채고 저렇게 하루 종일 근심에 싸여 밥도 안 먹고 바깥만 내다보고 앉아 있다고 한다.

— 〈병든 전쟁고아들〉에서

취재차 갔든 개인적 관심으로 갔든, 그가 보았던 것은 너무도 애처로운 우리의 전쟁고아들이었다. 둔감한 사람도 눈시울을 적실 그 아이들 앞에서 전숙희는 한탄한다. 그의 수필에서 여간해선 찾아낼 수 없는 몇 안 되는 느낌표 중 하나가 전봇대 같은 무게로 찍히는 순간이다.

"어디로 갈 것인가? 어린 동무들이여!"

첫 수필집 《탕자의 변》 출간

사람 좋아하는 전숙희가 인연을 맺은 문인들은 그가 문예지 《동서문화》를 창간하기 전부터 많았다. 그러나 안강에서 돌아왔을 때까지만 해도 그의 문단 인맥은 그다지 넓지 않았다. 그의 인맥은 장안의 화제가 되었던 문인 다방 '마돈나'를 통해 엄청나게 넓어졌고, 문학잡지 《혜성》을 발간하며 다시 한 번 넓어졌다. 그 전까지만 해도 그의 교류는 이화여전에서 자신을 지도했던 스승들로부터 글을 쓰라는 격려를 받거나, 해가 바뀌면 가까운 선배 문인에게 세배를 다니는 정도였다. 그들 중 대선배였던 월탄 박종화는 그를 특별히 아껴 '추운秋雲'이라는 아호까지 지어주며 문인으로 정진하라고 당부했다. 그러나 전숙희는 그 이름이 너무 쓸쓸하다며 잘 쓰지 않고, 후에 자신이 유난히 좋아했던 '강'이 들어간 호 '벽강璧江'을 새로 지었다. 박종화는 여류 문인들의 세배를 대체로 초이튿날 받았는데, 전숙희는 다홍 회장 한복을 입고 대학 한 해 후배인 수필가 조경희와 함께 갈 때가 많았다. 박종화는 보료 위에 단정히 앉았다가 그들과 맞절을 한 뒤 은잔이 찰찰 넘치도록 부은 술을 건네며 좋은 글을 쓰라고 격

려했다 한다. 1954년에 나온 전숙희의 첫 번째 수필집《탕자의 변》
서문을 써준 사람도 박종화였다. 문단 선후배로 보기 드문 우정을 나
누었던 소설가 박화성도《탕자의 변》서문을 써주고, 첫 출판의 기쁨
을 함께 나누었다.

수필문학은 문학 중에서도 가장 어려운 것이라 생각한다.

문장이 구슬을 꿰어놓은 듯 고웁고도 명랑해야 하고 진리를 모색하고
깊숙한 사유를 가져야 하고 이 값비싼 사색의 결정이 능히 독자의 인생으
로서의 품격을 높여주어야 하는 동시에 수필 작자에게 독자는 소설가 이
상의 존애감을 느끼게 해야만 한다.

이 점으로 보아서 수필은 시문학 이상의 고상과 고답과 배태의 고난이 섞
여 있는 것이요, 또한 전문으로의 창조성을 개최하는 철학자이어야 한다.

수필 쓰는 이가 우리 문단에 수로는 많았으나 진정한 수필문학을 대성
시킨 이가 몇 분이나 되는가? 대개는 시를 쓰는 방계로, 소설을 쓰는 여기
로 수박의 겉 만지기를 했을 뿐 수필을 진정으로 쓰는 이는 청천 김진섭
형과 여류 수필가로 전숙희 여사 두 분이 있을 뿐이다.

— 박종화,《탕자의 변》서문에서

1954년 가을, 당시 소공동에 있던 서울대학교 치과대학 부속 식당
에서 열린《탕자의 변》(연구사, 1954) 출판기념 자리에서는 한바탕 소
란이 벌어졌다. 서문을 쓴 박종화가 축사를 하면서 "인물이 반반하
고, 문장이 힘 있고……" 하며 너무도 극찬을 하는 바람에 비위가 상
한 한 남자 작가가 시비를 걸어 모윤숙이 나서서 말렸다. 그 자리에
는 박종화 외에도 김광섭, 이헌구, 정인섭, 오상순, 김말봉, 박진, 김

동리, 조연현, 모윤숙, 최정희, 노천명, 조경희, 손소희 등 당대의 문인들이 있었다. 전숙희의 글 중에서 가장 기쁨의 강도가 높게 표현된 글이 그때의 이야기를 담은 〈첫 출판기념회〉인데, "나는 분에 넘치는 축하와 격려에 정신을 잃을 듯 흥분했다", "첫 출판기념회는 일생에 한 번 있는 결혼식만큼이나 잊지 못할 아름다운 순간이었다" 하는 식의 표현들과 "열심히 쓰리라. 그리고 열심히 이해하며 사랑하며 살리라. 그러다가 언젠가 나의 마지막 출판기념회를 모두의 기쁨과 축하 속에 가져보고 싶다"는 식의 힘찬 결의가 곳곳에서 보인다.

그의 첫 출판기념회는 그의 표현대로 "전쟁이 끝난 환도 서울에서 있었던 참으로 역사적인 문우들의 만남의 자리"였다. 당시 피난지에서 돌아온 전숙희 가족은 겨우 호구지책을 마련한 상태였다. 그 옛날 전숙희 집에서 하숙을 하며 아버지 전주부가 세운 교회에 다니던 김진경이 운영하던 신설동 병원을 빌려, 남편이 병원을 개업한 지 얼마 되지 않았던 것이다. 그런데도 첫 출판기념회 자리를 가장 적극적으로 만들어준 사람이 남편 강순구였다. 강순구는 "먹고살기도 어려운 형편임에도 내가 한 권의 책을 낼 수 있도록 나를 격려하고 도와준 후원자"였다.

《탕자의 변》은 피난지와 서울에서 일정 기간 동안 집중해서 쓴 글을 모아 펴낸 책이다. 그 안에는 전쟁과 평화, 개인과 국가, 이념과 갈등 같은 복잡다단한 인간사가 한 수필가를 통해 고찰되고 있다. 전숙희의 글을 통해 우리는 당시 문인들의 삶도 구체적으로 떠올릴 수 있다. 그의 글에 등장하는 문인들이야말로 그 시대를 살았던 지성인들의 모습이며, 그들의 좌절과 희망이야말로 우리 민족의 좌절과 희망이었기에 그의 글의 의미는 쇠하지 않는다.

1954년 가을, 소공동 서울대 치과대학 부속 식당에서 열린《탕자의 변》출판기념회

신춘문예 낙선으로 상처받은 자존심 때문에 써서 쌓아뒀던 글을
모두 불태워버리고 글쓰기를 그만뒀지만 그는 언제나 진정한 글쓰기
를 갈망했다. 그의 첫 수필집인《탕자의 변》에 나타나듯 과거를 회상
해 묘사하는 시선이나 글의 전개를 보면, 그의 삶 자체가 글쓰기의
한 과정이었음을 알 수 있다.《탕자의 변》은 전숙희가 수필가로 힘차
게 정진하도록 이끈 책이자 한국 수필문학의 가치를 높여준 책이다.
전숙희 자신도《탕자의 변》을 통해 수필가의 사회적 역할을 알았고,
그 역할이 막중함도 깨닫게 되었다고 말했다. 그는 소신대로 열심히
일하며 사는 것이 수필가의 삶이자 수필의 소재임을 알았고, 느낀 바
대로 성실히 세상을 살다 떠났다.

田淑禧 隨筆集
蕩子의 辯

첫 수필집 《탕자의 변》
(연구사, 1954)

2010년 8월, 전숙희가 세상을 떠난 뒤 '한국현대문학관'에서 발행한 소문예지 《문학관》(통권 47호)에는 가장 정확도가 높은 그의 연보가 실려 있는데, 소설가 김원일이 작성한 것이다. 거기에는 1933년 이화여전에 무시험 장학생으로 입학한 그의 등단 경력 정도가 언급되어 있고, 5년을 건너뛴 1938년으로 넘어가 결혼과 첫딸에 대한 기록이 뭉뚱그려져 있다. 이처럼 뭉뚱그려져 있거나 생략된 부분, 전숙희 문학의 정수라고 할 만한 작품들은 그 시절의 기억을 바탕으로 하고 있다. 문학을 하는 사람으로서는 보물창고나 다름없을 그곳의 문을 열고 들어가 전숙희는 주옥 같은 에세이를 썼는데, 이를테면 첫 수필집의 표제인 〈탕자의 변〉이 그러하다.

나는 어머니를 언제고 젊고 아름다운 여인으로만 생각해왔습니다. 칡처럼 윤나는 검은 머리, 빗어놓은 듯 오뚝한 코와 부드러운 눈매, 희고 맑은 살결. 누구에게나 겸손하고 고운 마음씨는 어디를 가나 안과 밖이 똑같은 아름다운 여성으로 흠모를 받으셨습니다.

당신은 일곱 남매나 되는 많은 자식들 중에서도 맏딸인 나를 가장 사랑하셨지요. 대개 맏자식은 미워하고 막내를 사랑한다는 말이 있지만, 당신이 이상하게도 맏딸인 나를 그렇게 사랑하셨던 까닭은 어리석은 저 아이가 앞으로 어떤 불행을 자초하지 않을까 하는 염려에 당신 슬하에 있는 동안만이라도 듬뿍 사랑해주기로 마음먹으신 건 아닌가 합니다.

나는 어머니가 큰소리치는 것을 보지 못했듯, 화를 내시는 것도 보지 못했습니다. 당신은 종일 무엇이든 일을 하고 계셨습니다. 아침밥 먹기 전에 눈을 떠보면 당신은 벌써 자리에 안 계셨지요. 부엌으로 쫓아나가 보면 언제나 불이 활활 타는 아궁이 앞에서 도마를 똑딱거리며 자식들 도시락 반찬을 준비하고 계셨습니다. 밤에도 나는 언제나 바느질감을 붙드신 당신 옆에서 잠들곤 했지요. 그렇게 늘 가사에 바쁘시면서도 당신은 낮이면 틈틈이 성경과 성인전, 동화책을 부지런히 읽어, 바느질을 하면서도 자식들에게 옛이야기를 들려주셨습니다.

당신은 언제나 비단에 색색으로 곱게 물을 들여 정성스런 바느질 솜씨로 다섯 딸자식의 옷을 해 입히셨습니다. 치장한 딸들을 세워놓고 앞뒤로 보며 맵시가 난다고, 당신의 수고도 잊은 채 기뻐하셨지요. 내가 이화여전에 다니며 기숙사에 있을 때는, 당신은 일주일 내내 기다리시다가 토요일에 내가 집으로 가면 어디서 굶주리다 온 자식을 맞이하듯 손수 온갖 음식을 만들어주시곤 했지요. 어머니는 가끔 내가 기숙사에서 찬 없는 밥 먹을 것이 애처로워 볶은 고추장이나 장조림 같은 찬을 마련해서 그 먼 아현동 고개를 넘어오곤 하셨습니다. 그러나 당신께서 두고두고 맛있게 먹으라고 장만해주신 음식도 동무 좋아하는 나는 기숙사 식당에서 그들과 같이 한두 끼 만에 먹어치우곤 했습니다.

내가 시집을 가게 되어 어머니 슬하를 떠나던 날, 당신은 맏딸인 나에게 이런 부탁을 하셨습니다.

"뉘우칠 일을 하지 말아라. 어떠한 경우에라도 하늘이나 사람 앞에 부끄럼이 없는 사람이 되어라."

— 〈탕자의 변〉에서

'어머니의 초상'이라는 부제가 붙어 있는 이 글은 그의 어머니가 회갑을 맞을 무렵 쓰여졌다. 필자가 임의로 생략한 부분을 표시해놓지 않은 이 글을 전숙희는 한창 젊은 나이에 썼는데, 어머니가 직접 농사지은 과일을 가지고 대구에 살고 있던 그를 찾아왔다고 한다. 아마도 글의 한 초점이 피난살이를 하던 때에도 맞춰진 듯하다. 글을 좀 더 인용해보자.

바로 지난 가을이었습니다. 포일리에서 포도농원을 하시던 어머니는 농사철이 끝나자, 나를 만나보러 대구까지 오셨습니다. 그때 어머니는 커다란 보퉁이에 고구마, 강냉이, 포도를 가득 담아 오셨습니다. 어머니는 그 과일을 덩이덩이 싸가지고 오시느라 무척 고생을 해 병환까지 나셨습니다. 빈 몸으로도 복잡한 차를 타기 어려우실 텐데 이 보퉁이를 들고 어떻게 오셨을까 생각하니 나는 공연히 연민 어린 화가 치밀어 당신에게 빽 소리를 질렀지요.

"어머니두, 촌 아줌마들처럼 이런 건 왜 가지구 다니세요! 장터에만 나가면 포도고, 고구마고, 강냉이고 지천으로 널렸는데 누가 그런 것 먹겠대요?"

"물론 돈만 들고 나가면 무엇이든 마음대로 사다 먹을 수 있는 것도 잘 안다. 그러나 내 손으로 땀흘려 지어서 먹는 것도 별미라 네가 맛이나 보라고 가져왔다. 그러니 성내지 말고 하나 먹어봐라. 차 타고 오며 내 고생한 건 다 지나갔으니 괜찮다."

나는 할 수 없이 어머니가 집어주는 대로 내가 좋아하는 강냉이 한 이삭을 받아들었습니다. 그러나 가슴이 북받쳐와 먹을 수가 없었습니다. 며칠 후 어머니가 농장으로 돌아가실 날이 되었습니다. 어머니 말씀이 그곳에서는 병아리를 살 수 없으니 여기서 금방 알에서 깬 병아리와, 새끼 오리를 몇십 마리 사가지고 가시면 좋겠다고 하셨습니다. 농장집 앞에는 개울이 있어 오리 키우기가 좋다는 것입니다. 나는 펄쩍 뛰며 말렸지요. 사람도 만원인 기차를 타고 가려면 생고생을 하는데 생물인 그걸 어떻게 가지고 가시느냐고. 이튿날 아침, 정거장에 나가다 커다란 상자 속에 털이 보송한 병아리와 오리 새끼가 소복하게 담긴 것을 보고 나는 깜짝 놀랐습니다. 연약한 병아리가 고생만 하고 가다 죽어버리기 십상이라고 내가 말렸으나, 어머니는 기어코 그 새끼 짐승을 가지고 떠났습니다.

얼마 후 나는 부모님을 뵈러 나섰으나 시흥군 포일리를 그냥 지나쳐 서울로 곧장 가서 옛 동무와 문우들을 만나 닷새나 놀아버리고 말았습니다. 나는 지프라도 얻어 타고 가서 부모님을 뵙겠다고 차를 부탁해놓았으나 서울 와서 실컷 놀다 차를 타고 가서 뵙는다는 일이 어쩐지 온당치 않게 생각되어, 어머니도 늘 걷는다는 그 길을 걸어가기로 작정하고 나섰습니다. 서울서 시흥 땅 포일리 읍내까지는 버스를 타고, 읍내에서도 시오 리를 걸어 들어가야만 했습니다. 식전에 서울을 떠나 저녁때까지 산 넘고 물

건너 산길을 걸었지만, 그래도 당신이 걷던 길이기에 피로한 줄도 모르고 열심히 걸었습니다. 낯선 산이나 나무도 당신의 모습을 기억할 것만 같아 무척 정다워 보였습니다. 이런 머나먼 길을 어머니도 늘 걸어서 다니거늘 나도 앞으로는 차를 타지 않고 걸어서 다니리라 생각했습니다.

내가 진흙탕 길과 방앗간을 지나 집에 닿자, 어머니는 내가 걸어온 것을 알고 깜짝 놀라시며, "그 먼 길을 어떻게 걸어왔니? 차가 없으면 대구로 바로 가지. 안 보면 어때서, 이렇게 먼 데까지."

나는 처음으로 어머니에게 다정한 목소리로 "어머니가 걸으시는 길을 제가 왜 못 걸어요" 하고 대꾸했습니다.

나는 오래간만에 와보는 당신의 농토를 한 바퀴 돌아보았지요. 일만 여 평이나 되는 넓은 땅은 그냥 구경만 하기에도 한참 걸렸습니다. 날이 추워 오니 포도는 벌써 넝쿨을 땅에 묻었고, 농사철이 지나 곡식을 다 거둬들였다는 땅에는 푸른 김장거리와 붉은 고추들이 매달려 있고, 넓은 밭에는 벌써 밀과 보리씨가 뿌려져 있었습니다. 배나무와 복숭아나무는 열매 없이 서 있고, 밭 언저리로 수십 주의 커다란 밤나무 가지가 청청하게 뻗어 있었습니다. 집 앞에는 봄에 가장 먼저 열매를 맺는 딸기밭도 있었습니다. 작년 가을에 포도 팔아 사놓았다는 송아지는 벌써 중소가 되어 풀밭에서 풀을 뜯어먹다 그 부리부리한 눈으로 낯선 나를 쳐다보았습니다. 돼지우리에선 돼지가 꿀꿀거리며 뜨물을 먹고 있었습니다. 그러나 나는 살찐 돼지보다 그 울타리가 더욱 볼 만했습니다. 하얗고 반듯한 돌을 골라 높이 쌓고 위에는 새 짚으로 지붕을 이었습니다. 보통 돼지우리처럼 더럽지 않고 그 안이 넓고 깨끗했습니다. 흡사 사람이 살고 있는 돌집 같은 풍경이었습니다. 그 돼지우리 돌집은 아버지께서 교회 일을 보시는 틈틈이 앞개울에서 돌을 몇 개씩 골라다 쌓은 담인데, 석 달이나 걸렸다고 합니다. 그러나 무엇보다 거기서 내가 놀란 것은 기차 여행 중에 다 죽어버린다고 내가 한사코 말렸던 병아리와 오리 새끼들이 커서 이젠 큰 닭과 오리로 자라 있었습니다. 어머니는 그 새끼 짐승을 가져오시느라 고생은 했으나, 삼십 마리 중 열 마리는 실패하고 남은 이십 마리가 잘 자라 오리는 벌써 주먹 같은 알을 낳아주고 닭도 조금 있으면 알을 낳는다고 기뻐하셨습니다. 나는 나도 모르게 중얼거렸습니다.

"이게 사는 것이로군. 이게 바로 생활이로군."

그날 밤, 어머니는 내가 좋아하는 노란 차지장에 햇양대와 햇밤을 넣어 오곡밥을 짓고, 닭을 잡고, 참깨를 볶아 갖은 야채로 성찬을 준비해주셨습니다. 그 한 상을 차리기 위해 장바구니를 들고 시장으로 나가 사온 먹거리가 아니라, 콩 심어 타작해 메주를 쑤어 담근 간장 한 방울에 이르기까지, 하나하나 당신의 땀과 정성이 맺혀진 것이었습니다. 어머니는 포도가 없어진 후에 다녀갈 나를 생각해서 남은 포도 찌꺼기로 담가두었던 포도 즙을 내오셨습니다. 추수를 마치고 난 집에는 오곡백과가 풍성해 없는 농산물이 없었습니다. 부모님 집에 있는 것은 오곡과 백과만이 아니었습니다. 바로 평화와 무욕과 사랑이 있었습니다. 가난한 부모님 집에는 이 세대의 많은 사람들이 갖지 못한 그 모든 것들이 가득 차 있었습니다. 그곳은 마치 에덴동산같이 평화로운 조그만 낙원이었습니다. 그 옛날 아담과 이브가 쫓겨난 그 영토를 아버지, 어머니가 다시 찾으신 것만 같았습니다.

— 〈탕자의 변〉에서

아름다운 글이다. 이 같은 수필을 한국문학에서 또 얻을 수 있을까? 글쓴이의 감성과 지성이 적절한 조화를 이루고 있는 이 글을 채운 문장들은 하나같이 빛난다. 말년의 전숙희에게 잠깐 닥쳤던 회의

대로 '남을 위해서만 일하지 말고 나 자신을 위해도 일했다면……'
하는 아쉬움이 남는 이유이다. 독자로서 한 가지 위로가 된다면, 그
가 나란히 놓고 의미를 부여했던(어쩌면 그 이상의 의미를 부여했을) 한
국문학의 세계화를 위한 활동으로 얻은 결실은 그가 없었다면 불가
능했으리라는 것이다.

기자 생활과 미국 문화 탐방

고향을 떠나 서울에 정착한 뒤 전 재산을 교회에 기증한 아버지로 인해 극심한 생활고에 시달렸던 시기가 한 가정의 격동기였다면, 전숙희 개인의 격동기는 강순구를 만난 때부터 시작된다. 강순구와의 만남과, 그로 인한 출산이라는 개인사를 빼면 그는 그 시절의 다른 문인들과 다를 바 없는 모습으로 살았다. 그 스스로도 자신의 십대와 이십 대의 추억은 대개 학교와 서점 언저리로 집약되어 있다고 했다.

그 시절 이상 씨는 한국의 문화인으로서는 처음이라고도 할 '제비'라는 다방을 종로 뒷골목에서 운영하고 있었다. 그때 이상은 아직 널리 알려지지 않았지만 이화여전 문과 여학생이었던 나는 낭만적, 퇴폐적인 다방 분위기에 이끌려 자주 드나들곤 했다. '제비'는 나무의자가 몇 개 놓여 고골리의 '목로주점'을 연상케 하는, 작고 소박하며 어두침침했다. 이상은 가끔 그곳에 나와 카운터 옆 조그만 나무의자에 앉아 있곤 했다. 큰 키에 커다란 얼굴, 움푹 패인 눈에 곱슬한 숱 많은 머리가 언제나 길고 흐트러진 채였다. 그는 한마디 말 없이 음울한 표정으로 벽화처럼 거기 그렇게 앉아 있었다. 그리고 당시 유명하던 '우울한 일요일(Sombre Dimanche)' 같은 쓸쓸한 음악이라도 조용히 흘러나오면 조그만 다방은 살아 있는 침묵의 벽화처럼 앉은 주인과 함께 하나의 특이한 분위기를 풍기곤 했다.

— 〈고금古今 서점〉에서

이상이 운영하던 다방 '제비'에도 드나들며, 그 시대를 살았던 다른 신여성들과 다를 바 없던 그의 삶은 《탕자의 변》 출간과 함께 빠른 속도로 변하기 시작한다.

전숙희는 《탕자의 변》 출간 무렵 경향신문 기자로 활동하며 한국을 방문한 미국 존슨 대통령을 취재하는 등, 유능한 기자이자 우리 사회의 독보적인 신여성으로서 인간에 대한 이해의 폭을 넓혀나갔다. 이 무렵 그에게 기분 좋은 일이 생겼다. 첫 수필집 발간과 기자로서 열심히 일한 데 따른 일종의 혜택이었는데, 한국 사람을 대표해서 미국의 문화를 시찰하고 탐방하는 기회가 주어진 것이다.

1955년 아세아문화재단과 한미재단 공동 지원으로 미국 문화 탐방을 떠나게 되었다. 그를 공식적으로 초청한 곳은 펜실베니아의 일간지 콜크로니클 신문사였다. 그 미국 초청이 당시로서는 얼마나 화제였는지 신문 지면이 떠들썩했고, 기사를 본 사람들이 사방에서 축하 전화를 걸어왔다. 연재 요청도 쇄도했다. 당시 여의도에 있던 공항에서는 그가 떠나던 날 요란한 환송 장면이 펼쳐졌다. 문단의 유명한 선후배들이 꽃다발을 들고 나와 웃고 떠드는 소리가 가득했던 것이다. 미국으로 가기 전에 전숙희는 경향신문사에 사표를 냈다. 경향신문 편집국에서는 미국에서 지내며 보고 느낀 것을 연재해달라고

1955년 12월 2일, 전숙희를 미국으로 초청한 펜실베니아의 일간지
콜크로니콜 신문사 사장 David. A. Miller와 함께

요청했고, 그가 미국에서 발송한 원고는 〈브로드웨이의 촌뜨기〉라는
제목으로 연재되었다.

그는 그때의 화사한 기억이 너무도 생생해서 잊을 수 없지만, 시인
노천명과의 일은 두고두고 마음에 걸렸다고 했다.

잊을 수 없는 또 한 가지 추억은 내가 여권 수속을 위해 청량리 위생병
원에 신체검사를 하러 갔을 때였다. 문단과 학교 선배 노천명 선생께서 그
병원에 백혈병으로 입원하고 계셨다. 차라리 찾아뵙지 않고 나왔으면 좋
았을 것을, 먼 길 떠나며 거기까지 가서 그냥 지나칠 수 없어 병실을 방문
했다. 나는 노 선생의 야윈 손을 잡으며 "다녀오겠습니다" 하고 죄인처럼
작은 목소리로 인사드렸다. 노 선생은 유난히 큰 눈에 눈물이 가득 고인

미국 방문 때 '자유의 여신상' 앞에서 한미재단장 Dr. Frost, 임병직 유엔대사와 함께

채 그저 머리만 끄덕일 뿐이었다. 지금 생각하면 이미 사형선고를 받다시
피 한 환자 앞에서 행복한 출발을 자랑하는 것 같은 나의 인사는 예의라기
보다 잔인한 행동이었다. 나는 그분이 세상을 떠나고 난 뒤 두고두고 이를
후회하기도 했다.

— 〈미국 신문사의 초청을 받고〉에서

그는 미국의 대표적인 문화시설과 교육시설 등을 찾아다니며 꼼꼼
히 살펴보았다. 일제하에서 억압된 젊음을 보냈던 그에게 미국이라
는 나라가 주는 충격은 엄청났다. 그는 그곳에서 새삼 내 나라, 내 민
족에 대한 그리움과 연민으로 많이 울었다고 한다. 그런 한편 그는
방문 목적에 따라 의무적인 강연을 해야만 했다. 그의 강연 제목은
〈내가 겪은 한국전쟁〉이었다. 그는 군청색 짧은 치마에 흰 한복저고

리를 입고 단상에 올라 통역 없이 영어로 강연했다. 그는 자신이 전쟁을 통해 겪은 수많은 죽음과 기적 같은 삶을 진솔하게 들려주었다. 그의 강연은 매우 성공적이었다. 강연을 한 저녁부터 미국 현지 신문은 그의 강연 내용을 대서특필했고, 연이어 여러 여성지에서도 특집으로 그에 관한 글을 실었다. 그는 자신의 강연이 직접 겪은 현장의 생생한 이야기들로 채워졌기 때문에 그 같은 좋은 반응을 얻었을 거라고 분석했다.

어마어마한 사례금을 받은 첫 강연 이후 곳곳에서 강연 요청이 쇄도했다. 한국과 미국의 교류가 본격적으로 시작되던 때였다. 그의 역할이 크다고 생각한 뉴욕 주재 한국 본부와 아세아재단, 한미재단 등에서 그를 계속 미국에 체류시키기 위해 공을 들였는데, 콜롬비아대학 비교문학과에서 1년간 공부할 수 있도록 등록까지 해주었다. 한술 더 떠서 남편 강순구의 의사 경력도 인정해주겠다며 가족을 불러 미국에서 안정되게 살 기회를 제의했다. 주택과 이사 비용까지도 제공하겠다는 구체적인 제의는 남편 강순구가 '미국이 아니라 한국에서 의사로 살고 싶다'며 거절함으로써 더 이상 진전되지 못했다.

얼마 지나지 않아 전숙희는 그때 한국을 떠나지 않고 이 땅에 뿌리내리고 살게 된 것을 천만다행이라고 느꼈다. 굳이 설명하지 않아도 왜 그렇게 느꼈는지는 그 후 그의 삶이 다 말해준다. 그는 돌아왔고, 장차 한국문학을 세계에 알리는 일에 전념했으며, 부모의 뜻에 따라 계원학원을 세웠다. 사학을 세워 문화예술의 뿌리를 내리는 일에 열정을 쏟는 한편, 우리의 문화예술이 세계적으로 경쟁력을 갖도록 하는 일에도 심혈을 기울였던 것이다.

공적 미래를

향해 열정을

바치다

'우리'라는 폭넓은 인식

전숙희의 자녀들은 입을 모아 말했다. 그가 뭔가를 시작한 뒤 멈추지 않고 앞으로 밀어붙이는 힘은 오직 우리 사회와 나라에 도움이 된다는 확신에 기인했다고. 장남 강영국이 미국항공우주국(NASA)에 근무하며 만족감을 느끼면서 살고 있을 때, 어느 날 어머니 전숙희가 불쑥 찾아와서 공부를 했으면 한국에 돌아가서 뭔가 기여를 해야 하지 않겠느냐고 설득했다 한다. 이처럼 의미 부여가 되고 나면 그는 잠시도 망설이지 않았고, 반드시 뜻한 바를 이루었다. 훗날 계원예술고등학교와 계원예술대학도 크고 당찬 그의 인생관에 의해 탄생할 수 있었고, '한국현대문학관' 역시 마찬가지였다. 그의 인생관은 〈바다의 에피소드〉에도 잘 녹아 있다.

작년(1955년) 봄, 나는 해외여행에서 돌아오는 길에 배로 태평양을 건너 보았다. 거의 3주일간을 내가 좋아하는 바다의 정서를 아침저녁 흠뻑 맛보았다. 육지를 완전히 떠난 망망대해 위에서 자나 깨나 그 검푸른 물결 위를 흘러오며 나는 바다의 한없는 신비로움과, 다른 한편 바다의 냉정함과 두려움을 배웠다. 이렇게 오랜 시간 동안 바다의 적막 속에서 육지를 그리워하던 나는 드디어 일본 땅 요코하마에 닿게 되었다. 일본 땅이건 서양 땅이건 하여튼 근 3주 만에 처음 보는 육지는 나에게는 그저 반갑고 감격스럽기만 했다. 배가 부두에 닿자 몰려드는 일본 사람들도 그냥 반갑기만 했다. 오래간만에 보는 동양사람들이었다.

우리와 같은 얼굴 색깔에 고달픔이 찌든 그 때 묻은 얼굴이 내게는 민족의식을 떠나 그저 정답게만 느껴져 그들이 항구에 들어오는 배를 향해 손을 흔드는 대로 나도 손을 흔들어주었다. 일본에서 내리는 배 안에 있던 선객은 모두 미국 손님들뿐이고 동양인은 나 한 사람뿐이었다. 하선을 하기 전 세 명의 세관원이 배에 올라와 일일이 손님들의 신분을 조사하고 입국 절차 등을 따진 뒤 다시 도장을 찍어주고서야 하선할 수 있었다.

나도 옷을 차려입고 가방을 들고 하선 준비를 끝내고 앉아 세관원들의 조사를 기다렸다. 키가 조그만 두 사람의 일본 세관원은 인천까지 가는 내 배표와 입국허가증 등을 보고 나서 하선을 거부했다. 같이 내리려고 기다리던 미국인의 경우와 한국인의 경우는 다르니까 하선을 허락할 수 없다고 말했다.

이 말에 나는 화가 바짝 치밀어 막 따졌더니 그들 말이, "당신은 어로 저지선 때문에 일본과 한국이 싸우는 것을 모르시오?" 하며, 내가 한국인으로 우리 어업선 권내에 들어왔으니 자기들 맘대로 하는 거라고 밉살스럽게 대답했다. 일이 이쯤 되고 보면 나는 하선을 포기하는 수밖에 없었다.

그래서 나는 세관원들에게, "당신네 땅에 발도 들여놓기 싫으니 그만두겠소. 내려봤자 당신네 땅에서 한 푼이나마 가진 돈을 소비나 했지 별수 있겠소? 내가 오랫동안 바다 위에서만 생활하다가 육지를 보니 반가워서 내려보려고 한 것뿐인데 당신네가 거부한다면 나도 내 고국 땅이 기다리고 있으니 그만두겠소!" 하고 딱 잡아떼어버렸다.

　미국인 선객들은 두 일인 세관원에게 봉변을 받고 있는 나를 위해 그들을 마구 욕해주며 국제법에 고소를 하겠다며 일본과 한국 간의 국가적인 트러블을 개인에게 분풀이하는 태도는 졸렬한 짓이라고 비난해주었다.

　이튿날, 먼저 내린 미국인들이 상부에 이야기했던지, 하여튼 세관에서 나를 하선시켜도 좋다는 전화를 선장에게 해주었다. 그러나 나는, "이제는 내리라고 빌어도 이놈의 땅에는 안 내리겠다"고 거절을 해버리고, 만사흘 배가 부두에 정박해 있는 동안 배 안에만 있었다. 바다 위를 거쳐 오던 때와 달리 정박한 배 안에서만 육지를 바라다보게 되니 흡사 답답한 감옥살이 같았다.

　배 안의 선장 이하 선원들은 'Our honorable prisoner(우리들의 영예로운 포로)'라는 이름으로 나를 부르며, 최상의 대우와 극진한 위안으로 내게 마음을 써주었다.

— 〈바다의 에피소드〉에서

　전숙희는 이때 겪은 일이 세월이 지나도 희미해지지 않을 정도로 "불쾌하고 아름답지 못했다"고 했다. 그는 그 배 안에서 탈고한 원고로 1956년 11월 《이국의 정서》(희망출판사)를 출간했다. 책의 내용도 내용이었지만, 미문화원에서 발간했다 해서 《이국의 정서》는 각 신문에 대대적으로 보도되었다.

　전숙희는 등단 이후 많은 체험을 했다. 특히 1955년 미국 문화 시찰을 통해 느낀 게 많았는데, 그중 하나는 우리 민족에 대한 열등의식이 아닌 우월감이었다. 한국으로 돌아온 뒤 그는 다시 기자로 일하며 활발하게 사회 활동을 하였다. 현장을 발로 뛰며 우리의 현실을

미국 기행 수필집 《이국의
정서》(희망출판사. 1956)

적극적으로 경험한 시기였다.

　그와 그의 가족들은 일찍부터 해외를 많이 드나들며 폭넓은 국제적
지식과 경험을 쌓았다. 그들의 풍부한 경험은 장차 전숙희가 하는 일
에 큰 힘이 되는데, 가장 예리한 시선으로 우리나라의 문제와 아픔을
느낀 사람은 그 가족들 중에서도 단연코 전숙희였다. 그에겐 크고 작
은 경험들이 모두 자신의 소신을 밀어붙이는 데 동력이 되었고, 강한
확신이 되었다. 1975년, 그가 가족을 방문하기 위해 통과한 시카고 오
헤어 공항에서 사무치도록 아픔을 느꼈던 한 사건도 예외가 아니다.

나는 누구나 일단은 건너가야 하는 공항의 넓은 대리석 굴을 조심조심 걷고 있었다. 동양 사람들이 마음 놓고 여행할 수 없던 그때까지만 해도 공항은 대부분 백인들로 붐볐다. 큰 홀로 나와 출구로 나가려던 나는 길을 막고 선 사람들 때문에 더 이상 나갈 수가 없었다. 무슨 큰 변이라도 났는가 싶어 의아해진 나는 사람들을 뚫고 들어가 앞자리에 이르렀다.

거기에는 햇볕에 맨살이 타서 바싹 마르고 가무잡잡해진 생쥐만 한 서너 살짜리 아이 하나가 입고 있던 좋은 옷을 다 찢어 던지며 "난 싫어, 난 싫어. 집에 갈래!" 하며, 운다기보다는 차라리 절규라고 할까 몸부림이라고 할까, 대리석 바닥을 눈물과 땀과 콧물로 이리저리 뒹굴며 반항하고 있었다. 아이는 바로 우리 동포였다. 이제 겨우 말을 배울까말까 한 어린아이의 처절한 모습, 그 눈물 어린 부르짖음이 너무도 참담해 나는 내 갈 길을 잃고 우두커니 서서 죄 없는 어린 생명과 함께 약소민족의 비애를 느끼지 않을 수 없었다. 전쟁 직후, 부모가 모두 전쟁 중에 사망하거나, 굶어 죽기 직전인 고아들을 판잣집이나 시골 국민학교에 고아원이라는 이름으로 모아 먹여살리던 때였다.

미국의 고아 입양사업 단체인 '홀트 입양 사업부'는 원하기만 하면 아무런 연고 없는 고아만을 골라 미국의 좋은 가정에 입양시켜 생활은 물론 교육까지 모든 양육을 친부모처럼 해주도록 주선하는 좋은 목적을 지닌 단체였다. 이 단체는 아이에게 양부모가 있는 미국까지 데려다주는 사람의 여비를 대주었다. 그래서 당시에 웬만한 유학생들은 하룻밤 새울 작정만 하고 입양아를 미국 가정에 데려다주는 일로 어렵던 시절 여비 없이 미국에 갈 수 있었다.

지금 이 아이도 아마 이런 한국 사람의 손에 이끌려 고아원 친구들의 부러움을 받으며 어딘가 더 좋은 데로 간다는 말만 믿고 불안한 마음을 겨우 참다가, 낯선 나라에 내리자마자 그나마 정들었던 한국 아저씨도 가버리고 중간 사무원을 통해 잘 차려입은 점잖은 양부모의 품에 넘겨졌을 것이다. 그 순간 아이는 이국인에게 끌려가는 두려움과 공포에 마냥 소리를 지르고 울며 바닥에 뒹굴기 시작한 것이다.

양부모와 주위 사람들이 아무리 아이를 웃기려 해도 아이는 웃기는커녕 표정은 돌같이 굳어만 갔다. 아이는 뒹굴며 울다 지쳐 조그맣게 오그리고 앉아 흑흑 흐느끼고 있었다. 나는 너무나 부끄럽고 가여운 나머지 왈칵 달려들어 아이를 안고 도망치고 싶었다.

— 〈부끄러웠던 순간 하나〉에서

너무도 생생해서 읽는 사람의 가슴까지 저릿하게 만드는 글이다. 수필의 힘이 곳곳에서 느껴지는 이 글은 글쓴이가 아이의 공포에 이성적으로 접근하고, 그 아이가 느끼고 있을 두려움에 그의 예민한 감성과 지성이 포개져 울림이 절절해진다.

가슴이 두근거렸다. 건너편을 보니, 아이의 양부모 가족인 듯한 사람들이 뭔가 궁리를 하는 것 같았다. 그렇다. 내가 저 아이를 내 동족이라고 안아온다면 과연 법이 인정할까. 양부모란 사람들이 1년 이상 공들이고 많은 비용을 들여 자신의 아들로 존스니, 이반이니, 데이비드니 하는 이름으로 입적까지 해놓은 아이를 내가 이 순간 앞뒤 없이 감정대로 한다고 그게 인정될 턱이 있는가. 나는 갑자기 양부모들의 얼굴이 무서워지면서 힘없이 돌아서 출구를 향해 그 자리를 떠났다.

— 〈부끄러웠던 순간 하나〉에서

이 일이 얼마나 강렬하게 의식에 남았던지 그는 오랜 세월이 흐른 뒤에도 곱씹곤 했다. 이러한 되새김질은 늘 숨기고 싶을 만큼 치욕적인 우리의 현실과 맞닿는다. 여전히 우리가 세계 제1의 고아 수출국이라는 부끄러운 딱지를 달고 있다는 생각으로 괴로움을 느끼던 터에, 덴마크의 노벨하우스에 갔던 문학평론가 K교수가 전하는 말을 듣고 그의 자괴감은 깊어졌다.

"지난번 우리나라 작가가 노벨상 후보로 올라갔을 때, 노벨상 심사위원들이 '코리아는 경제도 성장했고 올림픽도 훌륭하게 치른 나라지만, 아직도 자기 나라의 어린 생명을 돌보지 않고, 우리나라에만도 연간 7천 5백 명, 10년이면 7만 5천 명이라는 많은 어린 생명을 남에게 떠넘기는 나라인데 그 나라에 무슨 문학이 있다고 생각하느냐'며, 올림픽을 치른 나라로서 노벨상을 받지 못한 나라는 없지만, 고아 수출을 이유로 인도적인 차원에서 심사위원 전원이 부결표를 던졌다는 사실을 단상에서 발표했다고 한다. 이 말을 듣고 나는 분노와 부끄러움을 금할 길이 없었다. 물론 반드시 노벨상을 타야만 문학이 세계화되는 것은 아니다. 하지만 상을 못 받는 이유가 문학 자체보다 고아 수출이라는 비인륜적 문제에 있다면 우리 모두가 심각히 생각해봐야 할 때가 아닌가 한다."

세계화의 초석, 문예지《동서문화》창간

《동서문화》는 창간 전부터 탄력 받을 만한 일들이 계속해서 일어났다. '제29차 도쿄 국제펜대회'(1957년)는 한국 문인들이 해방 후 처음 갖는 해외 문학 교류였다. 그 팀에 속했던 전숙희는 도쿄에서 한국문학이 질적 수준과는 관계없이 얼마나 변방에 위치해 있는지 깨달았다. 심지어 그는 "너희 나라에도 문학이 있느냐?"며 묻는 사람들의 방자함에 큰 충격을 받았다. 바로 그 순간, 그의 집념에 불이 붙었다. 우리의 우수한 문학을 세계에 알려야 한다는 강한 집념이었다. 그 후 집념은 사명감이 되었으며, 그는 점점 불타올랐다.

전숙희가 해외에서 힘들게 살고 있는 유학생과 교포들에게 조국의 따뜻한 소식으로 위로를 주는 한편, '동서양 문화의 교류'라는 광범위한 의미를 담은 《동서문화》를 창간한 것은 1970년 10월이었다. 《동서문화》 창간에 얽힌 전숙희의 수필 〈동서문화에서 동서문학관까지〉를 읽으면 그가 이룬 많은 문학적 공로가 온 가족의 힘으로 이루어진 것임을 새삼 깨닫게 된다. 그가 어려운 여건 속에 잡지 창간을

《동서문화》 창간 당시 뉴욕에서 현지 목사들을 초대하여 열었던
해외동포 현황에 대한 좌담회

덜컥 시작할 수 있었던 것은, 큰아들이 당시 미국에서 살고 있었던
덕이 크다. 남편 강순구를 외모부터 성격까지 빼닮은 큰아들 강영국
과 그의 아내 장정희도 그 일의 중요성을 알았기에 시간을 쪼개 적극
적으로 도왔다.

《동서문화》의 창간은, 외국을 자주 오가며 유학생과 교포들이 얼마
나 힘들고 외롭게 사는지 자세히 봤던 그로서는 더 이상 미룰 수 없
다고 판단된 시점에서 다소 "무모하게" 시작한 일이었다. 자신의 표
현대로 무모하게라도 그 일을 시작하도록 그를 부추기고 자극했던
사람들은 당시 우리나라의 수재라 할 만한 유학생들이었다. 전숙희
는 이미 꽤 알려져 있었기 때문에 어디를 가든 알아보고 모종의 '역
할'을 해줄 것을 바라는 말을 심심찮게 들었다. 한국문학을 위한 사
명감이 꿈틀대고 있던 그에게 그들의 요청은 불을 지피는 것과 같았

고, 결국 무모하다고 느낀 그 일의 첫걸음을 떼었다. 미국 땅에서도 전숙희를 알아본 사람들은 힘들게 시작된 그 일이 행여 멈출세라 더욱 부추겼다.

전숙희는 일찍이 하와이에 가서 한국계 이민자들을 만나본 적이 있었다. 1902년 1월 13일 첫 이민선이 하와이에 도착했고, 다음 해인 1903년엔 16척의 이민선으로 1천 1백 28명의 한국 젊은이들이 하와이 땅을 밟았다. 사탕수수밭에서 일하던 그들 중에는 결혼도 못한 채 극심한 불안 속에 살다 병들어 일찍 죽은 사람도 많았다.

세계 각국에서 우리의 이민자들을 만나보며 전숙희는 느꼈다. "이민자들은 자신들이 가는 곳에 한국을 심는다. 자기가 사는 그곳에 자기와 조국을 심는다. 그래서 우리는 이민을 통해 세계 도처에 한국을 심으며 한국의 영역을 넓힌다"라고. 해외 동포들에 대한 이 같은 인식도 인식이었지만, 무엇보다 그들을 향한 사랑과 연민이 그를 가만히 있도록 내버려두지 않았다. 인간은 원래 선하다는 성선설을 믿는 그와 그의 집안은 가족애가 남다른데, 더 큰 의미의 가족애로 그는 움직이고 있었던 것이다.

어디에서 만나든 나라 밖에서 살아가는 한국 사람들은 그에게 애틋한 존재였다. 어떤 의미에서 《동서문화》는 품이 넓은 어머니와도 같은 마음에서 시작되었다고 할 수 있다.

여기에 한 가지 바람이 있다면 조국을 떠나 일하는 그들을 위해 우리는 동포애적인 뒷받침을 좀 더 적극적으로 해주었으면 한다. 누구나 물질이 충족된 다음에는 정신적인 공허와 심정적 비애가 오는 법이다. 그것은 동족의 사랑과 관심만이 채워줄 수 있는 문제이다. 구체적인 해결 방법으로,

문고 설치 등 읽어서 양식이 될 책을 부단히 공급해주고 마음의 방향을 정립해줄 좋은 강연과 교양 강좌 등을 수시로 마련해주었으면 한다. 한때 눈으로 보고 느끼는 화려한 위안 행사도 좋지만, 그보다는 좀 더 깊고 먼 안목의 정신적 양식이 더 필요하지 않을까 한다.

— 〈하와이 이민 1호선〉에서

이러한 글을 통해 알 수 있듯 언제가 되었든 전숙희는 이런 유형의 일을 저지를 사람이었다. 그에게 남다른 용기가 있어 생각보다 빨리 시작했을 뿐이다. 《동서문화》 발간이 해외 동포들에게 모국의 따뜻한 소식을 전해 힘을 북돋아주고, 문화예술을 통해 삶을 고양시키며, 적게나마 위로를 줄 수 있을 거라는 결론에 이르자마자 전숙희의 집념은 사그라지지 않았다.

전숙희의 뜻과 노력이 두루 알려진 뒤부터는 도움의 손길이 끊이질 않았다. 그것은 무척 감동적인 형태로 가시화되었다. 우선, 당시 뉴욕 총영사가 사비로 잡지를 구독해 직원들에게 나눠줬고, 솔선해서 정기구독자도 모집해주었다. 그처럼 잡지의 의미가 점점 확대되자 해외를 자주 드나들던 기업인과 사회 저명인사들까지 책이 든 보따리를 비행기에 싣고 가 현지에서 배포했다. 일찍부터 연구와 강연으로 외국을 자주 드나들던 평론가 이어령도 두말 않고 무거운 책보따리를 들고 가서 교민들에게 기꺼이 전해주었다 한다. 잡지 발간도 어려웠지만, 발간된 잡지를 해외로 보내는 비용을 감당하기도 어려웠던 때에 책보따리를 들고 먼 길을 떠나는 그들의 모습은 숭고해 보이기까지 했다. 이어령을 선두로 여러 장관과 수많은 국회의원, 사업가들이 직접 들고 나른 감동적인 《동서문화》는 시대에 맞게 편집되

《동서문화》(1970. 10)와 《동서문학》(1985. 11) 창간호

었다. 그 일에 매달리며 그는 한층 더 조화로운 공존의 소중함을 느꼈고, 어둡고 메마른 세상의 빛과 샘물 같은 문학의 역할을 믿었다.

《동서문화》의 독자는 점점 확산되어 나중에는 전방의 장병들과 전국의 지방 도서관에까지 보급되었다. 그 사실을 안 당시 영부인 육영수가 독일에 나가 있는 광부와 간호원들에게 매달 5백 부씩 보내주었으며, 김종필 총리도 아무 조건 없이 3년 동안 제작비를 보태주었다고 한다.

내가 늘 생각해오는 것은 한국이 자랑할 것은 뜨거운 교육 열기와 예술적 잠재 능력이다. 그중에도 인간의 삶의 이야기를 다루는 문학은 읽히기만 한다면 세계 어디에 내놓아도 떨어지지 않는 수준이라는 긍지를 가지고 있다. 그래서 나는 이런 신념을 가지고 24년 전부터 《동서문화》라는 월

간 잡지를 통해 동서 간의 문화 교류 운동을 해왔으며 국제펜클럽을 통해
한국문학과 작가들의 국제 교류 운동을 계속하고 있다.

—〈한국문학의 세계화〉에서

우리 문학 역사에 다시는 없을《동서문화》는 1985년에《동서문학》
으로 개편되어 11월에 창간호를 발간했다. 외국을 오가는 것이 쉬워
지고, 전파와 위성을 통해 지구촌 소식을 빨리 공유할 수 있는 시대
변화에 맞춘 것이다. 동생 전락원이 늘 잡지의 가장 큰 후원자가 되
어주었지만, 끝없는 재정 적자에 시달리는 문학잡지를 발간한다는
것은 한마디로 고된 일이었다.

지난 1년 동안 우리는 문학잡지가 할 수 있는 모든 일을 해내기 위해 머리
를 짜내고 마음을 모으고 힘을 다해 한국 문단의 수준을 끌어올리고 발전
시키는 동시에 이 나라 민족의 앞날에 빛과 길과 소금이 되고자 애써왔다.
특히 노먼 메일러, 사무엘 베케트, 버나드 말라머드, 보르헤스 등 세계 거
장의 최근 작품과 밀란 쿤데라, 그레이스 페일리, 아미리 바라카, 페터 빅셀
등 국내엔 낯설지만 세계에서 이미 정평이 나 있는 중견 작가들과 나딘 고
디머, 마리오 요사, 유르스나르, 브엔데스 등 제3세계 작가들의 작품 및 작
품 세계의 게재는《동서문학》만이 이룬 쾌거요, 공로라 아니할 수 없다. 뿐
만 아니라 우리의 자랑스러운 문학을 세계에 알리고 또 인류 공통의 이해를
얻기 위하여 국내 문학 작품의 외국어 번역 작업을 착수하기에 이르렀다.

—〈우리 모두의 희망의 등불이 되고자〉에서

만남의 순간부터 생의 끝까지 조용히 그의 옆에서 잡지 발간을 도

왔던 시인 이경희와의 인연은《동서문학》의 전신인《동서문화》를 통해 이루어졌다. 이경희는 당시 홍익대 도서관에서 근무하다 쉬고 있었는데, 진정한 일꾼이 필요했던 전숙희가 한국에서 처음 생산된 승용차 포니를 타고 집으로 찾아왔다. 그의 손에는 돌돌 말린《동서문화》가 들려 있었고, 원피스 차림에 머리에는 스카프를 하고 있었는데 무척 세련되고 활달해 보였다. 1935년생인 이경희는 당시 문단의 풋내기였는데, 그의 눈에 대선배인 전숙희가 나이 차이를 의식하지 못할 정도로 젊어 보였다고 한다.

이경희가《동서문화》편집과 발간에 참여한 것은 1976년, 경제 사정상 잠시 쉬었다가 나온《동서문화》복간호의 다음 호부터였다. 당시《동서문화》사무실은 다동에 있었다. 그러다 형편이 여의치 않아 1년 후 한남동에 있던 큰딸 강은엽의 공방을 차고 들어가 편집용 테이블을 놓았다. 미국에선 큰아들의 집과 막내딸의 아파트를, 서울에선 큰딸의 공방을 점령하는 어머니의 그 같은 기질에 그들은 일찍부터 익숙해져 있었고, 자신들에게도 어떤 역할이 있다고 믿는 듯한 모습이 이경희에게는 인상적이었다고 한다. 전숙희를 가장 가까이에서 오래 지켜봤던 이경희였지만, 볼 때마다 놀라운 점이 한두 가지가 아니었던가 보다.

"한마디로 전 선생님은 옳다고 믿는 일에 관한 한 욕심이 많았어요. 어려운 형편을 무릅쓰고 책 한 페이지를 만드는 것도 힘든 일인데 해외 발송은 또 얼마나 어려운 일인가요. 그런데 그걸 끈으로 묶어 직접 들고 가서 읍소해서 무료 운반을 시키곤 했어요. 잡지를 받아 읽은 동포들로부터 감사의 편지가 날아오곤 했고요."

만인 평등사상을 가진 나는 각 문화의 이해와 교류만이 인류를 하나로 묶어놓을 수 있다고 생각하는 사람이다. 책 제목도 그 정신에서 붙여졌다. 《동서문학》 사업은 아무것도 가진 것이 없는 한 여성의 꿈과 열성 하나로 20년을 이끌어오고 있다. 확고한 신념과 일에 대한 집념 없이는 도저히 이룰 수 없는 불가능에 가까운 일을 나는 우매하도록 단순한 정열과 꿈 하나로 이끌어오고 있는 셈이다.

— 〈미수 인생〉에서

세계 각지에 흩어져 있는 독자들을 위해 잡지를 만드는 일이 얼마나 큰 모험이었는지 전숙희는 두고두고 깨달았다. "내가 누구를 믿고 그런 큰일을 시작했는지, 지금 다시 생각해도 가슴이 덜컥 내려앉을 일이다"라고 말할 수밖에 없었던 것이, 《동서문화》는 당시 한 푼의 예산도 없이 세부적인 편집 계획도 세워놓지 않은 채 시작했기 때문이다. 하늘이 도왔는지, 《동서문화》 창간 기사를 본 전락원이 누나가 도움을 청하기도 전에 명동성당 맞은편에 작은 사무실을 얻어 의자와 책상을 들이고 카펫을 깔아줬다. 그러나 전락원도 어려울 때라 무한정 손을 벌릴 수는 없었다. 월세가 벅찼던 전숙희는 펜클럽이 있던 걸스카우트빌딩 9층으로 사무실을 옮겼다.

《동서문화》를 발간하기로 결정한 것은 운명과도 같다고 전숙희는 말했다. 그리고 《동서문화》에 몰두하는 이유는 문화 사업이 괴로울 정도로 힘든 한편 매력적이기 때문이라고도 했다. 더욱 놀라운 것은, 그렇게 힘에 부치는 일을 하면서도 그가 다른 여러 가지 일을 계획해 동시에 추진했다는 점이다.

《동서문화》 창간 1주년 기념식(1971년)

　　국제펜대회에 참가하기 위해 뉴욕에 갔던 1975년, 그는 맨해튼 중
심가에 살던 막내딸 강은영의 아파트에 '문화사랑방'이라는 한글 간
판을 걸고 변호사를 통해 '문학의 집'으로 공식 등록했다. 문학 행사
에서 만난 교포들과 유학생들의 간청에 의해 책임감을 갖고 한 행동
이었다. 간판이 하나 걸렸을 뿐인데, 그곳에 사는 동포들의 결속력은
대단했다. 많은 유학생과 어렵게 사는 이민자들이 그 아파트에 모여
문학과 예술을 논하고 위로받았으며, 모국의 소식을 공유했다. 그동
안 어렴풋한 형태로 꿈꾸던 문학관의 밑그림이 이 사랑방을 통해 흐
릿하게나마 채색되기 시작했다. 그때로부터 22년 뒤인 1997년, 그는
그 꿈을 현실화시켰다.

　　이경희에 의하면 '계원예술고등학교'를 세워야겠다는 적극적인 의
지도《동서문화》를 발간하던 사무실에서 시작되었다고 한다. 그리고

얼마 지나지 않아《동서문화》사무실 안에다 계원예술고등학교 간판을 걸어놓고 학교 설립 과정을 밟기 시작했다. 말이 쉽지 학교를 설립하는 복잡다단한 과정을 보통 사람들은 상상이나 할 수 있겠는가. 알면 알수록 앞을 향해 나아가는 전숙희의 꺾이지 않는 집념과 열정은 놀랍기만 하다. 더 놀라운 사실은 잡지 편집실에서 문학관 설립도 함께 추진했다는 것이다.

《동서문화》의 후신인《동서문학》은 내용이 알찰 수밖에 없었다. 펜클럽 활동이 활발했던 전숙희는 세계 문학의 흐름을 한눈에 꿰고 있었다. 문학을 통해 호흡해온 그의 경력도 점점 축적되고 있었다. 그는 쌓인 경험을 제때 반영해 잡지를 발간했다. 국제 문학 행사를 치르면서 미흡했다 생각되는 점은《동서문학》을 통해 보완했고, 중요한 지점을 서로 연계시키기도 했다. 그러나 현실적으로 문학잡지를 발간하는 일은 여전히 힘들었다. 시대의 변화에 맞춰《동서문화》를 《동서문학》으로 재창간한 뒤에도 재정적 어려움은 해소되지 않았다. 이에 동생 전락원은 파라다이스 계열사의 광고를 잡지에 실어주고, 책 읽기 장려 사업으로《동서문학》을 구입해 회사 임직원은 물론 군부대와 각 사관학교, 육군본부 등에 무상으로 배포하는 등 재정 지원을 아끼지 않았다. 잡지《동서문학》30년의 역사는, 전숙희의 문학을 향한 지치지 않는 열정과 전락원의 재정적 뒷받침이 없었다면 불가능했을 것이다.

판매를 통해 독자들로부터 재정 지원을 받는 것이 가장 이상적일 테지만, 불가능한 것이 우리 문학 시장의 현실이다. 그래서 잡지를 만든 뒤 느끼는 일차적인 기쁨 뒤에는 정해진 듯 공허함이 따라왔다.

전숙희가 문학잡지를 발행하며 한없이 좌절하고, 심한 피로를 느낀 것은 당연했다. 그러다 보니 그토록 힘들어 하면서까지 하지 않아도 되는 일이라는, 사서 고생을 하고 있다는 회의가 들곤 했다. 그는 단도직입적으로 목소리를 높여서 젊은이들에게 호소하기도 했다. "젊은이들이여, 한 달에 만 원씩이라도 저축해 책을 사자. 책을 사서 읽고 다정한 사람에게 선물하자. 꽃이나 카드나 머플러 대신 책 한 권을 선물하자. 그렇게 되면 우리들 가난한 힘으로 출판사를 살리고 좋은 잡지사들도 자립할 수 있으리라" 하고 말이다.

《동서문학》일에는 한때 소설가 김주영이 관여했고, 소설가 김원일도 적극적으로 힘을 보탰다. 어렵사리 30년을 지탱해온 《동서문학》은 후원자 전락원이 세상을 떠난 뒤 더는 버티지 못하고 휴간되었다. 《동서문화》와 《동서문학》을 발간하는 동안 전숙희는 맹렬히 다양한 문학 활동을 했다. 문학 강연과 시 낭송회, 문학 세미나, 미국 동포를 위한 문학의 밤 같은 행사를 개최한 것 외에도 그가 한 일은 일일이 열거할 수 없을 정도로 많다. '러시아와의 문학 교류', '독일 문학의 밤', '체코 문학의 밤', '남미 문학의 밤', '한·일 문학 교류' 등. 그는 그야말로 불도저처럼 일했다.

《동서문화》를 창간하기 한 해 전, 전숙희는 《밀실의 문을 열고》(국민문고사, 1969)를 출간했고, 창간 2년 뒤와 3년 뒤에 연이어 수필집 《삶은 즐거워라》(조광출판사, 1972), 《나직한 말소리로》(서문당, 1973)를 출간했다. 잡지 보따리를 꾸려서 직접 들고 사람들을 찾아다니던 때였다. 해외 발송비를 아끼기 위해 비행기 탑승자를 찾아다니는 등 열성을 쏟았지만 잡지 일은 아직 익숙하지 않았고, 판매도 불투명한 상태라 알게 모르게 스트레스가 많았다. 그 와중에 꾸준히 글을 쓰고 그것을 묶어 책을 냈으니 그의 문학에 대한 정열은 끝이 없다 하겠다.

《동서문학》을 편집해 발간하고, 계원예술고등학교를 설계하여 설립하고, 1988년 서울 국제펜대회 사무실로도 썼던 파라다이스 별관 건물은 현재 '한국현대문학관'으로 알차게 운영되고 있다. 살아생전 전숙희는 문학관이 있는 자리에 문화센터를 세우고 싶어 했으나, 그 일은 시작조차 하지 못했다. 한국현대문학관 사무실엔 아직도 전숙희가 쓰던 널찍한 책상이 놓여 있고, 사무실 밖 아담한 공원엔 나무를 함부로 베지 않는 전숙희로 인해 사라질 고비를 넘긴 잡목들이 서 있다. 그리고 전숙희 책상 앞엔 이따금 이경희 시인이 고즈넉한 모습으로 앉아 있다.

계원학원 설립 의지와 실현

학교를 세워 지역 젊은이들에게 배움의 기회를 제공하라는 유
언을 남기고 어머니가 세상을 떠난 지 7년 뒤인 1978년, 전숙희는
영국 시인 스티븐 스펜더를 초청하는 등 문학 행사를 개최했다. 개인
적으로는 그해에 《청춘이 방황하는 길목에서》(갑인출판사, 1978)를 출
간했다. 더불어 연이어 발간될 수필집 《영혼의 뜨락에 내리는 비》(갑
인출판사, 1981)와 《가진 것은 없어도》(동서문화출판사, 1982)에 대한 계
획도 가지고 있었다.

앞서 이경희 시인이 말했듯 바로 그 시기에 지금은 빌딩이 들어서
흔적도 없이 사라진 《동서문화》 사무실에서 '계원예술고등학교'가
탄생했다.

적절한 때가 되었다는 듯 전숙희 형제들 사이에서 그 이야기가 슬
슬 시작되고 있을 때 마침 배우 최은희와 감독 신상옥 부부가 운영하
던 안양예술고등학교를 매입하라는 제의를 받았다. 그러나 인수 과
정에서 독자적으로 학교를 설립하자는 쪽으로 결론이 났다. 운영자
들이 월북한 터라 경영난을 겪다 헐값에 나온 학교를 매입하자고 전

178

숙희가 말했을 때 전락원은 화를 내며 아무리 싸다 해도 그런 데는 절대로 손을 대지 않는 것이 자신의 경영철학임을 역설했다 한다. 그 시점에서 자칫 멈출 수도 있었지만 더는 늦출 수 없다고 판단한 전숙희가 앞서서 일을 시작했다. 어머니의 유언을 따르려는 그를 말릴 수 있는 사람은 아무도 없었다. 항상 후원을 아끼지 않던 동생 전락원도 재정적 어려움을 겪던 시기였지만 점점 학교 설립에 속도를 냈다. 학교를 설립하는 것은 세상을 떠난 어머니가 생전에 간곡히 남긴 뜻을 받드는 일이라 자식들의 머릿속에 늘 숙제처럼 남아 있었던 것이다.

전숙희는 어머니의 뜻에 따라 '지역 젊은이들의 교육'을 위해 경기도 포일리 일대 땅을 보러다녔고, 적당하다 싶은 땅을 매입했다. 부지 값은 전락원이 사재를 털어 지불했다. 사재를 털었다고 해도 파라다이스 그룹 주주와 직원들의 불만이 곳곳에서 터져나왔다. 기업 대표가 이윤을 창출하는 데 온 힘을 쏟지 않고 다른 곳으로 자꾸 눈을 돌리는 자체가 그들의 경제관에 맞지 않았던 것이다.

"1979년 늦여름부터 1980년도에 걸쳐 계원예술고등학교가 탄생했어요. 어떤 의미에선《동서문화》사무실에서 학교가 탄생했다고 할 수도 있을 겁니다. 거기서 교장 되실 분을 모시고, 교사를 한 분한 분 인터뷰하고, 수없이 회의를 거치며 벽돌을 한 장 한 장 쌓은 거지요. 그때 전숙희 선생님은《동서문화》는《동서문화》대로, 펜은 펜대로, 학교 일은 학교 일대로 추진했어요. 직접 흙벽돌을 쌓아 지은 야간학교에서 학생들을 가르쳤던 부모의 뜻을 이어받아 그 근처 부지를 확보해 '계원예술고등학교'가 탄생한 것이고요. 파라다이스 소속으로 파견되었던 직원까지 합류해 진창길을 걸어 부지를 확보하러 다녔는데, 뜻밖에도 착공이 쉽지 않았어요. 결국 아래층이 다 완공되지도 않았는데 학생들을 뽑았고, 첫해 신입생들이 학교를 다니는 동안 2, 3층을 올렸어요. 늘 학교 한쪽에서는 공사를 하고 있었지요. 계원예술고등학교는 그렇게 힘들게 시작되었답니다."

계원학원 설립을 처음부터 끝까지 지켜봤던 이경희 시인은 그때를 생생하게 기억한다. 자신이 하는 일에 더욱 힘을 받기 위해 학교 간판을《동서문화》편집실에 걸어놓고 속도를 붙여가는 전숙희를 멈추게 할 수 있는 것은 없었다. 이미 여러 지면을 통해 언급되었다시피 '계원桂園학원'의 '계桂' 자는 학교를 지으라는 유언을 남긴 어머니 '계성옥桂成玉'의 성에서 땄고, '원園' 자는 설립자 '전락원田樂園'의 이름 끝 자에서 딴 것이다.

50, 60년대 명동거리에 나가본 사람들은 기억하시리라. 태극당 아래 백화점 앞에서 자전거에 깃발을 꽂고 명동의 빌딩들이 부르르 흔들리도록 뇌성치듯하던 그 목소리를! "예수를 믿읍시다." 그리고 불붙는 듯하던 그 눈빛을! 그분이 바로 이사장님의 아버님이신 전주부 목사님이셨다고 한다. 일찍이 십 대의 소년 시절에 홀로 예수 그리스도를 당신의 구주로 영접하여 성화에 이르도록 가시는 곳곳에 교회를 개척하여서는 젊은 목회자에게 물려주시고 당신은 그렇게 노방 전도에 성심을 쏟으셨으니 사리 사욕이란 추호도 없이 오로지 진리에 충성하신 분이심을 미루어 알 수 있으며 세상 목숨은 하나님께 맡기고 사셨을 터. 어머님께선 육남매를 기르시느라 얼마나 힘드셨으랴만 이는 세상 사람의 짐작이요, 하늘 백성의 삶은 오히려 찬송이 넘치는 빛이셨으니 손수 빚은 흙벽돌로 꾸민 집에서 밤이면 호롱불을 밝혀놓고 시골 청소년들을 모아 글을 가르치셨다.

— 추영수, 〈우리들의 등대〉에서

파라다이스 본사 소속 이광국이 학교 설립 초기부터 전숙희와 같이 학교 부지를 보러다니고, 부지 매입 뒤 곧바로 현장으로 투입되는 등 전략원의 지원은 처음부터 적극적이었다. 그러나 가족들의 오랜 염원이자 숙원이었던 학교 설립은 예상보다 훨씬 어려웠다. 부모가 포도농원을 하며 목회를 한 포일리의 뒷산, 경기도 의왕시 내손동 산 125번지 땅을 매입했으나, 당시 학교를 설립하기 위해서는 평지 3천 평이 확보되어야만 했다. 그러자면 그린벨트에 속하는 땅이 많은 돌산을 엄청나게 깎아야 했다. 그린벨트를 1미터만 훼손하면 곧바로 감옥에 가야 할 만큼 그린벨트에 대한 규율이 엄격하던 때였다. 정부에서는 수시로 헬기를 띄워 그린벨트 훼손 여부를 감시했는데, 당장은 평지 1천 평 정도만 확보된 상태였다. 방법은 단 하나, 이웃의 논밭을 매입할 수밖에 없었다. 이미 학교 운동장으로 얻어 쓰고 있는 땅이었으나 학교 운영 조건에 맞도록 매입하는 것만이 해결책이었다. 전주 이씨 문중이 가지고 있던 그 땅은 계곡을 끼고 있어 비만 오면 구렁텅이가 되었고, 그 땅을 통해 학교로 들어오는 길은 그때까지만 해도 수레가 다니던 좁은 '구루마 길'이었다.

그 땅을 이씨 문중 어른의 도움으로 간신히 매입해 학교 설립 조건에 맞췄으나 여전히 평지가 부족했다. 부족한 평지를 더 확보하기 위해 두 물길이 만나는 학교 진입로 지점에 복개 공사를 했다. 당시 서울대 공대 교수로 재직하던 둘째 아들 강영진 등 수많은 전문가의 의견을 들었으나 법규를 따라야 했던 공사는 산 넘어 산이었다. 학교를 지으려면 가장 먼저 도시계획법을 통과해야 했는데, 학교 부지가 과천, 안양, 수원, 시흥 등지의 도시계획법에 저촉되는 복잡한 지역에 속해 있었다.

공사를 시작한 해 10월 26일에 박정희 대통령이 피살됐고, 이내 혹독한 겨울이 닥쳤다. 가스 파동으로 물가는 치솟았고 날씨까지 추워 땅을 파는 것조차 몹시 힘들었다. 제때 개교를 못하면 1년 늦춰 개교를 해야 하는 다급한 상황이었는데, 이미 신입생 선발까지 마친 상태라 개교를 늦춘다는 것은 상상할 수도 없었다. 이 기간 전숙희의 일기에는 근심이 많이 느껴진다.

날씨가 포근해졌다. 이제 학교 건축이 제대로 될 테니 안심이다. 그 추위 속에 지붕을 한 일, 너무나 모험이었고 노무자들 가엾다. 이렇게 어렵게 이루어진 학교 감사하며 열심히 키워야겠다.
— 〈1980년 1월 24일 일기〉에서

학교 인가장을 받은 것이 1980년 1월 31일이었다. 그날 전숙희는 교육감실에서 교육감으로부터 인가장을 받고 기념촬영도 했다. 그 뒤 한남동 사무실로 갔고, 그곳에서 소식을 기다리던 사람들이 그의 손에 들린 인가장을 보고 환호성을 질렀다. 그러나 예정대로 3월에 개교하는 것은 불가능했다. 수많은 시행착오를 거쳐 예정보다 다섯 달 늦은 1980년 8월에야 개교할 수 있었다. 전숙희는 교가를 작사하고, 수많은 나무를 심는 등 학교의 크고 작은 일에 열성을 다했다.

전숙희 남매가 일반학교가 아닌 예술학교를 설립하게 된 것은 예술의 사회적 역할이 얼마나 큰지를 일찍부터 깨달았기 때문이다. 계원예술고등학교가 생기기 전까지 우리나라에는 선화예술고등학교와 서울예술고등학교가 있었고, 두 학교는 무용과 음악에서 각각 앞

개교 초기 '계원예술고등학교' 전경(위)
1980년 4월 10일, 계원학원 설립 기념 식수를 하고 있는 설립자 전락원과 이사장 전숙희(아래)

서 있는 상태였다. 학교 설립부터 아이디어가 많았던 조각가 강은엽의 영향으로 계원은 미술에 중점을 둔 학교로 키우기로 뜻을 세웠고, 오늘날 명문으로 성장할 수 있었다.

예술학교는 전공 분야별로 실습 조건이 갖춰져야 하기 때문에 특수 장비와 특수시설, 그리고 그것들을 설치할 공간이 필요한 점 등 일반 학교를 지을 때와는 여러 모로 다르다. 계원예고가 미술에 중점을 두고 개교하였다고는 하지만, 예술에 재능 있는 자녀를 둔 가정에서는 일찍부터 이 학교가 각 분야에서 얼마나 명문인지를 잘 알고 있었다. 개교 후 해를 거듭하며 연극, 음악 분야에서도 명문의 위세를 올렸기 때문이다. 이것이 가능했던 것은 특수성과 전문성을 살리는 특화 교육을 개교 초기부터 강화했고, 설립자 전락원 회장의 지속적인 지원과 함께 이사장이었던 전숙희의 열정이 더해졌기 때문이다.

예술가가 많은 전숙희 집안의 힘은 예술학교를 설립하면서 더욱 빛났다. 조각가와 화가인 두 딸, 성악가인 동생, 건축가인 아들까지 똘똘 뭉쳐 자신들의 능력과 재능을 계원학원 설립과 발전에 보탰다. 그처럼 가족들이 학교 일에 적극적인 모습이 밖에서는 구설수가 될 수도 있었으나, 당시 사무국에 근무하던 이성달 국장의 말에 의하면 "학교 일에 관여했던 가족 모두가 예술 분야의 전문가들이라 학교에 엄청난 힘이 되었다"고 한다. 한마디로 전숙희의 근친들은 최고의 전문성을 지닌 사람들이었고, 하나같이 헌신적으로 일했다는 것이다. 예술원장이라는 직책으로 한동안 학교 일을 도왔던 성악가 전승리 역시 전문 과목에서는 물론 학생들의 인성 교육에도 힘이 되었다. 일찍이 그는 길에서 만난 걸인 소년을 집에 데리고와 공부시켰을 정도로 교육의 중요성을 아는 따뜻한 성품의 예술가였다. 마스터플랜을 세워놓고 알차게 콘텐츠를 채워가는 조각가 강은엽의 역할도 컸다. 그는 대학 설립에도 많은 열정을 쏟았다. 학생들의 예술적 기량을 높이는 수업에 강은엽은 직접 참여했고, 미술계의 대선배로서 학생들의 좋은 롤모델이 되었다. 끊임없이 쏟아지는 그의 참신한 예술적 발상은 교육 현장과 접목되어 빛을 발했다.

계원학원이라는 나무가 튼실한 뿌리를 내릴 수 있도록 토양이 되어준 이가 바로 전락원이다. 한번은 이성달 사무국장이 전락원에게 브리핑을 하면서 학교의 미래 경제적 가치에 대해 보고한 적이 있는데, 전락원은 "돈은 우리가 벌 테니 학교 일이나 잘 하십시오"라고 엄하게 말했다고 한다. 그러고 보니 전락원은 그런 말을 심심찮게 했던 것 같다. 전숙희가 늘 일을 저지르고 나서는 결과적으로 그 일이 손해가 아닌 이익이 되었다며 자신의 입장을 무마하려고 할 때마다 전락원은 말했다. "돈은 제가 벌 테니 누님은 나라를 위한 일이나 잘 하세요." "돈은 우리가 벌 테니 누님은 학교 일이나 잘 하십시오." 이 말에는 언제나 한결같은 그의 지론이 담겨 있었다.

전락원의 학교 사랑은 가족 누구에게도 뒤지지 않았다. 그는 학교 일에 무관심한 척하며 다른 사람들에게 부담을 주지는 않았지만, 누구보다도 학교에 애정이 많았다. 해외에 나갔다 귀국한 일요일에도 아무도 없는 교정을 천천히 둘러보고 갈 정도였다. 한번은 결재하러 가서 교무실을 둘러본 뒤 "교무실 분위기를 바꿀 수 있는 방법을 찾아보라"고 지시했다. 교사들에겐 각자의 연구 공간이 있어야 제대로 된 교육이 이루어진다는 취지였다. 학교 여건상 어렵다고 교장이 말하자 전락원은 "그래도 환경을 개선하는 방법을 찾아보라"고 다시 지시했다. 방법을 강구한 뒤 나중에 결과를 보고하자 "그렇게 생각을 바꾸니까 환경을 개선할 방법이 생기잖습니까"라고 했다 한다. 전락원은 말년에 "내가 사업을 많이 하고 크게 키웠지만, 그중 가장 보람 있는 일이 학교를 설립한 것이다"라는 말을 자주 했다.

역대 교장들도 학교 발전에 힘을 실었다. 특히 전숙희와 이화 선후배 사이인 심치선 교장의 업적이 두드러진다. 그는 당시 재정이 어려웠던 재단을 '무한정 압박'하여 계원예고에서 가장 중점을 둔 교육 분야인 미술 실기동을 건립했다. 미술 실기동은 말 그대로 학생들이 집중해서 실기를 할 수 있도록 수많은 실기실로 이루어진 건물이다. 그는 전숙희의 호를 딴 '벽강예술관壁江藝術館'을 지음으로써 그때 안겨줬던 재정 압박을 한 번에 갚았는데, 당시 교육부로부터 그처럼 큰 예술관을 지을 정도로 많은 지원을 받았던 것은 그가 정보에 빨랐기 때문이다. 그리고 평생을 교육자로 산 그의 좋은 평판과 넓은 인맥도 도움이 되었다. 고등학교 안에 있는 예술관으로서는 당시 유례가 없을 정도로 혁신적이었던 예술관 전면의 넓은 오석에 '벽강예술관'이라 휘호한 서예는 전숙희의 오랜 동반자였던 그, 시인 이경희의 작품이다.

'계원예술고등학교'는 1994년 3월 7일 경기도 성남시 분당구 정자동에 신축한 새 교사로 이전하였다. 계원예술고등학교 자리에 '계원조형예술학교'를 세우면서 파라다이스 그룹의 비영리 육영사업은 한 단계 심화 확대되었고 새롭게 도약하였다. 대학 인가를 받는 일이 쉽지 않은 시절이었다. 신청자의 10퍼센트 정도만 인가를 받을 수 있었는데, 전숙희가 신청한 전문대학은 심사위원회에서 아주 높은 점수로 인가를 받았다.

1993년 3월, 계원조형예술학교 개교기념식. 설립자 전락원이 강영진에게 학장 임명장을 전달하고 있다. 뒤에 전숙희 이사장의 모습이 보인다.

1992년 대학을 설립하던 때부터 전락원은 학장으로 조카인 강영진을 염두에 두고 있었다. 심지어 강영진이 학장직을 수락하지 않으면 대학 설립을 하지 않겠다고 말한 적도 있었다. 그에게 강영진은 염결한 인격자였고 유능한 학자였다. 그러나 당시 서울대 공과대학에 재직하던 강영진에게 계원조형예술학교 학장 자리는 고민스러운 제의였다. 그 무렵 전숙희가 남긴 일기에는 학교 설립에 전폭적으로 힘이 되었던 강은엽에 대한 고마움은 물론, 딸이 조각가의 본업에 충실할 수 없도록 만든 어머니로서의 죄스러움이 자주 표현되었다. 학교 설립에 바친 딸의 노고와 진정성을 잘 알았던 그가 전락원에게 강은엽을 학장으로 추천했던 날의 일기가 눈길을 끈다.

계원대 학장으로 은엽이를 추천했다. 그런데 뜻밖에도 반대 의사를 표명함과 동시에 강영진을 적극 추천했다. 꿈 많은 미대 지향의 특수학교를 계획하면서 여자로서는 대외 관계나 모든 일에 부족하다는 것이 그의 지론이다.

12년간 계원을 위해 그토록 애쓰고 3개 예고 중 미술에서는 최고를 단시일 내에 이루어놓은 은엽이 공로와 노고에 대해 일언반구도 하지 않은 것도 섭섭하다. 본인이 들었다면 얼마나 더 분통 터지고 섭섭하랴!

과연 여자 때문이라는 문제뿐일까? 그 자리에서 더 이상 감싸고 강요하는 것도 내 딸이기 때문에 더욱 어려워 좀 더 생각해보라고 하고 나와버렸다.

— 〈1992년 4월 6일 일기〉에서

그토록 전락원의 신임을 얻었던 강영진은 전숙희의 수필에 이따금 등장한다. 그는 전숙희가 신붓감으로 적극 권했던, 성악가 김자경의 제자 윤경희와 일찍이 결혼해 세 딸을 둔 수재였다. 그들 부부는 줄곧 전숙희와 한집에서 살았다. 서울대를 거쳐 미국에서 유학한 뒤, 아버지 강순구의 이장 무렵 귀국해 모교에서 근무하던 강영진은 깊은 고심 끝에 1993년 3월 2일 '계원조형예술학교'의 첫 학장으로 부임했다. 강은엽은 부학장으로 재직했다.

'계원예술대학교' 안에는 전락원의 호를 따 '우경산방宇畊山房'이라 이름 지은 한옥이 있다. 우경산방에도 많은 이야기가 축적되어 있다. 일종의 게스트하우스로 쓰이는 이 한옥은 청와대 근처 우리은행 효자동 지점 자리에 서 있었다. 시인 이상이 큰아버지에게 양자로 가 살았던 집, 다시 말해 지금의 '이상의 집'과 50미터 거리에 있던 한옥 두 채가 헐리게 된 것을 알고 안타까워하던 전숙희가 옮겨 짓기로 결정했던 것인데, 두 채를 한 채로 짓다보니 서까래가 짧은 점 등 문제가 많아 새로 짓는 것보다 몇 배 어려웠다. 당시 평당 건축비가 50만 원쯤이었는데, 한옥을 옮겨 다시 집을 짓는 데는 평당 3백만 원이 넘게 들었다고 한다.

청와대를 지은 대목과 소목들이 왔고, 기와도 큰 사찰 공사를 하는 일꾼들을 사서 올렸다. 마루를 놓는 것도 쉽지 않았다. 멀리서 힘들게 구해온 나무를 삶아 말리고 다시 찐 뒤, 전통 방식에 따라 기름을 먹여 깔았다. 그런데도 오래된 한옥을 해체한 자재를 기본으로 지었기 때문에 추녀가 짧아 비가 샜고, 서까래가 썩어 지붕이 무너진 적도 있었다. 한옥 앞 잔디를 가꾸는 것도 쉽지 않았다. 한옥에는 귀한 손님들이 자주 초대되었는데 문제는 비가 올 때였다. 비가 오면 손님들이 차를 몰고 잔디밭에 내처 들어왔는데, 그때마다 잔디가 엉망진창이 되었다.

힘들게 지은 한옥에는 문화예술 분야 및 교육 분야에 종사하는 귀빈들이 초대되었고, 외국 손님도 많이 와 머물렀다. 전문적 수업을 위해 초빙한 외국인 강사와 내빈 접대를 위한 영빈관이었던 그곳에서 학교 선생님들과 신년하례식도 했다. 처음에는 의무적으로 참석했던 교사들도 나중에는 그곳에서 떡국을 먹으며 갖는 신년하례식을 모두 좋아했다. 자기들 직장인 학교 안의 운치 있는 공간에서 부담 없이 모여 이사장이 준비한 작지만 정성 어린 선물까지 받는 훈훈한 자리였기 때문이다. 한옥 옆에는 큰 느티나무가 있었는데, 이끼가 끼고 썩어서 한눈에 보기에도 쓰러질 듯 위태로웠다. 위험하다며 나무

설립자 전락원의 호 '우경宇畊'을 딴 교내 한옥 '우경산방宇畊山房'

를 베어버리자는 얘기가 나왔을 때 평소 나무를 좋아했던 전숙희는 "몇백 년을 넘게 산 나무가 왜 쓰러지냐!"며 반대했다. 나중에 그 나무가 저절로 넘어가는 위험천만한 일이 생겼지만, 다행히 하천 쪽으로 넘어져 다른 피해는 없었다.

'계원조형예술학교'는 1993년 출범하여 1996년 '계원예술전문대학'으로 개편 인가를 받아 교명이 변경된 뒤 오늘의 '계원예술대학교'에 이르렀다. 그동안 계원의 특화된 교육 프로그램은 여러 방면으로 성과가 입증되었다. 전숙희는 그 결실을 누구보다 크게 느끼며 2004년까지 이사장으로 근무했다. 그가 이사장으로 재직하던 기간에 지금의 한국현대문학관 전신인 '동서문학관'이 대학 안에 들어섰다. 문학관 탄생 시기를 끊임없이 모색하던 그의 눈에 현재 평생교육관으로 쓰이는 아름다운 벽돌 건물에 비집고 들어갈 만한 2백 평 규모의 공간이 보였던 것이다. 늘 일을 용감하게 시작할 때마다 되뇌던 "해보자!"라는 말이 전숙희의 입에서 터져나왔다. 어떤 반대 의견도 그를 멈추게 할 수는 없었다.

계원예술대학교 안에 있는 법인 사무국에는 당시 전숙희 이사장이 썼던 방이 있다. 1층인 그 방 창밖으로 보이는 풍경은 그가 그곳에 있던 때와는 많이 달라졌다. 학교 건물도 용도가 많이 바뀌었고, 신축 건물도 생겼다. 개교를 기념하여 심었던 나무들도 울창하게 자라 하늘을 덮고 있다. 그렇게 늙고 병들 수밖에 없는 인간의 세월은 빨리 흘렀으나, 그가 세운 학교는 점점 젊어지고 있다. 바로 그것이 정열을 바쳐 학교를 세웠던 사람이 뜻한 바였다.

한국문학을 세계로, 펜 활동

조용한 시작

영국의 여류 소설가 아미 스콧의 제안에 따라 작가들의 복지와 친목, 자유와 인권 보장을 위해 1921년 결성된 문학클럽이 국제펜클럽(International PEN)이다. 국제펜클럽의 초기 멤버 중에는 시인 T. S. 엘리엇도 있다.

한국의 첫 활동은 시인 모윤숙으로부터 시작되었다. 1954년 4월, 유엔총회 참석차 런던에 간 모윤숙이 런던브리지 쪽으로 걸어가다 PEN이라고 쓴 간판을 보고 끌리듯 들어간 곳이 펜본부 런던 사무실이었다. 마침 그곳에는 국제펜 사무총장인 데이비드 카버가 와 있었다. 한국 작가들도 국제펜에 가입하고 싶다는 모윤숙의 요청에 따라 데이비드 카버는 직접 유럽 각국의 대표국에 전화를 걸어 승인을 요청하는 등 적극성을 보였다. 그와의 인연은 모윤숙이 국제펜 부회장이 되는 데도 결정적으로 도움이 되었다.

1954년 10월 23일, '국제펜클럽 헌장'을 바탕으로 한 국제펜클럽

1955년, 국제펜클럽 한국본부의 태동이 된 선배 문인들의 비엔나행. 왼쪽부터 김광섭, 모윤숙, 변영로

한국본부가 조직되었다. 시인이자 영문학자이며 코리아헤럴드 사장이었던 변영로가 초대회장직을 수락했고 김광섭과 모윤숙이 부회장을, 주요섭과 이인석이 전무이사와 사무국장직을 각각 수락했다. 한국펜 창설 당시의 회원은 모두 64명으로, 오상순, 김팔봉, 피천득, 양주동, 정인섭, 백철, 정비석, 이봉래, 박영준, 한무숙, 전숙희, 김남조, 조경희, 김활란, 노천명, 구상, 조병화 등 당시 활발하게 활동하던 문학인들이 대거 포함되어 있었다. 그로부터 8개월 뒤, 1955년 6월 12일부터 닷새 동안 비엔나에서 열린 제25차 국제펜대회에서 한국은 정식으로 가입 인준을 받고 회원국이 된다. 신문에서는 문단의 경

사라며 대서특필했고, 문인들이 국제펜 회의에 참석한 것이 전쟁 후 첫 공식적 해외 행사이자 여행임도 명시했다.

여의도 공항에서 전숙희는 대표단(변영로, 김광섭, 모윤숙)을 환송하는 회원들 틈에 끼어 잘 다녀오라고 손을 흔들었다. 잘 차려입은 대표단은 꽃다발에 묻혀 비행기 트랩을 밟고 올라갔고, 사람들은 꽃가루를 뿌리며 환송했다. 당시 펜 회장이었던 변영로는 이화여대 영문과 교수로 재직했지만, 전숙희는 그의 가르침을 받지는 못했다.

한국이 국제펜에 가입할 당시만 하더라도 문인들이 해외로 나갈 수 있는 길은 오직 하나, 국제회의 참석이라는 명분뿐이었다. 그러니 해외에 나가기 위해서는 펜클럽 회원이 되어야만 했다. 정부는 외화 부족을 이유로 한 번의 회의에 다섯 명 이상 출국을 승낙하지도 않았다. 어렵게 펜 이사회에서 추천을 받아도 비자를 못 받는 경우가 많았고, 한 사람당 2백 달러 이상 환전할 수도 없었다.

전숙희가 한국펜을 대표하는 네 명 중 한 사람으로 런던 대회에 참석한 것은 1956년이었다. 그 뒤 1957년부터 그의 펜 활동은 더욱 활발해진다. 1957년 도쿄 국제펜대회가 열렸고, 해방 후 처음으로 대면하는 두 나라 문학 행사에 그는 한국펜의 단장으로 참석했다. 당시 대통령이었던 이승만은 참가 승낙을 하면서 몇 가지 주의를 주었는데, 가장 중요한 지시는 일본말을 절대로 써서는 안 된다는 것이었다. 우리나라와 가장 가까운 곳에서 개최된 행사라서 그 회의에는 모두 열아홉 명이 정부의 승낙을 받고 참석했다. 여성 회원으로는 모윤숙, 조경희, 홍윤숙, 전숙희가, 남성 회원으로는 정인섭, 정비석, 백철, 조병화, 구상 등이 포함되어 있었다. 1957년 당시 한국펜 회원은

1957년 '도쿄 국제펜대회'에서. 왼쪽부터 전숙희, 네덜란드의 여류소설가, 조경희.
뒷줄 왼쪽부터 이하윤, 파키스탄 대표. 그 뒤로 전영택과 조병화가 보인다.

약 2백 명에 불과했는데, 회원 자격이 지금과는 비교할 수 없을 정도
로 엄격했다.

　그런데 일본에 가서 데이코쿠호텔에서 유숙하고 있던 날 저녁, 주일 한
국대표부에서 그 당시 참사관 최규하(전 대통령) 씨로부터 나를 급히 만나
자는 전화가 왔다. 그래서 가보았더니, 본국 정부에서 지금 지시가 왔는데
과거 36년 동안 일본이 한국을 점령했을 때, 한국 문화를 말살하려 했다는
점을 강조하고, 아울러 그들이 한국으로부터 강제로 빼앗아간 한국의 문
화재를 돌려달라고 하는 점을 내 연설에 삽입하라는 간곡한 부탁이었다.
　그래서 최 참사관과 합의하여 그 두 대목을 두 군데에다 분리 삽입해서

이튿날 대회장에서 그 점을 강조했다. 특히 문화재 반환을 요구할 때는 내 앞에 놓여 있는 탁자를 주먹으로 쾅 치면서 소리를 내기까지 했다.

이 연설이 한국 여러 신문에 보도되어 내가 열세 명의 외국 작가와 함께 비행장에 내렸을 때는 마중 나왔던 시민들이 나를 영웅같이 환영해주었다.

—〈한국펜 초창기에 있었던 일〉에서

훗날 노벨문학상을 수상한 가와바타 야스나리가 그 펜대회의 대회 장이었다. 한국 문인들은 모두 일본말을 할 줄 알았으나 이승만의 지 시에 따라 "예스"나 "노"라는 말로만 의사를 표현했고, 통하지 않으 면 손짓 발짓을 겸했다. 회의에 참가했던 모든 사람들이 그랬듯이 전 숙희 역시 "비록 일어 사용 금지를 받지 않았다 하더라도 우리는 그 순간만은 지난 일들이 떠올라 한마디도 그 나라 말을 쓰고 싶지 않은 심정이었다"고 한다.

그런데 그날 밤, 참으로 곤란한 일이 발생했다. 우리 일행이 숲속을 거 닐다 벤치에 앉으니 일본인 여류 작가 한 패가 우리 옆으로 와 앉았다. 그 들은 우리가 확실히 일본말을 안다고 생각했기에 일본말로 물어왔다. 그 중에는 일본의 유명 작가 히라바야시 다이코와 소노 아야코도 있었다.

우리는 그들과 일본말로라도 대화하며 이야기하고 싶었다. 그러나 우리 의 마음 한구석 깊은 경계심이 이것을 눌렀다. 우리는 그저 못 알아들은 척하고 미소만 지으며 그 자리를 피할 수밖에 없었다.

먼 뒷날 소노 아야코가 한국펜대회에 참가했을 때 그때의 서운한 심정 을 우리에게 솔직히 이야기하고 오해를 풀기도 했다. 그러나 우리 남자 일 행들은 술자리를 만들어 일본의 작가들과 사귀며 즐겁게 지냈다고 한다.

남자들은 서로 공범자라 비밀을 지켜주니 귀국해서도 아무 탈이 없었다.

― 〈해방 후 도쿄에 처음 휘날린 태극기〉에서

국제펜클럽 가입 이후 한국펜은 국내 활동에도 전력했다. 회원들이 매주 모여 친선을 도모하는 한편 토론을 하며 국내외 문학을 공부했다. 당시 회원들 중에는 외국 문학을 전공한 사람들과 평론가, 교수가 많아 상호 도움이 되었다. 작품을 발표할 지면이 턱없이 부족한 시절이었기 때문에 회원들이 작품을 발표하고 토론하는 자리가 마련된 한국펜은 더욱 활성화되었다.

도쿄 국제펜대회 이후 13년이 지난 1970년에 최초로 한국펜대회가 개최되었다. 전숙희는 그 전해인 1969년 프랑스 망통에서 열린 펜대회에 아홉 명의 한국 대표 작가 중 한 명으로 참가해 일찍부터 홍보에 전력했다. 되도록 많은 작가들을 한국펜대회에 참가시키기 위해서였다. 출국 전에 한국 소개 책자 및 한국 작품의 번역본을 챙겼고, 행사 때는 다른 나라 작가들에게 홍보물을 나눠주며 한국 회의에 참석할 것을 권유했다. 프랑스로 출발하기 전에는 여러 차례 당국을 찾아가 진정서를 전달하며, 펜대회 개최 여부에 늘 관건이 되는 투옥 작가들을 석방시켜 달라고 요청했다.

이러한 노력 끝에 제37차 서울 국제펜대회가 1970년 6월 27일부터 7월 3일까지 개최되었다. 당시 전숙희는 '아시아문학 번역국'의 책임자로 일했다. 그가 1957년 도쿄 대회에서 주창했던 아시아문학 번역 사업을 본격적으로 추진할 수 있는 기회였기 때문에 그는 사명감을 갖고 최선을 다했다.

개회식 때는 박정희 대통령이 단상에 올라 한시를 낭송하고, 참석

1970년 '서울 국제펜대회' 환영 만찬에서 미국 작가들과. 오른쪽에서 두 번째가 전숙희

한 세계 작가들을 환영한다는 내용의 연설을 했다. 전숙희는 미국 팀을 맡아 책임졌기 때문에 회의와 파티에 존 치버, 존 업다이크, 찰스 플러드와 동행했다. 이때부터 전숙희는 펜에서 가장 두드러진 존재였다. 일찍이 미국 문화를 시찰했을 때 비교문학을 공부하며 전쟁으로 인한 한국의 참담한 실태를 알리는 한편, 선진국인 미국 문화를 냉철한 시선으로 꿰뚫었던 그였다. 긴 세월 쌓인 그의 폭넓은 국제 경험은 국제펜대회에서 만나는 작가들과의 교류에 좋은 자원이 되었다. 그리고 도약을 앞둔 그에겐 더없이 훌륭한 후원자가 있었다. 바로 동생 전락원이었다.

세계에서 온 문학가들이 도착한 첫날 밤에는 행사가 비어 있었다. 모윤숙, 백철 선생의 부탁으로 나는 그날 밤의 저녁 접대를 동생인 파라다이스 회장 전락원에게 부탁했다. 많은 사람을 갑자기 접대하는 일이니 자장면 한 그릇도 좋고 불고기 한 접시도 좋다고 부탁했다. 그때 막 사업을 시작한 사십 대 초반의 동생은 갑작스런 내 부탁에 망설였으나 모처럼 누님의 부탁이요, 또 개인적이기보다는 문단의 일이라는 점을 감안해 쾌히 승낙했다.

그날 밤, 우리는 준비된 버스 두 대로 인천 올림포스호텔에 도착했다. 피곤해서 나오지 못한 작가를 빼놓고도 일백여 명이나 참석했다. 우리는 준비된 2층 홀로 안내되었다. 거기에는 불고기 한 접시 정도가 아니라 일급 요리가 상다리가 휘도록 차려져 있었다. 웨이터들이 양주를 터뜨리고, 음악도 반주되었다. 처음 만나 서먹서먹하던 작가들은 서로 잔을 들고 인사를 나누며 얼굴을 익혔다. 거기에는 프랑스 대표단을 비롯한 유럽 여러 나라 대표들, 미국과 남미 문학가들, 대만과 일본, 그리고 동남아와 인도에서 온 여류 문학인들도 있었다. 비록 말은 통하지 않았으나 서로 몇 마디씩 영어로 인사를 나누고, 그나마 통하지 못하는 사람들끼리는 미소만으로도 충분히 우정을 나누었다.

— 〈1970년, 세계 작가들 한국에 오다〉에서

전락원이 운영하던 인천 올림포스호텔에서의 그날 만찬은 그것이 끝이 아니었다. 숙소로 돌아갈 사람들은 돌아가고, 중요한 대표들은 남아 그 호텔 온돌방에서 한국식 파티를 이어갔다. 순 한국식으로 차린 요리상에 비단 보료와 방석, 거문고와 장고가 등장한 그야말로 한국식 파티였다. 함께했던 외국 대표들이 두고두고 회고할 정도로 우리의 정취와 아름다움이 녹아든 그날의 파티는 전락원이 없었다면 꿈도 꾸지 못할 일이었다.

조용하고도 기품 있게 한국문학의 세계화에 이바지하겠다는 전숙희의 의지, 곧 주체적 펜 활동의 첫걸음은 그렇게 시작되었다.

'88 서울 국제펜대회'의 성공적 개최

펜을 통한 전숙희의 업적이 가장 돋보인 시기는 '1988년 서울 국제펜대회'를 유치하고, 성공적으로 치러낸 때였다.

한국펜은 일찍부터 서울 대회 개최를 염원해 준비하고 있었다. 그러나 언론의 자유가 없고 작가들이 구속되는 나라에서는 펜대회를 개최할 수 없다며 한국의 대회 개최를 반대하는 나라들이 많았다. 특히 미국을 중심으로 한 서방의 여러 나라에서 한국 대회 개최를 한사코 반대했다. 현실을 직시하고 열심히 준비해도 예상치 못한 문제가 계속 발생했다.

1985년 미국에서 열렸던 펜대회에서도 서울 펜대회 유치를 위한 치밀한 계획 아래 회원들이 단결하여 행동했었다. 미국으로 떠나기 전 전숙희는 서울 펜대회 유치에 힘을 실어줄 수 있는 작가의 신간을 한국어판으로 번역해 들고 가는 등 세심한 노력을 기울였다.

나는 회의 기간 중 문상득, 이준영 씨 등과 함께 틈틈이 신임 킹 회장을 비롯해 노먼 메일러 미국 회장과 각국 펜 대표들과 접촉하며 국내 작가들의 영문 번역서(문예진흥원 제공) 등을 제공하고, 한국문학과 펜클럽의 활동 상황을 소개함으로써 한국 문단의 이미지를 국제적으로 부각시키고자 힘껏 노력하기도 했다.

나는 떠나기 전 한국 작품의 번역본은 물론이고, 곁들여 그때 막 출간된 노먼 메일러의 새 소설 《거물은 춤추지 않는다》를 급히 번역해 한국어판을 출간해서 직접 가지고 갔다. 그 책을 본인에게 직접 보여주려 했으나 기회가 없었다. 이것 역시 블로크 사무총장에게 보이며 부탁하지 않을 수 없었다.

회의가 끝나기 전날, 블로크 총장은 과연 노먼 메일러 회장을 데리고 나와 1층 구석방으로 나를 오라고 했다. 나는 가지고 간 그의 한국어판 저서를 보여주었다. 그는 미국책이나 다름없이 잘 만들어진 한국어판을 이리저리 보더니, 한국에도 따로 글자가 있느냐고 묻는다. 아마 이 사람은 한국이 일본이나 중국어로 말하고 쓰는 줄 알고 있는 모양이었다. 나는 물론이라고 대답하며 유서 깊은 한국어와 글자를 말해주었다. 메일러 씨는 자기가 몰라서 미안했다고 하며 나더러 한국말로 사인해달라고 해, 그대로 해주고 나도 그의 사인을 책에 받았다. 이렇게 해서 나는 만나기 어렵고 오만한 메일러 씨를 만나 한국어와 한국문학, 그리고 우리의 문화에 대해 간단하게나마 소개하고 일깨워줄 수 있었다.

─ 〈1985년 뉴욕 펜대회〉에서

독일 함부르크에서 제49차 펜대회가 열렸던 1986년에 한국은 이미 대회 유치를 위한 세부적인 계획까지 수립하고 만반의 준비를 하고 있었다. 그러나 호텔에 도착한 날부터 미국을 주동으로 한 독일과 스웨덴 등 유럽 몇몇 나라들이 한국 펜대회 개최를 강력히 거부한다는 이야기를 들어야만 했다.

그날 밤 나는 프라자호텔에 홀을 빌려 각국의 대표자 50명쯤을 초대해

리셉션 파티를 열었다. 몇 사람이나 올까 걱정했으나 60명 정도의 각국 대표들과 펜본부 회장 킹 씨, 사무총장 블로크 씨, 국제부회장 다바르니에 씨와 외신 기자들도 참석해 뜻밖의 성황을 이루었다.

나는 용기를 내어 인사말을 하며 한국 문단의 현황도 소개하고, 88년 서울 대회에 많이 참석해줄 것도 아울러 당부했다. 미국이 제출한다는 결의문은 모르는 척 무시해버렸다.

이튿날은 회의가 시작된 후, 점심시간에 다시 친한파 펜본부 대표들과 몇 개 국 대표들을 초청해 점심을 같이 하며 이 문제에 대해 호소하고 설득했다. 그리고 그들의 힘으로 결의안을 철회할 것을 약속받았다.

— 〈함부르크 펜대회에서 혼났던 일〉에서

예상은 하고 있었지만 서울 펜대회 유치 방해는 집요했다. 회의장 의자마다 한국의 펜대회를 반대한다며 다른 회원을 선동하는 독일어 인쇄물이 놓여 있었고, 재독 반한 단체에 속한 사람의 방해 유도 발언도 있었다. 현지 신문 기자들과 일본펜 회원까지 큰 소리로 그들을 지지했고, 독일 작가 귄터 그라스와 루이제 린저도 자리에서 벌떡 일어나 가세했다. 이미 보고서에 기술된 우려스러운 내용에다 작가 송기원이 1년 형을 선고받은 점, 출판업자들이 체포된 점까지 다시 언급되었다. 이 같은 위기가 하루에도 몇 번씩 닥쳤고, 간신히 넘어갔다 싶으면 다시 시작되곤 했다. 천신만고 끝에 한국펜은 간절히 원하던 것을 얻어냈다. 올림픽이 열리는 1988년 서울에서의 국제펜대회가 확정된 것이다.

서울 국제펜대회를 앞둔 1987년 5월 9일, 스위스의 유명한 휴양지 루가노에서 펜대회가 열렸다. 한국은 전숙희의 지시 아래 다시 강팀

1987년 스위스 '루가노 국제펜대회'에 참석한 한국 대표단

을 구성해서 루가노로 향했다. 다음 해 열릴 서울 국제펜대회의 포스
터와 대회 프로그램, 한국문학을 소개하는 책자 등이 담긴 여러 개의
상자를 싣고 떠났다. 참가자들은 모두 자신이 서울 국제펜대회를 위
한 특사라는 사명감으로 충만해 있었다. 그러나 도착하자마자 한국
의 극심한 정치 불안과 인권 침해를 문제 삼아 다시 서울 대회를 무산
시키려는 일부 국가들의 움직임이 있음을 알았다. 한국 대표단들은
더욱 뭉쳤다. 개회식 세 시간 전부터 모두 회의장에 모였고, 입구에서
눈에 잘 띄는 자리에다 테이블을 놓고 전시대를 차렸다. 거기에다 소
설집과 시집은 물론 한국화집과 서울 소개 책자를 진열해놓았다. 가
장 눈에 띄는 벽에는 다음 해에 열릴 서울 대회 포스터를 붙여두었다.
포스터는 훈민정음을 주제로 제작되어 보는 것만으로도 뿌듯했다.

각국 대표단들이 회의장을 드나들 때마다 한국문학에 관심을 보이며 안내 책자를 들고 갔다. 서울 펜대회를 반대하는 쪽에서는 그것조차 불만이라 주최측을 통해 정식으로 치우라고 지시했다. 그들은 다시 서울 펜대회를 반대한다는 이의를 제기하기 위해 결속했다.

이튿날인 5월 14일은 토요일이었다. 현지 시각 3시 45분, 서울 대회 문제로 격렬한 싸움이 벌어졌다. 한국 대표단은 전원이 참석하여 손에 땀을 쥐고 그 토론을 지켜보았다.

한국에서 열릴 제52차 '서울 국제펜대회' 준비 상황을 보고하자, 미국이 먼저 반기를 들고 나섰다. 미국 대표는 만반의 준비를 잘 갖추었다 하더라도 인권이 보장되지 않고 투옥 작가가 있는 나라에서 무슨 작가 대회를 개최하느냐고 열변을 토했다.

이어서 스웨덴, 서독, 동독, 덴마크, 노르웨이, 핀란드 등의 대표들이 차례로 일어나 미국 대표의 발언을 뒷받침하며 한국을 비난하는 발언을 토해내었다. 당사국인 스위스 대표도 일어나 당장 며칠 전에도 텔레비전에서 데모대에 화염병을 던져 불타오르는 현장을 생생하게 보았는데 그런 혼란한 나라에서 무슨 대회를 개최하느냐고 구체적인 사례까지 들어가며 성토를 했다.

그러나 한국의 실정을 이해하고 편을 드는 나라도 적지 않았다. 영국, 프랑스, 그리스, 캐나다(불어권 지역), 대만 등의 대표들도 질세라 하고 일어나 그런 현장에 우리가 가서 평화의 펜대회를 연다는 것도 의의가 있으며, 한국의 정치적 불안과 인권 문제 개선에도 도움이 된다는 의견을 개진하였다.

　　　　　　　　　　　　　　　─〈떼었다 다시 붙인 훈민정음 포스터〉에서

20명의 한국 대표들은 숨을 죽이고 이 격렬한 상황을 지켜보았다. 가장 앞줄에는 한국 펜대회 개최의 당위성에 대해 공식적으로 발언한 문상득, 이현복 교수가 앉아 있었다. 그들의 뒷줄에는 전숙희와 방곤, 조병화, 정한모가 앉았다. 다음 줄에는 김은국, 정종화 등이 긴장한 채 앉아 있었다. 가장 뒷줄에는 한국 펜대회 반대 발언을 조정하던 미국의 저명한 작가 수전 손택과 사무국장 카렌 커넬리가 앉아 있었다. 다행히 미국이 제창한 한국 펜대회 반대안은 찬성 아홉, 반대 스물넷, 기권 셋으로 부결되었다. 가까운 나라 일본과 중국 등이 입장이 난처해서 중립을 취해 기권한 것이다.

결과 발표가 난 뒤 전숙희는 재빨리 본부석으로 나가 감사 인사를 했다. 그의 눈에는 감격의 눈물이 고였고, 얼굴은 달아올랐다. 잠시 뒤 주최측에서 철거하라고 명령했던 우리의 훈민정음 포스터가 다시 벽에 붙었다. 전숙희가 회의장 밖으로 나갔을 때 수전 손택과 커넬리가 패배의 분을 삭이지 못해 울고 있었다.

나는 옆자리에 가서 앉았다. 그리고 "한국을 걱정해주어 고맙다. 그러나 내년에 와서 보라, 듣던 말과는 다른 상황을 보게 될 것이다"라고 위로하며 한국에는 '백문이 불여일견'이라는 말이 있다고 했더니, 수전은 '꼭 와서 보겠노라'고 말하면서 기분을 바꿔 우리는 한참 이야기를 나누었다.

— 〈떼었다 다시 붙인 훈민정음 포스터〉에서

1987년에는 루가노 국제펜대회 외에도 또 한 번의 세계 대회가 열렸다. 유례를 찾기 힘든 이례적인 이 대회는 푸에르토리코의 수도 산후안에서 개최되었다.

'88 서울 국제펜대회' 유치를 반대하는 국가들의
항의로 떼었다 다시 붙인 훈민정음 포스터 앞에서 생각에 잠긴 전숙희 회장

1년에 두 번씩 세계 대회가 열리는 경우는 이례적이었다.

　그 이유는 앞에서 기록한 바와 같이, 루가노 대회에서 한국 대회를 인권 문제로 무산시켜 버리고 대신 푸에르토리코 대회를 치르려던 미국의 시도가 실패했기 때문이었다. 그러자 미국에 동조했던 스웨덴, 덴마크, 동독, 서독, 호주 등은 응급조치 격으로 푸에르토리코 대회를 펜본부에 건의했으며 집행부는 미국의 체면을 살려주기 위해 한국보다 한발 앞선 가을에 이 대회를 개최함으로써 부득이 1년에 세계 대회를 두 번씩이나 치르게 되었던 것이다. 푸에르토리코는 미국의 속령으로, 이번에 급조된 대회 비용의 일부도 미국이 부담했다는 후문을 들었다.

— 〈투옥 작가 위원회에 보내는 보고서〉에서

　완벽한 서울 대회를 위한 준비에 더욱 속도가 붙었다. 이 대회를 위해 한국펜 사무실은 이사를 서둘렀다. 안국동 걸스카우트빌딩 8층에 있던 8평짜리 사무실에서 장충동 파라다이스빌딩 별관 200평으로 이사할 수 있었던 것은, 전락원의 대대적인 지원 덕분이었다. 앞서 전숙희가 루가노에서 각국 대표들을 모으는 리셉션을 열고, 회의 중에 점심을 대접하며 당당하게 찬성표를 모을 수 있었던 것도 전락원이 없었다면 불가능한 일이었다. 전락원은 사업을 시작한 뒤 전숙희가 도움을 청하는 문학 관련 일에 적극적으로 도움을 주었다. 그것은 한 기업의 문화사업 차원을 넘는 지원이었기에 그 밑바탕에는 가족애를 넘어선 헌신과 베풂의 기독교 정신이 담겨 있다고 생각된다.

　전숙희의 능력은 '88 서울 국제펜대회' 준비를 위한 모금 운동에서도 빛났다.

1988년 '서울 국제펜대회'를 앞두고 분주했던 나날이 고스란히 담긴 전숙희의 스케줄표.
8월 26일 구속 문인 면회 일정도 눈에 띈다.

사실 투옥 작가들의 석방은커녕 면회하기조차 쉬운 일이 아니었다. 그
래도 우리는 과천의 법무부를 수없이 드나들며 온갖 까다로운 절차를 거
쳐 면회 허가를 얻고 날을 받아 한 사람씩 면회하러 형무소에 다녔다. 그
러나 우리가 할 수 있었던 일은 안부와 위로뿐이었다. 우리는 펜의 이름으
로 관계 부처에 사면을 요구하는 탄원서를 제출했다. 그들의 감형에 도움
이 되기를 바라면서.

그 다음 몇몇 기업가들을 방문해 모금 사업을 계속 추진했다. 그들을 만
나는 일도 쉬운 일이 아니었다. 그러나 정을병 씨와 나는 손발이 잘 맞아
어려움을 하나씩 극복할 수 있었다.

208

내가 어떻게 길을 뚫어 면회를 하게 되면 정을병 씨는 조리 있게 설득을 했다. 우리 두 사람이 다녀서 모금에 실패한 적은 거의 없었다. 좋은 목적을 위해 모금하는 일이기에 설득도 자신 있게 할 수 있었다.

— 〈88년 '서울 국제펜대회' 개막 직전〉에서

실무는 거의 이현복 씨가 담당하고 있어 전숙희와 정을병, 두 사람은 마음 놓고 밖에서 일을 볼 수 있었다. 한번은 정을병이 기르던 난초 중에서도 가장 귀한 난을 가지고 나온 적도 있었다. 한국 최고의 기업가 중 한 분을 만날 때였다. 그의 후원금이 절실히 필요했기 때문에 난초를 자식처럼 여기는 그가 큰 마음먹고 가져간 선물이었지만, 두 사람은 그들의 문화활동이 경제논리에 맞지 않는다는 충고만 듣고 난초를 두고 돌아왔다. 약속을 잊고 낮잠을 자던 모처의 수장 접견을 수위가 가로막자 정을병이 화를 내며 고함을 지른 적도 있었다. 결국 그곳에서는 도움을 받았다. 이런 과정을 통해 두 사람은 "어려운 상황 속에서도 외화로 치면 일백만 달러나 되는 거액을 모금" 할 수 있었다.

펜대회를 앞두고 회의가 개최되는 워커힐로 펜 사무실을 옮겼다. 개회 4일 전인 8월 24일, 한국 펜대회 개최를 앞장서 반대했던 국제펜 인권위원 토마스 폰 베게삭이 먼저 내한했다. 그는 도착하자마자 투옥 작가들을 모두 직접 만나보겠다고 했고, 이미 예상했던 일이라 자동차와 통역해줄 회원 등 만반의 준비가 되어 있었다. 대회 3일 전에는 국제펜 임원들이 모두 도착했다. 그들을 위해 전숙희는 한국펜 회장의 이름으로 전성결의 집에서 성대한 환영 파티를 열었다. 전성결은 앞에서 언급했던, 전숙희의 장녀 강은엽과 같은 해에 태어난 막

내 여동생이다. 늘 전숙희를 물심양면으로 돕던 가족들은 이 대회를 위한 과정에서도 전폭적인 지원을 아끼지 않았다. 개회 전날인 27일에는 세계 각국의 문인들 대부분이 도착했다.

밤 아홉 시쯤, 아래층 접수 책상 옆에 내려가보니 소련 작가 일행 다섯 명이 나타났다. 모두 큰 몸집에 익숙한 얼굴이었다. 입국 수속은 다 되어 있었지만 과연 소련 작가들이 올 것인가, 하고 의아하던 중이어서 나는 반갑게 그들을 맞이하며 한국펜의 회장이라고 인사했다.

그중 제일 키가 큰 옙투센코 시인이 노란 셔츠 위에 점퍼를 걸치고 인사를 하며 유창한 영어로 "한국에서 여자가 회장인데 놀랍군요!" 하고 놀라움을 솔직히 표시했다.

미국의 김은국 교수와 고려대학교의 김학수 교수가 직접 그들을 안내했다.

다음에는 중국 대표들도 도착했다. 이번에는 중국 문학을 전공하신 허세욱 교수가 안내해주었다.

실로 감개무량한 순간이었다. 인류를 고통으로 몰아넣었던 이념의 벽을 문학의 힘으로 무너뜨린 광경을 보는 순간이었다. 거의 한 세기를 우리는 적과 적으로 살아오지 않았던가? 제정 러시아가 망하고 레닌과 스탈린의 공산 치하에서 70년 이상 우리는 서로 만나기는커녕 원수로 살아왔다. 하지만 이제 소련과 중국, 불가리아, 헝가리, 유고 등 공산권 작가들이 처음으로 자유의 땅 한국에 발을 들여놓았던 것이다. 다만 그러한 감개 속에서도 더욱 슬펐던 일은 정작 기대했던 북한에서 한 사람도 참가하지 않은 일이었다. 우리는 지난해부터 수차례나 북한 총리를 통해 작가동맹위원장 앞으로 북한 문인을 초청하는 편지를 보냈다. 그러나 누구보다도 기다렸던 내 형제들은 나타나지 않았다.

— 〈88년 '서울 국제펜대회', 드디어 개막〉에서

끝까지 한국을 괴롭혔던 미국의 뉴욕 본부 대표들도 참석했고, 수전 손택은 아들까지 데리고 방한했다. 그뿐이 아니었다. 서울 펜대회를 격렬하게 거부했던 여러 국가의 문인들도 대거 참석했다. 미국, 서독, 동독, 덴마크 등의 작가였다. 헝가리와 루마니아에서도 참가했고, 소련에서도 소비에트연방 작가연맹 서기장이 참가했다. 중국의 3개 본부(북경, 상해, 광주)에서도 아홉 명의 원로 문인이 대거 참가했는데, 중국의 영향력 아래 있는 북한이 한국펜의 요청을 무시하고 끝내 작가를 파견하지 않은 것은 큰 아쉬움으로 남았다.

서울 국제펜대회의 유치 과정과 대회 개최 기간 동안 가장 논란이 되었던 것은 국내의 인권 문제였다. 외국에서 주목하고 있는 투옥 인사는 미문화원 방화 사건으로 투옥된 김현장과 이산하, 김남주였다. 한국펜에서는 8·15 특사로라도 그들이 석방되기를 기대했으나 결과는 실망스러웠다. 국제펜과 다른 펜본부에서도 대통령과 정부에 그들의 석방과 면담을 요청했지만 성과가 없었다. 그들이 "투옥된 문인들은 아직도 석방되지 않았고 국제펜에서 이들을 면담하겠다는 요청도 허락되지 않아서 유감스럽다"는 요지의 회견을 하던 중에 면담이 허락되었다는 소식이 전달되었다. 적시에 들려온 그 소식은 한마디로 극적인 효과를 냈고, 한국과 한국펜의 이미지를 훨씬 밝게 했다.

88년 서울올림픽 개막을 2주 남짓 앞두고 열린 '제52차 서울 국제펜대회'는 8월 28일부터 9월 2일까지 진행되었다. 개회식에는 생사

1988년 '제52차 서울 국제펜대회'에서 인사말을 하는 전숙희 회장(위)
세계 각국의 작가들이 참석해 성황을 이루었다(아래).

의 고비를 몇 번이나 넘으며 그날까지 버티던 모윤숙 전 펜클럽 회장이 노란색 비단 저고리를 입고 딸이 미는 휠체어를 타고 단상에 앉았다. 그 모습은 다른 누구보다도 후배로서 같은 길을 걷는 전숙희에게 감동을 주었다. 〈급변하는 사회에 있어서의 문학의 영원성과 가변성〉이라는 주제 아래 성공적으로 치른 이 대회에 관한 내용은 전숙희가 쓴《Pen 이야기》(동서문학사, 1992)에 자세히 기록되어 있다. 당시 서울올림픽을 총지휘했던 평론가 이어령(〈문학에 있어서의 가변성과 영원성〉)과 소설가 이호철(〈문학에 있어서의 자유와 평화〉), 평론가 김윤식(〈급변하는 사회에 있어서의 문학의 영원성과 가변성−우리 소설의 경우〉) 등이 우리나라를 대표해 주제 발표를 했다. 한국에서의 국제펜대회 개최를 앞장서서 반대했던 수전 손택을 비롯한 참가 문인들은 하나같이 한국문학에 감동했고, 분단된 한국의 현실을 이해했으며, 우리의 따뜻한 인정을 높이 칭송했다.

소련의 옙투센코 시인은 떠나는 날 아침 내 방으로 찾아와 커피를 마시며 함께 여러 가지 이야기를 나누었다. 그리고 손목에 찼던 커다란 시계를 빼어 소련제라며 나에게 채워주며 다음에는 모스크바에서 만나자고 했다. 그때만 해도 모스크바에 간다는 것은 꿈 같은 일이었고, 나는 인사치레거니 하고 잊어버렸다. 그러나 내일의 일을 누가 예언하랴. 나는 2년 후인 1990년, 과연 소련작가동맹의 초청을 받고 한국 문인으로서는 해방 후 처음으로 모스크바를 방문했다. 그때 옙투센코 시인은 우리 일행 세 명을 집으로 초청해 손수 음식을 요리하고, 집에서 농사지은 포도로 빚은 술을 내놓는 등 성의껏 접대해주었다. 마음에서 우러나는 그의 우정은 우리 세 사람에게만 향한 것이 아니라 한국인 모두에게 보내는 감사요 선의였다고 생각되기에 나는 그의 순수한 우정을 잊지 못한다.

—《Pen 이야기》에서

이렇게 해서 올림픽을 앞두고 서울에서 열린 국제펜대회는 대단히 성공적인 행사였다는 평가를 받으며 막을 내렸다. 한국을 재인식하는 좋은 기회가 되었던 대회의 환송사는 정을병이 했다. 펜대회를 앞두고 전숙희와 같이 모금 운동을 다녔던 그의 환송사에는 한국인의 기개가 담겨 있었다.

한국의 인권 문제에 관심을 가져주는 것은 대단히 고마운 일이지만, 그것이 지나칠 때에는 해당 펜본부를 곤욕스럽게 하는 때가 있는데, 이것은 같은 펜의 회원국으로서는 예의에 어긋나는 일이라고 생각됩니다. 그동안 본인은 인권위원장을 겸하고 있어서, 나름대로 많은 활동을 해왔다고 자부하고 있습니다마는 아직도 옥중에 있는 사람들이 있다는 것은 여러분과 함께 매우 유감스럽게 생각합니다. 그러나 뉴욕 본부가 한국에 와서 요란하게 인권 운동을 하는 것은 한편으로 당연하다고 느끼면서도 한편으로는 당혹감을 금할 수 없었다는 것을 이 대회를 준비한 사람으로서 솔직하게 고백하는 바입니다. 인권 문제는 뉴욕 펜본부만의 독점물이 아닙니다. 한국 펜본부에서도, 한국의 문인들도 모두 하고 있는 것이며, 또한 세계의 모든 펜본부가 하고 있는 것입니다. 뉴욕 펜본부가 유달리 한국에 대해서 지나치게 간섭을 하는 것은 한국을 마치 미국의 식민지처럼 생각하는 자만심 때문이 아닌지 모르겠습니다.

— 정을병, 〈환송사〉에서

'서울 국제펜대회' 참가증. 당시 국제펜 회장 프란시스 킹과 한국펜 회장 전숙희, 의장 정을병의 사인이 담겨 있다.

그는 곁들여서 독일의 금속활자보다 200년 앞서 한국에서 금속활자를 사용했다는 점, 한글의 우수함, 우리가 다른 어느 민족보다 평화를 사랑하는 민족이라는 점 등을 서양의 역사와 비교해 설명했다.

서울 국제펜대회는 한국의 인권 문제 및 투옥 작가 문제 해결에 큰 기여를 했다. 펜의 노력이 헛되지 않아 감옥의 문이 열렸다. 그리고 한국펜은 오랜 염원이었던 사무실을 매입하여 이사하게 되었다. 펜대회 경비를 모두 충당하고도 그만큼의 여유가 있게 후원금이 모였던 것이다.

"한국펜의 첫 사무실은 회현동에 있던 모윤숙 선생 자택이었다. 그 후 방 한 칸을 얻어 간판을 붙인 곳이 조선일보사 뒤의 허름한 문화예술인총연합회 건물에 있는 조그만 방이었다. 거기에서 한국펜은 출발했고, 회의를 거듭하고 사무를 추진해나갔다. 그곳은 1950년대와 60년대의 지식인들과 작가, 언론인들의 "총본산"이기도 했다. 한국펜이 다시 이사한 곳은 안국동에 있는 걸스카우트빌딩이었고, 전세였다. 월세가 아닌 전세라는 사실만으로도 회원들이 기뻐했다.

런던의 국제펜본부조차 좁고 낡은 사무실을 쓰고 있던 때였다. 미국의 펜본부도 뉴욕 5번가 중심가에 있기는 했지만 방이 2개뿐인 가난한 월세살이었다. 이처럼 펜 사무실이 작고 초라한 것은 절대로 수치가 아니나 큰 규모의 국제펜대회를 준비하기에는 어려움이 많았는데, 서울 펜대회 당시 전숙희는 동생 전락원의 도움으로 임시로라도 장충동 파라다이스빌딩 별관 건물의 넓고 좋은 사무실을 쓸 수 있어 정신적 여유를 가질 수 있었다.

국제펜 탄생 이래, 최고의 완벽하고 즐거운 대회를 치렀다는 감사장을 나는 국제펜본부로부터 받았다. 그것으로 우리는 승리요, 만족이었다. 당시의 우리 회장단은 비용을 절약하고 각계각층으로부터 좀 더 도움을 받아 이 기회에 아주 한국펜 사무실도 내 집을 마련해보자고 뜻을 모았다. 물론 과욕이지만 그 일을 해낼 수 있을 것 같았다.

좋은 뜻은 하늘이 도와 이루어졌다. 우리는 세계 대회를 보람 있게 치렀고, 처음으로 사무실도 마련하였다. 대회에 쓰고 남은 돈 구천만 원에 이천만 원이 더 걷혔다. 일억 일천만 원을 주고 광화문 요지에 있는 신동아빌딩 9층에 47평 사무실을 사들였다. 회원들이 모여 샴페인을 터뜨리고 내 집 마련 축하 잔치를 벌였다.

— 〈펜 사무실을 마련하기까지〉에서

216

회장 임기 중 전숙희는 한국문학을 해외에 소개하는 일에 가장 중점을 두었다.

　내 임기 중 해외에서 정식으로 한국문학 소개 행사를 가졌던 것은 세 번이다. 이미 말한 대로 1987년, 제50차 국제펜대회가 열렸던 스위스 루가노에서였다. (중략)

　스위스 루가노는 산악지대로 세계에 알려진 관광지이지만, 여기에서 한국문학에 관한 강연을 하기는 처음이리라. 수십 개 나라의 회원 작가들이 모여들어 흥미와 관심을 가지고 연사의 강연을 경청했다. 그 자리에서는 한국문학 현황에 관한 질문도 많이 쏟아졌다. 출입구 앞에 준비해놓았던 한국의 번역판 시집들과 소설책들이 불티나게 없어지고 오히려 부족한 상태였다. 여류 문학가들은 한복을 입고 시집과 소설집을 나누어주며 설명도 곁들여 한국문학을 해외에 알리기에 모두 하나가 되었다.

　다른 나라 문학과 작가 소개에만 열을 올리던 스위스의 방송과 텔레비전, 신문들이 한국의 연사들과 그 내용을 소개하기에 바빴다. 이로써 고생하면서 준비했던 스위스에서의 한국문학 소개는 그 문을 열었으며 만족한 출발의 테이프를 끊었다고 자부한다.

　　　　　　　　　　　　　　　　― 〈국제 대회에서의 한국문학 소개〉에서

1990년 1월, 그는 임기 중 두 번째 한국문학 소개 행사를 구소련에서 가졌다. 1988년 서울 대회에 참가했던 답례로 당시 소련작가동맹에서 한국펜 회장과 두 명의 회원을 초청했다. 그들은 셋 중 한 사람은 한국의 현역 소설가여야 한다고 명시했고, 모스크바에서 문학 강연을 해달라는 조건을 달았다. 그래서 서울대학교 언어학 연구소장이며 한국펜 전무이사였던 이현복 교수와 왕성한 작품 활동을 하고 있던 소설가 김원일이 전숙희와 함께 가게 되었다.

이현복은 한국펜의 성과와 업적을 논할 때 빠뜨릴 수 없는 사람 중 하나이다. 문상득과 이현복은 한국에서의 국제펜대회가 취소될 위기에 처했을 때 그 위기를 극복하는 데 결정적인 역할을 했다. 특히 이현복은 1987년부터 1991년까지 한국펜의 국제적 위상을 위해 큰 공헌을 했다. 서울대학을 졸업한 뒤 런던대학에서 언어학과 음성학을 전공한 그의 능력은 세계적으로도 인정받고 있는데, 품위 있는 예절과 말솜씨까지 곁들여져 어디서든 존재감이 넘쳤다.

모스크바에 도착하자 우리 일행은 작가동맹에서 베푼 환영만찬에 초대되었으며, 고위급 작가들과도 만났다. 그 다음 모스크바대학에서 한국에 관심 있는 교수들과 학생들이 모여 무지와 오해 속에 가리웠던 한국과 문학에 관한 토론 시간을 가졌다.

나와 이현복 교수의 소개말이 있은 다음 김원일 씨의 〈한국문학의 어제와 오늘〉이란 제목의 강연이 있었다. 관심을 가지고 열성적으로 경청한 한국학 학생(물론 그들은 북한에서 한국어와 문학을 공부했다), 교수는 많은 질문을 했으며 강연이 끝나도, 그래도 아쉬워 다시 차라도 마시며 더 이야기를 듣고 싶다고 해 자리를 옮기기도 했다.

이토록 알려지지 않았던 한국(남한)문학은 낯선 나라에서 낯선 사람들의 관심을 끌었다. 루가노 대회 때와 마찬가지로 소련에서의 한국문학 알리기도 큰 성과를 거두었다.

— 〈국제대회에서의 한국문학 소개〉에서

전숙희가 해외에서 세 번째 한국문학 선양을 위한 행사를 가진 것은 1991년이었다. 그 행사는 그가 한국펜 회장으로서는 마지막으로, 국제펜 부회장으로서는 첫 번째로 비엔나에서 연 〈한국문학 소개의 밤〉이다. 그는 루가노 대회 때와 마찬가지로 철저히 준비했다. 대회가 열리는 힐튼호텔에 강연 장소를 마련하고, 두 사람의 한국 작가(김원일, 허근욱)와 완벽한 전달을 위한 통역자(이현복, 전승리)도 준비시켰다.

우리는 한국문학 강연뿐 아니라 기회 있을 때마다 한국을 알리기 위해 책자와 비디오를 준비해갔다. 비엔나 대회에서는 강연을 시작하기 전 한국의 '사물놀이' 비디오를 모두 관심 있게 보고 들었다. 오스트리아의 텔레비전과 신문이 강연회 전체를 중계 보도하고, 한국의 문학과 문화를 소개했다.

'한국문학의 밤'으로 우리가 강연회를 연 그 시간에는 마침 비엔나 시장이 국제펜 모두를 초대하는 만찬이 있었다. 그런 중요한 스케줄에도 불구하고 국제본부의 회장단 등 1백 명에 가까운 펜 회원들이 시장 초청 만찬에 가지 않고 모여들어 강연장을 메웠다. 역시 성공적인 강연회였다.

우리나라에서도 많은 사람들이 좋아하는 모차르트 탄생 5백 주년을 기념하기 위해 오스트리아는 자기네가 자랑하는 음악 도시 비엔나에서 세계의 문학 잔치를 벌였던 것이다. 그리고 나는 그 기회를 놓치지 않고 펜본부의 협조 아래 스케줄 안에 우리 강연회를 끼워넣는 성과를 거두었다. 그러나 여기에 이르기까지 비용 준비, 모든 행사 준비 등을 위해 현지도 아닌 먼 나라에서 수없이 팩스와 전화로 연락을 했다. 그리고 또 무거운 책자와 인쇄물도 짐처럼 들고 다니며 나누어주었다.

— 〈국제대회에서의 한국문학 소개〉에서

한국문학을 세계에 알리는 일에 전력했던 전숙희를 도운 사람들은 이미 언급된 사람들 외에도 무수히 많다. 그들 중에는 소설가 정한숙도 있다. 그는 사리사욕이라곤 없어 절대로 남에게 아부하지 않았고, 문단과 학계에서 직설적인 독설로 소문이 자자했다. 전숙희는 그를 사십 대부터 지켜보며 의리와 용기가 있는 작가라고 생각했다.

1988년 '서울 국제펜대회' 준비 기간 중 선생님은 거의 매일같이 장충동 준비 사무실에 나와 도와주셨다.

때마침 미국펜의 사무국장 카렌 커넬리가 젊은 얼굴에 멋을 잔뜩 내고 사무실을 방문했다. 거의 3년 동안 서울 대회 개최를 반대해오던 중추 인물이었다. 그는 한국의 인권 문제를 직접 조사하기 위해 대회 시작 일주일 전에 도착했다. 이 사실을 들어 알고 계시던 정한숙 선생은 내가 카렌 여사를 소개하자 그가 청한 악수도 받지 않고 책상 위에 놓아둔 카렌 여사의 커다란 수첩을 집어 마룻바닥에 던져버리며 소리를 버럭 지르셨다.

"초대받아 왔으면 네 일이나 할 것이지, 남의 나라 사정도 모르면서 웬 참견이냐. 너야말로 남의 나라를 깔보고 남의 인권을 짓밟는 못된 X이다!"

주먹을 쥐고 어떻게 무섭게 소리를 쳤던지 그 기세등등하던 카렌은 그냥 쥐새끼처럼 발발 떨며 중요한 자료를 수집한 노트를 집어들고 나가버렸다. 나는 은근히 속으로 통쾌하면서도 손님이라 미안하기도 해 카렌을 쫓아나가 차를 잡아 태워주며 위로를 해주었다. 그러나 카렌은 아마 그런 봉변은 처음 당해보았을 것이다. 한국의 작가들이 만만하지 않음을 새삼 느꼈으리라. 실로 정한숙 선생님이 아니고는 아무도 해낼 수 없는 과감한 행동이었다.

— 〈한국펜의 고마웠던 분들〉에서

펜을 통한 가장 큰 성과라면 "억지로 초대받아 서울에 왔던 세계 작가들"이 한국의 문학과 정신은 물론, 우리가 처한 현실까지도 제대로 이해하게 되었다는 점이다. 전숙희는 펜을 손에 쥔 그들이 돌아가 어떤 지면을 통해서든 한국에 관한 이야기를 쓸 것이라고 확신했기에 혼신의 힘을 다해 행사를 주관했다. 그리고 세월이 흘러 그가 한국펜 회장이라는 직책을 내려놓을 때 "문학은 소리 없고 소박하나 가장 영원하고 강인한 문화의 반석"임을 강조하며 한국펜의 미래를 위해 세 가지를 제안했다. 첫째는, 펜 회장 선거를 한 번 치르고 나면 어제까지 좋은 사이였던 인간관계가 원수처럼 되기도 하는 악순환이 없도록 "외국처럼 회장 선거는 가장 존경하고 일 잘하는 대변자를 추대하는 형식"이 될 것을 조언했다. 둘째, 국제대회에는 통역을 동행해서라도 반드시 참가하길 바랐다. 마지막으로 그는, 국제펜대회에 참가하는 한국의 대표단이 펜의 이름을 빌린 관광단이 되지 않기를 희망했다.

국제펜클럽 런던본부 종신 부회장에 선출되다

펜 이야기를 하면서 전숙희가 국제펜 종신 부회장으로 선출될 때의 극적인 순간에 관해 언급하지 않을 수 없다. 전숙희는 이현복이 국제펜에서 인기와 신임도가 높은 실력자였음을 늘 강조했지만, 그 자신 역시 국제펜에서 인기가 무척 높은 사람이었다.

필자가 한국펜의 전무이사로 일할 당시에 전숙희 회장과 함께 국제펜과 관련된 업무로 세계 각국에 비행을 한 거리를 계산해보면 엄청날 것이다. 국제펜대회에 참가할 때면 단순한 참가에 그치는 것이 아니고 으레 '한국 문학의 밤'이나 '남북한의 분단 문학'이라는 주제를 걸고 행사를 기획하는 것이 전 회장의 변함없는 구상이요 정책이었다. 사실 그럴 때마다 일을 구체화하고 성사시켜야 하는 나로서는 괴롭고 피곤한 일이었으나, 사업이 성공적으로 이루어지고 한국의 이미지가 격상되는 것을 느끼는 순간 전 회장의 구상이 역시 옳았다는 것을 느끼곤 하였다.

그와 같이 열정에 찬 활동과 외교의 결과 전 회장은 국제펜에 많은 친구를 가지고 있었다. 국제펜 무대에서 전 회장은 '마담 전' 또는 'sook hee'라는 애칭으로 불렸다. 'sook hee'는 본명이었지만 간단하고 외국인도 부르기 쉬운 이름이어서 애칭으로 통용될 수 있었다. 'sook hee'의 인기는 대단하였다. 어쩌다 전 회장이 참가하지 못하는 펜대회에서는 만나는 각국 대표마다 'sook hee'가 왜 안 보이느냐는 질문이 이어지곤 하였다. 타고난 사교 능력과 아울러 영어로 대화와 연설을 해내는 능력을 갖추었기 때문에 전 회장의 사교 범위는 그만큼 넓었던 것이다.

그러한 사교와 인기의 배경이 있었기에 전 회장은 국제펜의 종신 부회장이라는 영예를 안을 수 있었다.

— 이현복, 〈철의 여인, 한국의 대처〉에서

전숙희 본인이 자신을 위해 이렇다 할 로비를 하지 않았음에도 불구하고 1991년 국제펜클럽 본부에서 그를 국제펜클럽 종신 부회장으로 추천한다는 내용의 추천서를 보낸 것만 보아도 인기가 어느 정도였는지 짐작할 수 있다. 추천서에는 영국, 프랑스, 호주, 필리핀, 폴란드 등 12개 나라에서 그를 추천한다는 내용이 적시되어 있었고,

심의 확정은 그해 4월 말에 열릴 파리의 대표자 회의에서 정식 결의 안건 제1호(의안 18번)로 상정된 뒤 절차를 따를 것이라고 했다.

각국 대표자가 모인 본회의 첫날, 산적한 안건 중에 겨우 9번까지 처리했을 때 시간은 이미 오후를 넘기고 있었다. 사무총장 블로크 씨의 건의로 의안의 중요도에 따라 부회장 선임안을 먼저 표결에 부쳤다.

당시 알렉사드르 블로크 사무총장 등 여러 친한파의 노력에도 불구하고 막상 표결 결과는 찬반이 팽팽한 상태였다. 과반수에 약간 밑도는 결과였다. 그런 상황에서는 당선이 불가능하였다. 오랜 세월 기울인 노력이 수포로 돌아가는 듯하였고 곧바로 부결이 선포되려는 아찔한 순간이었다. 그때 구세주가 나타나 기적을 일궈냈다. 무슨 일로 회의장 밖에 나가 있어서 투표를 하지 못한 멘지젯츠끼 폴란드펜 회장이 백발을 날리며 입장하였고 나의 짤막하나 간절한 구원 요청에 그는 당당히 선언했다. "본인은 아직 투표를 못하였는데, 나는 이제 한국의 전 회장에게 찬성표를 던진다." 천운이었다. 이로써 균형은 삽시간에 찬성으로 기울었고 전 회장은 전격적으로 국제펜의 부회장에 당선된 것이다.

— 이현복, 〈철의 여인, 한국의 대처〉에서

이현복 교수가 '철의 여인'으로 표현했을 만큼 의연한 풍모의 전숙희도 얼마나 초조하고 긴장됐을지 생생하게 느껴진다. 이러한 힘든 과정을 거쳐 전숙희는 국제펜클럽 런던본부 종신 부회장에 선출되었고, 훗날 승부란 "허무하고도 우스운 일"이지만 "이것은 나 개인의 승부가 아니라 국제무대에서의 한국이라는 나라와 민족의 위상이 걸

1991년 '파리 국제펜대회'에서 국제펜클럽 런던본부 종신 부회장에 당선된 직후
헝가리 작가 조지 콘라드, 이현복 전무와 함께

린 문제이기 때문에, 일단 거론된 이상 승리해야 된다고 생각했다"
면서 그것은 개인의 승리가 아닌 "우리"의 승리였음을 강조했다. 그
가 밝혔듯 "국제펜 종신 부회장이란 직책은 한국문학을 해외에 알리
는 심부름꾼으로서 국제적으로 많은 협조를 받을 수 있는 자리"이
다. 전숙희는 그것을 절묘하게 활용했다. 그는 종신 부회장이 된
1992년부터 활동 영역을 넓혀 국제사회의 지식인 인권 문제 해결에
도 앞장섰다. 우리에게 희망찬 미래가 있다는 신념 아래 결코 과거에
연연하지 않았고, 미래의 큰 패러다임을 갖고 오늘을 충실하게 살았
던 그에게 부여된 '국제펜클럽 런던본부 종신 부회장'이라는 직책은
한국문학을 위해서 더없는 경사라 할 만했다.

1991년 '제56차 비엔나 국제펜대회'는 국제펜클럽 런던본부 종신 부회장으로 당선된 후 처음으로 참석한 국제행사였다.

수필가 전숙희를 좋아하는 사람들은 대부분 그녀의 수줍은 듯한 미소와 자신을 낮추는 겸손, 성실함, 끈기, 열정 그리고 능력을 장점으로 꼽는다. 하지만 한국펜의 대표 작가로 같이 외국에 나가 그가 국제무대에서 활동하는 모습을 본 사람들은 하나같이 그에게서 남성을 능가하는 기개를 보곤 했다. 1993년 호주에서 열렸던 국제펜대회에 참석했던 소설가 이문열도 그곳에서 문제가 생겼을 때 대처하는 그의 탁월한 능력을 보았다고 한다. 1993년은 전숙희가 한국펜 회장에서 물러나 국제펜 부회장 자격으로 그 대회에 참석한 해였다. 행사 비용을 부담하며 한국 팀을 초청한 호주가 행사 진행에 차질을 빚어 숙박에 문제가 생겼을 때 담당자를 불러 경위를 따지고 정당한 조처를 요구해 바로잡는 전숙희의 태도는 강경하되 예의에 어긋나지 않았다. 덕분에 한국 대표들은 쾌적하게 일정을 소화할 수 있었다. 이문열이 총회의 때 본 전숙희의 모습은 더욱 인상적이었다.

선생님의 거의 남성적이라 해도 좋을 행동력이나 식견은 그해 국제펜대회의 결의에서도 잘 나타났다. 선생님은 북한을 국제펜대회에 초청하자고 동의해 총회의 결의를 받아냈는데 일행으로서는 거의 돌연스럽게 느껴질 만큼 예상 못한 동의였고 그 결과였다. 사면위원회의 부당한 문인 개념에 대해서도 당당하게 반론을 제기하셨던 걸로 기억한다. 그때 사면위원회가 배포한 책자에 실려 있던 남한의 구속 문인 명단에는 명백한 간첩 행위로 체포되었고, 문인이라고 할 만한 저술 활동을 한 적이 없는 사람들이 몇 끼어 있었다.

그러나 그 일련의 활동은 당시 한국펜클럽의 회장이었던 문덕수 선생에게는 온당치 못한 월권 행위로 비친 듯했다. 특히 북한을 국제펜대회에 초청한다는 것은 남북한의 국제연합 동시 가입처럼 한국펜으로서는 중대한 사안일 수도 있었다. 그런데 그런 중요한 사안을 회장인 자신과 사전 의논 한마디 없이 바로 총회에 제안한 것은 아무리 전임 회장이고 문단 원로라 해도 지나치다는 게 문 선생의 느낌 같았다.

이미 총회장에서부터 감지되던 두 분의 그런 불편한 심기는 그날 저녁 우리만의 자리가 되자 거침없이 폭발했다. 먼저 문 선생의 소리 높은 불평이 토로되었고 전 선생님의 조금도 지지 않는 고성이 그 불평과 추궁을 받아쳤다. 한국펜클럽 회장직을 물려주었다 하더라도 국제펜클럽 부회장으로는 여전히 총회에 안건을 동의할 자격이 있으며 어느 나라든 일개 펜회원이라 할지라도 발언권을 얻어 정당한 발언을 할 수 있다. 또 그 동의가 그토록 중요한 사안이었다면 당신이야말로 현 회장으로서 임무를 소홀히

한 것이 아니냐, 대강 그런 반론 같았다.

멀리 바다 건너 이국에서 칠순을 넘긴 전임 회장과 역시 머리가 허연 후임 회장이 월권 여부를 놓고 소리 높여 언쟁하는 것은 어쩌면 보기에 민망스러운 일일 수도 있다. 그러나 나는 그날 민망스러움보다는, 그리고 어느쪽이 옳고 그른가보다는 두 분이 뿜어내는 에너지와 열정에 압도당한 기분이었다. 특히 전 선생님에게는 성을 초월한 '큰어머니', 혹은 고대 부족의 여족장 같은 풍모까지 느꼈다.

— 이문열, 〈우리 문단의 '큰어머니', 혹은 여족장〉에서

국제펜대회 때면 전숙희는 자주 성악가인 동생 전승리를 불러 많은 도움을 받았다고 한다. 행사에 참가한 사람들이 국제대회에서 만난 전승리를 비롯, 전숙희 자매들을 언급할 때면 모두 아름답다고 하는 것으로 봐서 그들은 보통 이상의 미모와 분위기를 가지고 있는 것 같다. 전숙희가 펜대회 때마다 불러 도움을 받았던 가족 중에는 큰며느리인 장정희도 있다. 통역에서부터 한국의 이미지와 문학을 알리는 테이블을 관리하는 일까지 무슨 일이든 열심히 도왔던 장정희는 우리 문단의 감추고 싶은 모습까지도 알고 있는 사람이다. 그는 며칠 동안의 펜대회에 참석한 경험을 돌아오자마자 책 한 권 분량으로 써서 출간하는 문인들에게 늘 놀라곤 했다. 앞에서 이문열이 언급한 "어머니로서는 상당히 불쾌할 수도 있는 일"에 대해 전숙희는 장정희에게조차 한 번도 뒷말을 한 적이 없다고도 했다. 이문열의 머릿속에 깊이 각인된 호주 국제펜대회에서의 일과 유사한 분란이 많았을 것 같은데, 전숙희의 글에서도 그런 내용을 전혀 찾을 수 없다. 그냥 서로 좋자고 묻어두는 것이 아니라, 전숙희는 생래적으로 그런 체질

을 타고난 듯 보인다. 심지어 그가 쓴 《Pen 이야기》에 문덕수는 아주 이상적인 한국 대표로 그려져 있다. 문제가 생기면 어떻게든 바로잡았지만, 뒤에서 그 사람을 흉보는 일이란 없는 전숙희의 모습이 장정희에게는 존경스러웠다고 한다.

나는 아직도 뒤를 돌아보기를 싫어한다. 나는 아직도 내일을 위해 살아간다. 미래지향적인 체질이라고나 할까. 그러나 이 책은 별 수 없이 떠나간 시간 속의 일들과 사람들의 이야기뿐이다. 자랑할 만한 업적이 아무것도 없는 나는 회고록이나 자서전 같은 글을 절대 쓰지 않기로 마음먹었다. 그런데 써놓고 보니 펜의 울타리 속에서 울고 웃으며 싸우고 화해하며 살아온 지난 37년 동안의 우리들의 삶이 야생화 꽃씨처럼 뿌려져 있다.

—《Pen 이야기》에서

그가 한국펜클럽을 위해 봉사했던 37년, '토종 야생화 꽃씨'처럼 세계 방방곡곡에 뿌려진 한국문학의 씨앗이 잘 뿌리내리고 꽃피우며 열매 맺기를……. 그것이 37년 열정을 바친 그의 소망이었을 것이다.

7

가족과 문우들

문학적

삶의

원천

정신적 지주, 어머니와 아버지

열여섯 살에 함경도 일대에서 재벌과 문벌로 통하던 전씨 집안에 시집온 전숙희의 어머니는 평북 선천 계씨 집안의 고명딸이었다. 어릴 때부터 착하고 예쁘고 총명하기로 소문이 자자했던 그이, 계성옥을 신중히 지켜보다 간택한 사람은 전숙희의 할아버지 전택보다. 일곱 살 때 친어머니가 세상을 떠난 뒤 계모가 낳은 동생들을 업어 키우다 결혼한 계성옥은 눈에 띌 정도로 미인인 데다 성품이 온화해 시부모의 사랑을 듬뿍 받았고, 동서들 간의 정도 좋았다. 그이는 동서 넷 중에 셋째로서 음식 솜씨가 가장 좋았는데, 음식 간을 맞추는 방법이 원산바닥에 소문날 정도로 특이했다고 한다. 그이는 음식의 간을 입으로 보는 게 아니라 손등에 음식을 얹어 촉감으로 간을 맞췄다.

성스러워 보일 정도로 기품 있고, 고통을 인내하는 모습 역시 아름다웠다는 어머니. 전숙희와 어머니의 관계는 남달랐다. 어머니가 자녀 중에 자신을 가장 좋아했다고 내놓고 말할 정도로 그는 어머니의 사랑을 확신했다. 두 사람은 서로를 의지하며 살았다. 가족을 돌보지 않고 목회활동에만 전념한 아버지를 대신해 전숙희는 결혼 뒤에도

1950년대 중반, 어머니와 함께 나선 나들이 길

집안의 가장 노릇을 했다. 이따금 큰 사고를 쳤지만, 어머니에게 그는 재능 많고 능력 있고 그릇이 남다른 맏자식이었을 뿐 아니라 체질적으로도 맞는 애틋한 자식이었다. 전숙희의 빛나는 수필 〈탕자의 변〉에 그에게 어머니가 어떤 존재였는지 잘 그려져 있다. 그밖에도 어머니가 등장하는 그의 수필은 하나같이 울림이 크고 애잔하며, 따뜻하다.

> (살던 집을 아버지가 교회에 기증해버려 하루아침에 길에 나앉아야 했던) 그런 상황에서도 우리는 단란한 가족이었다. 늘 조용하고 알뜰하신 어머니는 이 세상의 보편적인 생활을 무시하고 사는 아버지를 이해하고 협조하려는 각오가 서 있었다. 생활을 모르시는 아버지를 기대하거나 원망하지 않으셨다. 어린 시절 계모 슬하에서 설움을 참아온 인내로써 묵묵히 현실을 견디어나가셨다. 어머니의 인내심과 투지는 우리 여섯 남매를 모두 곱게 길러 고등교육까지 시켰다. 새벽 동이 트면 벌써 부엌에서 식구들의 아침밥을 준비하는 어머니의 도마질 소리를 나는 기억한다. 어머니는 이지적이고 말없는 여인이셨다.
>
> — 〈부모님 예찬〉에서

너무도 조용히 살았으나 존재감은 그 누구보다도 컸던 어머니 계성옥은 1971년 12월 4일 임종했다. 일흔일곱의 그를 사람들은 계성옥 권사님이라고 불렀다. 계성옥은 비록 본인은 많이 배우지 못했지만 교회라는 공동체를 통해 형편이 어려운 사람들에게 늘 배움의 길을 내주었다. 조화롭게 함께 사는 법을 본성적으로 알고 있었던 어머니의 죽음에 관한 애상과 소회를 전숙희의 여러 수필에서 짤막한 형태로 볼 수 있는데, 〈어머니가 남긴 유산〉은 제목대로 어머니만을 위한 글이라 할 수 있다.

어머니는 다시 입을 열어 말씀하심이 없고, 우리들의 부름에도 대답이 없다. 이것이 바로 죽음이다. 어머니의 머리맡에는 조그만 상이 놓여 있고 그 상 위에는 바로 몇 시간 전까지도 손길이 닿으셨던 여러 종류의 약병들과 물주전자가 놓여 있다. 그 상은 어머니의 생신 기념으로 내가 드린 상이었다. 어머니는 그 상을 좋아하셔서 늘 손수 길을 들여가며 아껴 쓰셨다. 그 상 옆에 전기 곤로와 뚝배기처럼 생긴 조그만 오지솥이 있다. 어머닌 숨을 거두시기 전날까지도 자기가 손수 그 솥에 밥을 지어 잡수시곤 했다.

집안에는 가정부가 두 사람이나 있었다. 그러나 어머니는 아무리 아프고 괴로워도 자기 일은 남에게 시키지 않는 분이었다. 그분의 일생을 통한 생활신조이기도 했다. 자기 일은 자기 손으로 해야 한다는 신념이었다. 어머니는 평소에 구공탄 아궁이에 불이 잘 안 들어도 인부를 부르는 일 없이 진흙과 시멘트를 이겨 손수 고치곤 하셨다. 근로와 절약과 봉사 역시 그분의 엄격한 생활신조였다.

돌아가시던 해에도 어머니는 딸들의 집에 다니며 당신이 손수 심어 거둔 콩으로 만든 메주로 장을 담가주셨다. 어머니가 담근 장은 언제나 맛이 있었다. 농장에서 딴 감을 깨끗이 말려두었다 설에 수정과를 담그라고 우리에게 나누어주기도 했다.

돌아가시기 전날은 마침 김장이 끝나는 날이었다. 여러 사람들이 서로 허둥대다가 아버지께서 드실 김치에 넣으려고 썰어놓은 동태를 깜박 잊어버리고 넣지 않았다. 어머니는 그 힘든 중에서도 당신 육감에 꼭 그것을 잊어버렸을 것 같다며 우리에게 물어보셨다. 그때서야 우리는 깜짝 놀라

김치 속에 동태를 넣어 독에 담았다.

어머니는 항상 우리에게 말씀하셨다. "불로소득이나 공것은 바라지 말라"고. 또 "쉽게 버는 재산은 쉽게 없어지고 힘들여 하는 일은 영원히 남는 법"이라고 일러주시곤 했다.

어머니가 돌아가신 후 나는 어머니가 남긴 옷장과 다락을 정리하면서 또 한 번 가슴 벅찬 눈물에 젖었다. 어머니에겐 두 벌의 옷이라는 게 없었다. 두 벌이 있으면 한 벌은 교회나 이웃의 옷 없는 이들에게 나눠주곤 하셨기 때문이다.

어머니의 다락에서 나는 커다란 보퉁이를 발견했다. 끌러보니 그 속에는 깨끗이 세탁해서 다림질한 삼십여 개의 밀가루 부대가 차곡차곡 쌓여 있었다. 나는 밀가루 자루 위에 그만 푹 엎드려 한참 동안이나 고개를 들 수 없었다. 젊은 우리들은 쌀밥만 먹이고 늙으신 부모님은 농장에서 밀가루만 잡수시며 쌀을 절약하신 것을 몰랐다. 그나마 그 자루를 버리지 않고 몇 해를 모았기에 이처럼 쌓였을까를 생각하니 눈물이 앞을 가렸다.

어머니는 평소에 말씀을 많이 하지 않았다. 그저 자기 행동과 생활로써 모범을 보여주었을 뿐이다. 어머니는 자신이 돌아갈 줄 알면서도 한마디 유언도 남기지 않으셨다. 어머니가 숨을 거둔 그날 새벽, 그 앞에 엎드린 우리 여섯 남매는 가슴에 사무치도록 아픈 채찍을 맞는 듯했다. 말없는 당신의 유언은 오히려 그 어떤 말보다도 두고두고 우리 마음에 사무치는 더 많은 교훈을 남기셨다.

— 〈어머니가 남긴 유산〉에서

대표작 〈탕자의 변〉을 쓰게 한 어머니이자 평생 존재감이 크고 애틋한 어머니. 전숙희는 그 어머니에게 늘 아픈 손가락이었다. 그런

부모님 회혼식을 맞아 한자리에 모인 가족들

한편 가장 믿을 수 있는 자식이기도 했다. 어머니가 일찍이 전숙희와
자녀들을 믿고 포도농원이 있는 포일리에다 가난하고 무지한 지역
젊은이들을 위해 학교를 세우라고 당부했던 것도 그가 그 일을 능히
해낼 수 있는 자식임을 알았기 때문이다. 대개의 부모가 자식보다 세
상을 먼저 떠나지만, 그런 어머니였기에 어머니를 잃은 전숙희의 슬
픔은 가실 줄 몰랐다.

　소설가 이규희가 쓴 글에서도 전숙희의 진면모와 함께 사모의 정
이 배어난다. 이규희의 시어머니인 소설가 박화성과 전숙희는 문단
의 선후배로서 오랫동안 정을 나눈 각별한 사이였다. 그들을 옆에서
지켜봤던 이규희는 1999년 《전숙희 문학전집》(동서문학사) 발간에 맞
춰 〈풀솜 이불〉이라는 글을 썼다.

두 분 사이에 많은 일화가 있겠지만, 풀솜 이불에 얽힌 사연은 아직도 나의 가슴을 찡하게 울리어준다.

어머니가 쉽지 않은 병환으로 위장을 80퍼센트를 절단해내고 투병 중이실 때 전숙희 선생님께서 제법 부피가 한아름에 버거운 보따리를 그러나 가뿐하게 들고 오셨다. 어머니의 색깔이라고 할 만큼 유난히 좋아하시던 보라색 바탕에 다문다문 수가 놓인 풀솜 이불이었다. 누에고치를 피어서 만든 풀솜은 예로부터 가벼우면서 유달리 따뜻하기로 손꼽히는 귀한 물건이었다. 그래서 예전에는 나라 상감님이나 덮던 이불이라고들 일러오기도 했다. 화학솜이 판을 치는 세상이 되고 보니 더욱이 숨을 쉬는 그 순수한 비단 풀솜이 소중할 수밖에 없는 시대였다. 무성한 세월의 굽이를 타고 노쇠해가시던 어머니는 그 풀솜 이불을 애지중지 고이고이 애용하셨다.

그 이불의 깃털 같은 보온 효과와 가벼움만으로 그처럼 애지중지 하셨을까⋯⋯. 비단결처럼 사근사근 다정다감하신 전숙희 선생님의 정성과 사랑을 소중하게 생각하셨기 때문에 그 이불의 효용이 더 배가되어 요즘 말하는 엔돌핀을 어머니는 많이 많이 받으셨을 듯싶다. (중략)

어머니가 타계하신 뒤, 우연히 전숙희 선생님의 작품집을 읽어나가다가 나는 문득 눈을 지그시 감아야만 했다. 전 선생님은 오래전에 작고하신 당신의 어머님께 풀솜 이불을 마련해드리지 못한 회한을 그곳에 잔잔하게 적어나가고 있었던 것이다. 나의 어머니께서도 이런 사연을 아셨을까⋯⋯. 효녀이신 전숙희 선생님의 가슴에 짠한 멍울로 남은 풀솜 이불을 문단 선배에게 기꺼이 선물을 하시다니⋯⋯.

전숙희 선생님의 작품집을 읽다보면 이처럼 지극한 교분을 나누신 사이가 한두 분이 아님을 알 수 있다.

— 이규희, 〈풀솜 이불〉에서

어머니에게 드리지 못해 늘 가슴 아팠던 풀솜 이불을 전숙희는 병석에 있는 선배에게 전했다. 그는 가족과 남이라는 경계를 허물 줄 알았던 사람이다. 전숙희를 기억하는 사람들의 글에서 눈에 두드러지는 점 중 하나는, 그들이 하나같이 전숙희로부터 무엇인가를 받았음을 진술하는 대목이다. 물질적 나눔이든 정신적 나눔이든 그들은 하나같이 그 나눔의 의미를 말하고 있었다.

"어떻게 살 것인가에 대한 밝은 길을 몸소" 보여준 것, 그것이 어머니가 남긴 가장 고결하고 값진 유산이라고 전숙희는 썼다. 아닌 게 아니라 사랑의 가장 기본 단위인 가족의 의미마저 붕괴되고 있는 세상에 그의 어머니는 우리의 어머니이자 스승이며 참사랑의 표본이라 할 만하다.

어머니와는 달리, 전숙희는 아버지와의 사이가 썩 좋은 편은 아니었다. 둘 다 비교적 온화한 성격이라 표면적으로는 별 문제가 없는 것처럼 보였으나, 딸에게 아버지는 늘 일방적으로 견뎌야만 하는 난관 같았다. 전숙희는 일생 동안 단 한 번도 아버지에게 돈을 받아본 적이 없었다. 큰돈은 고사하고 사탕 한 알 사 먹을 돈도 받아본 적이 없었다. 그가 이화여전을 졸업할 때까지 학비는 고사하고 차비 한 푼, 옷 한 벌 받아본 적이 없었던 것은 목사인 그의 사랑이 늘 다른 곳으로 향했기 때문이다. 그런 아버지와 그는 종종 충돌을 일으켰다. 자신이 남들처럼 아버지로부터 무언가를 받지 못해서가 아니라, 집안일에 무관심한 아버지로 인해 너무도 고생하는 어머니 때문이었다. 그가 아버지를 조금씩 이해하기 시작한 것은 어머니가 돌아가시고 20여 년을 더 사셨던 아버지의 모습을 연민 어린 시선으로 지켜보면서부터였다.

아버지는 함경도에서 손꼽히는 부잣집 아들로 태어나 돈을 모르고 살아오셨고 아홉 살 때부터 기독교에 심취해 열여덟 살 때에는 강원도 온정리에 처음 개척교회를 세우기도 하셨다. 그리고 서울에 와서 신학교를 졸업하신 후 목사가 되셨다. 목사가 되신 후에는 커가는 여섯 남매를 먹여살리려니 하고 어머니가 기대하셨으나 소용없는 일이었다. 아버지는 월급 목사는 되기 싫다며 가는 곳마다 개척교회를 세우고 우리집 대청마루까지 교회로 사용하셨다. 따라서 어머니는 체념과 인내와 더 굳센 신앙으로 그 모든 고난을 혼자 감당하고 우리 여섯 남매를 키우고 교육시키셨다.

아버지가 어쩌다 나에게 말을 건네실 때는 "너 밥 먹었니?" 아니면 "너 숙제했니?" 하는 말이 아니라, "너 성경 읽었니?" "너 기도했니?" 하는 물음뿐이었다.

아버지의 일과는 이십 대나 구십 대인 지금이나 변함이 없다. 눈만 뜨시면 찬송 부르고 기도하며 성경을 읽고 밖에 나가 전도하는 일이다. 한번은 내 가족을 먹여살리지 못하면서 남의 영혼을 구원한다는 건 이기주의와 허영이라고 버릇없이 덤볐다가 눈물 나도록 맞은 일도 있었다.

아버지가 팔십 대에 이른 10년 전부터 아버지에 대한 내 생각은 달라졌다. 아버지는 우리에게 다른 아버지들처럼 육신의 양식은 먹여주지 못하셨으나 그보다 더 소중한 영혼의 양식을 풍성히 나누어주신 분임을 깨닫게 된 것이다. 지난 주일 오후, 가족들이 모두 모였을 때 아버지는 나를 보시자 "오늘 교회에 갔었니?" 하고 물으셨다. 내가 "네" 하고 대답하자, 아버지는 어린애처럼 환하게 웃으셨다. 비로소 나는 일생에 한 번 효도를 한 것 같았다.

— 〈아버지와 나〉에서

아버지 전주부 목사의
신학 박사 학위식에서

　부산 피난시절에는 영도다리가 들리는 절묘한 순간을 포착하여
"예수를 믿으라. 멸망하지 않고 영생을 얻으리니……"하고 벼락같
이 큰 소리로 전도를 했던 아버지. 그는 일흔이 넘도록 젊은이 못지
않은 체력으로 한강을 헤엄쳐 건넜고, 차도 타지 않고 걸어다니며 길
에서 전도했다. 결국 전숙희에게 아버지는 놀라운 사람이었다. 아버
지처럼 평생 동안 물질에 초연하며 종교적 신념을 지키며 산 사람을
본 적 없었으니……

　1991년 6월에 발간한 수필집《그리고 지나간 것은 모두 다 즐겁게
생각되리니》(문학세계사)에는 1991년 2월 17일에 쓴 전숙희의 자서가
실려 있다. 그는 책을 내기 위해 원고를 대충 정리해놓고 난 뒤 책을

발간하는 데 꽤 시간이 걸렸음을 짧게 언급하며 덧붙였다.

"좀 더 차원 높은 에세이를 쓰고 싶은 것이 나의 소망이나 능력이 미치지 못함을 부끄러워할 뿐이다. 그러던 중 항상 건강과 장수를 자랑해오던 아버님께서 갑자기 폐렴으로 입원을 하시게 되었다. 가래가 막혀 호흡 곤란으로 중환자실로 옮기셨다. 양쪽 팔에는 수없는 주삿바늘과 고무줄들이 꽂혀 있고 입에는 산소호흡기가 물려져 있다. 하루아침에 일어난 일이다. 아버님의 의식은 분명하시다. 날마다 방배동 집으로 가고 싶다고 하신다. 입원한 지 오늘로 꼭 20일째가 된다. 10층 입원실에는 6남매가 모여 장례식 준비를 하고 있다. 더 슬픈 일이 벌어지기 전 이 원고를 넘기기로 했다. 부족하나마 이 책을 아버님 영전에 바쳐 못다 한 효성과 사랑에 대신하고자 한다. 그는 언제나 책을 사랑했고 자신의 딸인 내가 책을 낸다는 일을 자랑스럽게 여기셨다. 떠나시는 그를 눈물로 보내며 이 세상에서의 마지막 기쁨을 안겨드린다."

든든한 조력자, 동생 전락원

전숙희의 대표작이라 할 수 있는 수필에는 가족을 통해 사유의 폭을 넓혀가는 글이 많다. 인간의 가장 이상적인 어머니 상을 담은 〈탕자의 변〉이나 아버지를 주제로 쓴 여러 편의 수필은 물론, 동생과 자녀에 이르기까지. 전숙희가 가족들과 같이 있는 모습을 사진으로밖에 보지 못한 내가 눈으로 본 듯 선명하게 상상되는 모습 중 하나는 전숙희와 전락원이 나란히 앉아 대화하는 모습이다. 두 사람이 힘을 합쳐 한 일이 엄청난데도 불구하고 내가 상상하는 그들의 모습에는 많은 대화가 오가지 않는다. 그들은 선문답하듯 대화를 이어간다.

전숙희의 문학사업 업적은 전락원이 없었다면 불가능했다. 기업의 이윤을 사회에 환원시키겠다는 전락원의 신념은 그 옛날 전셋집을 전전할 때부터 지닌 것이었다. 전숙희는 오직 전락원을 믿고 "많은 일을 저질렀"고, 누나를 누구보다도 믿었던 전락원은 일찍이 체계적인 문화예술 지원을 위해 1989년 '우경 문화재단'(현 '파라다이스 문화재단')을 설립했다. 자신의 호를 딴 '우경 문화재단' 현판을 직접 걸며 강한 의지를 보였던 그의 문화예술 전반에 대한 사랑은 생의 마지막

242

1960년대 후반 전락원 회장은 운영난에 빠진 한국펜클럽을 지원했다.
한국펜클럽에 후원금을 전달한 후 동아일보 문화부에서 기념촬영

까지 식을 줄 몰랐다. 그는 문인보다 더 문인다운 사람이었고, 예술
을 사랑하는 낭만적인 사람이었으며, 보기 드문 멋쟁이였다.

    결론부터 말하면 회장님은 선천적인 자선가였다. 선천적인 자선가가 될
수밖에 없었던 운명적인 까닭이 회장님에게는 또한 있었다. 회장님의 이
름은 낙원이다. 그 이름은 성경 속의 에덴동산을 항상 동경하셨던 부친 전
주부 목사께서 지어준 이름이었고 평생 그 이름 속에서 살아가는 것을 즐
거워하였다. (중략) 기업 경영도 이러한 파라다이스를 개척해나간다는 궁
극적 목표가 있었으므로 낙원의 영어 이름을 딴 것이었다.
— 김주영, 〈자연주의와 낭만주의의 눈부신 승리〉에서

일찍이 청년 사업가로 좋은 평판을 받던 그는 한국관광공사로부터 워커힐 카지노 운영권을 위임받으면서부터 관광업계의 선두주자로 기반을 다져나갔다. 게이밍 사업에 대한 그의 선택에는 당시 용기가 필요했다. 그러나 그 분야에 대한 그의 혜안은 개인을 넘어서 국가적 범주까지 헤아리고 있었고, 확신에 찬 선택은 한국 관광업계의 도약을 위한 기점이 되었다.

한국문학의 세계화를 위한 전숙희의 활동은 '파라다이스 문화재단'을 통한 전폭적인 지원 속에 풍성한 열매를 맺을 수 있었다. 독일, 일본과의 정례적인 문학 교류 행사, 중남미 문학 방문 행사는 물론 수많은 문학 교류 행사 역시 마찬가지였다. 전락원이 케냐 사파리파크호텔을 인수한 뒤에 중남미 문학 행사에 참가했던 문인들은 아프리카 여행이라는 큰 선물까지 받았다. 전숙희라는 "인간 본연의 성정에 감동했던" 평론가 김병익도 결국엔 전숙희라는 한 인간을 통해 "순진함과 부드러움의 힘이 지저분하고 억센 힘을 누르고 아우르며 그것의 의지로 굽어들게 한다는 깨달음"을 얻는다. 그 깨달음의 과정에도 '파라다이스 문화재단'의 적극적인 후원이 있었다. 전숙희가 하는 일을 조용히 도왔던 전락원은 그야말로 멋진 '신사'였다.

'파라다이스 문화재단'에서 이사장으로 일하며 여러 나라와의 문학 교류를 선두에서 지휘했던 소설가 김주영은 누구보다도 전락원과의 관계가 긴밀했던 사람이다. 모든 사람들이 전락원의 생각에 전적으로 따르기만 할 때 경영자의 생각과는 다른 자신의 생각을 솔직하게 말함으로써 그는 전락원의 신임을 얻었고, 그렇게 형성된 관계는 끝까지 갔다. 누구에게나 끝까지 신의를 지키는 것 또한 전락원의 강한 개성 중 하나였는데, 자주 가는 식당 주인이나 회사 직원을 비롯하여 모든 인간관계에 그것을 적용시켰다.

전락원은 운수업을 하던 시절부터 트럭 한 귀퉁이에 폐품을 실어 모아 구호 기금을 마련했던 사람이다. 그때는 사업 초기라서 미래를 낙관할 수 없었고, 이윤도 크지 않았지만 그는 기꺼이 사회사업을 위해 에너지를 쏟았다. 생계를 위해 조선일보 지하에서 블루룸을 운영할 때도 그는 혼자 잘살기 위해 아등바등하지 않았다고 한다. 일반인들에게 카지노의 대부로 통하던 그는 다정다감하고 감수성이 뛰어난 사람으로서 예술을 사랑하는 낭만적인 사람이기도 했다. 탁월한 예술적 감각과 감수성을 지닌 그로 하여금 주저 없이 지갑을 열게 만들었던 사람들은 언제나 소외되고 불행한 사람들이었다. 그는 헐벗고 굶주린 사람을 지나치지 못했다. 1994년 설립된 '파라다이스 복지재단'은 전락원의 기독교 정신을 바탕으로 한 경영철학의 결과라 하겠다.

'파라다이스 복지재단'은 1994년 당시 약 52억 원의 사재를 출연하여 설립된 법인으로 교육, 치료, 복지 등 장애아동 전반에 대한 인프라를 구축하여 지금까지도 완벽한 복지 지원체계로 평가받고 있다. 이와 함께 장애아동과 비장애아동의 통합 프로그램인 '파라캠프'를 운영함으로써 장애인에 대한 편견을 불식시키는 데에도 앞장서왔다.

전 회장은 여기서 만족하지 않고 그룹 임직원들이 소록도 한센병 환자촌을 방문하여 직접 자원봉사에 참여토록 하는가 하면, 멀리 몽골과 케냐에까지 무료 진료와 특수교육을 지원하기도 하였다. 특히 이런 봉사활동 실적을 매년 계열사의 경영실적 평가에 반영했다고 하니 사회복지에 대한 그분의 열정과 의지가 얼마나 강했는가를 가늠할 수 있다.

— 심대평, 〈기업의 사회적 책임을 실천한 선구자〉에서

해외업계에서 전략원 회장은 '슬림 전'으로 잘 알려져 있다. 어느 장소에서나 돋보이는 훤칠한 키에 군살이라고는 없어 붙은 별명이다. 재미있게도 전략원뿐 아니라 누나인 전숙희에게도 '납째기'라는 별명이 있었다. 옆에서 봐도 군살이 전혀 없는 날씬한 몸매 때문에 모윤숙이 사투리 억양으로 "납째애기~"라고 부르면 듣고 있던 사람들이 웃음을 터트렸다. 전숙희가 미국에서 펜 행사를 한 뒤 일행을 데리고 큰아들 집에 들렀을 때는 침대에 납작하게 누워 자는 그를 찾으려고 가족이 온 집을 샅샅이 뒤진 적도 있었다 한다.

전략원은 여권을 만들기도 힘들고 외화도 변변히 가지고 나갈 수도 없던 시절에 케냐에 진출해 사업을 하며 대한민국을 알렸다. 그처럼 그가 일찍부터 아프리카에 진출해 선행과 덕망으로 좋은 이미지를 심으며 기반을 다져놓지 않았다면, '88 서울올림픽'은 유치할 수 없었다는 말도 들린다. 분명히 그는 서울올림픽 유치의 일등공신이지만, 그 사실은 일반인들에게 알려지지 않았다.

우경 선생을 추모하면서 1981년도 독일 바덴바덴에서의 또 다른 만남은 꼭 기록에 남겨두어야겠다는 생각이 든다. 올림픽을 유치하기 위해 일본의 나고야와 힘겨운 경쟁을 하면서 막바지 득표 활동을 하고 있을 때 국제올림픽위원회(IOC)의 내부 사정과 IOC 위원들을 개인적으로 많이 알고 있었던 필자는 언론인의 직함 대신 유치단의 핵심으로 바덴바덴에서 막후 활동을 하고 있었다. 남북 대치 상황이 첨예하던 때였고 일본에 대해 현금 차관 요청을 하고 있을 때여서 결과는 예측 불허였고 단 한 표가 아쉬운 상황이었다. 현지에서 유치단 한 분이 케냐를 비롯한 아프리카 IOC 위원들을 설득하기 위해서 전 회장님의 역할을 거론했고 필자의 긴급 연

1988년 서울올림픽 개최의 숨은 공로자인 전락원과 나란히 앉은 전숙희의 모습

락을 받은 우경 선생은 해외여행 도중 남은 일정을 포기하고 바덴바덴으
로 날아왔다. 아프리카 쪽의 인맥을 통해 IOC 위원들을 두루 접촉하고
한국 유치단에도 적지 않은 자금을 제공한 것으로 알고 있다. 드디어 서울
이 나고야를 52대 27이라는 압도적인 표차로 이긴 순간 전 회장님은 바덴
바덴을 떠나면서 내가 왔다 갔다는 것을 신문에 쓰지 말라고 당부하셨다.
유치단에 참여했던 거의 모든 사람들이 자신의 역할을 제각각 내세우고
있을 때 내 이름은 빼달라면서 바덴바덴을 훌쩍 떠나던 우경 선생의 모습
을 지금도 잊을 수가 없다.

— 신용석, 〈독일 바덴바덴에서의 잊을 수 없는 만남〉에서

그는 크고 작은 모든 일을 그처럼 조용히 해나갔다. 그는 섬세하고 다정다감하면서도 강하고 곧았다.

직원들에 대한 회장님의 자상한 배려는 해외출장을 보낼 때도 느낄 수 있었다. 1970년대 초면 해외출장이 흔치 않던 시절이다. 그래서 해외출장을 처음 나가는 직원들이 출입국 카드를 제대로 기록하지 못하고 쩔쩔매곤 했는데, 그럴 때면 회장님이 나서서 손수 공란을 채워주었다. 직원들이 출장을 나가 있는 동안에도 회장님의 마음 씀씀이는 감동적일 만큼 자상했다. 직원들에게 회장님은 자상한 형님 같고 아버지 같은 존재였다.

— 심경모, 〈물욕이 없는, 이타적이었던 사람〉에서

파라다이스 그룹 부회장을 지낸 심경모의 글에서도 전락원의 따뜻한 인간성이 물씬 느껴진다. 〈물욕이 없는, 이타적이었던 사람〉에 의하면, '케냐를 개척해 외화를 벌어들여 국가를 돕자'는 목표를 달성하기 위해 전락원은 당시 2만 실링이라는 거액을 케냐 당국에 기부했다고 한다. 그의 기부는 그 후 인간관계의 심화로 이어져 민간 외교관 역할을 톡톡히 했고, 그 결실이 아프리카 표를 결집시켜 성사된 '88 서울올림픽'이었다. 전락원은 또한 재산을 늘리기 위해 집이나 땅을 산 적이 한 번도 없었다. 유일하게 소유한 제주도 땅도 경제적 목적에 의해 자발적으로 사들인 것이 아니라 채무자가 억지로 떠넘긴 것이라고 한다.

계원예술고등학교를 설립할 당시에도 기업 이윤을 사회에 환원하겠다는 그의 경영철학에는 변함이 없었다. 그는 일선에서 은퇴한 뒤에 여생을 오로지 후세 교육을 위한 일에 바치겠다는 큰 그림을 그려놓고 살았다.

전락원은 문화재단과 복지재단을 설립하여 문화예술은 물론 사회복지와 후세 교육에 아낌없는 투자를 했고, 국내 문학의 번역에 힘써 우리 문학을 세계화시키는 데 큰 역할을 했으며, 점점 독자가 줄어들던 잡지 《동서문학》의 발간을 살아 있는 날까지 지원했다. 그 외에도 그는 우리나라 최초의 문학관인 '한국현대문학관'을 위해 파라다이스 별관을 기꺼이 제공했으며 재정 지원을 아끼지 않았다. 누나 전숙희가 마치 완봉승을 한 투수처럼 삶의 각 단계마다 충실하게 책임을 다하며 살아갈 수 있었던 것은, 그가 미래를 향해 던지는 여러 구질의 수많은 공을 무조건적으로 받아주는, 더할 수 없이 믿음직한 포수 동생 전락원이 있었기에 가능했다.

전락원이 세상을 떠난 뒤에도 문화예술을 향한 그의 큰 의지는 전락원 회장의 아들이자 전숙희의 조카인 전필립 파라다이스 그룹 회장을 통해 계속 이어지고 있다.

사랑과 회한, 남편 강순구

1982년 12월에 출판된 수필집 《가진 것은 없어도》(동서문화출판사)는 전숙희가 10년 동안 《동서문화》에 게재했던 칼럼들을 모아 낸 책이다. 그는 사랑이란 단어가 들어간, 혹은 사랑을 주제로 한 수필을 많이 썼는데, 《가진 것은 없어도》에도 사랑에 관한 단상들이 많이 보인다. 그중 한 편이 〈진줏빛 사랑〉이다.

> 이십 대에서 삼십 대에 이른 내 인생관은 좀 달라져갔다. 목숨보다 귀한 것은 '사랑'이되 그 사랑의 대상이 변해갔다. 그때 나는 이미 결혼해 있었고 내 사랑의 대상은 '이성'이 아닌 내가 낳은 자식들이었다. 아이들을 위해서라면 기꺼이 목숨도 바칠 수 있다는 애착과 애정이 어린 생명들을 들여다보며 즐겁게 타올랐다.
>
> ─〈진줏빛 사랑〉에서

이십 대에 그는 남녀 간의 사랑을 위해 죽을 수 있다고 생각했으나 세월이 흐름에 따라 그 대상이 바뀌었다. 그것은 자연스러운 변화였

250

다. 어느 부모에게나 자녀들을 품에서 떠나보내야 하는 보람차되 쓸쓸한 순간이 온다. 그에게 밀착되어 있던 자식들도 어느 시점에 이르러 하나씩 "떨어져 나가기 시작"했다. 그보다 더한 이별은 죽음인데, 죽음은 단 1초의 재회도 허용하지 않는 비정한 것이다.

1977년, 강순구가 세상을 떠났다. 자식들을 하나하나 떠나보내고 혼자 남았던 때의 그가 표현했던 대로 "그것은 배신도 아니요 실망도 아닌 삶의 윤회"였다. "삶의 윤회"를 생각하게 될 때면 그는 "무엇엔가 미치지 않고"는 사는 보람을 느낄 수 없었다.

내가 그 허탈 속에서 새로이 발견한 것은 '일'이었다. 일 속에 뛰어드는 것이다. 마치 수영선수가 푸른 파도 속을 겁 없이 뛰어들 듯 나는 낯선 일의 파도 속으로 미친 듯 뛰어들었다.

아직도 나는 현역의 수영선수이듯 그 물 위에 떠 있으면서 열심히 헤엄치고 있다.

— 〈진줏빛 사랑〉에서

생애 어느 지점에선들 그가 무엇엔가 열중하지 않고 살았던 적이 있었겠는가. 그러나 그는 이제 더욱 집중해야 할 지점, 무엇엔가 집중하지 않고는 사는 보람을 느끼지 못하는 지점에 와 있었다. 대부분의 사람들이 나이와 건강을 탓하며 나동그라지는 지점에서의 집중력, 그것은 아무나 가질 수 없는 것이었다.

내 침대 머리에는 낡아서 볼품없는 한 장의 사진이 걸려 있다.
1954년 3년간의 6·25전쟁과 피난살이에서 돌아온 서울 집 뜰에 가족

남편, 4남매와 함께한 행복한 한때

들이 모여 서서 찍었던 사진이다. 그러니까 지금으로부터 28년 전의 사진이다. 막 군의관의 군복을 벗은 삼십 대의 남편은 여전히 카키색 잠바를 입고 있고 나 역시 미국에 있는 동생이 보내준 구제품 베이지색 잠바를 입고 서 있는 얼굴에는 전쟁에 지친 기색도 없이 젊음이 빛나고 있다.

중학교, 국민학교의 4남매도 그 어린 표정들이 고생의 흔적도 없이 깨끗하고 천진하기만 하다.

28년이 지난 지금, 폭신한 침대, 비단이불 속에 누워 그 사진을 생각하면 때로는 행복해지기도 하고 또 때로는 고생스러웠던 지난날들을 되새기며 마음 아파지기도 한다.

무엇보다도 나를 슬프게 하는 것은 나보다 먼저 세상을 떠나간 그 젊고 씩씩하던 아빠, 그리고 이제는 모두 성인이 된 그 사진 속의 아이들은 지금의 자녀들과는 상관이 없는 인물들로만 보인다.

— 〈나의 문화재〉에서

6·25로 인해 이전의 추억 사진 한 장 간직하지 못한 전숙희에게 그 사진은 "수복 후 남아 있는 유일한 사진"이었다. 그래서 그는 그 사진을 자신의 문화재라고 칭했다. 같은 글에서 그는 시커먼 오동나무 궤짝 속에 들어 있는 헌 종이뭉치를 언급한다. "비록 6·25 이후의 것들이긴 하나 해마다 쓰던 수첩들, 일기장, 습작 원고 뭉치들이 가득하다. 또한 궤짝에는 편지들이 수천 통 들어" 있다. "가족들의 편지는 혈연의 그리움과 사연과 사랑", "친구들의 편지에는 시대상과 인정과 우정이" 담겼기에 그 또한 그에게는 문화재이다.

1950년 6·25전쟁 당시의 일이다. 삼십 대의 남편은 전쟁이 일어나자마자 군의관으로 배치되어 일선으로 나갔다. 나는 그때 어린 4남매를 데리고 인민군이 아직 점령하지 않았던 경기도 의왕시 포일리에 사시는 친정 부모님 댁으로 피난을 갔다. 가재도구를 다 버리고 빈손으로 목숨 하나 겨우 붙여 떠난 우리 가족처럼 수많은 어린아이들이 굶주리게 된 것은 뻔한 일이었다. 피난민들은 모두 같은 처지였다. 풀잎을 삶아먹고 나무껍질을 벗겨먹으며 연명할 수밖에 없었다.

그러던 어느 날 한밤중에 갑자기 지프차 한 대가 촌마을에 헤드라이트를 비추며 달려오더니 우리 집 앞마당에 쌀 한 가마니를 던져놓고 가버렸다. 혹시 인민군이 여기까지 습격을 왔는가 겁에 질려 숨어 있던 우리는 날이 밝아오자 눈에 보이는 쌀가마니가 너무 반가웠다. 쌀가마니 볏짚 속에 있는 종이 쪽에 '강 중령'이라는 남편의 글씨가 쓰여 있었다. 그이는 전선으로 나가며 이 쌀을 어디선가 구해 처자식의 생명을 구하고자 이렇게 던지고 간 것이다. 우리는 마치 아빠의 사랑을 안 듯 그 쌀가마니를 안고 있는데 어머니께서 남의 눈이 겁난다고 얼핏 큰 독에 붓고 감춰버렸다. 그 후 친정집에 모였던 내 형제 슬하의 대가족은 그 쌀을 약처럼 아껴가며 잡곡에 조금씩 섞어먹고 살았다.

— 〈쌀과 우리 민족〉에서

전쟁 중에 다시는 못 보게 될지 모를 가족들을 위해 쌀 한 가마니를 구해 마당에 던져놓고 갔던 강순구. 쌀가마니를 싣고 왔던 지프에 그가 타고 있었는지, 부하에게 처갓집을 알려주며 시켰는지에 대한 언급이 없어 장담할 수 없으나 당시의 상황이 무척 긴박했음은 분명하다. "마치 아빠의 사랑을 안 듯 그 쌀가마니를 안고" 있었다는 표현에서 그들 가정에 강순구의 존재감이 얼마나 컸는지도 느껴진다.

강순구가 무산에서 살던 신혼시절부터 처가인 전숙희 집안의 구심점 역할을 했던 점을 떠올려보면, 그가 전쟁터에 나가 있는 동안 전숙희가 느꼈을 불안감을 짐작할 수 있다.

2010년 전숙희가 남긴 육성에 의하면, 그들의 이혼은 생각보다 쉬웠다고 한다. 이혼할 때 강순구에게는 여자가 있었고, 전숙희도 유혹을 많이 받고 있었다고 한다. 어떤 종류의 유혹인지는 밝히지 않아 알 수 없으나, 4남매 모두 전숙희가 맡는다는 단 하나의 조건만 있었다는 점으로 미루어 애초에 전숙희는 재혼할 생각이 없었던 듯하다. 강순구가 지방 병원을 떠돌던 시절 이미 이혼한 상태였다고 하니, 신설동을 거쳐 인사동에서 병원을 하던 강순구가 대한중석 상동 광산으로 옮기던 시점에 두 사람의 이혼이 이루어진 것으로 짐작된다. 당시 우리나라는 중석 수출로 외화를 벌고 있었고, 대한중석은 그 업계의 유력한 기업이었다. 그 뒤 강순구는 충주비료공장 부속병원장으로 근무했다. 1950년대 후반부터 타지를 전전하던 강순구는 태평양에 있는 사모아로 가 의사 생활을 계속했고, 그 뒤 뉴욕으로 갔다.

강순구는 1977년 10월 20일 미국에서 세상을 떠났다. 사인은 평소 가지고 있던 심장병으로 인한 갑작스런 심장마비였다.

그는 1977년 10월 20일, 미국 땅 샌프란시스코의 한 병원에서 심장마비로 세상을 떠났다. 한순간의 일이었다. 로스앤젤레스에서 살고 있던 큰아들로부터 전화로 남편의 유고 소식을 서울에서 들었을 때, 나는 혼자 회한에 찬 울음을 울었다.

아들 둘에 딸 둘, 네 남매를 둔 우리를 남들은 누구나 다복하다며 부러

위했다. 그러나 당시 네 남매는 모두 공부하랴, 일하랴, 제각기 미국 땅에 흩어져 있었고 나 혼자 서울에 남아 모두가 돌아오기를 기다리며 빈집을 지키고 있을 때였다. 그러니까 그는 고국도 아닌 타향에서, 그것도 자기 집이 아닌 병원의 한 병실에서 자식들의 임종 효도도 받지 못한 채혼자 떠나버렸다. 이 일은 언제나 우리들로 하여금 참회의 눈물을 흘리게 한다.

— 〈1987년 7월 7일〉에서

전숙희와 마음을 나누며 지냈던 시인 김남조는 강순구의 사망 소식을 전숙희에게 전화로 들었다. 미국에서 아버지와 가까이 살던 큰아들로부터 걸려온 전화를 받고 강순구가 갑자기 숨졌음을 안 전숙희가 비통에 잠겨 평소 무슨 이야기든 터놓고 지내던 김남조에게 전화했던 것이다. "강 박사가 돌아가셨어요" 하던 전숙희의 목소리를 김남조는 아직도 생생하게 기억한다. 자신이 수없이 보았던 전숙희의 육체에서 그처럼 낯선 음성이 흘러나오리라곤 상상도 못했다고 한다. "강 박사가 돌아가셨어요" 할 때의 음성이 너무도 비통해서 전숙희의 몸에서 나온 말이라고 믿을 수 없었다고. 그 목소리가 얼마나 깊이 뇌리에 남았는지 김남조는 그로부터 2년 뒤 연재하던 꽁트 중한 편을 〈연과 연실〉이라는 제목으로 썼다. 전숙희의 사연을 다소 각색해서 쓴 뒤 일단 그가 먼저 읽도록 배려했다고 한다.

김남조의 〈연과 연실〉에서는 부부가 젊은 날 충돌로 헤어진 뒤 남편이 미국에 가서 살다 죽는다. 살아 있을 때 남편은 여자에게 둘의 관계는 연과 연실과 같다는 말을 하곤 했다. 어린아이의 가녀린 손으로 연줄을 잡아당기면 아무리 먼 하늘에 치솟았던 연도 술술 돌아온

경기도 의왕시 계원예술대학교 뒷동산에 조성된 가족 묘지.
1977년 10월에 타계한 남편 강순구와 2010년 8월에 타계한 전숙희가 합장되어 있다.

다, 그때의 연은 얼마나 마음이 놓였을까, 하던 남자의 말을 떠올린
여자는 남편의 사체를 데리러 미국으로 간다. 아직 사랑이 남아 있던
여자는 지구의 이 끝에서 저 끝으로 남자를 데리러가면서 그것이 도
덕적인지 아닌지조차 생각할 여유가 없었다. 한국현대문학관 회의실
에서 만난 김남조는 자신의 〈연과 연줄〉을 언급한 뒤 숨을 고르고 말
을 이었다.

"그분이 남편이 돌아가신 뒤 미국에 가서 유골을 가지고 왔어요.
2남 2녀의 아버지인 그분의 유골을 미국까지 가서 가지고 온다는 것
은 보통 열정이 아니지요. 전숙희 선생의 안에는 굉장한 열정과 치열
성이 있어요. 강 박사가 돌아가실 때 미국서 같이 지내던 여자가 있

었을 거예요. 강 박사의 죽음과 관련해 나는 두 가지를 분명하게 기억하고 있어요. 하나는 그분의 사망 소식을 전해들을 때의 전숙희 선생의 너무도 침통한 음성……, 그 사람에게서 그런 음성을 듣긴 처음이었어요. 그리고 또 한 가지는 기어코 미국으로 가서 그분의 유해를 이곳으로 모시고 온 점이지요. 강 박사가 떠난 지 10년 만에 가족 묘지를 만들고, 전숙희 선생이 나중에 합장되었어요. 아들딸을 모아 합의해 무덤을 만들고, 태평양을 오가며 남편의 유골을 가지고 오고, 그 무덤에 본인이 죽어서 합장으로 들어간다는 것. 그만큼 전숙희 선생은 보통은 온화했지만, 치열해야 한다고 판단되는 일에는 누구보다도 치열했지요."

7이라는 숫자가 셋이나 들어간 1987년 7월 7일, 전숙희는 회한과 교차하는 기쁨을 느끼며 강순구를 회고했다. "7자하고 나하고는 특별한 인연이 있나봐. 내가 태어난 날이 8월 17일이고, 우리들이 결혼한 달도 7월이며, 우리 첫아들이 태어난 날이 1월 7일이니 말이야!" 했던 강순구였다. 그는 첫아들을 얻은 뒤 감격에 겨워 그 말을 했고, 자전거를 타고 동네를 돌면서 첫아들의 출생을 알리며 이웃들과 기쁨을 나눴다. 1941년 1월 7일이었다. 그랬던 강순구가 7자가 두 개나 든 1977년 세상을 떠났다.

어머니 전숙희보다 집에 있는 시간이 많았던 아버지 강순구에게 4남매는 일찍이 마작을 배웠다. 그래서 마작을 할 줄 알았던 큰딸 강은엽의 신혼집에서 후두암에 걸린 강순구가 같이 산 적이 있다고 한다. 강은엽의 남편은 당시 가난으로 인해 대학을 마치지 못한 상태였는데, 그 사실을 안 강순구는 사위가 한양대 건축과를 다닐 수 있도록 배려했고, 건축가로 일하며 제대로 가장 노릇을 하도록 도왔다.

"그때 아버지가 너무 불쌍해 보였어요. 아버지는 누구에게나 존경받던 훌륭한 분이셨는데…… 아버지의 인품에 영향받아 의사가 된 사람도 꽤 있었어요. 어머니의 수필(〈제사의 마음가짐〉)에도 나오는, 대구에서 피난할 때 세 들어 살았던 집 아들이 서울대학교 병원장과 대통령 주치의를 한 분인데, 피난시절 아버지에게 수학을 배웠어요. 그분도 우리 아버지에게 영향받아 의사가 됐고요. 아버지는 나와 같이 살 때 암에 걸려서도 박사학위를 했어요. 아들이 미국에서 박사 논문을 쓰고 있는데 자식들에게 부끄러움을 느끼고 싶지 않다고 하면서요."

미국에서 강순구의 말년은 아름답고 평화로웠다고 큰아들 부부는 말했다. 큰아들 부부도 아버지와 1년가량 같이 살았는데, 어느 날 강순구가 "독일어 공부를 좀 해야겠다"고 한 뒤 얼마 되지 않아 독일어 사전을 통째로 외워버린 것을 보고 깜짝 놀랐다고 한다. 그때 강순구는 아이들을 좋아하는 다정다감한 할아버지이자 아버지였고, 유머 감각이 있었으며, 지성이 풍부했다. 미국에서 《동서문화》의 창간과 정착을 적극적으로 도왔던 큰아들 부부 역시 강순구와 살던 시절이 자신의 생애에 있었음을 두고두고 감사했다.

큰며느리 장정희가 기억하는 강순구의 모습은 항상 따뜻하다.

"아버님이 미국 와 계실 때 저희와 같이 사셨어요. 1년 이상은 살았던 것 같아요. 그림을 잘 그리셨어요. 피아노도 잘 치셨고요. 제가 아직도 가지고 있는 동물 그림이 있는데, 쪽이불을 만들면 예쁠 것 같아요. 전혀 힘들이지 않고 쓱쓱 그려주셨는데 그대로 잘라서 만들면 될 것 같아요. 그렇게 같이 살다가 막내가 결혼한다고 어머니가 오신다니까 아버님이 저희 집을 나가셨어요. 그 결혼식 때문에 두 분이 만나셨지요. 그러고 나서 아버님이 남미 쪽의 섬에서 3년 정도 의사 생활을 하시느라 미국을 떠났다가, 다시 오셔서 쭉 샌프란시스코에서 사셨어요. 어머님은 아버님 기일만 되면 저희를 불러모아서 추모의 마음을 불러일으켰는데, 그때마다 아버님을 무척 사랑하셨다고 느꼈어요. 한편으로는 속죄감이 있었던 것은 아닐까 하는 생각도 했고요."

며느리 장정희의 말에 의하면, 사망 소식을 듣고 미국으로 간 전숙희는 강순구의 영정 앞에 엎드려 오래도록 오열했다고 한다. 그 모습은 누가 봐도 깊은 참회를 하는 것 같아 보였다고 한다. 장정희는 시아버지인 강순구를 깊이 존경했고, 전숙희 또한 허물없이 좋아했다. 그러나 장정희가 똑같이 좋아했던 두 사람은 해로하지 못했다. 너무도 젊은 나이에 만나 일제강점기라는 어려운 시절을 같이 살다 끝내는 갈라섰던 그들의 영원한 이별 모습은 처연했다.

올해가 1987년, 그러니까 그가 떠난 지 꼭 십 년이 되는 해이다. 십 년이면 강산도 변한다는 그 긴 세월 동안, 우리 가족에게도 많은 변화가 일어났다. 외지에서 살던 아들 둘이 돌아와 큰아들은 압구정동 아파트 바로 이웃 동네에 살고 있고, 먼저 돌아온 작은아들 부부와 그 아래 손녀딸 셋은 나와 함께 살고 있다. (중략)

사람은 혼자서가 아니라 사람 속에서 더불어 살아야 함을 뼈저리게 체험했기에 나는 현재 가족과 더불어 사는 생활에서 무엇보다도 큰 행복과 안정을 느끼고 있다. 단지 우리 가족에게 무거운 빚과 아픔이 있다면 외지에서 타계한 그의 유해나마 고국으로 모셔오지 못하고 있는 일이다. 그 이유는 우선 당시 아들 둘이 다 그이 가까이 살고 있어 미국 땅이지만 아름답고 좋은 동산에 묘지를 마련해 모셨던 까닭이다. 아들 둘이 고국에 돌아온 후부터 이장을 별렀지만 그렇게 못한 것은 가족 묘지를 마련해서 모셔오려고 계획했기 때문이었다.

우리들의 그 꿈은 그이가 떠난 지 십 년 만인 금년에야 이루어졌다. 바로 며칠 전인 7월 1일 우리 가족은 경기도 시흥군, 계원예고가 있는 마을 옆의 아름다운 동산을 원주민이 자기네는 쓸모없는 산이니 헐값에 주겠다고 해서 감사한 마음으로 값을 치르고 가족 묘지를 마련했다.

— 〈1987년 7월 7일〉에서

강순구의 이장은 순조롭게 진행되었다. 우선, 미국에서 지내던 아들 둘이 돌아왔다. 전공을 살려 나사에서 우주선 유도장치 전문 분야에서 일하던 큰아들 강영국은 대우 김우중 회장으로부터 스카우트 제의를 받아 대우중공업을 거쳐 대우그룹 기획조정실에서 일하게 된다. 그 뒤 그는 파라다이스 전락원 회장의 간곡한 부탁으로 부산 파라다이스와 케냐 사파리파크호텔의 겸임 사장으로 근무했다. 그즈음 이장의 마지막 절차인 가족 묘지를 만들 땅도 마련되었다. 전숙희와 가족들이 어머니의 유언을 받들어 한마음으로 설립한 '계원예술고등학교'(현 계원예술대학교)가 훤히 내려다보이는 야트막한 산이 때맞춰 마련된 것이다.

이처럼 태평양을 오가며, 일찍이 헤어진 남편의 유골을 가지고 와 언젠가는 자신이 묻힐 장소에 미리 안치할 만큼 전숙희의 삶에서 강순구는 강렬한 존재였다. 전숙희는 인간의 외로움과 쓸쓸함에 대해 글로 썼는데, 그 대상은 대부분 헤어진 남편 강순구였다. 다 쏟아내지 않을 바엔 차라리 시작도 않는 그에게 회한이 있었다면, 그 또한 강순구로 인한 회환이었을 것이다. 그 긴 감정의 마무리 단계는 강순구의 유골을 그가 사랑했던 땅으로 데려오는 것이었다. 그리고 그들의 가족 묘지에 강순구의 유해를 안치하는 것이었다.

끝없는 사랑, 아들딸

전숙희가 큰딸 강은엽과 같이 있는 장면을 상상해본다. 이상하게도 내게는 한 번도 만나본 적 없는 전숙희가 맏딸 앞에서 절절매는 모습만이 상상된다. 모녀가 만나면 늘 고자세인 사람은 강은엽인 듯하고, 어머니는 딸의 눈치를 보며 앞서 대화를 이끌지도 못한다. 이런 나의 상상에도 나름대로 근거가 있다. 출산한 순간부터 전숙희는 강은엽에게 빚을 진 느낌이었을 테고, 강은엽은 미숙한 엄마의 손길마저 연이어 태어난 동생들에게 빼앗겼을 터이니. 그런데다 강은엽은 작가로서의 귀중한 시간을 어머니의 강요에 의해 계원학원 설립에 쏟아야만 했다. 역량 있는 예술가로서 그것은 상상도 할 수 없는 희생이었을 것이다. 그러니 두 모녀가 함께 있으면 희생을 강요한 사람은 저자세가 될 수밖에 없고, 희생당한 자는 운신의 폭이 넓어질 수밖에 없었을 것이다.

전숙희는 뛰어난 자식들을 내놓고 자랑할 만도 했지만, 그들로 인해 고뇌할 때만 자식들이 글에 나타났다.

女流藝術家들의 오붓
한 살림살이속에서는 언
제나 즐거움이 화기애애
한 기분이 감돌게 마련인
가보다. 우리나라에서 女
流隨筆家로 유명한 田淑
禧女史(사진右)를 비롯
하여, 그분의 동생 田勝
利女史(사진左)는 美國
에 가서 九個年이나 오
랜 세월동안 聲樂을 專
攻하여 메조·쏘푸라노로
서의 뛰어난 藝術의 인才
能을 萬天下에 誇示한바
있다. 또
田淑禧女史의
따님 姜恩葉(사진中央)
도서울美大를 졸업, 지
난 六月에 彫刻個人展을
열어, 그의 독특한 藝術
即西歐의인 모방에서 벗
어나 우리 古代的인 것
에 바탕을 두고 우리의
藝術을 찾는데 진지한努
力을 보인 바 있다. 이
렇게 빈틈없는 藝術家族
은 서로서로 벗이 되기
도 하면서 各自의 藝術
에 精進하고 있다.

조각가인 큰딸 강은엽(가운데)과 동생 전승리(왼쪽).
계원예고 설립과 발전에 큰 역할을 담당했다.

아들은 성격이 보통 아이들과 달리 몹시 내성적이고 비타협적인 데다가 고집이 센 편이어서, 저런 아이가 이 험한 세상을 어떻게 무엇을 하며 살아갈 수 있을까 하고 나는 평소 걱정이었다. 아이는 말수도 적고, 주변머리도 없고, 사람들과 어울리는 것을 싫어했다. 그저 밤낮 책상 앞에 앉아 문학 작품은 물론 철학, 역사학, 과학 등의 서적을 탐독하기에 바빴다. (중략)

두각을 나타내고 있는 몇몇 학자분들의 오늘날을 생각할 때, 그 성공은 결코 아무나 원한다고 해서 이루어질 수 있다고는 생각되지 않았다. 뜻대로 되지 않는 세상, 사람이 뜻대로 성공한다는 일이 얼마나 어려운가를 터득한 나인지라 나는 사랑하는 내 아들의 장래를 위해 걱정을 하지 않을 수 없었다. 하물며 아무 주변도 적극성도 없고 선량하기만 한 그, 남달리 높고 깊고 너그러운 인품으로 받는 것보다는 베풀기를 좋아하는 아들, 꼭 외할아버지를 닮아 물질에는 관심이 없고 심령의 평화와 기쁨을 추구하는 사람에게 어떻게 그것을 기대한단 말인가. 위태로운 일은 아예 시도하고 싶지 않은 게 이미 세파에 부대껴 소심해진 나의 생각이었다. (중략)

아들은 결국 내 권유에 못 이겨 의과에 지원을 했다. 아들은 경기고 졸업생 중 최고의 성적으로 서울대학 의예과에 합격이 되었다. 나는 몹시 기뻤다. 그러나 아이는 별로 좋아하지도 않고, "어머니의 소원이니까 입학은 했지만 나는 절대로 의사는 안 될 테니까 그런 줄 아십시오" 하고 말했다. 그래도 나는 속으로 아직 나이가 어리니까 세상을 몰라 그렇지 공부하노라면 저도 재미를 붙이고 마음 돌릴 날이 있겠지, 하고 생각했다.

— 〈선택과 진로의 갈림길〉에서

세상의 모든 어머니들과 다를 바 없는 모습을 전숙희 역시 보여주고 있다. 글을 좀 더 인용해 보자.

아들은 할 수 없다고 생각했는지 내 말대로 본과 공부를 열심히 했다. (중략) 시체에서 풍기는 악취가 배고 지방질이 두텁게 낀 아들의 해부용 흰 가운을 빨아 다리며 나는 가끔 회상에 잠기곤 했다. 지난날 남편이 병원장으로 있을 때, 날마다 흰 가운을 다리며 어떤 자랑스러움과 안도감을 느끼곤 했다. 내가 아들에게 굳이 의업을 강요한 것도 잠재의식처럼 가운을 보면 절로 안심이 되던 추억 때문인지도 모른다. 그러나 나는 아들의 가운을 다릴 때마다 똑같이 흰 가운인데도 전처럼 자랑스럽다거나 편안함을 느낄 수 없었다. 오히려 이상한 불안과 서글픔을 느끼곤 했다. 아들을 더 사랑하고 장래를 근심했기 때문일까?

— 〈선택과 진로의 갈림길〉에서

"아들의 가운을 다리면서 과거 남편의 가운을 다릴 때처럼 자랑스러움과 안도감을 느낄 수 없었다"는 표현에서 독자의 심금을 울리는 무엇인가가 전해진다. 그가 〈가정의 역학〉에서 표현했던 대로 있어야 할 자리에 없는 가족에 대한 슬픔이 깔린 가운데, 장래 의사라는 고된 직업에 종사할 아들에 대한 안쓰러움과 걱정이 불안감으로 확대된 듯한 느낌이다. 그것은 누가 누구를 더 사랑하고 누가 누구를 덜 사랑하는 식의 문제가 아니다. 돌이킬 수 없는 과거와 관련된 것이고, 그 역시 그 점을 알고 있기에 스스로에게 묻는다. "아들을 더 사랑하고 장래를 근심했기 때문일까?"라고. 이것이 수필의 매력이다. 아들을 '누구보다 더 사랑' 하는가에 대한 언급은 없지만 읽는 사람의 가슴속까지 깊숙이 찌르되 극대화시키지 않는 글의 매력.

그럭저럭 또 1년이 지났다. 아들은 본과 1학년에서 2학년으로 진급이 되었다. 바로 지난 2월이다.

"어머니 아직도 전과를 승낙하지 않으럽니까? 의과도 보람은 있습니다만 저는 절대로 돈을 벌기 위해서는 의사가 되지 않겠습니다. 슈바이처 같은 박애정신으로 병든 자들을 위해 돈 받지 않고 봉사할 수 있다면 계속하지요. 그러나 어머니 말씀대로 단순히 먹고살기 위해서라면 차라리 좋은 건축가가 되어 창작의 기쁨도 함께 누릴 수 있는 공부를 하고 싶습니다."

나는 아들의 이러한 고집에 두 손 들고 아연하지 않을 수 없었다. 이제는 내가 질 수밖에 없음을 막연하게나마 느꼈다. 그러나 그럴수록 지나간 3년 동안 시체와 해골을 만지며 밤을 새워 공부하고, 많은 학비를 소비한 것이 기가 막힐 지경이었다. 나는 아들에게 그처럼 3년 동안 공들인 탑을 어찌 함부로 무너뜨리겠느냐고 말했다. 아들은 태연하게 자기는 조금도 후회하지 않는다고 했다. 학문이란 어떤 전공이든 중요하며, 무슨 학문을 하든 인체 구조나 그 신비를 공부한 지식은 얼마나 도움이 되겠느냐면서 지난 3년간의 공부가 절대로 헛된 것이 아니고 자신의 인생이나 앞으로의 연구 생활에 큰 도움이 될 것이라고 아들은 나의 무지로 인해 잃어버린 시간을 원망하지 않고 당당하게 말했다.

— 〈선택과 진로의 갈림길〉에서

다른 어머니와 크게 다를 바 없었던 어머니가 아들의 뜻을 뒤늦게라도 제대로 이해하고 '감사'하는 품이 돋보인다. 그의 아들은 소원대로 서울공대 건축과 2학년으로 전과했고, 어머니는 뒤늦게 그 모습을 보며 든든함을 느꼈다. 전숙희의 수필에는 자신의 치부까지 다 드러내놓고 말하지 않을 바엔 아예 시작도 하지 않는 결벽증 같은 것이 보인다. 그래서 진솔한 진술과 묘사를 통해 얻어지는 공감대가 크다. 전숙희는 모든 자식을 사랑했지만, 이 글 속의 아들을 유난히 사랑해 강영진이 공부하러 외국에 나가 있던 10년을 빼고는 모든 세월을 한집에서 살았다.

어머니 전숙희가 임종하던 해 나눈 대화에 강영진이 어떤 인격자인지 짐작하게 하는 내용이 있다. 대화가 녹음되는 줄 까맣게 모르고 강영진이 한 말 중 교육자로서 했던 말이 인상적이다. 그는 윤리와 인륜 이전에 무엇인가가 있다고 전제한 뒤 인간에게 영혼이 있는지 없는지는 모르겠으나 스피릿(spirit)과 이모션(emotion)이 있고, 그에 앞서 따뜻함이 중요하다고 말했다. 또한 인간의 성공 여부는 밖으로 보이는 그 사람의 직위나 능력이 아닌 저마다 느끼는 행복에 달렸기 때문에 성공한 것처럼 보이는 사람이라고 해서 더 평가받을 수는 없는 것이라고도 했다. 인간의 '따뜻함'을 강조하며 그는 늘 성경 말씀을 전했던 외할아버지보다 무조건적으로 인간을 보듬어주었던 외할머니를 우위에 두었다. 그리고 비록 인간이 어리다 하더라도 그가 스스로 생각하고 판단하며 살도록 이끄는 것이 진정한 교육임을 강조했다. 자신의 삶을 비유로 들면서까지 그가 했던 말은 언제나 어머니의 말에 순종했던 자신이 이끌어낸 사유의 결과이며, 너무 늦게 깨달은 사실이라고도 했다. 그의 말에선 계속 폭탄이 터지고 있었으나 목소리는 맑았고, 심지어 온화했다. 임종을 네다섯 달 앞두고 있던 전숙희 역시 얼마나 정신이 맑고 귀가 밝은지 아들의 말뜻을 스펀지처럼 흡수했다. 음성으로 남은 강영진과 강은영, 그리고 전숙희. 셋의 대화는 지성적인 한 가정의 품격을 보는 듯했다. 그날 전숙희는 아들 강영진의 말에 전적으로 동의했으나 적지 않은 충격을 받은 듯했다. 좀 쉬어야겠다며 일어서기 전 전숙희는 "남들에게는 강요할 수 없지

차남 강영진의 서울대 졸업식. 왼쪽부터 전숙희, 강영진, 강순구, 강은영

만 가족인 자식들한테는 강요를 했단 말이야. 나는 이제 와서 그것이 잘못되었다고 깨닫는 거야" 한 뒤 "자식들하고 오랜만에 마음 터놓고 이야기했어"라며 방으로 들어갔다. 그때까지도 팽팽하던 긴장을 깨며 막내딸 강은영이 "진짜 벽이 뚫렸네. 이건 대단한 소통이에요!"라고 감탄했다.

막내딸 강은영에 대한 전숙희의 애정도 각별했다. 전숙희가 일하느라 제대로 돌보지 못한 어린 시절에도 강은영은 오히려 "늘 나돌아다니는 엄마의 손수건과 양말을 저녁이면 빨아 널었다가 엄마가 외출하기 전 머리맡에 놓아주곤 하는 귀여운 딸"이었다. 그는 오동나무가 있는 집에 살던 시절, 막내딸이 시집갈 때 그 오동나무로 장롱을 만들어주려는 꿈에 부풀어 있었다. 그랬던 그가 강은영의 결혼식 날 아침까지 결혼을 반대했다. 그는 딸의 신발을 숨겨 맨발로 예식을 치르게 했고, 혼인 서약을 하기 직전까지도 결혼하지 말라고 눈물로 호소했다. 사윗감이 미국인이라는 이유로 말이다. 그러나 세월이 흐른 뒤 돌아보는 관점에서 그의 행동을 반추하면, 그때 그는 딸의 앞날을 직관했던 것 같다.

미술 공부한다고 한국을 떠나간 지 20여 년, 영이는 한순간 만남의 인연에 얽매였고, 잘못을 깨달았을 때는 이미 운명의 사슬이 영이를 묶고 있었다. 10여 년을 침묵과 은둔생활 속에 죄 없는 죄인처럼 숨어 살던 영이가 나의 부단한 노력으로 해마다 고국을 찾기 시작한 지 10년이 되었다. 그러나 지난해 더 많은 인생의 고난을 겪은 영이는 이제까지 자신을 속박하던 모든 것에서 해방감을 느끼며 빈 마음, 빈손으로 고향에 돌

엄마 수필가 田淑禧
딸　　　　姜恩英 (22세)

우리 엄마는 수필가, 나는 미술가래요.
미술대학을 금년에 졸업했지요. 그리고
4월엔 미국에 갈 예정이랍니다.
　엄마는 내가 대학을 졸업했는데도 항상
어린애라고 합니다. 그러나 나도 인젠
성인이 된 걸요.

막내딸 강은영이 이화여대 졸업을 앞두고 유학을 준비하던 시절.
잠지에 실린 '엄마 자랑'

아오리라 마음먹었다.

그는 모국으로 돌아오겠다는 딸의 결단을 반겼다. 딸의 귀국을 하늘의 뜻이자 구원의 손길이라 여겨 돌아오는 즉시 교회에 감사의 꽃을 바치리라 마음먹기도 했다. 그러나 딸의 운명은 벗어났던 궤도로 되돌아가는 듯했다.

그러나 영이의 운명은 아직도 영이를 움켜쥐고 놓아주지 않는다. 돌아온 지 꼭 한 달 만에 영이는 떠나야 한다고 비행기를 예약했다. 나는 분노와 좌절로 땅을 치며 하늘을 우러러 울부짖었다. 그러나 그때 하나님은 너무도 모르는 척 냉혹하시다. 아직도 영이에게는 치러야 할 대가가 남았는가. 죽음이라도 대신하고 싶었지만 하늘은 그것조차 허락하지 않나보다.

떠나기 전 집에서 짐을 싸며 영이는 내가 준 옷과 장식품, 음식 등 많은 것을 기쁘게 받더니 떠날 때 모두 다시 내놓았다. 자기는 아무것도 필요 없고 미련도 없다고 했다. 오히려 홀홀 떠나는 게 부담이나 구속감 없고 더 마음 편하다고 했다. 나는 공항 커피숍에서 묵묵히 일어서서 영이에게 매달리듯 급히 말했다. "모든 것 주님께 맡기고 어디에 가든 교회에 나가라." 영이는 오직 슬픈 얼굴에 침묵을 지키며 돌아서 갔다.

나는 아직도 그 침묵의 의미가 무엇인지 헤아리기가 어렵다. 비록 모녀 간이라 하더라도 너의 인생과 나의 인생에 이해하기 어려운 거리가 있으리라.

뒷모습을 보이며 돌아서 나간 다음에도 나는 돌아서 올 수 없어 출찰구 옆 난간에 기대선 채 30분 가까이 얼빠진 사람처럼 서 있었다. 시간도 되기 전 맨 먼저 나간 영이의 뒤를 이어 수많은 사람들이 이별을 아쉬워하며 손을 흔들기도 하고 돌아보고 또 돌아보며 떠났다.

— 〈너의 뒷모습〉에서

출국 시간이 되기도 전 다른 누구보다도 먼저, 뒤 한 번 돌아보지 않고 매몰차게 떠난 딸이 사라진 곳에 넋 빠진 사람처럼 서서 꼼짝도 못하는 어머니의 모습이 절절하게 그려져 있다. 그렇게 서서 그는 딸을 대신해서 죽을 수도 있는 넘치는 사랑을 추스르려 안간힘을 쓴다. 그의 딸은 이십 대에 당시 여의도에 있던 공항에서 수많은 사람들의 환송을 받으며 떠나갔다. 남들이 석사 과정을 3년에 마친다면 자신은 2년 만에 마칠 자신이 있다며 젊은이 특유의 자신감을 보이면서.

그 누구보다도 따뜻한 품성을 지닌 강은영을 전숙희는 늘 애처롭게 여겼다. 그런 딸이 섶을 지고 불속으로 들어가듯 그의 시야에서 사라져버린 뒤 만남과 이별로 장터처럼 혼잡한 공항에서 그는 가까스로 정신을 수습한다.

모두 떠나버리고 로비가 조용해지자 나도 꿈에서 깨어난 듯 층계를 내려와 밖으로 나왔다. 초여름 저녁의 시원한 바람이 내 얇은 숄을 흔들고 지나갔다. 나직한 하늘에는 풋솜처럼 엷은 구름조각들이 천천히 흘러가고 있다. 하늘 보기를 좋아하던 나도 오늘만은 모든 것에 배신당한 좌절감으로 차라리 시선을 내리깔고 차에 올라탔다. 차는 시내를 향해 달렸다. 지친 몸과 마음을 차창에 기댄 채 무심코 밖을 내다보았다. 아직은 멀리 보이는 강변로 다리 위에 불이 반짝 켜졌다. 다리 모양은 아치형이어서 아직 어둡지는 않은 공간이었지만 불빛은 눈이 부시게 아름다웠다. 말이 없던 기사가 앞에서 혼잣말처럼 중얼거렸다.

"이 나라에 전기가 남아도나 보지요? 아직 어둡지도 않은 시간에 저 많은 외등을 켜다니."

어쨌든 나는 반가웠다. 내 캄캄한 마음속에 불빛은 밝은 길을 열어주는 듯했다. 불빛은 어두운 마음일수록 더욱 아름답게 빛난다. 나뿐만 아니라 내 뒤에 오는 많은 사람들도 나처럼 아름답다고 느끼겠지. 시간이 흐를수록 떠난 이는 멀어져가고 내 시야의 현실은 가깝게 안겨온다.

— 〈너의 뒷모습〉에서

이처럼 막내딸 강은영이 등장할 때 그의 글은 촉촉하게 빛난다. 글쓴이의 진정성이 가득하고, 고통을 들여다보는 시선이 깊다. 묘사는 촘촘하며 감각적이다. "내 캄캄한 마음속에 불빛은 밝은 길을 열어주는 듯했다. 불빛은 어두운 마음일수록 더욱 아름답게 빛난다. 나뿐만 아니라 내 뒤에 오는 많은 사람들도 나처럼 아름답다고 느끼겠지. 시간이 흐를수록 떠난 이는 멀어져가고 내 시야의 현실은 가깝게 안겨온다"는 마지막 문장들을 읽으며 가슴속에 묵직하게 들어앉는 감동은 전숙희 수필의 힘이 아닐 수 없다. 그런데 이렇게 그의 가슴을 후벼 팠던 강은영까지도 귀국해 계원학원 설립과 운영에 힘을 보탰으니, 계원은 올바른 의미의 '사학'이 아닐 수 없다.

가족 같은 문우들

전숙희와 친분이 있었던 사람들이 남긴 글에서 그는 빼어난 미인으로 표현된다. 흰 살결에 살짝살짝 홍조를 띠던 얼굴만 아름다웠던 것이 아니라 몸매와 분위기까지 아름다웠노라며 그의 미를 칭송하는 글이 너무나 많고, 심지어 에로틱하다는 글도 보인다. 그가 사근사근한 배맛 같은 사람이라는 표현도 보았다. 그의 매력은 한국 사람들에게만 통한 것이 아니었다. 그는 국제적 숙녀이자 미녀로 통했다. 평소 존경하고 지내던 그가 어려움을 견디는 모습이 무척이나 아름다워 마음을 빼앗겼다고 하는 소설가, 국제펜 회원 등등 여러 사람의 글이 눈에 띈다. 그의 사진을 찬찬히 들여다보다 문득 깨달았다. 그의 매력에는, 사진으로는 표현할 수 없는 내면세계의 독특한 생명력이 포함되어 있음을. 나는 눈을 감고 내가 아는 사진 속 전숙희라는 얼굴에다 그 생명력을 겹쳐보았다. 사람들이 격찬했던 바로 그 얼굴이 눈앞으로 바짝 다가왔다.

선생이 특별한 애정을 품고 있는 남동생의 명예가 세상을 떠들썩하게 했던 사건 때문에 각 여론에서 난도질당하고 있던 때였다. 독실한 기독교 집안에서 태어나 목사를 아버지로 둔 집안의 어른으로서, 명예를 무엇보다 중요시하는 한 사람의 문인으로서, 그리고 무엇보다 사랑하는 남동생이 받을 고통의 몇 배를 가슴속에서 남몰래 삭여야 하는 누이의 입장으로서 이 시기가 선생님에게는 참으로 고통스러운 세월이었을 것이다.

그 와중에 어떻게 위로를 해드려야 할진 몰랐지만 나의 제의로 선생과 자리를 같이한 일이 있었다. 만나본 결과 놀랍게도 외양으로는 조금도 달라진 점이 없는 듯해 마음이 가벼웠다. 선생은 여전히 쾌활함을 잃지 않고 있었고 평소의 겸손함 속에 대화를 이끌어가는 재능도 여전했다. 그러나 대화의 시간이 흐르면서 선생의 미소가 전과 달라진 점을 느꼈다. 뭐라고 할까. 전의 미소가 자신감과 행복감에 젖은 미소라면 그때의 미소는 전형적인 조선 여인이 짓는 은은하나 슬픔이 배어 있는 미소였다. 나는 그런 미소를 잘 알고 있다. 부자 간의 끊임없는 갈등 속에서 어머니가 지으시던 미소가 그러하였고, 남편의 사상 문제로 홀로 어린 자식들을 키우며 살아야 했던 고모의 미소가 그러하였다. 그리고 그런 미소 속에는 패배를 모르는 강인함이 존재하고 있었고 그런 강인함이 파란만장한 역사 속에서 가족을 결속하는 원동력이 되었다고 굳게 믿고 있다.

— 홍상화, 〈어느 여인의 미소〉에서

전숙희의 심성에 대한 깊은 감응이 없고서는 쓸 수 없는 문장들이 소설가 홍상화의 글에 시종일관 보인다. 프랑스 소설가이자 국제펜 런던본부 부회장인 알렉산드르 블로크의 글에서는 전숙희라는 여인의 아름다움을 응시하는 지적인 남자의 품격이 느껴진다.

1970년대의 전숙희

은밀한 미소, 은밀한 분노, 갑자기 분출하는 활력, 강한 의분義憤, 어린이 같은 호기심, 그리고 손뼉을 치고 부끄러워 얼굴의 일부를 가릴 때의 열광은 전 여사가 돌처럼 일변하고 평온과 지혜의 바로 그 모습과 같아질 때의 순간순간들입니다. 그런가 하면 웃음이나 누군가를 돕고 호의를 베풀고자(영적 핵심일지도 모르는) 하는 그 매혹적인 열정이 인상적입니다.

— 알렉산드르 블로크, 〈항상 고마움을 표하고 싶은 한 사람〉에서

여자로서 매력적이었을 뿐 아니라 한 인간으로서도 흡입력이 강했던 그의 주변에는 늘 많은 사람들이 있었다. 앞에서도 언급했듯 그의 기억 속에 크게 자리하는 노천명 시인도 그중 한 사람이다.

벌써 여러 해 전, 처음으로 문화인 사육제가 열렸을 때 여간해서 벗은 발도 남에게 보이기를 싫어하던 여류 시인 노천명 여사가 이날은 웬일인지 수영복 차림으로 나타나 우리들을 놀라게 해준 일이 있었다. 수영복 차림의 노 여사와 내가 같이 찍은 사진, 이것을 나는 무슨 값진 골동품이나 되는 듯이 보관하고 있었다.

노 여사는 그 후 얼마 되지 않아 급작스런 병으로 세상을 떠나버렸다. 마흔이 넘도록 결혼도 하지 않은 너무나 조촐하고도 뾰족한 성격이라 여사는 함부로 친구를 사귀지 않았다. 오직 시의 길을 지켜 호젓이, 너무나 호젓이 살았다. 6·25전쟁 때는 부역의 혐의로 사형 구형까지 받고 옥중에서 많은 애절한 시를 썼던 그녀가 당국으로부터 사함을 받고 나와 극적인 재생의 기쁨을 안고 살아온 지 얼마 되지도 않아 허무하게 가버리고 말았을 때, 그를 알던 우리는 진정 슬픔을 금할 수가 없었다.

— 〈인생 교실〉에서

이화여전 영문과 출신의 모윤숙은 미군정청 통역관으로 활동하며 자연스럽게 친해졌고 이후 펜활동 등 공적인 부분에서는 물론 사적으로도 전숙희와 평생 깊은 관계를 유지했다. 여장부처럼 활달하게 일하는 모윤숙을 늘 돋보이게 하는 사람은 정열적이되 조용히 일하는 전숙희였다.

나는 모윤숙 선생과 전숙희 선생의 차이점을 발견했다. 활달하고 여장부와 같은 모윤숙 선생의 시에서 풍겨나오는 그 타오르는 정열의 불꽃, 그리고 정치가적인 다혈질의 실천 행동에 비해 전숙희 선생은 가장 여성적인 섬세함으로 내적인 정열을 불사르는 냉철한 이성의 소유자임을 발견했다.

때로 모윤숙 선생은 굵직한 유머로 여성 문인들을 웃기곤 했는데 전숙희 선생은 언제나 진지한 유머로 여성 문인들을 웃기기보다는 미소를 짓게 하곤 했다. 그 후 모윤숙 선생이 세상을 떠나시고 전숙희 선생의 문화활동 능력이 두각을 나타내기 시작하면서 나는 좀 더 가까이 자주 전숙희선생의 다양한 모습과 만나게 되었다.

해외 작가들과 시인, 그리고 문화인들과의 세련된 외교적인 매너, 그리고 빈틈없이 치밀하게 추진하는 문화 행사, 또한 세심히 문인들을 살펴서 챙겨주는 따스함 등…….

— 허근욱, 〈외유내강의 다재다능한 실천의 예술가〉에서

모윤숙이 쓰러진 해인 1980년, 전숙희의 일기에 모윤숙은 자주 등장한다. "모 선생은 오늘 기분이 대단히 좋으시다. '3·1문화상' 타게된 것, 대문짝만 하게 크게 났는데 나만 못 보고 축하 전화 못했더니

1972년 브라질 국제펜대회. 오른쪽부터 모윤숙, 전숙희

자기네 아주머니 말이 전화가 시끄럽도록 오는데 정작 날마다 전화하던 전 선생한테서만 안 온다고 아주머니 핑계 삼아 한마디 꼬집는다. 모 선생은 욕심과 질투는 많아도 유머가 있어 역시 크고 잘난 인물이다(1980년 2월 일기)", "대구매일에 모윤숙 3·1문화상 수상 반대 기사가 크게 나서 지식인들 사이에 화제(1980년 2월 10일 일기)", "모윤숙 선생이 예술상을 타다. 그러나 각 신문에 친일 시를 썼다는 투고가 실려 기분이 몹시 언짢아 보인다(1980년 3월 4일 일기)" 등이다.

1980년 1월 3일, 모윤숙은 안국동 걸스카우트빌딩 8층에 있던 펜 사무실에서 과로와 흥분으로 인한 혈압 상승으로 쓰러졌다. 그날부터 꼬박 10년 동안 그는 누워 지냈다. 모윤숙이 쓰러진 해 펜 회원들은 무투표로 그를 다시 회장직에 앉혔지만, 1983년 회장 선거가 임박했을 때 그는 후임 회장으로 전숙희를 강력히 추천했다. 모윤숙의 뒤를 이어 한국펜 23대 회장에 선임된 전숙희는 펜을 통해 한국문학의 위상을 세계에 알리는 중대한 일에 매진했다. 여기까지가 표면화된 사실이고, 사실 모윤숙은 후배 전숙희에게 약간의 질시도 있었던 것 같다. 펜클럽 회장이 되어 한국문학을 위해 일해보고 싶다는 뜻을 전숙희가 보였을 때 모윤숙은, "네가 어떻게 회장을 하냐?" 했다고 한다. 권위의식이 있었던 모윤숙은 자신을 믿고 따르는 전숙희를 사근사근한 배맛 같은 여성으로만 본 것도 같다. 그러나 전숙희는 그 일을 가슴에 담아두지 않았고, 단 한 번 아무런 감정도 실리지 않은 목소리로 그 일을 말한 적이 있다고 한다.

일찍부터 모윤숙은 문화계는 물론이고 각계각층 인사들과 넓고 깊은 교류를 맺고 있었다. 그는 이승만 대통령에게도 총애를 받았으며, 박정희 정권 시절엔 국회의원으로 임명되어 활동했다. 누구보다 모윤숙을 잘 알고 있던 전숙희는 모윤숙이 누워 지내다시피 했던 생의 마지막 10년이야말로 "진정한 자신을 발견하고, 때 묻지 않고 가식 없는 인간 본연의 진솔한 삶"을 누린 시기라 믿었다. 모윤숙의 그 외롭던 10년 동안에도 둘은 각별한 사이였다.

그분과 나는 이화여전 문과의 선후배라는 인연과 국제펜을 통한 한국 문단에서의 관계로 맺어져 있다. 학교의 선후배이기는 하나 10년 간격을 둔 그분과 나는 학교에서는 만날 기회가 없었다. 오랜 세월이 흘러 조국이 해방된 다음 해, 우리는 서울에서 처음 만났다. 그때 선생은 사십 대 초반, 나는 삼십 대 초반이었다.

모 선생의 자택은 회현동 입구, 지금의 아시아나항공사 자리에 있었다. 바로 뒷집이 당시 유일한 외국 국빈 호텔이었던 국제호텔이었다. 해방 이후, 유엔 감시단원 모두가 그 호텔에 살고 있었다. 그리고 감시단 단장인 메논 박사도 거기에 유숙하면서 자주 모 선생 댁을 방문했다. 동방의 대시인 타고르의 나라인 인도의 외교관 메논 박사는 시를 몹시 사랑했다. 자연히 이국에서 만난 여류 시인과의 사이는 가까워질 수밖에 없었다. 따라서 유엔의 정책 결정에 모 선생을 통해 우리가 도움을 받은 바도 많았다.

— 〈모윤숙 선생과의 인연〉에서

메논은 한국을 떠난 뒤 본국에 도착하기 전에 이미 애절한 이별의 편지와 샤넬 향수를 모윤숙에게 보냈고, 그것을 받은 모윤숙은 전숙희를 불러 눈물을 보였다. 인도 외무부장관직에서 물러난 뒤 쓴 메논의 자서전 첫 페이지에는 이런 글이 있다고 한다. "내 생애에 정치 문제를 결정함에 있어 이성이 아닌 감성으로 한 일이 단 한 번 있었다. 그것은 시인 모윤숙의 나라, 한국의 경우였다."

메논이 단 한 번 감성적으로 처리했다는 일은 모윤숙의 설득에 의해 단독정부 수립을 지지하는 입장을 취한 점을 뜻할 것이다.

전숙희는 "모 선생은 메논 박사와 식사를 하거나 데이트를 할 때면 어색한 분위기를 감추기 위해 당시에는 젊고 어수룩한 나를 늘 들러리 삼아 함께 다녔다. 선생과 나 사이가 갑자기 가까워진 것도 그런 감정 문제가 개입"되어 있기 때문이라 했다. 이런 인연도 더해져서 전숙희는 모윤숙의 지지를 받아 펜클럽 회장이라는 중책을 맡게 된 것이다.

이화여전에서 직접 지도를 받았던 이희승에 대한 묘사도 "그때 짓

1980년대 중반, 이화여전 스승이었던 이희승을 찾아 이화 동문들과 함께 신년 세배를 드렸다.

궂은 우리들은 키가 작고 아기 같은 동안의 선생님에게 '대추씨'라는 별명을 지었다"는 등 구체적이다. 국문학을 가르치던 이희승은 끝나는 종이 울린 뒤에도 수업을 이어가기가 일쑤였다고 한다. 휴전 후 전숙희가 피난지에서 돌아온 스승 이희승을 뵈러 동숭동 집으로 찾아갔을 때(1954년) 수많은 사과 궤짝에 책을 넣어 까마득히 쌓아올려 둔 것을 보고 깜짝 놀랐다고 한다. 다른 것은 몰라도 책만은 두고 갈수 없어서 사과 궤짝에 넣어 지고 피난을 갔다 왔다니, 학자로서 책을 대하는 스승의 모습에 그는 감동했다.

전숙희를 오래도록 가까이에서 지켜보았던 사람들은 그의 두 가지 괴벽을 기억하고 있다. 첫째는 그가 약속 시간을 제대로 지키지 못했던 사람이라는 점이고, 둘째는 입안의 음식을 삼키지 못했다는 점이다. 전숙희가 특별히 총애하여 펜클럽 회의가 있을 때마다 데리고 다니며 딸이라고 소개했던 큰며느리 장정희의 말에 의하면, 그가 약속에 늦는 것에는 정말로 아무런 악의도 없었다고 한다. 저절로 그렇게 되어버리는 전숙희의 고칠 수 없는 습관이었다는 것이다. 그는 약속을 잊는 법이 없었고, 약속 시간과 장소를 정확히 기억했다. 약속 장소로 가기 전에 수없이 시계를 보며 준비를 마치고 나서 여유 있게 기다렸다. 그런데, 이상하게도 약속 장소로 출발하는 시간이 언제나 만나기로 한 바로 그 시간이었다.

그러한 전숙희가 시간을 정확히 지켰을 뿐만 아니라 먼저 약속 장소에 가서 기다린 사람이 있었다. 첫 만남부터 끝까지 서로를 존중하며 우정을 주고받았던 김남조 시인이다. 이 예외 상황을 어떻게 해석해야 하는 것일까. 우선 김남조가 절대로 약속 시간을 어기지 않는 사람이었다. 약속 시간에 늦기는커녕 그는 늘 조금 먼저 나가 만날 사람을 기다리는 예의 바른 모습을 보였다.

두 사람이 허심탄회하게 만난 것은 전숙희가 공부 잘하는 네 자녀를 모두 유학 보내고 혼자 살고 있을 때였다. 그 만남은 문단 선후배로서는 첫 만남이었다. 사실 그 전에 전숙희는 학부모로서 이화여고 교무실을 방문해 김남조와 만난 적이 있었다. 그때의 전숙희 모습이 퍽 인상적이어서 김남조는 아직도 생생하게 기억하고 있다. "이화여고 교무실에 학부모 방문으로 모습을 드러낸 전 선생은 한복 통치마 차림이면서 얼비치는 곤색 치맛자락 속으로 길이가 모자라는 양장풍 속치마를 입고 있었다"고 한다. 한복의 구색을 맞춰 입기도 쉽지 않았던 시절에 그렇게 시작된 그들의 만남은 생의 마지막 날까지 이어졌다. 문단의 선후배 사이로 만난 전숙희와 김남조가 수십 년간 나눈 대화와 전화 통화 횟수는 가히 기록적이라 할 만했다. 가족들도 그 사실을 잘 알고 있었고, 두 사람이 통화하려고 수화기를 들면 끝을 알 수 없다는 표정을 짓곤 했다고 한다.

후배 김남조에게 전숙희는 큰 마음의 빚이 있었다. 김남조의 남편 김세중 교수가 서울대 미술대학 학장으로 있던 어느 해 12월 31일이었다. 세배 손님들을 접대할 음식을 걱정하는 김남조에게 전숙희는 전을 잘 부치는 동네 가게를 알려준 뒤 같이 가주겠다며 자기 집으로 오라고 했다. 그때 전숙희가 살던 아파트 입구는 운전기사들이 차를 청소하느라 흘려놓은 물이 얼어붙어 빙판이 되어 있었는데, 하이힐을 신은 채 시간에 쫓겨 급히 엘리베이터를 타려고 서둘러 걷던 김남조가 미끄러져 졸도를 했다. 마침 모윤숙도 와 있었는데, 전숙희의 집으로 김남조를 업어 옮겨 침대에 눕힐 때까지도 그가 중상을 입었다고는 아무도 생각하지 못했다. 그러나 김남조는 대퇴골이 완전히 부스러지는 중상을 입었고 그 뒤부터 지팡이를 짚고 다니게 됐던 것이다. 두 사람 모두에게 그날의 사고는 엄청난 부담이 되었다. 그날 이후 김남조는 전숙희의 집을 방문하지 않았고, 전숙희도 집으로 김남조를 청하지 않았다. 전숙희의 일기에는 다친 김남조를 걱정하는 내용이 여러 번 등장하고, 큰딸 강은엽이 죽을 쒀 병문안을 간 것까지 행여 폐가 되지는 않았을까 걱정하는 글도 보인다. 그런 마음 때문인지 전숙희는 김남조와의 약속 시간을 정확히 지켰고, 때론 먼저 가 기다리기도 했다.

"영면하기 일주일 전인가, 어느 일요일 날 문득 이제 못 만날 수도 있겠구나 싶어서 내가 은엽 씨에게 전화해 면회를 하겠다고 했어요. 병원에 가서 인터폰을 누르고 사정을 이야기하면 원래는 일요일엔 면회가 안 되지만 면회할 수 있을 거라고 하더군요. 은엽 씨가 하라는 대로 병원에 가서 인터폰으로 사정을 이야기하고 좀 만나고 가겠다고 했더니 중환자실 문을 열어주더군요. 그때가 일요일이라 그런지 중환자실에는 아무도 없었어요. 잠시 기다리자 한 직원이 나타났고, 전숙희 선생을 만나러 왔다고 하니 병상을 알려주더군요. 그 방의 모든 환자가 목에 관을 넣고 주삿바늘을 꽂고 수액을 맞고 있었는데, 맥박만 뛰고 있었어요. 거기 있는 몇십 명이 모두 그런 상태로 있었어요. 전숙희 선생도 의식이 전혀 없는 것처럼 보였어요. 너무도 참담한 심정으로 서서 전숙희 선생을 내려다보다가 온다 간다는 말도 없이 돌아왔어요."

속을 다 터놓고 지냈다는 김남조에게도 전숙희는 왜 자신이 이혼하게 되었는지 말하지 않았다고 한다. 김남조는 전숙희가 감정을 끝까지 통제하며 남편에 대해 함구했던 것을 "훌륭한 행동"이라고 했다. 남편 강순구의 장례식을 치른 뒤 슬픔에 젖어 복잡한 심정으로 귀국하는 전숙희를 맞으러 공항으로 달려나간 사람도 김남조였다.

그 외에도 전숙희에게는 속을 터놓고 지낸 사람이 한 명 더 있었다. 전숙희와 생일이 같은 소설가 김원일이었다. 두 사람은 같은 경동교회에 다니며 서로의 존재를 잘 알고 있었으나, 긴밀한 관계는 비교적 늦게 시작되었다. 비록 시작은 늦었으나 김원일이 아들 문제로 전숙희의 집을 방문했던 그 순간부터 둘의 관계는 급속히 긴밀해졌고, 많은 일을 같이 했다. 그들은 1990년 1월 소련작가동맹 초청으로 함께 러시아에 갔고, 전숙희의 《러시아 기행》 현장을 답사하며 수많은 문학 체험을 공유했다. 그 여행에서 돌아온 뒤 전숙희는 밤을 잊은 채 러시아 문학 기행을 집필했는데, 얼마나 몰입했던지 하

김남조와 기차 여행길에 뜨끈한 우동 한 그릇을 먹으며

러시아 여행길에서. 왼쪽부터 이현복, 전숙희, 김원일

루에 200자 원고지 100매를 쓴 적도 있다고 한다. 두 사람이 서로 자기 방식을 고집하며 같이 일하는 모습은 주위 사람들에게는 꽤 아슬아슬해 보였는데, 그 또한 전숙희라는 한 인간의 권위의식 없는 면모였다.

이경희 시인도 전숙희 삶의 한 축을 이룬다. 그는《동서문화》가 복간되던 1976년 같이 일하자며 전숙희가 집으로 찾아온 날부터《동서문학》으로 개편, 휴간될 때까지 호흡을 같이 했다. 전숙희는 조용한 성정의 이경희 앞에 늘 '천사 같은'이라는 수식을 붙였다.

다시 이야기를 되돌려서, 음식을 삼키지 못했기 때문에 전숙희는 무엇이든 오래도록 씹었다. 며느리 장정희의 말에 의하면 "그처럼 오래 씹는 사람을 보지 못했다"고 한다. 천천히 오래오래 씹은 뒤 그

평생 든든한 조력자였던 이경희 시인과

는 끝내 삼키지 못한 것을 조용히 휴지에 뱉어 싼 뒤 식탁 아래 내려
두었다. 그렇게 먹으니 많이 먹을 수가 없었다. 두 가지 괴벽 중 음식
을 먹는 습관은 이희승의 영향을 받은 것이 아닌가, 추측하게 하는
글귀가 있다.

위장과 치아가 약한 선생님은 일제 말기 '한글학회 사건'으로 지독한 고
문을 당하고 감옥살이를 하면서 굳은 보리밥 덩어리를 한 알씩 떼어 씹고
또 씹었다는 유명한 일화가 있다. 그 경험을 살려 위장을 튼튼히 하고 건
강을 지키기 위해서는 오래 씹는 것이 제일이라면서 '이희승식 씹기'를
남에게도 권하고 있다.

— 〈90평생 외길 이희승 선생님〉에서

전숙희의 어머니가 위병으로 세상을 뜬 점을 떠올려보면, 딸인 그의 위장도 선천적으로 약했을 수 있다. 그랬다면, 이희승의 음식물 오래 씹기 권유는 귀에 쏙 들어갔을 것이다. 음식물을 식도로 넘기지 못하는 전숙희가 평소 자주 먹었던 식품이 요구르트, 바나나, 초콜릿이었다고 한다. 모두 힘들게 씹지 않고 대충 씹어도 곤죽처럼 으깰 수 있는 특징이 있는 점을 떠올려보면 이희승은 제자인 전숙희의 섭생에 평생 관여했고, 그가 아흔이 넘도록 건강하게 장수하며 많은 일을 할 수 있도록 이끈 은사 중의 은사라 할 만하다.

　이화학당 재단 이사장을 지낸 신봉조도 전숙희의 인생에 적지 않은 영향을 미쳤다. 신봉조는 한겨울에도 연료비를 절약하기 위해 차가운 방에서 지내다가 전숙희가 세배를 하러 갔을 때에야 급히 실내에 불을 넣는 등 검소한 삶을 살았다. 전숙희는 그의 겸허한 태도와 빈틈없는 성격, 희생정신을 오래도록 기억하며 본받으려 애썼다. 특히 신봉조는 전숙희와 관계 있는 문화 모임이나 행사에 빠지지 않고 참석해 조용히 용기를 심어준 사람이었다. 1955년 전숙희가 문화 시찰차 미국으로 떠날 때 그는 어려운 중에도 환송 만찬까지 베풀어주었다. 1979년 계원예술고등학교를 설립했을 때는 누구보다 기뻐하며 교장과 우수한 교사들을 추천해주었고, 계원과 이화는 자매학교라는 덕담의 축사도 해주었다.
　'전숙희추모위원회'의 한 사람인 시인 김후란, 독문학자 김광규, 문학평론가 김병익과 김치수 등등 전숙희의 삶을 이야기할 때 떠오르는 문인들은 헤아리기 힘들 정도로 범위가 넓다. 1999년 발간된 《전숙희 문학전집》(전7권, 동서문학사)의 별책인 《내가 본 전숙희》에는

1998년 9월, 한독 문화 교류 행사로 독일을 방문했을 때 뤼베크 역 앞에서.
왼쪽부터 김광규, 김병익, 전숙희, 김치수

문단 선후배와 스승들의 사랑이 담뿍 담긴 94편의 글이 실려 있다.

그의 인맥은 세월과 함께 더욱 넓어져 문단의 선후배와 동년배는 물론, 기업 총수와 정치가들로까지 확대된다. 권력이나 재력을 가진 사람들도 그가 하는 일에 힘을 보탰다. 그의 글에는 김종필, 박태준, 정주영, 박정희, 육영수 같은 이름이 등장하는가 하면, 이름 없는 병사와 길거리 행상에 이르기까지 다양한 사람들이 등장한다.

수없는 이별과 만남을 통해 성숙해간 자녀와 부모, 그리고 가족과 다름없었던 주변 사람들은 하나같이 전숙희 문학의 원천이었다.

문학을 향한

멈추지 않는

열정

'한국현대문학관' 개관, 오랜 꿈을 이루다

《동서문학》에서 가져와 '동서문학관'이라는 이름으로 '한국
현대문학관'이 탄생한 것이 1997년 11월 8일이었다.

'한국문학의 해'로 제정된 1995년 당시, 정부 차원에서도 문학관
건립에 관한 문제가 구체적으로 거론되었으나 곧 흐지부지해지자,
전숙희의 소명은 더욱 탄력을 받았고, 일사천리로 몰아붙여 무리하
게나마 당시 계원조형예술대학 안에다 '동서문학관'을 개관하기에
이르렀다. 개관 당시의 자료는 조선시대 말엽에 발간된 방각본, 개화
기 초기의 딱지본을 비롯하여 근·현대문학사에 빛나는 작가들의 작
품집 초판본 2천여 권, 친필 원고 1천여 점, 사진자료 1천 5백여 점,
영상자료 4백여 점 등으로 방대했다. 경제적 가치로 환산할 수 없을
만큼 값진 이 자료들은, 전숙희가 재정적 어려움 속에서도 30여 년
간 이끌어온 《동서문학》이 밑바탕이 되었다. 지금과는 달리 원고지
에 손으로 쓴 작가들의 시, 소설, 수필 등 친필 원고를 차곡차곡 잘
모아놓으라고 편집부에 당부한 그의 혜안은 '동서문학관'의 개관을
통해 드디어 빛을 보게 되었다.

한국 최초 '문학박물관' 오늘 문열어

전숙희씨 사재털어 마련
근현대 주요자료 한자리

근현대문학의 주요 자료들을 한 자리에 모은 한국 최초의 문학관인 '동서문학관'이 8일 문을 연다.

원로 수필가 전숙희(78)씨가 사재를 털어 마련한 문학관은 경기도 의왕시 내손동의 계원조형예술전문대학 내 '계원과학정보센터' 건물 2층에 둥지를 틀었다. 100평 규모의 전시실과 50평 가까운 부속실의 2개 방으로 이뤄진 문학관에는 희귀 초판본을 포함한 단행본 2천여 종, 문학잡지 500여 종, 육필원고, 문인 도예품과 사진자료 등이 전시됐다.

전시실에는 한국 현대문학사의 계보를 도표로 만든 설치물을 비롯해 이광수에서 오영수에 이르는 소설가, 김소월에서 청록파와 박인환에 이르는 시인들, 홍명희 이기영 정지용 등 월북 또는 재북 문인들의 작품이 진열돼 있다. 시의 경우 우리 근대문학 최초의 시집인 〈오뇌의 무도〉(김억 엮음) (1923년)에서부터 최남선의 〈백팔번뇌〉(26년), 김윤식의 〈영랑시집〉(35년), 윤동주의 〈하늘과 바람과 별과 시〉(48년) 등 30여 시인의 대표 시집 초판본 등 472권이 소장됐다. 소설은 우리나라 최초의 현대 장편소설인 이광수의

한국 최초의 근현대문학관인 동서문학관 개관을 앞두고 전숙희 (왼쪽)씨와 소설가 김원일씨가 마지막 점검을 하고 있다.
변재성 기자

태준 정지용 임화 오장환 등의 사진과 단행본 자료를 모아놓았다. 홍명희의 대표작 〈임꺽정〉의 경우 당시 신문 연재본과 39년의 단행본 초판이 함께 놓였고, 이기영 장편 〈고향〉(37년), 임화 시집 〈현해탄〉(38년), 정지용 시집 〈백록담〉(41년) 등도 여기서 볼 수 있다.

붐의 힘〉(이광수 옮김, 27년), 강용흘의 〈초당〉(김성철 옮김, 48년) 등 번역작품들, 그리고 주요 문학잡지 창간호와 광본 및 동요집 등이 다양하게 준비돼 관람객을 기다리고 있다.

전숙희씨는 "국제펜클럽대회 등을 위해 해외 여러 나라를 다녀 보면서 문학관 하나

'동서문학관' 개관 관련 기사(한겨레, 1997. 11) (위)
'동서문학관' 개관식(아래)

잡지 발간을 30년 이끌고 나오면서 한국의 문화예술계는 물론 각계각층 인사들의 귀중한 육필 원고와 사진, 또 그간 발간된 저서들이 방과 지하 창고에 가득 넘치게 쌓였습니다. 문화적인 국보들이었습니다. 그러는 동안 나의 젊음과 열정도 사그러져가고 또 주위에서 해마다 하나둘 나를 이해하고 격려하던 인사들이 사라져감을 보며 나의 마지막 꿈이며 이 나라 미래를 위해 절대 필요한 문학관을 건립하기로 마음먹었던 것입니다.

— 《《동서문학》에서 '동서문학관'으로〉에서

그가 문학박물관 성격을 띤 문학관의 꿈을 막연하게나마 꾸기 시작한 것은 외국을 드나들던 초기부터였지만, 구체화된 것은 평론가 이어령의 권유에 의해서였다.

언젠가 나는 전숙희 선생님께 문학관을 만드시라고 귀띔해 드린 적이 있었다. 물론 내 권유로 이루어진 것은 아니겠지만 그 뒤 정말로 전 선생님은 소리 없이 준비해온 한국 최초의 종합문학관을 선보이신 것이다. 1997년 경기도 의왕시 계원조형예술대학 내에서 개관한 '동서문학관'이 그것이다.

그리고 개관 1주년 되는 해에는 최남선에서 윤동주까지 〈일제하 한국 시인 100인전〉을 열어 그 기획력과 추진력에 한 번 더 놀랐다. 그 놀라움 속에는 부러움도 있었던 것 같다. 아마도 '영인문학관'을 만들 용기를 내게 된 것도 그 때문인지 모른다.

다른 박물관과는 달리 문학관은 정신을 담는 그릇이기에 그 내용이 보이지 않는다. 텍스트 위주로 하면 도서관처럼 되고 유품 같은 기념물 컬렉션에 중점을 두면 고물상 창고나 문방구점 같이 되어 재미가 없다. 작가들의 치열한 내면세계를 가시화한다는 것은 불가능에 가까운 일이다.

같은 병을 앓아봐야 그 아픔을 안다.

— 이어령, 〈근·현대 한국문학의 산실에 축배를〉에서

전숙희를 부추기며 문학관에 대한 흐릿한 밑그림을 그리기 시작했던 이어령이 훗날 그의 아내인 강인숙 교수와 '영인문학관'을 개관했으니, 그들은 서로 도움을 주고받은 좋은 사이였던 것이다. 누구보다도 여행을 좋아했던 전숙희는 외국에 나갈 때마다 방문한 나라의 종을 하나씩 수집하곤 했는데, 해외 출입이 잦고 안 가본 나라가 없는 만큼 수집한 종이 어마어마했다. 그가 애정을 갖고 하나하나 모은 종을 처음 진열한 장소는 '동서문학관'이었다. 그 뒤 '영인문학관'에서 특별 전시하고, 깊은 동료애로 흔쾌히 '영인문학관'에 기증하였다.

일찍부터 문학관 건립에 뜻을 둔 전숙희는 국제펜대회 참가 후 곧바로 돌아오지 않고 평소 방문하고 싶었던 곳을 돌아보곤 했다. 여행 중에 그는 장차 자신이 문학관을 건립할 때 구체적 도움을 받을 수 있는 장소를 찾아다녔으니 여러모로 경제적인 여행이었다.

그는 "내가 여행을 즐기는 까닭은 오염된 일상의 범속함에서 탈출해 보다 신선한 고독 속에 잠기고 싶기 때문"이라고 했다. 이처럼 처음에는 개인적 욕구로 시작되었던 여행이 점차 의미가 확대되어 한국문학의 미래에 구체적으로 관련되기 시작했다. 그는 지역 박물관을 비롯하여 문학관, 작가의 집을 집중적으로 방문했다. 일반 지역민을 대상으로 운영하는 도서관에서부터 대학 도서관까지 수많은 나라의 수많은 도서관도 방문했다. 외국 도서관에서 그는 우리나라에 관한 도서가 너무 없음을 안타까워했고, 문학관에서는 자신이 장차 이루어갈 꿈의 실체를 보는 듯한 기쁨과 더불어 일찍 그러한 결실을 맺은 선진 문화를 부러워했다.

　　하버드대학 한국학연구소에 한국의 기업들이 수백 만 달러의 연구비를 기증한 것으로 알고 있다. 이 비용으로 한국 학생들에게도 주지 못하는 장학금을 한국학을 공부하는 외국 학생들에게 지급해 공부를 격려하는 것까지는 좋은 일이다. 그러나 우리가 바라는 결실을 거두기까지는 아직도 많은 어려움이 가로막고 있음을 알아야 한다. 하버드대학을 나와도 한국학을 전공한 학자들은 동양학 중에서도 인기 있는 일본학이나 중국학을 전공한 학자들에 비해 진로가 거의 닫혀 있다는 말이다. 즉 대학에 한국학 교수로 직장을 얻을 수도 없고 한국문학 작품을 번역해봤자 책이 알려지지 않았으니 출판사나 언론 기관 등에서 관심을 가져주지 않는다는 것이다. 한마디로 한국문학은 아직도 꽃피지 못한 채 어둠 속에 소외당하고 있다는 것이다.

　　　　　　　　　　　　　　　　　　　　　— 〈한국문학의 세계화〉에서

　　그가 문학관에 관심을 갖고 열정적으로 찾아다니며 가장 가슴 아프게 느꼈던 점은, 우리나라에는 문학관은 물론 존경받는 작가의 기념관 하나 찾을 수 없는 현실이었다. 세계 어느 나라에나 있는 것들이 우리나라에는 없다는 사실, 그것은 문학을 통해 호흡하는 그가 반드시 이루어야 할 일이 무엇인지 끝없이 깨닫게 했다. 하지만 앞서 언급했듯 국립문학관 건립은 '문학의 해'로 제정된 1995년 국가 차원에서도 이루지 못한 일이었으니 그 첫걸음은 요원하기만 했다. 가까운 나라 일본만 해도 6백여 개의 문학관과 문학 관련 기념관이 전국에 산재해 있어서 그 나라의 젊은이들은 물론 외국 관광객들이 수시로 찾는다. 그 현실에 자극받은 전숙희의 집념은 점점 강해졌다. 그래서 그는 어려운 여건을 헤치고 개관부터 해놓고 보자고 마음먹기에 이른다.

선생님이 '동서문학관'을 세우기 전에 러시아, 영국, 독일, 프랑스 등 유럽의 여러 나라에 흩어져 있는 작가들의 기념관이나 문학관을 찾아본 일화는 세상에 널리 알려져 있다. 작년에 독일에서 '한국문학의 주간'을 갖게 되었을 때 선생님은 우리와 함께 독일에 갔다. 그때도 선생님은 문학의 집이나 어떤 작가 시인의 기념관을 빠짐없이 찾아다녔지만, 그보다 더욱 놀라운 것은 우리 일행이 귀국하는 비행기를 탈 때 선생님은 소설가 김원일 씨와 미국에서 온 따님과 함께 남아서 가보지 못한 문학관을 찾아보느라고 일주일을 더 독일 여행을 하셨다. 당신께서 문학관을 하나라도 더 보자고 하는 그 열정은 '동서문학관'을 세계적인 문학관으로 만들고자 하는 선생님의 열망을 표현하고도 남는다.

— 김치수, 〈한국이 낳은 '슈퍼우먼'〉에서

문학관 건립에 맞춰 문예지 《동서문화》와 《동서문학》 발간을 통해 쌓아온 문학 자료 외에 추가로 보완할 자료들도 장서가들을 수소문하여 적극적으로 모으기 시작했다. 문학관 건립을 실질적으로 도운 사람은 소설가 김원일이었다.

페레스트로이카가 한창 추진될 무렵인 1991년 1월, 소련작가동맹 초청으로 소련을 방문하게 된 전숙희가 김원일에게 동행을 제의했다. 소련행 비행기 안에서 둘은 생일이 똑같음을 알았고, 늦게 시작

러시아의 대문호 도스토옙스키의 집 앞(1991년)

된 '묘한 인연'은 전숙희의 마지막 순간까지 계속되었다. 김원일이 "선생님과 나 사이가 혈육이 아닌 혈육으로, 잠재된 의식 밑바닥에 서로를 묶고 있는 어떤 끈이 있는 게 아닐까 생각하게 된다"고 했을 정도였다. 한국현대문학관 관장을 역임한 김원일이 보기에 전숙희는 "조금 엉뚱하고 허황한 일을 고집스럽게 실천에 옮겼고, 가망이 없을 거라고 내가 고개를 젓는 사이 이를 성취해내는 뚝심이 달랐"던 큰 사람이었다.

구소련을 방문하고 폴란드, 체코, 헝가리를 거쳐 예정에도 없는 아프리카 케냐까지 나는 한 달 가까이 선생님과 여행을 했다. 여행을 함께 하다 보면 그 사람의 진면목을 알 수 있다는 말이 있다. 나는 그 여행 동안 선생님으로부터 많은 것을 배웠다. 나이 어린 상대방에게도 예의를 차리는 겸손, 늘 남을 즐겁게해주는 낙천적인 성격, 그 연세에도 소녀다운 여리고 순정한 마음씨, 작은 짐 하나라도 남에게 폐를 끼치지 않으려는 성실성, 관광지나 비행기 속에서도 거쳐온 지방과 사람에 대해 그 인상을 메모하며 끊임없이 배우려는 자세, 그 모든 것이 평소 편협한 나의 여성관을 바꿔놓는 계기가 되었다.
— 김원일, 〈무궁무진한 열정, 인생을 사랑하기〉에서

'한국현대문학관' 건립을 일선에서 도왔던 김원일은 그 무렵 전숙희의 일기에 자주 등장한다.

아침 11시, 대구에서 주문한 책장이 왔다. 김원일은 시골 다녀와 피곤한데도 일찍 나와 진두지휘하고 있다. 그 무겁고 위태로운 유리장들, 땀을

뻘뻘 흘려가며 쉴 새 없이 2층까지 올리고 맞추어놓은 칸을 끼우고 유리를 끼우느라 종일 쓰러질 지경으로, 그러나 기쁘게 해주어 너무나 감사하고 감격스럽다.

— 〈1997년 7월 2일 일기〉에서

그날의 일기에는 "다 해놓고 나니 너무나 좋아 내 30년 꿈이 이제야 이루어지나 보다 하며 이경희 씨와 마주 잡고 얼마나 눈물로 기뻐했는지!"라는 구절도 보인다.

장마 뒤에 개인 날, 뙤약볕 아래 김원일은 셔츠가 다 젖도록 땀 흘리며 이 일을 완수하려고 심혈을 기울이는 것 보니 내가 너무 고맙고 부끄럽다. 왜 내 힘으로 다 못할 일을 시작해 남에게 저런 고생을 시키나.

— 〈1997년 7월 13일 일기〉에서

어제 소설가 김용성 씨에게서 받은 문인 사진, 그렇게 많을 줄을 몰랐다. 참으로 문학사적인 보물이다. 정명오 사진과 교수와 오정석 실장 불러 수백 장의 문학 사진 만드는 상의하고 사진 주다. 그러나 그 많은 사진들을 어디에 어떻게 진열하나? 책만큼이나 귀한 사진들이 너무나 많다.
김 선생은 결국 병이나 얻어온 사진 건만 상의하고 누워버렸다.

— 〈1997년 7월 14일 일기〉에서

이렇게 준비한 문학관은 이어령의 조언대로 해를 넘기지 않고 그해 11월 8일에 개관되었다. 많은 감회와 이야기가 담긴 그날의 일기는 그의 일기 중 꽤 긴 편에 속한다. 가장 길다고 할 수도 있으리라.

일기에는 개관 하루 전날 밤 늦게까지 수고해준 계원예술대학 사무국 직원 등 고마운 사람들의 이름이 하나하나 열거되어 있다. 김원일, 이경희, 이성달, 강은영, 황순용 기사, 김영래, 김정곤, 김동기, 결혼을 하루 앞두고 밤늦도록 일한 주복순까지…….

조병화 선생과 김남조가 극찬을 하며 이렇게까지 완벽하게 해놓았을 줄은 몰랐다며 여기가 바로 우리 작가들의 집이라고 어린애같이 웃으며 기뻐하신다. 김남조는 김원일의 완벽한 솜씨에 감탄하며 동상을 세워줘야 한다고까지 칭찬했다.

그들이 다녀간 뒤 얼마 안 돼 동서문학사에 대기시켜 놓았던 버스 두 대 중 한 대가 만원이 되어 도착했다. 2시 반 정도다. 삼성출판사의 김종규 회장과 권영민 교수도 일찍 왔다. 문화부 진흥국장도 도착했다. 이어령 교수, 강인숙 씨도 15분 전에 와서 돌아보다. 김병익 씨 등 문지사 일행도 오다. 신창현 의왕시장도 오고, 삼성재단의 손기상 씨도 왔다. 서초구청장 조남호 씨도 바쁜데 와서 고마웠다. 조경희, 추은희 씨를 비롯해 전옥주, 이국자, 박완서 씨 등 여류 작가들도 많이 왔다. 이대 이사장, 전 총장 등도 오셔서 자리를 빛내 주셨다. 서기원 선생, 이문열 씨도 오고, 본사에서는 허덕행 부회장과 전필립, 김성택도 오다.

— 〈1997년 11월 8일 일기〉에서

본격적인 개관식 행사는 계원대학 예술관에서 열렸다. 그는 한복 두루마기에 흰 머플러를 하고 개관 인사를 했다. 그 행사는 '동서문학상' 시상식도 겸했다. 김원일이 심사 보고를 했고, 문학평론가 김병익이 축사를 했으며, 전숙희가 시상했다. 그때의 열기는 식지 않고 그의 일기를 통해 계속된다.

> 아침 9시 오양호 교수 안내로 인천대 학생 9명이 문학관에 왔다. 김원일 씨가 설명하다 왔다. 모두 감명받고 가다.
>
> 김 선생은 부친이 북한에서 벌써 별세했다는 기별 후 마음도 우울하고 몸살까지 나 아픈 중에도 내가 독촉해《동서문학관 소식지》만드느라 고생하고 있다. 어느새 다 해놓아 17일로 예정된 아일랜드 대사와의 은영이 인터뷰 기사만 남았다. 창간이란 한 장이라도 어려운 건데 참으로 머리도 좋고 성실한 작가다.
>
> 오늘의 내가 이 나이에도 활동할 수 있는 것은 첫째는 하나님께서 나의 건강을 지켜주신 덕택이요, 둘째는 낙원이라는 동생의 존재와 협력, 그리고 대외적, 교외적으로는 자식들보다도 오히려 나를 존경하고 도와주는 김원일과 김주영이 있기 때문이다.
>
> — 〈1998년 2월 13일 일기〉에서

그로부터 18년이 지난 2016년 1월, 국회에서 문학진흥법이 발의되고 2019년 개관을 목표로 '국립한국문학관' 건립이 본격적으로 추진되고 있다. 정부 차원에서도 이제야 실천으로 옮기게 된 문학관 건립을 20여 년 전에 이룬 전숙희의 의지와 추진력에 새삼 놀라게 된다. 문예잡지 발간, 국제교류, 예술학교와 문학관 설립까지, 20세기에 그는 척박한 우리의 문화예술 환경을 딛고 많은 성과를 올렸다. 2010년 8월 4일, 사후에 추서된 '금관문화훈장'은 그의 노력과 수고에 대한 감사의 징표이리라.

언젠가 전숙희는 "21세기가 다음 세대가 살아갈 새로운 연대라면

1999년 12월, 《전숙희 문학전집》 출판기념회(위)
《전숙희 문학전집》(동서문학사, 1999)을 비롯한 전숙희의 작품집(아래)

나는 20세기의 현대사를 안팎으로 몸소 체험한 마지막 세대"라고 했던 적이 있다. 그가 온몸으로 혼신의 힘을 다해 살았던 20세기의 끝자락에 발간된《전숙희 문학전집》(동서문학사, 1999)은 그의 전문 장르인 수필에서만 글을 추려 일곱 권으로 발간되었다.

수필을 엄선해 모은 일곱 권의 전집과는 별도로《내가 본 전숙희》도 발간되었다.《내가 본 전숙희》에는 그가 문학을 호흡하며 산 70여년 동안 만났던 각계각층 사람들이 들려주는, 흥미진진한 추억이 담겨 있다. 그중에서도 전숙희와 내밀한 이야기를 많이 나누었던 김남조 시인의 글에는 전숙희에 대한 깊은 존중이 배어 있다.

누구나 평생 동안 변치 않는 진정한 친교를 원하지만 현실에서 이를 얻는 이는 많지 않다. 믿고 의지하며 상의하고 서로 돕는 우리의 지속 중에 배신과 환멸이 끼어들지 않는 관계란 참으로 드물고 그러니 만치 이를 이룩하거나 얻는 일은 삶의 큰 덕목이며 자산이라 아니할 수 없다. 한데 전숙희 선생은 이 점에서 풍요로운 분인 듯 싶다. (중략)

당시엔 문인들의 모임도 별반 없었으며 가장 화려한 나들이쯤 되는 건 모윤숙 선생이 20명 전후의 문인들을 초청하여 웃음소리가 많은 즐거운 문인 잔치를 자택에서 벌이는 일이었다. 당시의 최고 문사들이 거나하게 상기되어 예술과 연애와 정치 등에 대한 재담의 꽃을 피웠는데 그 화법이 다양하고 절묘하였기에 필자의 경우는 듣고만 있어도 감격의 격랑이 가슴속에 일렁이는, 말석의 청중이었다. 전 선생은 그 좌석의 한 중심이었고 모든 이와 친숙한 사이였으며 거슬리지 않게 장내의 분위기를 고양시키고 전체의 조화를 이끌어내곤 했다.

— 김남조, 〈전숙희 선생 이야기〉에서

김남조 시인을 비롯하여 많은 문인들이 전숙희의 따뜻한 손길, 보살핌을 받았노라고 말한다. 그래서일까. 그의 열정의 가시화라 할 수 있는 '한국현대문학관'에 주고 싶었노라고 자료를 기증하는 문인들이 많았다. 평생을 함께한 시인 이경희, 문학평론가 김주연과 김치수도 귀중한 자료를 제공했다. 파라다이스 문화재단 사업의 초석이 된 한독 작가 교류 때부터 지금까지 행사의 내실을 다지는 역할을 맡아 조력해온 김주연의 자료도 중요하며, 대학 도서관에 근무할 때부터 차곡차곡 모은 이경희의 자료도 값지다. 계원예술고등학교 초대 교감이었던 시인 추영수와 정명숙, 김후란, 전옥주, 이규희, 문정희, 권남희 등 그가 아꼈던 여성 문인들이 제공한 자료는 모두 문학관 기증자료 코너에 전시되어 있다.

'한국현대문학관'은 다양한 주제의 기획전시를 통해 관람객들과 소통하고자 노력하고 있다. 개관 이듬해인 1998년에 열린 첫 기획전시 〈일제하 한국시 100인전〉을 시작으로 〈작고문인 105인의 친필·유묵전〉, 〈50, 60년대 북한도서전〉, 〈문인 사진전〉, 〈편지전〉, 문학과 인접 장르를 연계한 〈이상·뒤샹전〉과 〈시의 집〉 등은 하나같이 호평받았다.

일찍이 전숙희는 외국 문학관의 사례를 통해 전시뿐 아니라 연구 공간으로서의 문학관의 중요성을 강조했다. 이에 힘을 받은 문학관에서는 김소월, 한용운, 윤동주, 이광수, 김동인 등 문인들의 업적을 영상으로 재구성하는 작업을 지속적으로 추진했다. 이광수의 《무정》, 윤동주의 《하늘과 바람과 별과 시》 등의 대표작도 영인본으로 제작하여 연구자들에게 제공하고 있다. 다양하게 개최되는 문학 세미나는 현재 문학 이슈들에 대한 담론을 나누는 장으로써 꾸준히 발

'한국현대문학관' 내 종합전시관 전경

전하고 있다.

전숙희는 언제나 청소년들이 한 편의 글 속에서 삶의 길을 발견하기를 희망했다. 청소년을 대상으로 한 작가와의 만남, 북아트 체험, 근·현대문학사 이해하기 강좌 등 한국현대문학관의 다양한 청소년 프로그램은 문학이 젊은 세대에게 미치는 영향력을 인식한 그의 뜻에서부터 출발하였다.

장편소설 《사랑이 그녀를 쏘았다》 출간

전숙희는 1939년 《여성》을 통해 소설가로 등단했으나, 다시 신춘문예에 투고한 작품이 낙선한 뒤 소설을 일체 쓰지 않고 수필에 정진했다. 자신이 의식했는지 모르지만, 그의 삶을 되돌아보면 수필이야말로 그에게 딱 맞는 장르라는 생각이 든다. 그는 허구라는 글쓰기를 통해 갈등을 조장하고 그 골을 깊게 파며 판을 흔들어 사유의 힘을 기르는 소설과는 처음부터 체질적으로 맞지 않는 사람처럼 보인다. 그는 정직했고, 직설적으로 말했고, 상식 안에서 사유의 깊이를 더해간 문인이었다. 그러한 그의 정신은 수필의 영역에 속해 있었다. 수필이 체질적으로 맞는 사람이었기 때문에 고통을 부추기고 상처를 헤집어 파는 타 장르의 글쓰기는 그 자신부터 혼란스럽게 했을지도 모른다. 어쩌면 그 사실을 일찍이 자신도 온몸으로 느끼지 않았을까. 그래서 그는 수필을 쓰기 시작한 뒤 다른 장르에 대한 미련을 일체 갖지 않았을 것이다.

전숙희는 언어의 남용이 없는 간결한 문체로 수필을 썼다. 문학평론가 김우종은 그것을 두고 교양 있는 문체라 상찬했다. 김우종은 전숙희의 수필이 시간의 미학에 바탕을 두고 있다고도 했다. "자주 과거로 돌아가며 과거와 현재의 긴 시간 개념을 도입할 뿐만 아니라 다시 돌이킬 수 없는 세월의 의미를 통해서 영원 속에 우리를 끌어들이"기 때문이다. 그래서 감정의 배설을 최대한 억제한 전숙희의 글은 눈물을 감추고 속으로만 우는 듯한 느낌을 주는데, 이것이 수필문학이 지녀야 할 고매함이라 하겠다.

그가 노익장을 과시하며 뒤늦게 쓴 장편소설 《사랑이 그녀를 쏘았다》(정우사, 2002)는 다른 각도에서 접근해야 할 작품이다. 여간첩 혐의로 사형을 언도받고 젊은 나이에 세상을 떠난 선배 김수임에게 전숙희는 글쟁이로서 일종의 심리적인 빚이 있었고, 그 이야기를 풀어내기에는 장편소설이 적절했던 것이다. 김수임과 전숙희는 각별한 사이였다. 해방과 함께 안강에서 미군정청 소속 통역관으로 일하던 그가 서울로 올라오도록 힘을 써준 사람도 김수임이었다. 이화여전 후배인 전숙희가 여간첩 사건의 현장인 옥인동 19번지 김수임 집에서 잠깐 산 적도 있다고 한다. 최근 김수임이 억울하게 사형되었음이 밝혀졌지만, 1950년 6월, 당시 시국에서는 대형 여간첩으로 몰린 김수임에겐 누가 생각해도 사형밖에 남은 길이 없었다. 당대의 거물 실세였던 베어드가 김수임과 동거 중이었기 때문에 수사 검사는 김수임을 친분이 있는 모윤숙의 집으로 유인해 체포했다는 말이 들린다. 그렇게 체포된 김수임을 구명하기 위해선 여러모로 권력이 있던 모윤숙이 더욱 적극적으로 나서야만 했다는 이야기도 들린다. 그러나 무슨 이유에서인지 사건의 진상을 자세히 알고 있던 모윤숙은 김수임을 구하는 데 힘을 실을 수 있는 발언은 일체 하지 않았다고 한다.

그 점에 관한 한 진실은 죽은 자들만이 알고 있는 듯하다.

김수임이 열쇠로 대문을 열고 들어가자 이강국이 자기 집처럼 뒤따라 들어온다. 그는 수임의 승낙도 없이 투박한 구두를 벗고 그녀의 방으로 따라 들어갔다.

김수임은 이강국이 자기를 집까지 데려다주곤 떠날 줄 알았는데 그의 천연한 태도에 마음이 약해진다. 아니 오히려 안도와 기쁨에 손발이 떨린다. 그가 오늘 밤을 여기서 자고 떠나려나보다고 짐작한다. 어쩐지 떠난다는 사람으로는 너무 여유만만하다.

김수임은 온몸이 떨릴 정도의 불안과, 한편으로는 기쁨으로 어찌할 바를 모른다. 내일 평양으로 떠날 준비도 해야 하는데 빨리 가라고 하는 것이 옳지 않은가. 가서는 안 돼. 지금 이 순간, 내 곁을 떠나게 할 수는 없어. 두 갈래의 갈등이 그녀의 마음을 혼란에 빠뜨린다.

그가 김수임의 손을 이끌어 자기 무릎에 앉힌다. 수임은 기쁨과 환희로 정신이 혼미하다. 수임은 눈을 감고 운명의 밤, 사랑을 위해 부끄러움마저 그에게 맡겨버린다.

아침 햇살이 창문을 환하게 비추자 두 사람은 잠에서 깨어났다. 김수임은 자리에서 빠져나와 커피를 끓인다. 이강국이 그녀를 부른다. 수임은 행복한 어린애같이 커피 두 잔을 만들어 쟁반 위에 받쳐 들고 그의 앞으로 갔다.

"커피는 잠시 거기 둬."

침대에서 반쯤 일어나 앉은 이강국이 김수임을 다시 껴안는다.

"나는 당신을 절대 배반으로 울리지 않을 거야. 나는 당신을 절절히 사랑하니까. 언젠가 그런 날이 오겠지. 우리는 이 세상 끝까지 같이 살다 떠나게 될 거야."

　김수임은 그의 그 기쁜 약속에도 자꾸만 눈물이 흐른다. 개성에서 남의 집살이하던 어린 시절, 미국인 선교사들 외에는 아무도 돌봐주는 이 없던 젊은 날이 주마등처럼 스쳐가자, 그의 따뜻한 말의 감동이 눈물이 되어 쏟아진다. (중략)

　"생각하면 나도 당신처럼 외로운 사람이야. 젊어서는 공부하랴, 항일운동하랴, 쉴 날이 없었지. 해방은 되었으나 모두가 저 잘났다고 설치니 남북 완전 통일의 길은 자꾸 멀어만 가고. 당신은 내 고뇌를 모를 거야. 지금 나는 수임과 같이 있는 이 시간이 제일 행복해. 나는 물론 오늘까지 자신의 행복보다는 조선민족 전체를 위해 싸워왔어. 누가 시켜서도 아니고 사명감으로 알고 뛰었지."

　이강국은 허탈하게 자기 심정을 김수임에게 솔직하게 얘기하다가 갑자기 벌떡 일어선다.

　"그래도 가봐야지. 이 길이 나의 운명이야. 그 대신 일이 되는 대로 하루라도 빨리 돌아올게."

— 《사랑이 그녀를 쏘았다》에서

　'김수임 간첩 사건'의 진실을 알았던 전숙희가 《사랑이 그녀를 쏘았다》를 쓰기 위해 오랫동안 자료를 모으며 호흡을 가다듬었던 사실을 가까운 사람들은 다 알고 있었다. 하지만 그가 워낙 빈말을 하는 사람이 아니라곤 해도 정말로 장편소설을 완성해 출간하리라고는 누구도 예측하지 못했다. 그의 나이 여든일곱, 얼핏 과욕으로 느껴질 수도 있는, 고령에 방대한 분량의 원고를 채웠다는 것만으로도 기적이라 할 만한 도전이었다. 그런데 남녀의 사랑에 초점을 맞추되 실제

전숙희씨 '여간첩' 김수임과 일화담은 책 내

"수임 언니는 사랑한 죄밖에…
살벌한 현대史의 희생양"

◇전숙희씨

◇1936년 '여성'지 창간호에 '화제의 여성'으로 등장한 스물다섯 살 때의 김수임. 당시 선교회 사무원으로 일하던 그를 "폭스트롯(서양춤의 일종)을 추면 명랑해지는 여성"이라고 소개하고 있다.

"수임이 언니는 사람 밖에 몰랐어요. 너무 너무 순진했지요. 자기가 한 일이 뭔지도 몰랐어요. 사람 목숨 하나 구해준 게 무슨 죄가 되냐고. 끝까지 그렇게 생각했으니까요."

한국 현대를 최고의 '스캔들'이자 '한국의 마타하리'로 불렸던 김수임 사건. 미군정 요직에 있던 미군 헌병 사령관의 동거녀이면서 남로당 거물이 강국의 연인이었던 김수임(1911~1950)은 한국 전쟁 발발 2주 전에 간첩죄로 총살당했다.

그 김수임을 '언니'라고 부른 이는 원로 수필가 전숙희씨(82)다. 전씨는 "수십년을 가슴에 담았던 이야기"라며 이 사건을 '사랑이 그녀를 쏘았다―한국의 마타하리, 여간첩 김수임'(정우사)이란 긴 제목의 책으로 써냈다.

지, 분단과 냉전이 어떻게 수많은 사람을 희생시켰는지, 제가 기록하지 않으면 이제 아무도 그 일을 할 수 없겠다 싶더라고요."

그러나 김수임의 '인간'을 조명하는 글을 쓴다고 하자 많은 사람들이 걱정을 보냈다.

"수임을 잘 알만한 이가 제게 핏대 뛰며 화를 내더군요. 그따위 이야길 뭐하러 쓰느냐는 거죠." 하지만 전씨는 "당시의 살벌했던 역사가 빚은 비극이라고 생각한다"며 "해방 공간을 청춘의 나이에서 지켜본 마지막 세대로서, 김수임 이야기를 반드시 남겨야할 의무감을 느꼈다"고 말했다.

전씨가 그린 김수임은 "평생을 사랑에 목말라했고 외로워만 했던 소녀"다. 그의 삶 전체가 한편의 멜로드라

그를 체포할 수도 있었고, 붉은 집 밖으로 불러낸 것은 대한민국 정부 수립의 동지 공신이었던 모윤숙이다.

"수임 언니를 살릴 수 있는 사람은 윤숙 언니밖에 없었어요. 재판에서 수임을 변론하는 진술도 했지만, 모윤숙은 수임을 살릴 생각이 없었어요. 이강국이 공산주의자라서 떠났했고, 김수임에 대한 시샘의 감정도 조금은 있었죠." 전씨는 말을 아낀다. "지난 6월 월드컵 열기를 보며 젊은 세대의 등장을 실감했습니다. 해방 공간의 그 많은 바극 중 내가 귀동냥한 수임의 또다른 모습을 그들에게 전하고 싶었습니다."

[사랑]이년 선후배 사이

모윤숙
미국
"모윤[

☞홍은주 기자 sunnyi@chosun.com

장편소설 《사랑이 그녀를 쏘았다》 출간 인터뷰 기사(조선일보, 2002. 10. 10)와 책

사건에 입각해 쓴 그 소설은 나이 든 사람이 쓴 것이라 믿지 못할 정도로 구성도 문체도 탄탄하다. 평론가 김주연의 말대로 소설에만 집중했다면 전숙희는 "한국근대소설사의 귀중한 한 부분을 축조했을 것"이란 생각이 든다. 남녀의 목숨 건 사랑, 그것은 소설적 허구가 아닌 여간첩 김수임 사건의 진실이었다. 그처럼 여든일곱의 나이에 장편소설을 쓸 정도의 필력을 가진 사람이 평생을 수필가로 살았다는 사실은 뜻하는 바가 크다. 다시 말해 그는 수필가라는 자신의 문학적 정체성이 삶에 미치는 영향을 온몸으로 느끼며 살았던 타고난 수필가였던 것이다!

'인간 전숙희'의 아름다움

나무, 바다, 흰빛을 좋아했던 사람

전숙희는 평생 흰색을 광적으로 좋아했다. 영국 여행 중에는 거리를 지나가다 상점 안에 있는 흰색 가죽 코트를 보고 쇼윈도 앞을 떠나지 못했다고 한다. 결국 들어가서 가진 돈을 몽땅 털어 사고 말았다. 그는 그것이 '흰 가죽옷'이기 때문에 욕심을 냈던 것이다. 그 후 그는 때가 잘 타는 흰 가죽 옷을 입고 세계를 다니느라 고생했는데, 스스로가 흰빛을 좋아해서 받은 하나의 벌로 받아들였다. 아무튼 중요한 시기의 기억이 아련한 불빛처럼 나타나곤 하는 글에 의하면, 그가 일생에 세 번 흰옷을 입은 중요한 순간이 생생하다.

나는 일생에 세 번 흰옷을 입은 잊지 못할 기억이 있다. 첫 번은 이화여전을 졸업할 때 어머니가 정성껏 만들어주신 흰 비단 치마저고리였다.(중략) 그 흰옷은 내 졸업의 영광을 드러내주기도 했다.
내가 흰옷을 입은 두 번째 잊지 못할 날은 결혼식이었다. 그때도 나는

어머니가 지어주신 조세트의 흰 치마저고리를 입었다.(중략)

그로부터 40년이 지나 나는 내 마지막 슬픔의 흰옷을 입어야만 했다. 어머니가 돌아가시던 날 나는 흰 무명 치마저고리를 입었다.

터질 듯 희망에 찬 마음으로 사회에 첫발을 들여놓던 날 내가 처음 입었던 흰옷, 한낮의 태양처럼 희망으로 타오르는 새 인생의 첫걸음을 옮기던 결혼식 날 입었던 흰옷, 그 모두 나에게 천사 같은 날개를 달아주어 세상을 마음껏 날아다니게 한 영광의 옷이기도 했다.

그러나 세상을 알게 된 나의 옷자락은 온갖 때와 먼지가 묻어 찌들게 되었다.

— 〈나의 순백 편력〉에서

전숙희가 흰색만큼이나 좋아했던 게 바다다. 전숙희는 파도 소리를 고향의 소리로 느낄 만큼 바다를 좋아했다. 그래서 문화 시찰차 미국을 방문했다 돌아올 때 그는 비행기를 마다하고 배를 타고 태평양을 건넜다. 배에서 어마어마한 풍랑을 겪으면서도 그는 미국에서 체류하는 동안 겪은 일들을 쓴 원고를 퇴고했고, 귀국해 《이국의 정서》(희망출판사. 1956)를 출간했다.

나무 역시 무척 좋아했던 그는 한 그루 나무에 끌려 앞뒤 생각 없이 집을 샀으며, 잡목 한 그루도 함부로 베지 않았다. 〈나무에 반해서〉를 그의 대표작으로 꼽는 수필가도 있다.

나는 한 그루 나무에 반해 앞뒤 가리지 않고 집을 사버린 다음 그 뒤처리로 적지 않은 고생과 손해를 경험한 경우가 몇 번인가 있었다. 한남동의 오동나무집이 그랬고, 과천의 은행나무집도 그랬으며, 상도동의 감나무

1970년대의 전숙희. 흰빛을 좋아했기에 유난히 흰색 옷을 입고 찍은 사진이 많다.

집 또한 그랬다.

오동나무니 은행나무니 감나무는 산이나 시골에 가면 얼마든지 볼 수 있는 나무들이다. 그러나 이상하게도 꼭 같은 나무이건만 허술한 집 마당에 그 나무가 서 있을 경우, 내 눈에는 그 자태가 그렇게 당당하고 아름다워 보일 수가 없다.

사람이 격을 갖추었을 때 인격이라 하듯이, 한 그루의 나무들은 제각기 수격이 있다. 당당한 풍채와 격과 조화의 아름다움으로 사람을 매혹시킨다. 유니폼을 입고 서 있는 단체 속에서는 드러나지 않던 개성이 분리되어 홀로 설 때 돋보이듯, 집 안에 서 있는 한 그루의 나무는 내게 무척 독특하고 값지게만 보였다.

　상도동의 감나무집을 살 때도 그랬다. 그때 나는 4남매와 후암동 부근 아늑한 집에 살고 있었다. 마침 화가인 수화 김환기 선생과 김향안 여사네가 상도동 한적한 마을에 살고 있어 놀러갔던 길이었다. 조그맣고 낡은 집은 보잘것없었으나 마당의 나무와 꽃들이 오래간만에 도심의 공해에 찌든 내 정서를 흠뻑 적셔주는 즐거운 오후였다.

　수화 선생은 파이프를 멋지게 물고 나를 놀리듯 말했다.

　"오죽 답답한 사람들이면 도심지 그 먼지 속에 살겠소. 전 여사도 문화인이거든 이렇게 교외로 나와 여유 있는 생활을 즐겨보시오."

　가뜩이나 부럽던 마음에 선생의 한마디가 망설이던 내게 어떤 결심을 하게 했다. 나는 친구 K여사와 단둘이 상도동 부근의 집을 보러 나갔다. 1960년대만 해도 상도동 부근은 한적하고 깨끗한 동네였다. 내가 발견한 집은 백여 평 정원을 뒤덮듯이 서 있는 감나무의 윤택하고 너그러운 잎이 무엇보다 눈길을 끌었다. 마침 늦가을이라 주황색 감이 주렁주렁 달린 나무는 더없이 풍요롭고 아름다워 보였다. 나는 그 집에 관한 자세한 것을 알아볼 생각도 없이 누가 뺏기나 할세라 앞뒤 가리지 않고 감나무집을 사기로 했다. 그때 내가 살던 집은 팔리기도 전이었다.

　　　　　　　　　　　　　　　　　　　　　— 〈나무에 반하여〉에서

　전숙희는 세상을 떠나던 해 3월 육성으로도 그 집에 대한 기억을 되새겼다. 그날의 회고에 의하면, 그때 그가 샀던 것은 지상권, 즉 땅을 제외하고 집만 샀던 것이니 살던 집을 팔고 남의 땅에 지은 '불안한 집'으로 이사해야 할 상황을 만든 자신의 처신에 무척이나 당황했던 듯하다.

이사하던 날에는 그의 맏아들 친구들이 와서 이삿짐을 날라주었는데, 그는 임종 때까지 그들과 좋은 관계를 유지했다. 그중 한 사람이 전숙희의 수양아들로서 월남전에 참전했다 전사한 김공수였는데, 그의 수필에 여러 번 등장하는 인물이다.

나무 한 그루가 주는 위안과 기쁨, 과연 인간에게 있어 마음의 고향은 그 나무를 배태하고 길러내는 흙과 자연임을 다시 생각하지 않을 수 없다. 나는 그 감나무집에서 아이들과 함께 즐거운 시간을 보냈고 5·16도 그 집에서 맞았다. 일 잘하던 김환기 화백네 따님은 가끔 수돗물이 나오지 않을 때면 물 잘 나오는 우리 집에 와서 빨래를 하곤 했다. 그 후, 감나무에 반해 이 집을 탐내던 동생에게 상도동 집을 물려주고 나는 다시 한남동의 오동나무집으로 이사를 했다.

— 〈나무에 반하여〉에서

나무에서 비롯된 에피소드가 많은 전숙희의 나무 예찬은 끝이 없다.

신중함에 더해진 엉뚱한 매력

전숙희는 퍽 진지한 사람이었던 반면 엉뚱한 면도 가지고 있었다. 그 엉뚱함 때문에 여고시절 40일 동안 감방생활을 한 적도 있고, 이화여전 재학 때는 형편상 꼭 필요했던 장학금도 날렸다. 모성애가 엄청난 사람이었는데도 무산 시절 어린 자식들을 남에게 맡겨두고 서울행 기차를 타곤 했고, 《동서문화》도 저질러버리듯 창간한 뒤 애면글면 30년을 계속했다. 필화사건도 겪었다. 그뿐만이 아니다. 1959년 한국 대표단으로 독일 펜대회에 참석했을 때 다른 사람에게는 결코 일어나지 않을 것 같은 뜻밖의 일이 생기기도 했다. 그의 엉뚱함은 순진무구함과 통하는 그의 매력이기도 해서 상대방과의 거리를 한순간에 좁히는 힘이 있었다.

어느 날 아침, 바그너하우스 2층 내 방에서 나는 우연히 아래를 내려다보았다. 옆에 붙은 건물은 조그만 단과대학이었고 내려다보이는 넓은 공터는 이 학교의 뒷마당이었다. 어둠이 막 걷힌 새벽이었는데, 한 젊은이가 한국의 싸리비 같은 것을 들고 마당을 쓸고 있었다. 깊은 가을은 아직 멀었건만 정원에는 무성한 나무에서 떨어진 낙엽들이 삼태기로 퍼 담을 만큼 쌓여 있었다. 나는 낙엽이 아름답고 새벽에 나와 일하는 젊은이의 검은 머리가 정다워 불러보았다.

"여보세요!"

나도 모르게 '헬로우'가 아닌 한국말이 나왔다. 젊은이는 두꺼운 안경을 쓰고 올려다보았다. 잠깐 놀라는 눈치였다.

— 〈낙엽을 쓸던 유학생〉에서

일본사람인지 중국사람인지도 모르는 처음 보는 사람을 "여보세요!" 하고 우리말로 부를 수 있는 배짱과 엉뚱함이 전숙회에겐 있었다. 이런 성격은 그의 글에서 별다른 전개 없이 곧바로 본론이나 본질로 접근하는 형태로 나타나기도 해서 읽는 사람이 생략된 부분을 유추해야 한다. 만일 전숙희가 계속해서 소설을 썼다면, 위의 인용문과 같은 문체로 글을 풀어나갔을 거라는 생각이 든다. 위의 글에서 느껴지는 것처럼 촉촉하고 힘 있는 내면의 개성도 소설 속에 잘 녹여놓았을 거라는 생각도 든다. 그의 평전을 쓰고 있는 나는 개인적으로 이런 식의 전개가 많은 그의 글을 좋아한다. 굳이 무엇인가를 전하지 않아도 문장과 문장, 행간과 행간 사이의 여백이 많고 아름다운 글이다. 필력이 없으면 얻을 수 없는 것일 테다.

수필 속 청년은 경기고등학교를 졸업하고 먼저 유학 가 있던 형을 따라 공부하러 간 유학생이었다. 청년은 그와의 다소 엉뚱한 만남을 마치 부모형제라도 만난 듯 기뻐했다. 전숙희와 같이 갔던 모윤숙은 나중에 그의 형도 만났고, 어려운 경제 여건을 이겨내며 어떻게든 학업을 계속하겠다는 그들의 계획도 들었다. 먼 나라에서 학비를 벌어가며 힘들게 공부하는 형제를 바라보는 그들의 마음은 착잡하고 애잔했다. 프랑크푸르트를 떠나던 날, 동생은 시간을 내 호텔로 와 그들을 배웅하며 어린애처럼 집으로 돌아가고 싶어 하는 안쓰러운 모습을 보였다. 그런데 사람의 운명이란 알 수 없어서 몇 년 뒤 그들 형제가 간첩으로 형무소에 수감되었고, 사형이 구형되었다. 그들을 한국으로 잡아들였던 '동독 간첩 사건'은 큰 사건이어서 아무도 그들을 안다고 말할 수 없던 때였으나 전숙희와 모윤숙은 얼굴이라도 보려고 재판을 보러 갔다. 그때의 분위기가 얼마나 삼엄했던지 아는 체도 못하고 그냥 돌아와야 했는데도 며칠 뒤 두 사람은 국정원의 전신인 정보부에 호출되었다. 그들은 삼엄한 분위기 속에서 자술서를 쓰고 지문을 찍고 간신히 무혐의로 귀가할 수 있었다. 그 무렵 마침 청와대를 방문할 기회가 있었던 전숙희는 박정희 대통령 부부에게 그 가난한 형제가 미끼로 건네는 몇 푼의 학비와 인정에 끌려 자신들도 모르게 북측의 공작에 걸려든 것이 분명하다며 간곡히 선처를 호소했다.

1975년 유엔이 제정한 '세계 여성의 해'에 전숙희는 세계 여성들의 생활을 탐방하는 취잿길에 올랐다. 그로서는 이처럼 집중적인 취잿길이 생애 두 번째였다. 1955년 미국으로 문화 시찰을 떠났던 때와는 달리 그가 취재할 대상은 각 국가를 대표할 만한 여성들이었다. 한국무역협회와 조선일보사의 후원을 받았기 때문에 그 탐방엔 신문에 글을 연재한다는 조건이 붙었다. 그는 일차 목적대로 여러 나라에서 우리 외무부와 무역관이 면담을 주선해준 여성들을 만나 취재했고, 원고를 발송한 뒤 평소 꼭 다시 한 번 가보고 싶었던 이란으로 갔다. 당시 이란은 팔레비 국왕이 통치하고 있었다. 이란에서 묵던 조그만 호텔에서 그는 한 청년을 만났다. 청년은 호텔에서 걸레를 들고 허드렛일을 하다가 그에게 상냥하게 인사를 건넸다. 예의상 인사를 받아줬을 뿐이었는데, 청년은 마치 자석에 끌리는 쇠붙이처럼 전숙희에게 다가와 자신이 국립대학 의대생임을 밝히며 말을 걸었다. 의대생 청년이 학비를 벌기 위해 호텔에서 허드렛일을 한다는 말을 이해할 수 없었던 전숙희는 부자 나라에서 학생이 왜 그런 일로 시간을 허비하냐고 묻지 않을 수 없었다. 그에 대한 대답은 '기름은 팔레비 왕의 것'이라 아무리 기름이 펑펑 쏟아져도 가난한 그들에겐 나아진 것이 없다는 것이었다. 그 호텔에 묵으며 그가 송고한 글은 조선일보에 〈이란의 석유는 '샤'의 것, 국민과는 상관없다〉라는 제목으로 게재되었다. '샤'는 '팔레비 국왕'을 가리킨다. 그런데 당시 이란과 우리

1975년 '세계 여성의 해'를 맞아 뉴욕 시 '여성의 해' 위원장과 인터뷰(위)
이란의 여성 국회의원 자택에서 현지 한국대사 부인과 함께(아래)

1975년 조선일보에 연재한 〈12국 여류 기행〉

나라는 석유 문제로 상호 이해가 필요한 몹시 중요한 상황이었다. 그러한 시기에 끝머리에 조금 덧붙인 아르바이트생과 나눈 이야기에서 편집자가 뽑아낸 흥미 위주의 제목이 화를 불러일으켰다. 정부 요청에 의해 그의 연재는 즉시 중단되었다. 예정보다 훨씬 빨리 귀국한 후에는 여러 차례 정보부에 소환되었고, 취재 경비를 아껴서 여행다운 여행을 해보려던 계획도 수포로 돌아갔다. 그때의 필화사건을 통해 전숙희가 느낀 것은 글의 힘이었다. 단 한 줄의 글에도 큰 힘이 있다는 교훈을 얻었다. 이처럼 수시로 드나들었던 해외에서도 그의 체험은 다양했고, 엉뚱함이 초래한 돌발적인 상황도 심심찮게 생겼다. 그의 다양한 체험들이 볍씨처럼 땅에 떨어져 싹을 틔우고, 장차 그는 한국문학의 세계화를 통해 그 결실을 보게 된다.

세계 여러 나라의 여성들을 만나 생활상을 취재하고 왔던 1975년 10월, 그는 문화교육부로부터 '보관문화훈장'을 서훈받았다.

생전에 그와 관계 맺고 지냈던 사람들의 글을 보면, 전숙희는 상당히 매력적인 여성이었던 것 같다. 그에겐 대기업의 총수에게나 있을 법한 리더십이 있었고, 때론 바늘처럼 날카로웠다. 그런가 하면 소녀처럼 순진무구했고, 에로틱했으며, 보호본능을 자극하기도 했다. 그는 또한 엉뚱했고, 뜨거웠다. 한마디로 도무지 싫증이 나지 않을 것 같은 개성을 가진 그가 남성들에게 인기 없을 리 없었다. 그래서 늘 속마음을 터놓고 지냈다는 김남조 시인을 통해 나는 궁금증을 해소하지 않을 수 없었다. 전숙희는 김남조와 호젓한 장소에서 "서로의 속마음을 모두 터놓고 이야기했고, 남자 이야기도 했다"는 글까지 남겨 놓았으니……

김남조에 의하면, 전숙희에겐 딱 한 명의 남자가 있었다고 한다. 그들 두 사람은 펜클럽 간부들이 모이는 장소에도 같이 나타나곤 했는데, 사람들은 두 사람을 부부처럼 예의를 갖춰 대했다고 한다. 그러던 어느 해 변호사였던 그 남자가 서울시 부시장으로 취임했다. 축하 인사를 하기 위해 전숙희는 여느 시민이 부시장을 만나는 절차에 따라 면회를 신청했다. 그런데 여론과 사람들의 시선을 의식했던 남자가 면회를 거절했다고 한다. 김남조에 의하면, 다른 야망이 있었던 그 남자의 행동에 분노와 허무를 느낀 그 순간부터 전숙희에게 더 이상 남자는 없었다고 한다. 대신 그는 더욱 일에 매진했고, 그의 목표는 한국문학이 더 많은 세계 사람들에게 읽히고 공감되는 것이었다.

계원학원 이사장으로 근무하던 시절 학교에서 겪은 일 역시 엉뚱하면서도 순수한 전숙희의 면모를 잘 드러낸다.

어느 날 내가 학교 사무실에 앉아 있는데 누가 문을 조심스레 노크한다.

"들어오세요" 하고 쳐다보니 눈이 크고 귀엽게 생긴 남학생 하나가 꾸벅 인사를 하며 들어와 차렷 자세로 서 있다.

"앉아라. 나한테 무슨 할 얘기가 있어 왔니?" 내가 먼저 말을 꺼냈다. 학생은 두 손을 마주잡고 엉거주춤 앉았으나 좀처럼 입을 열지 못하고 머뭇거린다.

나는 집이 어려워 장학금이라도 받았으면 하는 호소려니 짐작하며, "할 얘기가 있어 왔니? 어서 말해봐" 했다. 잔뜩 긴장해 있는 어린 학생에게 마음의 여유를 주려고 나는 부드럽게 말했다. 그래도 아이는 두 손을 마주잡고 비비며 좀 쑥스러운 표정으로, "선생님 집 한 채 사주세요" 하고 간단히 말해버린다.

"집을 사줘?"

나는 너무나 뜻밖의 말에 좀 얼떨떨해졌다. 과연 이 아이가 제정신인가 하는 의심마저 들었다.

"왜 나보고 너의 집을 사달라고 하니?" 내가 물었다.

"저는 부모님이 어려서 돌아가시고 할머니께서 저를 길러주셨거든요. 그런데 할머니가 가난하셔서 평생 저를 데리고 셋방살이를 하시다가 몇 해 전 수원 부근에 농토가 달린 온챗집을 하나 세 들게 됐어요. 거기서 할머니하고 저는 잠시나마 행복하게 살아왔지요. 우리 할머니의 단 한 가지 소원은 그 집을 우리가 사는 거였어요. 그런데 얼마 전 할머니가 병으로 앓아누우셔서 밥도 제가 해먹고 다니는데, 요새 집주인이 그 집을 팔 테니 우리더러 방을 비워달라는 거예요. 그래서 큰일났거든요. 선생님, 우리 할머니가 너무 불쌍하니 돌아가시기 전에 소원 한 번 풀어주세요. 그 집을 좀 사주세요."

소년은 차츰 용기를 얻은 듯 일사천리로, 그러나 세상모르는 소년다운 순진한 목소리로 집 사달라는 이유를 설명했다. 자기를 길러주신 할머니가 돌아가시기 전에 소원을 꼭 풀어드리려고 소년은 안타까운 궁리를 하고 지혜를 짜낸 끝에 어떻게 해서 생각이 나에게까지 미쳤는지, 나를 찾아온 것이다. 가난하나마 할머니 품에서 이 세상 냉랭한 줄을 모르고 오로지 할머니의 소원을 풀어드리려고 나를 찾아온 소년이었다. 나에게 부탁하면 꼭 될 것 같다는 믿음을 갖고 찾아온 천진한 소년, 아직도 사람을 믿고 세상을 믿는 그 마음이 눈물겨웠다. "내가 참견할 일이 아니야"라든지 "좀 돈 녀석 아냐?" 하는 한마디로 끊어버릴 수 없는 내 깊숙한 마음의 소리가 나를 괴롭혔다.

"그래, 집값은 얼마나 한다던?"

소년이 머뭇거리다가 대답한 액수는 아직도 시골인지라 서울의 집값과는 비교가 안되는 싼 값이었다.

나는 소년에게 다시 한마디 물었다.

"네 사정과 네 마음을 잘 알았다. 그리고 할머니에 대한 너의 사랑과 효성, 장하게 생각한다. 그런데 애야, 하고많은 사람들 중에 어떻게 하필 나한테 그 부탁을 하니? 내게 말하면 사줄 것 같더냐?"

"네."

소년은 거침없이 대답했다. 그의 태도와 순진함, 믿음이 내 마음을 더욱 움직였다.

"그래 알았다. 그러나 여기는 학교고 너는 학생의 신분이니 만치 이 문제는 돈보다도 너와 나 둘이서만 결정할 수 없는 문제니까 상의해서 다시 연락해주마."

학생은 열여섯의 고등학교 1학년생이었다.

학생이 나간 후 나는 즉시 사무국장과 몇 선생님을 불러 상의하면서 내가 개인적으로 그 집을 사주어 소년의 소망과 믿음을 저버리지 않도록 하고 싶다고 말했다. 그러나 역시 사회는 냉정했다. 모인 선생님들이 모두 펄쩍 뛰었다.

"안 됩니다. 이런 일을 감정으로 처리하시면 안 됩니다. 지금 우리 학교 천여 명의 학생들 중에는 자기 집이 없는 학생들이 삼분의 일은 될 겁니다. 만약 그 학생에게 시골집이나마 사주셨다는 소문이 났다가는 너도나도, 하고 큰일납니다."

"그럼 절대 비밀로 하지요."

"이 세상에 비밀이 어디 있습니까? 안 됩니다."

단호한 반대에 어쩔 수 없이 나도 단념할 수밖에 없었고, 결국 그 학생에게는 장학금을 주는 정도로 일은 마무리되었다.

—〈집 하나 사주세요〉에서

아직 사회의 부조리를 경험하지 못한 성장기 청소년이나 어린이들이 놀랍게도 경험 많은 성인들보다 인간의 본성을 더 정확히 꿰뚫을 때가 있다. 오염되지 않은 그들의 직관과 감수성이 아무런 제재 없이 존재의 본질로 접근하도록 이끌기 때문이다. 너무도 엉뚱한 학생의 말을 경청한 뒤 교직원들과 도움을 주는 방법을 의논하는 성인 전숙희도 그 같은 성향을 가지고 있었다. 학생은 전숙희를 본능적으로 꿰뚫었고, 정말로 그 학생에게 집을 사주려고 했던 전숙희도 대상과의 거리를 한순간에 좁히는 단도직입적 대화 방식을 가끔 쓰곤 했다.

미처 쓰지 못한 이야기

전숙희는 평생 많은 일을 하며 매우 바쁘게 살았다. 그의 삶을 되돌아보면 '도대체 한 사람이 어떻게 이 많은 일을 해냈을까?' 하는 생각이 들 수밖에 없다.《동서문화》를 창간한 1970년, 학교를 설립하던 1979년, 여성문인학회 회장으로 당선된 1980년, 국제펜클럽 한국본부 회장에 피선된 1983년, 국제펜클럽 한국본부에 연임되어 일했던 1991년까지. 어디 그뿐인가. 그 많은 일을 앞서서 하면서도 여러 권의 수필집을 냈고, 수많은 여행을 했다. 특히 소련작가동맹의 공식 초청을 받고 구소련을 방문했을 때는 여러 지역을 돌며 한국문학을 소개했고, 돌아와서는 러시아 여행기《아직도 가슴속엔 볼가강이 흐른다》(삼성출판사, 1990)를 출간하는가 하면 〈소련 도서 전시회〉(1990년, 국립중앙도서관)를 개최했다. 1988년 서울 국제펜대회를 유치할 때와 같이 치열한 과정을 통해 국제펜클럽 본부 종신 부회장에 피선된 1991년에도 그는 수필집《그리고 지나간 것은 모두 다 즐겁게 생각되리니》(문학세계사)를 발간하며 수필가로서의 본분에 충실했다. 다음 해인 1992년에는 꼭 남겨둘 문학적 가치가 있다고 생각

집필 모습(위)
수많은 공적 활동 중에서도 문학에의 열정으로 탄생한 작품집들(아래)

되는 펜 활동을 담은 《Pen 이야기》(동서문학사)를 발간했고, 대한민국 예술원상을 수상한 1995년에는 《해는 날마다 새롭다》(예솔)를 발간했다.

오랜 염원이었던 '동서문학관'을 세운 1997년 이후에도 그의 왕성한 집필과 문화예술 활동은 쇠하지 않았다. 그는 거침없이 장편소설 《사랑이 그녀를 쏘았다》(정우사, 2002)를 써서 출간하는 한편 그동안의 공적을 인정받아 은관문화훈장, 유관순상, 3·1문화상, 이화기장상 등 많은 상을 수상하며 자전적 에세이 《가족과 문우들 속에서 나의 삶은 따뜻했네》(정우사, 2007)를 내기에 이른다.

생의 마지막이 가까워왔음을 직감했던 그는 자신의 삶을 직접 정리해놓고 싶어 했고, 그 작업을 하기 위해 의지를 불태우기도 했다. 전숙희는 큰딸을 출산할 때의 생생한 기억을 글로 남겨야 한다는 생각을 많이 했다. 또한 남편에 대한 이야기도 '공적 삶'을 살았던 자신의 가슴속에 묻어둘 수만은 없다고 판단했다. 그는 스무 꼭지 정도의 원고를 써야 하며, 그것이 2백 자 원고지 3, 4백 매에 해당되는 분량이라고 구체적으로 언급했다. 써야 할 원고가 있다고 말했던 그날, 그는 몸 상태가 좋지 않아 피로감을 많이 느꼈다. 기관지가 편하지 않은지 목소리는 굳은 목젖에 눌린 듯했고, 평소보다 떨림도 더했다. 대신 그의 말에 군더더기라곤 없었고, 진심이 고스란히 담겨 있다.

"생각하면서도 쓰지 못한 거, 어떻게 아버지하고 만났는가, 너(큰딸 강은엽)를 어떻게 낳았는가, 그런 것도 하나도 없어. 개인사, 가족사……. 그러나 내 인생이 끝날 때는 내 후손을 위해서나 나 자신을 위해서나 몇 가

문화예술 발전에 기여한 공로로 '이화기장상', '유관순상', '3·1문화상' 등을 수상했다.

지는 꼭 쓰고 싶어. 그것을 꼭 쓰고 싶고 쓸 자신도 있어. 에세이는 대체로 15매가 보통인데, 하루에 다 쓰지는 못하지만 꼭 쓰고 싶어. 스무 편 정도. 가을까지는 그것을 쓸 마음을 먹고 있어. 물론 하고, 할 수 있어. (중략) 옛날에 쓰고 책에 넣지 않은 거, 원고지 상태로 그냥 남아 있는 거, 그런 것을 찾아내고, 내가 미처 못 쓴 이야기를 다시 써서 인생의 마무리를 하려고 해."

— 2010년 3월 25일, 육성 녹음에서

쓰려고 마음먹은 원고를 그해 '가을'까지 반드시 집필해 자신의 이야기를 마무리 지으려고 했으나, 그는 한여름인 8월 1일 세상을 떠났다. 아흔다섯이라고는 믿을 수 없을 만큼 그는 평생을 젊게 살았다. 갑자기 의식을 잃고 중환자실에 들어가기 직전까지도 의식이 명료했고, 나이를 느낄 수 없을 정도로 이해력도 빨랐다.

그를 아는 사람들은 하나같이 전숙희라는 사람이 평생 육체적 나이를 짐작할 수 없을 정도로 젊게 살았다고 말한다. 시인이자 독문학자인 김광규는 학창시절 국어 교과서에 실렸던 전숙희의 아름다운 수필 〈설〉을 기억하고 있다가, 독일과 한국의 문학 교류에 도움을 받기 위해 만난 어머니뻘 되는 전숙희의 젊음에 깜짝 놀랐다 한다. 전숙희를 기억하는 사람들이 빼놓지 않고 언급하는 것 중 하나가 그의 '젊음'이다.

한국문학의 선양을 위해서라면 어떤 출혈도 감수하며 끊임없이 일을 벌이는 식을 줄 모르는 열정, 평생을 남에게 베푸는 삶의 아름다움, 어느 자리에서든 자기를 낮추는 겸양, 선생님이 여러 수필에서 끊임없이 썼듯 괴로움과 슬픔조차 이를 기쁨과 행복으로 환치시키는 능동적인 마음의 자세는 내가 두고두고 배워야 할 교훈이요, 늦게나마 선생님을 만나게 해준 하나님의 섭리에 감사한다.

— 김원일, 〈무궁무진한 열정, 인생을 사랑하기〉에서

김원일이 쓴 대로 "괴로움과 슬픔조차 기쁨과 행복으로 환치시키는 능동적인 마음의 자세"야말로 수필가의 필수 덕목일 것이다. 이 점이 바로 수필가의 자질이고, 수필이 다른 장르와 다른 점이다. 그것이 숨어 있든 표면에 드러나든 수필가는 그러한 품성을 지녀야 한다는 사실을 전숙희는 누구보다도 잘 알고 있었고, 그 점은 그의 글에서 여러 형태로 발산되었다.

늘 어떻게 살 것인가에 대해 문학을 통해 고찰했던 전숙희에겐 죽음 역시 문학적 화두 중 하나였다. 작가로서의 활동과 한국문학의 위상을 높이는 활동 모두에 의미 부여를 한 그의 작품 중에는 죽음을 다룬 것도 많고, 가난한 이웃들을 바라보는 따뜻한 시선을 담은 글도 많다. 어디에 시선을 두고 있든 그는 사람을 구체적인 사유의 대상으로 삼아 온기 있는 글을 썼다.

구멍가게조차 얻지 못해 골목길 한구석에 나무상자를 놓고 고구마와 밤을 구워 파는 젊은 아낙네가 있다. 그 여자의 등에는 어린애가 매달려 있다. 내가 밤늦게 그 앞을 지나면 전등도 없어 바람에 흔들리는 촛불이 켜져 있다. 드문드문 오는 손님을 기다리며 군밤을 덥히고 있는 여인의 초라한 모습은 내 마음에 어두운 그림자를 던져주곤 한다.

그 옆 큰 주유소 앞에는 저녁이면 헌책과 주간지 따위를 팔고 있는 어린 형제들이 있다. 그들은 학교에서 돌아오면 가게에 나와 앉아 가난한 살림을 돕고 있는 모양이다. 밤이면 싸늘한 바람 속에 몇 권 책과 신문을 지키고 앉아 있는 소년들의 모습 또한 내 마음을 쓸쓸하게 하는 풍경이다.

그런데 나는 요즘 갑자기 새로운 눈으로 그들의 모습을 바라보게 되었다. 내가 최근에 몇 사람의 죽음을 보고 난 다음부터이다. (중략)

어두운 마음으로 장지에서 돌아오는 길에 나는 새삼 신기한 눈으로 골목 앞 군밤 장수 여인과 등에 업힌 어린애를 보았다. 백 원짜리 지폐 한 장을 내미는 손님을 위해 여인은 정성을 다해 따끈한 군밤을 싸준다. 여인은 어린것을 추어주며 기쁨이 가득 찬 얼굴이다.

항상 동정 어린 눈으로 그들을 바라보던 나는 이상한 감회에 젖어들었다. 무릇 산다는 것은 아름다운 일이구나. 자기에게 주어진 여건 아래에서 열심으로 한눈팔지 않고 산다는 일은 바로 그 자체가 삶의 기쁨이요 보람이 아닌가?

우리는 누구나 날마다 조금씩 죽어가며 살고 있는 시한부 인생들이다. 어떻게 살 것인가를 생각하는 반면 어떻게 죽을 것인가도 생각해야 한다. 어떻게 죽을 것인가를 생각할 때 비로소 하나밖에 없는 우리의 생명은 죽음이란 숙명 앞에서도 삶의 진실을 깨달을 수 있고 어떻게 살 것인가 하는 문제도 명확해질 것이다.

— 〈살 때와 죽을 때〉에서

풋풋한 젊음이 가버린 뒤 저물어가는 황혼의 인생을 살면서도 그는 무궁한 생명력을 지닌 사람이었다. 그가 남긴 글대로 "사람의 연륜이란 오래 묵은 나무의 무늬처럼 아름다울 수 있는 것"이라는 긍정적 메시지가 그가 없는 이 세상에 조용히 울려퍼진다.

2011년 전숙희 추모 1주기 때 계원예술대학교에 세운 '전숙희문학비'

내가 문학을 사랑하며 문학을 위해 일하며 문학인들 속에서 살고 있다
는 것, 그리고 이 지상을 떠나간 후에도 내 명부는 문학이라는 울타리 속
에 남으리라는 것, 이것만은 후회 없는 나의 긍지요 희망이다.

　　　　　　　　　　　　　　　　　　—〈문학은 나에게 무엇인가〉에서

전숙희 선생은 갔지만 그가 남긴 문학 정신을 이어가고자 2010년
'전숙희추모위원회'(위원장 김남조)가 조직되고 추모사업의 하나로
'전숙희문학상'이 제정되었다. '전숙희문학상'은 넓어진 수필문학의
외연을 반영해 철학, 인문, 독서 등 다양한 주제를 다룬 수필 작품 중
그해에 가장 의미 있는 작품을 선정하여 독자들에게 소개하고 있다.
2011년 제정되어 2016년인 올해로 6회를 맞는다. 그가 평생을 정성

1999년 《전숙희 문학전집》 출판기념회에서 사랑하는 네 자녀와

들여 가꾸었던 문학이라는 뜰은, 같은 길을 가는 후배들의 빛나는 작품이 더해져 더욱 풍성해지고 있다. 그도 기뻐하고 있으리라. '한국현대문학관'에 마련된 '전숙희 기념실'에서 환하게 웃는 사진 속 그의 미소에서 그 기쁨이 고스란히 느껴진다.

2010년 8월 1일 오전 8시, 그는 뜻한 바대로 문학이라는 명부 속에 이름을 남기고 떠나갔다. 그의 마지막 유언은 후손들이 늘 책을 가까이하며 화목하게 지내고, 문학관을 영구 보존하라는 것이었다. 그의 뜻을 받들어 큰딸 강은엽과 작은아들 강영진이 관장과 이사장직을 맡아 '한국현대문학관'을 이끌어가고 있으며, 조카인 파라다이스그룹 전필립 회장이 아버지 전락원 회장에 이어 문화예술 사업의 적극적인 후원자로서 아낌없는 재정 지원을 하고 있다.

계원예술고등학교 설립 때 첫 삽을 뜨며 환하게 웃던 전숙희, 전락원 남매가 심었던 작은 싹이 이제 그 자식들 대에서 깊이 뿌리내리고, 풍성한 꽃을 피우고 있는 것이리라. 전숙희가 마지막으로 남긴 일기 형식의 자서전《가족과 문우들 속에서 나의 삶은 따뜻했네》, 그 제목의 참뜻이 이제야 넉넉히 짐작된다.

전숙희의 문학 세계

신앙과 사랑으로 세운 문학의 나라
― 벽강 전숙희를 생각한다

김주연 (문학평론가)

1. 문학인 전숙희

우리 사회 곳곳 다방면에서의 활약으로 20세기 한국문화와 그 역사에 큰 자취를 남긴 벽강 전숙희 선생의 공적은, 물론 문학 분야에서 가장 두드러지지만 그의 폭넓은 사회활동을 모두 포괄하면 대략 세 가지 측면에서 살펴볼 수 있지 않을까 생각한다. 문학인으로서의 측면, 사회활동 및 자식과 부모 등 가족 구성원이라는 입장에서 쓴 글, 기독교인으로서의 자세나 생각 등 종교적 시각에서 바라본 인생과 사회라는 측면으로 나누어서 읽어보았다.

우선 문학인으로서의 전숙희의 문학관 내지 인생관은 의외로 단호하고, 이러한 확고한 자세가 그의 문학뿐 아니라 삶 전반을 튼튼하게 기초 잡고 있다는 사실을 지적해두어야 할 것 같다. 1969년에 발행된 수필집《밀실의 문을 열고》는 특히 이러한 성격을 극명하게 보여주는 많은 글을 담고 있다. 예컨대 〈글은 인격이다〉에는 다음과 같은 대목이 나온다.

> 글은 즉 인격이다. 인격 없는 사람들이 펜을 드는 것은 실로 위태로운
> 일이 아닐 수 없다. 펜을 쥔 우리들은 먼저 펜의 횡포와 오만을 스스로 자
> 숙해야 하리라 생각한다.
> 한 장의 원고나 한 줄의 기사라도 진정 인간애에 입각해, 시인이 한 줄
> 의 시를 쓰기 위해 기나긴 사색을 거치고 정밀한 다듬질을 하듯 그만큼 경
> 건한 마음가짐과 신중을 기해야만 하지 않을까? (《전숙희 문학전집》I, 44쪽)

지극히 평범해 보이는 진술이지만, 전숙희 문학의 출발이 글과 인
간에 대한 애정, 굳건한 신뢰로부터 비롯되고 있음을 보여주는 좋은
예라고 할 수 있다. 물론 그가 처음 글을 쓰기 시작한 것은 이보다 훨
씬 앞선 1939년 《여성》이라는 잡지에 단편소설 〈시골로 가는 노파〉
를 쓴 것이 처음이다. 이 작품이 이를테면 처녀작인데, 처녀작이 소
설이었다는 점도 흥미롭다. 이 사실은 그가 태생적으로 이야기꾼의
소질을 갖고 있음을 보여준다. 〈시골로 가는 노파〉에서도 숨기기와
반전 같은 소설적 기법이 따뜻한 유머와 더불어 훈훈하게 녹아 있는
것을 볼 수 있는데, 이 방면으로 아예 전심 전진했어도 상당한 성과
를 이루었을 것으로 생각된다. 아무튼 이 소설은 전숙희 수필문학이
튼튼한 문학적 기초 위에 자리 잡고 있음을 보여줌으로써 그의 수필
이 가벼운 신변잡사에 단기적으로 머무르는 수준이 아닌, 인생 전체
가 전면적으로 투자된 든든한 문학적 성취를 이루게 된다. 전숙희에
게는 20권의 수필집들이 있고 이들 중 상당수는 1999년 전7권의 《전
숙희 문학전집》(동서문학사)으로 엮어져 발행된 바 있다. 이 중 제1권

첫머리에 그는 〈문학은 영원하여라〉라는 장을 꾸미고 자신의 문학관과 습작 시절, 그리고 자신에게 있어서 문학이 어떤 의미를 갖는지 소상하게 밝히고 있다.

하루에 한두 장의 글이라도 쓰고 난 다음에야 비로소 내가 오늘 살아 있다는 실존을 느끼게 된다. 숱한 회의와 혼돈의 사념 속에서 나는 그래도 항상 펜을 들고 있다. 나의 글은 누구에겐가 읽히기 위해 독자를 의식하고 쓰는 글이 아니다. 나를 위해, 내가 살아 있다는 보람을, 나는 몇 줄의 글에서 얻고 있다. (중략) 그 고통은 작가로 하여금 뭔가를 쓰지 않고는 못 견디게 만드는 창작의 원동력이 아닐까 하고 생각해보기도 한다. (전집 I, 38쪽)

전숙희의 글쓰기는 말하자면 실존적인 글쓰기다. 이때 실존적 글쓰기는 정직한 그 기준이 된다. 오직 쓰고 싶어서, 쓰지 않고는 배겨낼 수 없는 순수한 욕망으로 인한 글쓰기가 올바른 문학, 훌륭한 작가를 만든다. 전숙희의 이러한 고백 앞에서 우리가 숙연한 존경과 문학적 위의를 느낄 수 있다면 행복한 일이다. 단호하고 튼튼한 문학관으로 문학과 세상을 바라보지만, 그러나 그의 문학은 열정과 욕망으로만 가득 찬 뜨거운 것은 아니다. 오히려 그의 문학은 긴 길을 내다보는 냉철함과 절제의 미덕 위에 서 있다.

열정의 절제라고 부를 수 있는 이러한 특징은 전숙희 문학의 전 생애를 통하여 일관된 성격을 형성하고 있어서, 그의 일상이 되다시피 한 독서, 여행 등에 있어서도 반드시 문학과의 관련성이 적절하게 등장한다. 특히 내게 관심을 끈 부분은 〈습작 시절〉(전집 I, 25~29쪽)인데, 여기서 그는 그의 문학적 재능이 천부적인 것이었음을 고백한다.

여고시절부터 특출한 문재가 발견되어, 이화여전 문과에 무시험 장학생으로 입학할 수준이었다. 그가 대학 재학시 교수로 있었던 김상용 시인, 이태준 소설가의 각별한 총애를 받으면서 장르의 구별 없이 상당한 습작을 했던 것으로 보인다. 수필가로서 전숙희의 이름을 화려하게 알려준 계기가 된 첫 수필집은 1954년에 간행된《탕자의 변》이었다. 38편의 아름다운 수필들을 담고 있는 이 책에는 전숙희의 젊은 날의 문학과 인생이 고스란히 드러나 있다.

신약성경에 나오는 탕자의 이야기를 자신의 이야기로 삼은 수필 〈탕자의 변〉은 어머니에 대한 애틋한 사랑을 그린 글이다. 탕자라고 하면 부모를 거스르고 방탕한 생활을 하는 자식을 일컫는 말일진대 이 글에 나오는 필자 전숙희와는 전혀 어울리지 않는 표현이다. 그럼에도 그가 굳이 이러한 말을 쓴 것은 그의 마음속에 내재한 일종의 탕자의식 때문인 것으로 보인다. 그는 잘못한 것도 없이 공연한 탕자의식을 갖고 있는데, 그것은 아마도 어머니에 대해 맏이로서 효를 하고 있지 못하다는 심리적 부채의식, 그리고 무엇보다 성경적 인생관 때문이 아닐까 싶다.

어머니의 품으로 나타난 그 대상은 사실은 이 세상 전부이리라. 내가 잘못하고 있구나 하는 탕자의식도 근본적으로는 인간을 향한 사랑의 소산이라는 점에서 깊이 인식될 수 있다. 수필집《탕자의 변》전체를 울리는 글의 향기는 모두 이 사랑에서 나오고 있고, 이 사랑의 정신이 그의 문학 전체를 싱싱한 생명으로 살려내고 있다. 병든 소녀의 제어할 수 없는 사랑을 그린 〈조춘早春〉, 봄날의 작은 일상에서 행복감을 찾는 〈춘곤春困〉 등은 모두 이러한 사랑의 소산이다. 사랑이 없으면 글은 죽은 기호에 지나지 않을 뿐 사람의 가슴에 닿는 문학일 수 없다는 원초적 메시지는 이미 젊은 전숙희의 내부에서 조용히 발화하고 있었다. '뜨겁지만 조용하게'라는 생각은 전숙희의 사랑의 문학이 자신에게 끊임없이 일러주는 다짐이 되었다. 어쩌면 그의 문학적 성공은 이러한 다짐의 실현일 수 있다. 가령 다음과 같은 대목을 보자.

> 나는 언제부터인가 이렇게 커먼센스를 사랑할 줄 아는 여성이 되었나보다. 나는 어려서 고요한 호숫가에 봄이면 황금빛 개나리, 가을이면 향기 높은 흰 코스모스 우거지는 울타리를 가진 집에 살리라 했다. (중략) 그러나 지금 나는 황금빛 개나리도 향기 높은 코스모스도 없는, 나무판자도 없어 저녁이면 마루에 먼지가 뽀얗게 쌓이는 집에 살고 있다. 나는 이 초라한 집에 조그만 뜰을 사랑한다. (《탕자의 변》, 24쪽)

펜클럽 회장과 각종 공직 등 일견 화려해 보이는 그의 내면에는 이러한 소박함, 겸손함이 숨 쉬고 있는데, 이것이 바로 문학의 원동력이자 사회적 역동성의 바탕이 된다. 오늘날 도처에서 회자되고 있는 인문학 정신은 전숙희의 경우에도 가장 훌륭한 한 보기가 아닐까 생각한다. 소박한 문학 사랑이 사회활동의 무서운 에너지가 된다는 원리를 확인할 수 있는 것이다. 소박과 겸손은 인생의 기미와 그 본질에 대한 직관과 파악에서 온다고 할 수 있는데 그것은 연민과 사랑을 통해서 나타난다. 《청춘이 방황하는 길목에서》에는 전숙희의 이 같은 능력을 보여주는 수필이 여러 편 실려 있다. 실존적인 고독과 슬픔에 대한 많은 글들에서 그는 모든 인간은 사회적인 조건에 관계없이 원래 외롭고 슬픈 운명을 타고 났다며, 손을 잡고 따뜻하게 살아가기를 희망한다. 이 사랑의 정신이 바로 문학의 정신이다.

전숙희는 사랑에 관한 많은 글들을 남겼는데, 그중에 백미편이라면 아무래도 세칭 여간첩 김수임 사건을 소설화한 장편《사랑이 그녀를 쏘았다》일 것이다. 그녀의 사랑에 얽힌 사연을 누구보다 잘 알고 있었던 그는 마침내 2002년 여든이 넘은 고령에도 불구하고 이를 장편소설로 집필, 한 권의 책으로 내놓았다. 실로 놀라운 정력의 쾌거라고 할 수 있는데, 나는 그것을 김수임에 대한 사랑의 소산이라 부르고 싶다. 사랑에 대한 사랑이 얼마나 뜨거웠기에 팔십 고령에 그 긴 장편을 쓸 결심을 했으며, 실제로 그것을 완수했을까. 사랑과 그것을 결행하는 열정이 그의 문학, 그리고 그것을 넘는 많은 활동을 가능케했다.

2. 사회활동과 가정

사회활동가로서의 전숙희라는 항목을 따로 구분해보았으나, 그것이 문학인 전숙희와 뚜렷하게 구분되는 어떤 지점을 갖는 것은 아니다. 가령 국제펜클럽회의에서의 한국 대표, 그리고 종신 부회장 활동은 어느 쪽에서 바라볼 것인가. 그는 문학인으로서의 집필생활보다 훨씬 더 활발하게 사회활동을 하는 것 같아 보일 때가 많은데, 이것은 어떻게 평가하여야 하는가. 이런 질문에 해답이 될 만한 그 자신의 다음과 같은 고백이 있다.

내가 때때로 여행을 즐기는 까닭은 오염된 일상의 고독에서 탈출해 보다 더 신선한 고독 속에 잠기고 싶음이다. 낯선 사람들을 만나고 헤어짐의 아픔을 맛보고, 단절된 고독 속에서 인생을 항시 생각하고, 그러한 모든 것은 나에게 새로운 생명을 불어넣어 주기 때문이다. (《청춘이 방황하는 길목에서》, 26쪽)

상당 부분이 공무인 경우에도 그는 여행을 내면적 고독이라는 문제와 연관 짓는다. 내면적 고독이란, 그러나 그 자체가 문학의 에너지이며 샘이다. 그것은 실존적 운명이기도 하지만 의도적으로 시도되는 어떤 경지이기도 하다. 여기서 표현된 바 '신선한 고독'이다. 그렇다면 그가 언론인으로서, 국가대표로서 다닌 숱한 해외여행의 배경에는 이렇듯 '신선한 고독'을 얻고 느끼기 위한 문학적 욕망이 자리 잡고 있었다고 보아야 할 것이다. 여행과 문학이 어우러진 그것들은 그의 수필 상당 부분을 차지한다.

나는 그가 말한 《죄와 벌》의 현장을 걷고 있었다. 참으로 가슴이 뿌듯했다. 벌써 수십 년 전 읽은 《죄와 벌》의 현장을 잘 기억할 수 없었는데 라스콜리니코프가 지은 죄에 따른 괴로움을 내가 떠맡기라도 한 듯 이상한 감회에 사로잡혀 그 겨울 강물 속을 들여다보며 거닐었다. 물 위는 엷은 얼음으로 덮여 있었다. 네바강은 이 슬라브 민족의 역사적인 희비, 애환을 모두 다 안고 있을 뿐 아니라 러시아 문학의 모태이기도 하다. (전집 I, 289쪽)

나는 여러 차례 세계여행을 다녔다. 처음에 여행은 오직 어디에 무엇이 있는가 하는 호기심 많은 관광여행이었으나 회를 거듭할수록 여행의 목적은 내면으로 스며들어 낯선 땅, 역사의 자리에 서면 이제까지 잊고 있던 자신을 재발견하고 재평가하는 기회가 되었다. (중략) 여행은 혼자일수록

좋다. 더욱 외로움에 나를 내동댕이칠 때 비로소 참된 나를 발견할 수 있다. (전집II, 179~181쪽)

'참된 나'의 발견과 더불어 전숙희가 필생의 사업으로 수행한 일은 한국 대표로서 유엔총회(옵서버)와 국제펜대회에 참여한 일 이외에 문예지《동서문화》(85년《동서문학》으로 개편)의 창간과 '한국현대문학관' 건립이다. 이밖에도 그는 동생인 파라다이스 전락원 회장과 함께 계원조형예술대학(현 계원예술대학교) 및 계원예술고등학교를 설립했는데 실로 무에서 유를 창조해낸 엄청난 역사였다. 예술학교이지만 교육 사업으로 분류될 수 있는 학교 경영 문제를 제외하고 보더라도 사회활동가로서 전숙희의 면모는 약여하다. 특히《동서문화》창간을 위한 그의 열정은 작품 창작의 동력 바로 그것이다. 그런 이유이겠으나 그는 잡지 창간에 즈음하여서나 문학관 개관에 있어서나 이와 관련된 비록 공적인 기념의 글이라 하더라도 사랑의 수필이나 다름없는 따뜻한 마음의 울림을 갖는다.

저의 평생의 일념이었던 한국 현대문학의 중요 자료를 모은 전시관이 오랜 기다림과 노고 끝에 드디어 개관식을 갖게 되었습니다. 그동안 모래성을 쌓고 허무는 아이처럼 가슴 설레는 꿈같은 긴 세월이 흘렀습니다. 막상 '동서문학관'의 개관을 앞두자 두려움부터 앞서니 웬일일까요? 두렵기도 하거니와 부끄럽기조차 합니다. 제가 무엇을 하려고 21세기를 앞둔 이 급변하는 시대에 문학이란 그 고전의 유현한 세계, 언어로써 한 땀 한 땀 쌓아올린 생명의 문을 열고 나 홀로 가려고 나서는 것일까요? (전집II, 297쪽)

지금의 '한국현대문학관'을 개관하면서 벅찬 감격을 이기지 못하고 터져나오는 자축의 말이다. 여기서 주목하는 것은 "생명의 문을 열고 나 홀로 가려고 나서는 것일까요?"라는 질문형 표현이다. 그 속에는 '나 홀로'가 있다. 문학관이라는, 상당한 재정 투자가 동반되는 이 기획 사업에는 물자는 물론, 적잖은 인원들이 함께 참가하였다. 그런데 그는 왜 "나 홀로"라고 하는 것인가? 혹시 너무 교만한 것은 아닌가. 그러나 여기에 전숙희 문학과 인생의 숨은 비결, 성공의 매력이 숨어 있다. 그의 '나 홀로'는 문학의 운명적 소외의식과 관련된 것이다

거듭 말하거니와, 문학은 외로운 고독의 산물이며, 작가에게는 실존적 고독자의식이 있다. 그가 외로움을 견디지 못하고 사회적 교제를 즐기는 자라면 오래 참고 견디면서 작업을 성취하는 문학 생산자로서의 성과를 낼 수 없다. 그에 앞서서 아예 문학 창작이라는 원초적 의식의 단계로 침잠할 수 없다. 전숙희는 이런 면에서 철저한 고독의 여제女帝임을 나는 앞서서 몇몇 글의 인용과 함께 확인해왔다. 그는 인간이 태초에 외로운 존재임을 알고 있었고, 신선한 외로움을 찾아 여행길에 오른다는 글도 썼다. 그 외로움의 극복은 오직 문학을 통해서 가능하다는 견해도 누누이 피력해왔다. 문학은 외로움을 감싸주는 사랑의 능력을 지녔기에 이 모든 길을 그는 기꺼이 걷는다고 했다. 그러하기에 그는 문학관 개관이라는 공동작업의 출발점에서 "생명의 문을 열고 나 홀로 가려고" 한다고 고백한다. 비문학의 시대, 비문학의 현실 속에서 거기까지 달려오기에 얼마나 외로웠을까 넉넉히 짐작할 수 있는 대목이다. 그러나 바로 그 '홀로'인 외로움 덕분에 문학관이 문을 열 수 있었다는 역설도 가능할 것이다.

사회활동가로서의 전숙희와 이 부분의 활동상 가운데 펜클럽에 대한 글들도 그 양이 상당하다. 전7권의 전집 중 제7권은 온전히 그것들이다. 한국에서 펜클럽이 조직된 1954년부터 1970년 서울 국제펜대회까지, 초창기부터 관여한 전숙희는 한국본부의 태동과 제25차 빈 국제펜대회의 감격부터 시작하여 한국 대회를 둘러싸고 벌어졌던 김지하 등의 탄압 문제 해결 전후의 상황을 시종 흥분조로 기술하고 있다. 펜클럽에 관한 전숙희의 관심과 열정, 그리고 헌신과 기여는 얼마나 대단했던지 《Pen 이야기》(동서문학사, 1992)라는 별도의 책이 있을 정도다. 한국펜은 원래 모윤숙이 국제펜클럽본부로부터 끌어와서 창립한 것이었으나 1983년 전숙희가 회장으로 당선된 이후 1991년까지 연임하면서 사실상 한국펜클럽은 안정되었다.

　　여성의 사회활동이 활발하지 못했던 1950년대에 벌써 신문기자로서 각종 국제회의에 한국 대표로서 활약할 수 있었던 것은, 물론 전공인 영문학을 비롯한 그의 능력에 기본적으로 힘입은 것이었다. 그러나 이 부근에서 주의 깊게 살펴져야 할 점은, 흔히 연상되듯이 그가 사회활동형의 외향적 성격의 소유자만은 아니었다는 사실이다. 오히려 그는 매우 가정적이어서 남편과의 사이가 보다 곰살맞았다면 바깥 활동을 하지 않았을지도 모른다는 여운을 남기기도 했다.(〈가정의 역학〉, 전집V, 174쪽) 실제로 그는 아들딸에 대해 각별한 애정을 보였고, 특히 작은아들의 대학 진학 문제와 관련해서는 꽤 깊은 고민을 한 흔적도 엿보인다. 서울의대에 진학한 아들이 전공을 바꿔 서울공대로 다시 전과하는 과정에서의 마음고생, 혹은 마음 씀씀이에 대한 기록은 여느 어머니의 그것 못지않은 애틋함이 짙게 배어 있다. 이 같은 가정적 풍경은 어머니 아닌 딸로 나오는 장면에서도 깊은 울림을 던진다.

3. 능력의 원천 — 신앙과 사랑

그러나 인간 전숙희를 뛰어난 수필가, 탁월한 문화운동가로 올곧게 세운 근원적인 힘이 있다면 나는 그것을 그의 신앙심에서 찾아내고 싶다. 그는 잘 알려진 대로 목사의 딸로 태어나서 구십 평생 신앙을 잃지 않고 그 바탕 위에서 문학과 문학운동을 펼쳐온 신실한 기독교인이었다. 이 사실은 오늘날 참다운 기독교인의 삶은 어떠해야 하는가 하는 문제와 관련해서도 매우 시사하는 바가 크다. 신실한 기독교인이라고 할 때의 일반적인 표상이 몇 가지 있을 터인데, 그것들이 모두 기독교의 교리와 전면적인 일치를 의미하지는 않을 수도 있다. 예컨대 기독교의 교리에 의하면 기독교는 생명과 사랑의 종교다. 하나님이 태초에 천지를 창조하시고 또 사람을 창조하시므로 본질상 생명의 원천이 창조주다. 사람이 또한 하나님의 말씀을 어기고 득죄함으로써 영원히 죽을 수밖에 없었으나 죄인 된 인간들을 불쌍히 여기고 사랑하사 예수 그리스도를 보내어 구원하신 사랑의 능력자가 되는 분이 하나님이다. 창조-득죄-믿음-속죄-구원의 도식은 기독교 교리의 근간이며 거기에는 생명과 사랑의 원리가 작동한다.

전숙희의 삶을 돌아볼 때, 그것을 한마디로 정의한다면 사랑과 헌신의 삶이었다고 할 수 있고, 이러한 품성과 에너지는 전적으로 그의 기독교적 신실성의 발로였다고 말할 수 있다. 나는 그것을 몇 가지의 실례를 중심으로 확인해보고자 한다. 가장 먼저 지적할 수 있는 점은 그의 인생관, 문학관을 형성하는 발상 자체가 기독교적이라는 사실이다. 1954년에 나온 첫 수필집《탕자의 변》의 제목에서 그것은 분명하게 밝혀진다. 성경에 나오는 탕자 아닌가.

탕자는 두 아들 가운데 둘째로서 아비에게 받은 재물을 먼 나라에 가서 허랑방탕하게 허비해버린 인물이다. 전숙희의 상황은 물론 이와 다르지만, 그는 자신을 탕자로 비유한다. 탕자의 비유는 원래 죄인을 기다리는 하나님의 넓고 위대한 사랑, 혹은 하나님을 떠나버린 황폐화된 인간상을 말하는 것으로 성서 해석이 주어져 있지만, 전숙희의 제목은 반드시 그것을 의미하지는 않는다. 그러나 그는 제목과 관련하여 스스로 다음과 같이 말한다.

나는 일찍이 신 앞에서나 사람 앞에서 내가 떳떳하다든가 자랑할 만한 사람이라고 생각해본 일은 한 번도 없었다. 나를 낳고 기르고 가르치시고 그래서 나의 변변치 못한 사람됨됨이를 누구보다도 잘 아시는 내 아버님 어머님 앞에서는 더욱 그러했다.

내 아버님은 목사의 직분을 지켜오신 분이다. 내 어머님은 또한 지상의 천사와 같이 어질고 곱기만 하신 분이다. (중략) 그러나 나는 하필 내 부모님 앞에서만 이렇게 탕자의 이름을 스스로 부르는 바는 아니다. (《탕자의 변》, 250~251쪽)

말하자면 죄인의식과 겸손함인데, 이 두 가지 요소는 그의 인격의 바탕을 형성하면서 평생 그의 삶을 아름답게 이끌고 나간다. 그런 의미에서 탕자의식은 전숙희 삶의 원동력이 되었다. 탕자의식은 자기 자신에 대한 냉철한 성찰의 모티프가 되지만, 이로 말미암아 사회에 대한 따끔한 비판의 힘으로 자란다.

그러나 신앙인으로서의 전숙회의 참된 면모는 그가 사랑과 헌신의 사람이라는 점으로 요약된다. 먼저 사랑의 경우 이미 문학인으로서의 전숙회 부분에서 언급하였듯이 그는 자신의 표현대로 "언제부터인가 …… 사랑할 줄 아는 여성이 되었나 보다"라고 말할 수 있는 사람이었다. 나는 그것을 문학의 힘이자 원천으로 이미 말한 바 있는데, 그 본질이 되는 바탕은 바로 기독교 신앙이라는 사실을 새삼스럽게 강조하지 않을 수 없다. 사랑에 관한 그의 글들은 신에 관한 것, 인간에 관한 것으로 대별할 수 있겠는데 (물론 양자는 구별될 수 있는 것이 아닐 뿐 아니라, 실제로 그에게서 양자는 많은 경우 겹쳐 있다) 원류가 되는 신에 관한 장면으로서는 다음 대목이 우선 떠오른다.

눈에 보이지 않는 바람, 무형 무성의 바람을 나는 이 나뭇잎의 움직임과 그 소리를 들어 분명히 듣고 또 보았다. 그것은 무형한 신의 존재를 인정하는 것 같은 신비롭고 확실한 일이었다.

너그러운 신의 품! 나는 얼핏 이것을 생각해본다.

그곳은 모든 희망을 잃은 무리들, 슬픔과 죄악과 오뇌에 시달린 인간들이 인생의 막다른 골목에 다다랐을 때 누구나 한번은 그리워하는 고향인가 보다. (《황혼에》,《탕자의 변》, 30쪽)

비록 수필이라는 형식이라고 하더라도 한국문학에서 드물게 찾아볼 수 있는 담백한 신앙 고백의 이 글은 꾸밈없이 정직하기에 그만큼 소중하다. 한국문학은 기이하게도 기독교에 대해서 무지하거나 냉소적, 비판적인 경우가 허다하다. 기독교 정신을 바탕으로 한 좋은 작품을 쓰는 작가들이 없지 않지만 전숙회처럼 직접적인 고백으로 자신의 문학과 신앙을 결부시켜 말한 경우는 드물다. 여기서 신을 인정하고 찬양하는 그의 언어는 결국 인간에 대한 사랑으로 부드럽게 옮겨 앉으면서 그를 사랑의 수필가, 사랑의 문학인, 그리고 활동가로 높여준다.

전숙희는 하나님이 있기에, 신앙이 있기에 삶이 즐겁다. 이러한 사정은 신앙과 관련된 많은 글들이 수록된 수필집 제목이 《삶은 즐거워라》(1972)라는 데에서도 찾아볼 수 있다. 〈성서의 땅을 찾아〉 등 상당 부분이 성지와 관련된 글들로 이루어진 가운데 다음과 같은 진술이 눈에 띈다. 예수가 십자가를 진 골고다 언덕 교회에서의 기도 장면이다.

간절한 기도가 가슴속에 차올랐다. 나는 그 아래 교회로 들어갔다. 성단 앞에는 그때 그 고난의 바위가 쇠줄로 둘러 보관되어 있었다. 벽에는 감람나무 아래 이 바위 위에서 땀 흘리며 두 손 모아 간곡히 기도하시는 예수님의 그림이 걸려 있다. 이 그림은 어려서 내 방에도 항상 있던 낯익은 그림이기도 하다. 나는 그 바위 앞에 꿇어앉아 간절한 기도를 올렸다. 인생을 생각하며, 고생만 하다 돌아가신 내 어머님을 생각하며, 또 멀리 있어 더욱 그립고 가난하며 선량한 내 조국을 생각하며, 뜨거운 눈물이 흘러내렸다. 실로 오래 벼르던 나의 참회요 나의 기도였다. 가슴이 후련하도록 나는 울며 또 기도했다. (《삶은 즐거워라》, 21~22쪽)

이렇듯 20권에 달하는 전숙희 수필집은 상당 부분 종교적 색채를 띤 제목들을 갖고 있다. 《탕자의 변》을 비롯하여 《영혼의 뜨락에 내리는 비》(1981), 《가진 것은 없어도》(1982), 《이토록 아름다운 세상에》

(1987), 《또 다시 사랑의 말을 한다면》(1987), 《해는 날마다 새롭다》 (1994) 등이 그러한데, 실제 내용에 들어가면 작은 소제목들은 더욱 더 기독교적인 에피소드와 지식, 고백들로 넘쳐난다. 이 분야에 있어서 아마도 독보적이지 않을까 싶을 정도인데, 글을 넘어 그의 전 생애가 바로 이러한 사랑의 현장이다. 우선 다양한 내용을 지닌 그의 사랑에 대한 글을 몇 가지 살펴보자.

진실한 사랑은 종교와도 통한다. 사랑의 덕목인 자기헌신, 자기봉사는 바로 종교이다. 예수는 우리 인류를 위해 십자가 위에 자기 생명을 던지셨다. 인류에의 헌신이다. (중략) 오늘날 헌신적인 사랑은 어디에서 찾아볼 수 있는가. 사랑은 받기보다는 주는 것, 사랑은 헌신하고 봉사하는 것이다. 이 시대의 비극은 사랑의 상실에 있다. 사랑의 궁핍에 있다. 사랑이 넘치는 사회, 사랑과 사랑으로 이어지는 인간관계 (중략) 사랑의 부활만이 메마르고 삭막한 사회를 구원할 수 있다. (《사랑의 위대함》, 전집III, 36~37쪽)

누구나 사랑을 원하는 이는 얻을 수 있다. 인간의 사랑은 가슴속 가득히 차 있고, 신의 사랑은 온 누리에 가득 퍼져 있기 때문이다. 단지 그의 마음이 맑아야 하고, 그의 눈빛이 투명해야 한다. 그래서 탐욕에 물들지 않고 오만하지 않은 손으로 진실한 사랑을 얻어야 한다. (《사랑의 유산》, 전집III, 55쪽)

그리하여 전숙희는 그의 문학전집 3권 《가보지 못한 길》에서 〈영원한 물음, 사랑〉이라는 장을 독립시켜 놓았다. 그의 사랑은 종교에서 출발하여 문학을 낳았고, 이성 간의 그것을 넘어 그가 만난 모든 사람들에게 따뜻하게 전파되었다. 전숙희가 천국으로 간 이후 세상의 공기는 릴케의 아득한 표현대로((제1비가)에서) 새의 깃털이 다정하게 나부끼는 바람의 부피가 줄어든 것만큼 많이 희박해진 것 같다.

하기야 새들이 노래하는 원시림의 러시아에서 릴케가 신을 만났듯이 전숙희도 러시아의 숲속에서 신에게 더욱 가까이 가는 경험을 고백한다. 정녕 그는 경건과 사랑의 몸으로 처음부터 끝까지 하나님 제단에 바쳐진 위인이 아니었던가 생각된다. 러시아 여행기를 통한 신앙 고백의 아름다운 문장이다.

새들이 노래하고 온갖 꽃이 흐드러지게 피며, 전혀 오염되지 않은 원시의 삼림을 부드러운 바람이 쓸어주는 대지, 그 대지를 조망하는 사원의 하늘. 나는 그 겨울의 어두운 하늘을 쳐다보며 여기에서 더 가까이 신에게로, 신에게로 다가가는 경건한 마음이 뜨겁게 내 가슴 깊은 곳을 적셔줌을 느꼈다. ((신에게 더 가까이), 전집VI, 289쪽)

수필가 전숙희의 소설가 시절
— 초기소설 발굴과 그 의의, 그리고 수필문학과 그 사이

서정자 (문학평론가)

한국 문화예술계에 큰 발자취를 남긴 벽강 전숙희 선생의 화려한 이력은 그의 문학 세계를 오히려 가려온 감이 없지 않다. 작가 자신, 오랫동안 문단의 중심적 위치에 있었으므로 그의 문학 세계가 어느 정도 정리되어 있거나 평가가 이루어져 있으리라 생각하기 쉬우나 실은 그렇지 못하다. 특히 소설로 일찍이 등단한 그의 초기소설들은 그 비중을 무시할 수 없을 정도의 숫자임에도 아직까지 그 작품 세계가 소개된 바 없다.

전숙희는 1939년 10월 《여성女性》에 단편소설 〈시골로 가는 노파〉를 발표함으로써 문단에 작가로 등단했다. 근대문인사전은 전숙희가 모두 7편의 소설을 발표한 다음 수필에 전념한 것으로 쓰고 있으나, 전숙희의 초기소설 작품은 등단 전 이화여자전문학교 재학 시에 교지인 《이화》에 발표한 단편소설 〈코스모스〉(제7집, 1937)와 역시 재학 시에 영어로 쓴 단편 〈들국화〉가 있으며, 이에 더하여 현상 장편소설 모집에 응모하기 위해 쓴 장편 《만종晩鐘》까지 등단 이전과 이후 도합 13편에 이르는 소설(콩트 포함)을 썼다.

한편 이화여전 문과 입학 연도가 이번 필자의 조사에 의하면 1934년이 아니라 1933년이어서 이화여전 재학은 1938년 졸업까지 5년에 걸쳐 있고(전문학교 과정 4년), 수필에 나타난 전기적 사실을 보면 재학 시 영화에도 관심이 있어 시나리오도 썼으며 졸업하면서 한국 최초의 여성 영화 조감독으로 데뷔하여 영화 〈어화漁火〉를 찍기도 했다. 동인극단을 만들어 연극을 하기도 했으며, 법률 공부를 하기도 했다. 기타도 춤도 이 시기에 배웠다고 하는 것을 보면 전숙희는 전문학교 시절 요즘 말로 알파걸의 전형이 아니었나 싶다. 졸업이 1년 늦어진 연유와 함께 전문학교 시절을 중심으로 한 그의 초기 시절은 충분히 주목할 만하다.

전숙희의 전기적 사실들에서 세 가지를 주목하게 된다. 하나는 아버지다. 전숙희의 대표작에는 어머니에 관해 쓴 글이 많고 어머니를 칭송하고 있지만 전숙희는 어머니와 같은 여성이 된 것이 아니라 아버지를 내면화한 가부장적인 딸이 되었다. 비현실적인 아버지를 대신하여 어머니를 도와야 한다는 맏딸로서의 책임감이 전숙희의 삶에 상당히 큰 압박이 되었다고 본다. 둘째는 이화여고 동맹 휴학 사건이다. 친구를 배신할 수 없어 억지로 맹휴에 동의했다가 겪은 40여 일의 옥살이는 전숙희의 생애에 적지 않은 영향을 주었다고 본다. 아버지의 신앙생활은 자식들에게 영향을 주어 전숙희도 평생 기도하는 생활을 하지만 일제강점기로부터 해방과 육이오 등 이데올로기로 인한 비극이 지뢰밭처럼 깔린 시대를 살면서 전숙희가 기독교적 윤리관으로 일관한 것은 이때 겪은 옥살이와 관련이 있다고 여겨진다. 셋째는 이화여전의 교육 사상이다. 이화여전은 문학이 생산되는 하나의 문학 장으로 볼 수 있다. 식민지 시대에 수용된 근대적 젠더의 틀에 '균열'로 존재했던 이화여전 교육 사상은 전숙희의 작가의식에 영향을 주었을 것이다. 학생기독교청년회 문학부가 발간한 교지《이화》에는 '청년'에게 요구하는 사명과 아울러 전문학교 출신 '여성'의 사회적 기여를 요구한 논설들이 실려 있다.

1. 전숙희 초기소설 발굴과 그 의의

매일신보사는 1941년 4월 8일자 신문에 매일신보 출판부가《여류작가집》을 출판한다고 기사를 내보냈다. "이 책에 수록하는 작가는 노천명, 최정희, 모윤숙, 이현욱, 박화성, 이선희, 강경애, 임옥인, 김말봉, 전숙희(무순) 씨 등 제씨의 명편들이다." 이 기사는 전숙희를 여성작가의 대열에 포함하고 있다. 전숙희 외에도 이현욱(지하련), 임옥인이 들어 있다는 점에서 지금까지 나온《현대 조선 여류문학 선집전경》●(1937) 또는《여류단편걸작집》(1939)과 차이가 있다.

우리는 여기서 전숙희가 작가로서 대접을 받고 있는 점에 주목한다. 전숙희는 왜 임옥인이나 이현욱(지하련)처럼《문장》을 통해 등단하지 않고 여성교양지인《여성》을 통해 등단했을까. 전숙희는 이태준에게 소설 지도를 받았다고 했고, 이태준은《문장》의 소설 추천위원이었다. 그러나《문장》이 창간된 것은 1939년이다. 전숙희가 소설

● 《현대 조선 여류문학 선집전경》(조선일보사 출판부, 1937)에 수록된 작가와 시인은 강경애, 김말봉, 김오남, 김자혜, 노천명, 이선희, 모윤숙, 박화성, 백국희, 백신애, 장덕조, 장영숙, 장정심, 주수원, 최정희 등 15명이다. 《여류단편걸작집》(조선일보사 출판부, 1939)에는 강경애, 장덕조, 이선희, 박화성, 최정희, 노천명, 백신애의 단편이 실려 있다.

을 열심히 쓰던 때는 아직《문장》이 나오기 전이고, 선배인 모윤숙과 노천명이 모두《신동아》,《동광》등에 작품을 발표하고 시집을 냄으로써 문단에 등단하고 활동을 했으므로《여성》지에 작품을 발표하고 등단하는 것에 별 저항감이 없었을 것이다.

앞서 언급하였던 것과 같이 전숙희는 1학년이던 1933년, 조선일보사에서 공모한 장편소설에 응모하기 위해 장편소설(조사 결과 예선통과자 전재경을 전숙희라 추정·필자)을 썼다. 1학년생인 전숙희는 왜 장편소설 쓰기에 도전하였을까? 이것은 맏딸로서 현상금(千圓)을 향한 도전이 아니었을까. 비록 가작, 또는 차석이라 실망한 나머지 원고를 없앴다고 하지만 이 장편소설 습작은 전숙희의 글쓰기 역량을 키운 중요한 작가수업이 되었을 것이다. 1966년 전숙희는《여수상 간다》후기에서 이 책을 쓰는 데 한 달이 걸렸다고 했다. 대단한 필력이 아닐 수 없다. 그 필력은 장편소설을 쓰면서 길러진 것이라고 본다. 전숙희가 1954년 수필집《탕자의 변》을 출간할 때 노천명은 발문에서 "그는 앞으로 소설을 쓸 사람이라는 것을 느꼈다"고 했고 박영준도《탕자의 변》을 읽고 "앞으로의 소설문학으로 말미암아 더욱 빛날 것을 확신하는 바이다"라고 전숙희에게 소설가로서의 활동을 기대하고 있다.

전숙희가 쓴 소설은 13편 에 이른다. 이 중 장편이 두 편, 단편이 6편

발표시 구분	발표 시기	작품 제목	발표 지지
영문단편	1934. ?	들국화	해외 영자지(미발굴)
장편	1934.	만종(晚鐘)	조선일보 장편소설 응모작(일실)
단편	1937.	코스모스	이화 제7집
단편	1939. 10	시골로 가는 노파(老婆)	女性
콩트	1940. 6	탄식(嘆息)하는 피주부	女性
소품	1941. 6	애정(愛情)	신세기

(영문 포함), 콩트가 5편이다. 영문소설을 빼면 단편과 콩트가 반반씩이고, 길이와 형식상 콩트라기보다 단편으로 분류해야 옳을 작품이 대부분이다. 전숙희는 수필집《탕자의 변》을 내면서 권말에 콩트 3편을 싣는다.〈범부범부凡夫凡婦〉는 2백 자 원고지 40장,〈명일明日〉이 40장,〈회신灰燼〉이 44장이다.《여성》의 콩트 특집에 실린〈탄식하는 피주부〉의 길이는 23장이다. 한편 단편소설로 발표된〈코스모스〉는 30장 길이이다. 우리문학 초창기에는 단편소설이 20~50장 길이였다. 단편소설로 발표된〈시골로 가는 노파〉가 70장,〈우화〉가 65장,〈귀로〉가 60장이니 40여 장이면 좀 짧기는 하다. 그러나 전숙희의 소설 10편에서 콩트 형식에 맞는 것은〈탄식하는 피주부〉1편뿐이다. 보통 단편소설이 인간의 삶을 온건한 태도로 그려나가는 데 반하여, 콩트는 한 사건의 어느 순간적인 모습을 포착하여 그것을 예리한 비판력과 압축된 구성, 그리고 해학적인 필치로써 반어적으로 표현한다. 또한, 사건의 진전이 클라이맥스에서 예상 밖의 전환을 보여주는 것을 원칙으로 하기 때문에 결말에서 반드시 반전이 이뤄진다. 전숙희는 형식으로 보아 콩트라기보다 단편소설이라고 할 만한 이 글들을 왜 콩트라고 수필집 권말에 실었을까? 전숙희는《탕자의 변》을 출간하면서 수필가로 출발하고자 했던 것 같다.

단편	1953. 11	미완(未完)의 서(書)	문화세계
콩트	1954. 2	명일(明日)	신태양
단편	1954. 3	우화(寓話)	신천지
콩트	1954. 11	범부범부(凡夫凡婦)	《탕자의 변》에 수록
콩트	1954. 11	회신(灰燼)	《탕자의 변》에 수록
단편	1957. 6	귀로(歸路)	사상계
장편	2002.	사랑이 그녀를 쏘았다	정우사

1) 〈코스모스〉〈애정愛情〉〈회신灰燼〉
— 여성의 자기실현 문제와 남성의 허위의식 고발

이화여전 문과 재학 시 1937년 6월 《이화》지에 발표한 단편 〈코스모스〉는 코스모스라는, 소녀 취향의 꽃 이름이 제목으로 등장하여 감상적인 내용일 것이라는 독자의 선입견을 보기 좋게 전복하는 전숙희의 처녀작이자 수작이다. 나혜석의 〈경희〉 이후 처음 등장하는 여학생의 시선으로 결혼문제를 다룬 이 소설은, 짧지만 강렬한 메시지를 담고 있다. 나혜석이 부모가 강제하는 결혼을 거부하는 주인공을 통해 주체의 선언을 보여주었다면, "결혼은 꿈의 무덤이 아니라 새로운 임무의 시작"이라며 똑똑한 여성은 사회적 책임과 가정의 책임 모두를 이룰 수 있다는 이화의 교육정신, 슈퍼우먼 콤플렉스를 그려 여성의 자기실현 문제를 다룬 소설이다.

〈코스모스〉는 학생시절의 길놈이와 결혼 후의 길이를 대비하는 구조로 짜여 있다. 결혼 전과 후의 변화를 절묘하게 보여주는 기호가 코스모스, 베루, 기타(guitar)다. 길이는 코스모스와 들국화를 무척 좋아했고, 강아지 베루를 사랑해서 함께 자고 늘 데리고 다녔으며 기타연주로 방송에도 출연하는 재원이었다. 잡지에 글도 쓰고 신문 현상소설에 응모하려고 밤을 새워 장편을 쓰기도 하며 영화광이기도 해서 화장술에 대한 지식과 방법이 미용사를 능가할 정도여서 '나'는 길이에게 문학 방면으로 나가면 꼭 성공할 거라고 말해주었다. 그런 길이가 2년 전 갑자기 결혼을 하게 된다. 코스모스가 둘러싸인 집 뒤는 산이고 사방으로 돌아가면서 코스모스 꽃밭인 집에는 하얀 토끼, 닭, 좋은 개, 양들이 있는 선경 같은 집엘 다녀왔다며 자랑하던 길이는 바로 그 집으로 결혼해 들어가게 된 것이다. 결혼한 길이는 침착해지고 점잖아져 우리는 놀랐고, 그리고 한동안 만날 기회가 없었다. 길이가 낳은 아들의 백일을 축하하려고 '나'는 길이의 집을 방문한다.

일 년 동안에 그의 모양은 몹시도 변하였다. 얼굴은 초췌하여지고, 옛날에 보던 그 무사기(無邪氣·인용자)한 웃음은 그림자조차 엿볼 수 없었다. 그러나 몽굴몽굴한 귀여운 아기를 들여다보며 그의 야윈 얼굴에는 말할 수 없는 기쁨과 희망이 떠오르는 듯했다.

길이는 달라졌다. 얼굴도 초췌하였을 뿐 아니라 먼지를 쓴 채 벽에 걸린 기타는 '어따 팔아나 버려야겠다'고 하는 것이었고, 베루는 먹는 게 많이 든다 하여 친정으로 돌려보내버렸다고 한다. 그보다도 달라진 것은 코스모스 꽃밭이다. 꽃밭에는 모조리 시퍼런 무청과 배추만이 자라고 있다. 기타와 베루와 코스모스…… 이 세 가지 기호의 상징적인 변화는 길이의 변화된 삶을 응축하여 보여주고 있다.

자기 자신을 망각하고 희생적인 모성애에서 사는 그 아름다운 마음! 그러나 길이가 그다지도 속히 자기 자신을 망각하고 희생해버릴 줄이야, 그는 벌써 책상 앞에서 자신의 포부와 이상을 실현시키고 하나의 사회인으로서 사회에 봉사하려 노력하던 길이는 아니고 부엌에서 귀여운 아들의 장래의 성공을 위하여만 염려하고 계획하는 길이가 되었다. 인정은 변한다. 길이는 역시 평범한 하나의 모성이었구나.

● 전숙희, 〈코스모스〉, 《이화》 제7집, 이전학생기독교청년회 문학부 발행, 1937. 6.

가는 햇발이 아직도 따뜻이 끝없는 추억에 잠기어 있는 내 몸을 적시어 주고 있다.

코스모스! 길이!

저 건너편 담 밑에는 한 무더기 코스모스가 무엇을 호소나 하는 듯이 가는 바람에 고요히 나부끼고 있다.

"책상 앞에서 자신의 포부와 이상을 실현시키고 하나의 사회인으로서 사회에 봉사하려 노력하던 길이"는 결혼 후 아들의 성공을 위해서만 염려하고 계획하는 어미가 되었다. 코스모스는 슈퍼우먼의 꿈을 지녔던 주인공의 변화와 비애를 그리는 데 매우 적절한 장치로 기능하며 작가는 화자인 '나'의 시선을 통해 이러한 길이의 삶을 문제제기의 도마에 올려놓는다. 우리 여성소설사에서 슈퍼우먼 콤플렉스의 최초의 소설화다. 주인공 길이의 학창시절 정보는 작가 전숙희의 전기적 사실과 일치한다. 문학, 영화, 연극, 음악 등 다방면에 재능을 보이는 길이의 캐릭터에 전숙희는 자신을 투여하고 있다. 이화여전을 졸업하는 데 5년이 걸린 것과 이 소설의 정보를 참고하면 전숙희는 이때 이미 결혼을 하지 않았을까 추측되며 이런 자전적 내용을 대담하게 소설화하는 작가 전숙희의 면모를 주목하게 된다. 앞에서 언급했듯이 전숙희는 '어머니'가 아니라 '아버지'를 지향하는 알파걸이었음에 틀림없다. 알파걸의 갈망은 자칫 슈퍼우먼 콤플렉스로 이어진다.

〈애정〉은 소품小品이라는 단서를 붙여 게재된 25장 길이의 작품이

● 전숙희 , 〈코스모스〉, 위의 책, 148쪽

다. 그러나 내용은 〈코스모스〉와 비슷하게 사랑하는 남자가 생기자 친구와 약속한 자기실현의 꿈을 헌신짝처럼 내버리고 떠난 친구의 이야기로 작품 수준이 만만치 않다. 편지 형식인 이 소설에서 '바보'라는 소리를 듣고도 화를 내지 않는 '나'는 떠나간 독설가이자 백만장자보다 오만했던 친구를 그리며 그의 귀환을 기다린다. 작가는 화자 '나'를 통해 남자와의 애정 앞에 자기를, 꿈을 쉽게 버리는 여성을 비판하고 있다. 〈코스모스〉와 〈애정〉, 이 두 편의 소설은 고를 달리하여 꼼꼼히 분석해 볼 필요가 있다. 여성소설사적 의의를 가진 작품이다. 우리 근대여성소설은 사랑이나 교육을 찾아 가출을 하거나 고발을 할지언정(백신애 〈낙오〉, 이선희 〈계산서〉) 슈퍼우먼 플렉스를 고민하지는 않았다.

〈미완의 서〉는 환도 전 피난지 부산에서 있었던 일을 환도한 서울에서 회상하며 쓴 소설이다. 남편이 납북된 후 정선은 두 아이를 데리고 부산으로 피난 와 사는데 부모의 반대로 이루지 못해 안타깝던 옛사랑을 극적으로 만나자 정선은 재결합을 꿈꾸게 된다. 영환 역시 아내를 북에 두고 내려온 처지. 그러나 정선은 영환을 낯설어하는 아이들의 모습을 보고 포기하는 편지를 남기고 서울로 올라온다. 서간체의 애절한 호소의 문장이 능숙하여 전숙희의 문장력을 재인식하게 한다. 왜 '미완의 서'인가. 포로교환이 진행 중이기에 남편이 돌아올 수도 있는데 남편이건 영환이건 찾아오면 그때 끊어진 편지를 이어 쓰겠다는 것이다. 모성과 여성의 갈등이라는 흔한 소재라고 하겠으나 제목이 〈미완의 서〉이듯 남편인지 옛 애인인지 이 갈등은 아직 끝나지 않았다는 것이어서 의미가 심장하다.

게재 지면을 알 수 없는 〈범부범부〉는 수필집 《탕자의 변》에 실린 짧은 소설이다. 이 소설은 생활 속의 쇄말 사를 대화로 재치 있게 끌고 나가 부부라는 그림을 자연스럽게 그린 것이다. 사소한 의견 차가 이혼을 생각하는 극단의 지경에까지 가지만 아내 명숙의 인내와 믿음으로 이 부부는 무사히 화해에 이른다. 남편 성훈의 대화도 개연성이 있지만 아내 명숙의 낭만적이고 비현실적이며 예민한 감수성을 보이는 대화도 일품이다.

〈회신〉은 남성의 허위의식을 날카롭게 꼬집었다. 윤은혜는 6·25전쟁이 나기 전 유부남 이동준을 사랑하여 3년간이나 마음을 주었지만 이동준은 6·25전쟁이 나자 은혜에게 온다 간다 말도 없이 부산으로, 다시 일본으로 건너갔다 환도와 함께 돌아온다. 이들은 어떤 기회에 단둘이 만나게 된다. 이때 이동준이 다시 옛날의 분위기로 몰아가며 맘을 돌이키라는 말에 윤은혜는 자리에서 일어난다. "불은 벌써 꺼졌어요. 다 타버린걸요……." 회신灰燼이다. 남성의 에고이즘과 허위의식을 전쟁을 배경으로 적시한 주제가 신선하다.

2) 〈시골로 가는 노파〉〈탄식하는 피주부〉〈우화〉〈귀로〉
  — 노인, 노처녀 등 소외된 계층의 삶 추적

전숙희가 단편소설로 쓴 소설은 세태소설이 주다. 〈시골로 가는 노파〉는 화자가 '우리'라고 말하는 '나'의 시선으로 뒷방할머니의 신산한 삶의 일면을 보여준다. 등단작인 만큼 문장이나 주제가 탄탄하다 하겠으나 일인칭 제한시점에다 평면적 구성이라 절정의 단계에 오르지 못하고 이야기는 대단원에 이르고 만다. 전숙희 소설에서 화자가 일인칭 제한시점인 '나'인 경우가 많다는 것을 상기하면 이 소설이 단편소설의 길이를 유지하면서 현재 과거 현재의 단순한 시간 구성조차 무시하고 오직 말하기의 수법으로 끌어가는 데서 오는 한계가 이 작품의 한 결점이 되고 있는 것을 쉽게 발견할 수 있다. 근대에 이르러 노인은 이미 소외계층에 속하기 시작했고, 가난하고 가족이 없는 경우에는 생계조차 문제였다. 뒷방할머니가 딸도, 사위도 의지할 수 없게 되자 절망하는 모습은 점증하는 노인의 문제를 적절하게 지적했다고 하겠다.

〈탄식하는 피주부〉역시 시대가 변하여 결혼풍속이 바뀌자 잔칫집에 가서 음식 대접받는 재미로 살던 피주부가 실망하게 됐다는 이야기다. 〈우화〉도 중매쟁이를 직업으로 사는 뚱쟁이 마누라가 시앗을 본 다음 방물장사로 나서서 남의 집을 자유로 드나들다가 중매쟁이로 직업을 바꾼다. 마누라는 온갖 구박을 한 영감이 죽자 후히 장사 지내고 날마다 절에 다니며 극락에 가도록 정성을 드린다. 마누라의 마음의 변화가 갑작스러운 탓에 개연성에서 아쉬움이 남는다.

〈명일明日〉은 6·25전쟁 후 포로교환이 이루어지는 현장에서 남편이 돌아오기를 기다리는 온녀溫女의 슬픈 이야기다. 〈귀로歸路〉는 노처녀 유순하 선생의 이야기다. 유순하 선생은 모 중학교의 영어선생이다. 해방 전에 영어선생으로 취직을 했던 모양이다. 그래서 교사자격증이 없는 교사였다. 독립운동 하러 상해로 간 아버지는 객사하여 홀어머니와 단둘이 살고 있는데 생활하기에 빠듯한 봉급에 결혼 적령기를 놓치는 바람에 노처녀로 쓸쓸한 나날을 보낸다. 세태소설은 〈코스모스〉 등의 여성소설에 비할 때 그 절실함에서 차이가 난다.

2. 소설에서 수필로의 장르 전환, 그 내적 필연성

이화여전은 1900년대 초 이화학당 시절부터 학생들이 '이문회以文會'를 조직하여 문학 활동을 하였으며, 이화여전 학생기독교청년회 문학부는 1929년부터 1938년까지 교지《이화》발간을 통해 이화여전의 교육 사상을 전하면서 남성 중심의 문단에 균열을 일으키는 하나의 여성문학 장의 역할을 담당했다. 《이화》는 모윤숙, 노천명, 이선희를 필두로 김오남, 주수원, 백국희 등 많은 문인을 배출했으며 그중 한 사람이 전숙희다.

전숙희가 수필로 장르 전환을 하여 문학 활동을 계속함으로써 전숙희의 초기소설에서 수필로의 장르 전환이 손쉬웠거나 오히려 선택하게 된 내적 필연성을 살펴본다. 전숙희 소설은 첫째 '나'의 시점으로 쓰는 글이 다수이다. 〈코스모스〉, 〈시골로 가는 노파〉, 〈애정愛情〉, 〈미완未完의 서書〉가 그것이며 여주인공의 시각으로 그린 〈범부범부凡夫凡婦〉, 〈회신灰燼〉, 〈명일明日〉도 3인칭 제한시점이어서 일인칭 제한시점과 비슷한 효과를 낳는다. 편지 형식, 심리소설이 그래서 다수를 차지한다. 둘째는 그의 소설과 콩트 대부분이 평면적 구성을 보인다. 소설은 과거로 돌아갔다가 다시 현재로 돌아오는 입체적 구성을 통해 주제의 심화를 꾀하는 것이 일반적이다. 그러나 전숙희 소설은 시간적 역진이 없이 순차적으로 전개되는 특징을 지닌다. 셋째는 길이가 짧다. 즉 전숙희는 짧게 쓰는 글을 선호한다. 넷째는 작가의 체험이 녹아 있는 소설의 경우 성공을 하고 있다. 〈코스모스〉, 〈애정〉 등이 그 예이다. 〈코스모스〉의 주인공 길이의 결혼 전의 모습은 전숙희의 전기적 사실과 일치를 보이고 있고, 〈애정〉의 경우도 '나'에게

서 전숙희를 연상하게 된다.

이러한 전숙희의 소설적 특징은 수필적 글쓰기로 이행하기에 적합했다는 생각을 하지 않을 수 없다. 수필은 자기 체험을 재료로 하는 문학이다. 자기 체험을 중심으로 소설을 썼을 때 이룬 성공(이라고 여긴)은 전숙희로 하여금 수필 양식에 친근감을 갖게 하였으리라 보인다. 소설가가 되겠다는 꿈을 접을 수밖에 없도록 외부환경도 단순치 않았다. 그 자신이 술회하였듯이 "결혼은 나의 사상, 나의 생활에 많은 변화를 가져왔다. 게다가 계속되는 임신과 출산으로 인해 나의 시간과 정력은 모두 생활 속으로 소모되었다. 나는 드디어 아직도 미련을 버리지 못했던 소설가가 되겠다는 꿈은 씻어버렸다. 그 추궁의 끈기와 밀도密度, 정력精力과 시간을 주변 없는 나로서는 쪼개낼 도리가 없다고 생각했기 때문"이었다. 그야말로 슈퍼우먼 콤플렉스를 고민한 것이다. "그러나 나는 역시 내 본 고향인 문학 가족에서 소외되고 싶지는 않았다." 그래서 비교적 가벼운 마음으로 쓸 수 있는 수필을 쓰곤 했다고 했다. 그러나 "당시 몇 편의 소설을 지상에 발표하고도 끝까지 쓰지 않았기 때문에 나는 선생들과 사회의 기대를 저버리고 끝까지 소설가로 남지 못한 채 미수자가 되어버렸다"고 전숙희 스스로 말했듯이 끝까지 소설쓰기로 나아가지 않은 것은 아쉬운 점이다.

그렇다면 전숙희 수필문학의 특성은 어떤 것일까? 소설에서부터 자기폭로와 고백에 대담성을 보인 전숙희는 자신의 수필쓰기의 방법

● 전숙희, 〈나의 문학적 산책〉, 《밀실의 문을 열고》, 국민문고사, 1969. 4. 20. 11쪽
● 전숙희, 〈미수 인생〉, 《그리고 지나간 것은 모두 즐겁게 생각되리니》, 문학 세계사, 1991. 24쪽

과 자세를 '솔직성'과 '진정성'으로 천명했다. 1959년 9월《사상계》에 발표한 수필〈산〉에는 전숙희의 수필 창작 방법이 나온다. 산과 함께한 아름다운 체험을 쓴 다음, 산에서 발견한 "천년이고 백년이고 변함없는 바위들과 천년 백년 해마다 소생하는 나무숲의 영원한 생명력을 바라다보며 삶의 엄숙함과 꾸준함, 또 꾸밈없는 솔직한 표현을 배워야만 할 것 같다"고 했다. 산에서 솔직한 표현을 배웠다는 것이다. 이어서 그는 미국, 프랑스, 독일, 일본 등 각지에서 쏟아져나와 베스트셀러를 이루는 '사소설'이 감동을 주는 것은 대담하도록 솔직함에 있다고 말하고 "글을 쓰는 사람으로서 내가 항상 느끼고 또 스스로 마음에 다지는 것은 꾸밈없는 솔직한 표현을 해보자는 것이다. 글뿐 아니라 내 생활 전체를 알고 모르고 있고 없고 간에 부끄럼 없이 있는 그대로를 털어놓고 살 수 있는 인간이 되어야만 하겠다"라고 천명하듯 말하고 있다. 김현주가 전숙희의 수필이 현학적인 것과는 거리가 멀다고 했지만 전숙희는 자신의 삶을 해부하여 가감 없이 솔직히 고백하는 것을 그 방법으로 하고 있는 것이다.

전숙희는 소설 발표와 함께 또는 그보다 먼저 수필을 써온 듯하다. 1936년에《이화》지에 발표한〈낙화〉를 시작으로《여성》,《신천지》,《문예》,《문화세계》와《자유문학》,《현대문학》,《사상계》등에 발표한 수필을 찾은 것이 40여 편이다. 1954년의 첫 수필집《탕자의 변》에 실린 것도 있고 실리지 않은 것도 있다. 1952년 1월《문예》의 문학적

- 이 글에서의 사소설은 자전적 소설을 말할 것이다. 일본의 문학용어로서 사소설과는 다른 의미이다.
- 이 수필은《한국여류문학전집》 7, 한국교양문화원, 1977. 전숙희 수필 편에 28편의 작품과 함께 실려 있다.

초상화③, 〈여류군상〉 칼럼자는 김말봉, 최정희, 모윤숙, 노천명, 손소희, 장덕조, 강신재를 거론한 다음 전숙희는 '멘(면)도날 같은 날카로운 눈매를 가진 유일한 여류수필가'라 쓰고 있어 50년대 초 이미 수필가로 알려져 있기도 하다.

이글을 쓰면서 필자는 전숙희를 새롭게 만났다. 그의 수필뿐 아니라 30년대에서 50년대의 소설과 그의 전력前歷에는 그가 평생 이룬 화려한 성취의 싹이자 그 뿌리가 이미 담겨 있었다.

일제강점기 함경도 무산에 살 때 산욕이 채 끝나기도 전, 아기를 솜 포대기에 싸 업고 영하 40도의 두만강 빙판을 건너 만주에 가려던 전숙희의 모습은 그의 세상을 향한 높은 꿈과 기개를 보여주는 것이다. 이제 이 눈 덮인 두만강 앞에 선 전숙희의 모습은 하나의 아우라로 그의 문명文名 위에 남았다. 자신을 아끼지 않고 문학의 제단에 올린 그의 수필의 발표 지지를 찾아 작품 연보가 만들어져 그의 문학이 제대로 밝혀지는 날을 기다린다.

벽강蘗江 전숙희田淑禧 선생 연보

1916년   양력 3월 15일(가호적 등록상 모든 자료에 1919년으로 되어 있으나 실제
          출생연도는 1916년임) 강원도 통천군 고저에서 부친 담양 전씨 전주
          부, 모친 선천 계씨 계성옥의 5녀 2남 중 맏이로 태어나다. 부친 전
          주부 목사의 외동아들이 파라다이스 그룹을 창업한 전락원 회장이
          다. 부모님을 따라 강원도 원산을 중심으로 함경도, 강원도 동해안
          을 오가며 어린 시절을 보내다.

1925년   평양 심성신학교를 졸업한 부친이 신학 공부와 전도 사업을 목적으
          로 가족을 데리고 서울로 이주하다. 부친은 서울 협성신학교와 연희
          전문학교 신학과를 졸업하다. 일본말을 쓰지 않는 학교에 보내야 한
          다는 부친의 소신에 따라 기독교계 종로소학교 졸업 후 4년제 이화
          여자중학교에 입학하다.

1931년   이화여고 재학시절 동맹 휴학 사건에 연루되어 서대문경찰서에 40여
          일간 수감되다.

1933년   이화여자전문학교 영문과에 무시험 장학생으로 입학하다. 대학시절
          부터 작가가 되기로 결심하다. 당시 이화여전 교수였던 소설가 이태
          준 선생의 지도 아래 쓴 〈시골로 가는 노파〉 등 4, 5편의 단편소설을
          《여성》,《사상계》에 1939년 발표하다. 대학 재학 중 방학 때마다 친
          가와 외가가 있던 원산과 금강산을 방문했던 추억을 숙성시킨 주옥
          같은 수필을 다수 남겼다.

1938년   3월 이화여전 졸업 후 연희전문 의과 출신인 강순구와 결혼하려 했
          으나 시부모의 반대로 어려움에 부딪히고 그 사이 첫딸 강은엽이 태

어나다. 결혼 후, 함경도 도립병원 내과 과장이 된 남편을 따라 청진과 가까운 군항 나남으로 이주하다. 1년 후, 남편이 함경북도 무산의 철도병원 원장직을 맡아 한만 국경 광산 도시로 옮기다. 이 때문에 선생의 원적은 아직도 함경북도 무산군 동면 강선동 395번지로 남아 있다. 그곳에서 1940년 1월 장남 강영국을 출산했고, 북방 정서를 접하며 산촌 사람들의 삶과 풍광을 수필로 쓰기 시작하다.

1942년　태평양전쟁으로 시국이 급박할 무렵 남편이 군의관으로 남양전선 전보 발령을 받는 등 신상의 위험을 느끼자 친척의 도움으로 경상북도 영일군 안강읍으로 피신하다. 안강에 도착한 그해 겨울 차남 강영진이 태어나다. 남편이 읍내에 개인병원을 개업하고, 44년 차녀 강은영이 태어나다.

1945년　안강에서 해방을 맞다. 포항에 주둔한 미군정청에서 영문과 출신인 선생을 통역관으로 채용하여 2년 동안 비서 겸 통역관으로 일하다.

1947년　서울 주재 미군정청 물자영단 비서실장으로 발탁되어 온 가족이 서울로 올라오다. 상경 후 남편이 헌병사령부 의무부장으로 복무하게 되자 통역관 생활을 그만두고, 서울의 문인들과 교유하며 수필을 발표하다. 소설가 손소희와 동업으로 '마돈나'라는 다방을 개업, 당시 문인들의 사랑방 구실을 하게 되다. 그곳에서 손소희와 공동으로 소설가 박영준이 주간을 맡은 문학지 《혜성》을 창간하다.

1950년　《혜성》세 번째 호가 나왔을 때 6·25전쟁의 발발로 잡지 발간을 중단하다. 친정 부모가 거주하던 시흥군 청계리 포도농장으로 가족이 피신했다가 서울이 수복되자 대구로 피난하다. 친정 부모가 일구었던 포도농장 주변이 오늘날 계원예술대학의 터전이 된 의왕시 내손동이다.

1954년　휴전이 되자 서울로 돌아와 본격적인 창작활동에 전념하다. 친정 부모가 농사를 짓던 포도밭 이야기를 중심으로 한, 첫 수필집 《탕자의 변》(연구사)을 출간하다.

1955년	아세아재단 파견으로 미국 문화계를 시찰하며 여러 대학의 초청을 받아 〈내가 겪은 한국전쟁〉이란 제목으로 강연, 전쟁의 참상을 일깨우다. 미국 체류 중 아세아재단의 후원으로 콜롬비아대학에서 비교문학을 수학하다.
1956년	미국 체류 중 〈브로드웨이의 촌뜨기〉라는 제목의 기행문을 경향신문에 연재, 이를 《이국의 정서》(희망출판사)로 출간하다.
1956~61년	경향신문사 문화부에 근무하다.
1957년	한국 대표단 일원으로 '제29차 도쿄 국제펜대회'에 참가한 이후, 국제펜대회에 매년 참석하면서 한국문학의 세계화에 이바지할 것임을 자각하다. 이를 본인에게 부여된 숙명으로 받아들여 평생에 걸쳐 한국문학의 해외 선양에 정성을 쏟다.
1958년	대만정부 초청 문화교류단으로 방문, 장개석 총통의 만찬에 초대되다.
1966년	세계 최초 여성 수상으로 선출된 인도 네루 수상의 딸 '인디라 간디'의 전기 《여수상 인디라 간디》(국제문화사)를 출간하다.
1969년	수필집 《밀실의 문을 열고》(국민문고사)를 출간하다.
1970년	10월, 동서 문화교류를 목적으로 월간 문학지 《동서문화》를 창간하다. 1985년 11월 이 잡지의 제호를 《동서문학》으로 개칭하다. 이를 통해 한국문학의 저변 확대와 신인 발굴에 큰 업적을 남기다.
1971년	12월 4일, 부친이 기독교 전도 사업과 개척교회 건설에 전념할 동안 가계를 이끌어온 모친 계성옥 권사가 77세로 별세하다.
1972년	수필집 《삶은 즐거워라》(조광출판사)를 출간하다.
1973년	수필집 《나직한 말소리로》(서문당)를 출간하다.
1975년	유엔이 정한 '세계 여성의 해'에 한국 대표로 미국, 유럽, 이란 등 여러 나라를 방문하여 세계 여성 생활을 취재하고, 여행기를 조선일보에 연재하다. 10월, 문화교육부로부터 '보관문화훈장'을 서훈받다.
1977년	10월 20일 남편 강순구가 63세로 별세하다.

1978년	수필집《청춘이 방황하는 길목에서》(갑인출판사)를 출간하다.
1979년	부모님의 유지를 받들어 남동생 전락원과 함께 육영사업을 시작, 경기도 의왕시 내손동에 계원학원을 설립하다. 2004년 2월까지 계원예술고등학교와 계원조형예술대학(현 계원예술대학교)의 이사장을 지내다.
1980년	여성문학인회 회장으로 선출되어 1982년까지 역임하다.
1981년	수필집《영혼의 뜨락에 내리는 비》(갑인출판사)를 출간하다.
1982년	수필집《가진 것은 없어도》(동서문화출판사)를 출간하다.
1983년	모윤숙의 뒤를 이어 국제펜클럽 한국본부 회장으로 선출되다. 유네스코 한국본부 문화분과위원에 위촉되다.
1985년	수필집《우리의 시간이 타는 동안》(서문당)을 출간하다.
1987년	국제펜클럽 한국본부 회장에 연임되다. 수필집《이토록 아름다운 세상에》(해문출판사)를 출간하다.
1988년	펜클럽 한국본부 회장으로 '제52차 서울 국제펜대회'를 개최하며, 펜대회 사상 최초로 소련작가동맹 및 동독, 유고, 폴란드, 헝가리, 체코 등 동구권 작가들을 초청, 한국문학의 위상을 높이는 데 크게 기여하다. 수필집《어둠이 가면 빛이 오듯이》(문음사)를 출간하다.
1989년	국제펜클럽 한국본부 회장에 세 번째 연임되다. 이후 1991년까지 재임함으로써 8년 동안 봉사하다. 예술원 정회원으로 선임되고 방송심의위원, 적십자사 상임위원 등에 선임되다.
1989년	10월 20일 '대한민국문학상'을 수상하다.
1990년	1월, 남한 작가로는 처음으로 소련작가동맹의 공식 초청을 받고 모스크바, 샌트페테르부르크, 알마타 등지를 방문하여 한국문학을 소개하고 양국 문학의 상호 교류를 주선하다. 귀국 후 국립중앙도서관에서 '소련도서전시회'를 개최하고 러시아 여행기《아직도 가슴속엔 볼가강이 흐른다》(삼성출판사)를 출간하다. 한·일 문화교류협회 초청으로 '일본 구주 백제마을 문화제'에 참석하다.

1991년　　4월, 프랑스 파리에서 열린 국제펜클럽 대표자 회의에서 '국제펜클럽 런던본부 종신 부회장'에 선임되다. 11월, 제56차 국제펜 비엔나대회에 참석하여 '한국문학의 밤'을 개최하는 등 한국문학의 세계화 운동을 펼치다. 수필집《그리고 지나간 것은 모두 다 즐겁게 생각되리니》(문학세계사)를 출간하다. 이 해 3월 4일 부친 전주부 목사가 93세로 별세하다.

1992년　　비엔나 펜대회에서 연설한 '한국의 분단문학'과 세계 유일의 분단 민족의 통일을 호소하는 특별강연이 비엔나 현지 TV와 신문 등에 방영되다. 30여 년 봉사해온 국제펜클럽 한국본부의 공식행사 기록과 일화를 엮은《Pen 이야기》(동서문학사)를 출간하다.

1993년　　컴퓨터, 영상, 조형예술과 첨단산업을 접목한 계원조형예술전문대학(현 계원예술대학교)을 설립하고 이사장으로 취임하다. '모파상 100주년 기념제'에 초청되어 그의 고향 노르망디에서 개최된 세미나에 참석하다. 서울에서 개최된 한·독 작가회의에 참가한 후, 한·독 문화교류회를 발족하다.

1994년　　9월, '대한민국예술원상'을 수상하다. 수필집《해는 날마다 새롭다》(예솔)를 출간하다.

1995년　　1월, 동서독 통일 후 외국인에게는 처음 수여된 '독일연방공화국 문화훈장(괴테문화훈장)'을 서훈받다. 살아온 이야기와 대표작을 실은 수필집《예술가의 삶》(혜화당)을 출간하다.

1997년　　11월 8일, 한국 문학 유산 보존을 목적으로 평생 일념으로 추진해오던 한국 최초의 종합문학관인 '동서문학관'(현 '한국현대문학관')을 경기도 의왕시 계원조형예술대학 안에 개관하다.

1998년　　11월 18일, '동서문학관' 개관 1주년 기념으로 우리나라 최초의 영상·디자인 도서전인 〈일제하 한국시 100인전〉을 두 달간 아트선재센터에서 열어 연인원 5천여 명이 관람하는 등 호평을 받다. 12월, 독일 함부르크 문화부 초청으로 괴테 250주년 기념행사에 참석하고 함부르크 '문학의 집'을 방문하다.

1999년   10월, 선생의 문학을 총 정리하여 《전숙희 문학전집》 전7권(동서문
            학사)을 출간하다. 각계 저명인사 94인이 선생을 기리는 글을 모아
            《내가 본 전숙희》를 부록으로 펴내다.

2000년   7월 1일, '동서문학관'을 '한국현대문학관'으로 개칭하고 서울 장충
            동으로 이전하여 재개관하다. 한·러 수교 10주년을 맞아 '푸쉬킨
            문화훈장'을 서훈받다. 10월 5일, 러시아 문학자와 러시아 학술원
            총회의 결정으로 동양인 최초로 '러시아연방학술원 명예문학박사'
            학위를 받다.

2002년   이화학교를 빛낸 인물에게 주는 '제8회 이화기장'상을 받다. 팔십
            대의 노익장을 과시하며 여간첩 김수임을 소재로 한 실화소설 《사
            랑이 그녀를 쏘았다》(정우사)를 발간하다.

2003년   '제44회 3·1문화상 예술부문'을 수상하다.

2004년   '제3회 유관순상'을 수상하다.

2005년   정부로부터 '은관문화훈장'을 서훈받다.

2007년   1968년부터 2004년까지 36년간의 문단 생활 및 가족 이야기를 담
            은 자전적 에세이 《가족과 문우들 속에서 나의 삶은 따뜻했네》(정우
            사)를 출간하다.

2010년   8월 1일, 오전 8시 분당서울대병원에서 노환으로 별세하다. 70여
            년에 걸친 작품 활동과 한국문학의 세계 선양 등 한국문학 발전에
            기여한 공로를 인정받아 정부로부터 '금관문화훈장'을 서훈받다.

벽강璧江 전숙희

ⓒ 조은

초판 1쇄 인쇄 2016년 9월 27일
초판 1쇄 발행 2016년 10월 4일

지은이   조은
펴낸이   이기섭
편집인   김수영
기획편집 김준섭
마케팅   조재성 정윤성 한성진 정영은 박신영
경영지원 김미란 장혜정

펴낸곳   한겨레출판(주) www.hanibook.co.kr
등록   2006년 1월 4일 제313-2006-00003호
주소   서울시 마포구 효창목길 6(공덕동) 한겨레신문사 4층
전화   02-6383-1602~1603
팩스   02-6383-1610
대표메일 munhak@hanibook.co.kr

ISBN   979-11-6040-010-6 03810